LES SARMENTS DE LA COLÈRE

DU MÊME AUTEUR

L'Arbre à pain, De Borée, 2003 ; Editions du Papillon, 2009 ; Terre de poche, De Borée, 2011

L'Appel des drailles, De Borée, 2004 ; Editions France Loisirs 2004 ; GLM, 2006 ; A vue d'œil, 2006 ; Terre de poche, De Borée, 2011

Les Drailles oubliées, De Borée, 2005 ; Editions France Loisirs, 2005 ; A vue d'œil, 2007 ; Terre de Poche, de Borée, 2014

Le Secret des Terres blanches, De Borée, 2006 ; GLM, 2006 ; A vue d'œil, 2006 ; Terre de poche, De Borée, 2015

L'Arbre d'or, De Borée, 2007 ; Editions France Loisirs, 2006 ; GLM, 2007 ; A vue d'œil, 2008 ; Terre de poche, De Borée, 2011

Le Saut du Loup, De Borée, 2008 ; A vue d'œil, 2009 ; Editions France Loisirs, 2009

L'Arbre à palabres, Mélis Editions, 2009

Les Bonheurs de Céline, De Borée, 2010

Le Brouillard de l'aube, Terre de poche, 2010 ; De Borée, 2011

Les Hauts de Bellecoste, Editions France Loisirs, 2010 ; De Borée, 2011

Terres noires, Editions France Loisirs, 2011 ; De Borée, 2012

Les Rives Blanches, Presses de la Cité, 2013 (Prix de l'académie cévenole Le Cabri d'Or 2013) ; Editions France Loisirs, 2015

Les Rochefort, Editions France Loisirs, 2013 ; Presses de la Cité, 2014 ; Pocket, 2015

L'Enfant rebelle, Editions France Loisirs, 2014 ; Presses de la Cité, 2015

Le Goût du soleil, Editions France Loisirs, 2015 ; Presses de la Cité, 2016

La Promesse à Elise, Editions France Loisirs, 2016 ; Presses de la Cité, 2017

Le Chemin des larmes, De Borée, 2004 (Prix Mémoire d'Oc 2004) ; Presses de la Cité, 2018

L'Héritier du secret, Editions France Loisirs, 2017 ; Presses de la Cité, 2018

Christian Laborie

LES SARMENTS DE LA COLÈRE

Roman

Terres de France

PRESSES DE LA CITÉ

Ce roman a paru aux éditions De Borée en 2009.

ISBN 978-2-258-14620-4
Dépôt légal : février 2019

Presses de la Cité | un département **place des éditeurs**

place des éditeurs

Préface de l'auteur

Préfacer un roman datant de plusieurs années n'est jamais simple, car il faut pouvoir se replonger dans ce que l'on a écrit à un moment donné de son parcours d'écrivain, dans ce qui a été sa motivation, son inspiration d'une époque lointaine. Il faut reprendre contact avec l'histoire que l'on a racontée, les personnages que l'on a inventés, mis en scène, bref procéder à un retour en arrière périlleux alors que, depuis, l'on est passé à autre chose, à d'autres personnages qui vous ont accompagné sur les chemins de votre imagination. Un peu comme si l'on ressuscitait des êtres que l'on a quittés, certes avec beaucoup de peine, mais à qui l'on a définitivement dit adieu.

Et pourtant... Quel plaisir aussi de se remémorer le temps consacré à créer, à donner vie à des acteurs d'un destin que l'on a tracé, façonné à sa manière ! De se souvenir des raisons qui nous ont poussé à faire disparaître tel individu ou à offrir sa chance à un autre, à faire naître l'amour entre deux êtres que tout oppose, que tout sépare. C'est chaque fois la même jouissance de savoir que l'on est maître de l'échiquier sur lequel l'on place l'un après l'autre tous les éléments d'un puzzle que l'on établit jour après jour.

Plus de dix ans se sont écoulés depuis que j'ai mis en œuvre ce roman. Ce fut pour moi un grand moment dans mon parcours littéraire, car le sujet était ambitieux.

Les Cévennes m'avaient déjà inspiré plusieurs romans que j'étais fier d'avoir écrits tant ils me tenaient à cœur. En particulier ma saga pastorale, *L'Appel des drailles* et *Les Drailles oubliées*, un roman de l'itinérance qui m'a fait revisiter cette belle région de fond en comble dans les pas des bergers et de leurs troupeaux. Avec *L'Arbre d'or*, je me suis plongé dans le passé glorieux de la soie en Cévennes. *Le Chemin des larmes* m'a permis de rappeler les sacrifices que les paysans cévenols ont consentis pour désenclaver leur région à l'époque des premiers chemins de fer. Je ne les citerai pas tous.

Les Cévennes me fournissaient alors mes grands thèmes d'inspiration. Elles le font encore aujourd'hui, mais j'ai pris conscience que la région, qui m'a accueilli il y a maintenant quarante ans, méritait plus qu'un modeste hommage par l'intermédiaire d'un roman. Il me revenait le devoir de la promouvoir bien au-delà des clichés ou des simples images véhiculées par ceux qui la parcourent sans toujours percevoir à travers elle les trésors qu'elle renferme.

Depuis ce roman – *Les Sarments de la colère* – je me suis donné comme ambition de prouver que les Cévennes n'étaient pas une région refermée sur elle-même et seulement à l'austère beauté, comme je l'ai souvent écrit – et je ne renie pas cette expression, elle lui va si bien –, destinée aux touristes en mal d'exotisme vert, un brin écolos, fuyant les plages bondées ou les montagnes à la mode, où l'on peut se donner « rendez-vous en terre inconnue ». Même la télévision l'a fait ! J'avais l'impression que, à l'instar du Roi-Soleil, l'on considérait encore les Cévennes et les Cévenols comme une réserve d'Indiens quelque peu attardés, récalcitrants à tout changement. Les Cévenols que j'ai décrits dans ce roman, comme dans les précédents, sont des êtres courageux, tenaces, jaloux de leur liberté conquise à la suite de luttes acharnées ; des êtres ouverts sur leur époque, républicains avant l'heure, tolérants vis-à-vis des autres religions que la leur et malgré les persécutions dont ils ont été l'objet ; des hommes et des femmes qui ont toujours résisté devant l'oppression et l'injustice, et qui ont osé prendre des risques en enfreignant la loi, comme pour sauver des enfants juifs pendant la dernière guerre.

A travers leur histoire, je me suis rendu compte que les Cévennes étaient universelles. Elles ne sont pas un cas isolé, une entité spécifique comme une spécialité régionale propre à un terroir. Ses habitants ne sont pas des gens à part. Ce sont des hommes et des femmes dont on parle peu, comme eux-mêmes sont avares de leurs paroles autant qu'ils sont économes de l'argent qu'ils ont souvent gagné durement à la sueur de leur front et contre une nature rarement généreuse.

Les Cévennes sont partout présentes, en Amérique avec la toile de Nîmes, le « denim », qui m'a plus tard inspiré le roman *Les Rochefort*, en Polynésie avec les pasteurs protestants qui sont allés en mission dans ces îles lointaines – j'ai moi-même rencontré dans l'île de Tahaa le descendant d'un pasteur dont la famille possédait le mas voisin de celui de ma belle-famille. A la suite des persécutions de Louis XIV, de nombreux protestants se sont réfugiés en Allemagne, aux Pays-Bas, en Suisse et en Angleterre, et y ont fait souche. Plus tard, un certain nombre ont également migré en Russie, d'autres en Afrique du Sud, maintenant ainsi la présence cévenole bien au-delà de nos frontières... Plus récemment l'Unesco n'a-t-elle pas reconnu la valeur universelle des Causses et des Cévennes, inscrites au patrimoine mondial de l'humanité en 2011 ? Ces quelques exemples pour prouver, s'il le fallait, que les Cévennes sont une région riche par leur passé, par leur culture, ouverte sur le monde et non une région repliée sur elle-même et qui se meurt.

Avec *Les Sarments de la colère*, je n'ai pas voulu montrer autre chose que la place de ma région dans l'histoire de notre nation.

Certes, mon premier propos, et c'est sans doute le premier intérêt du roman, est la découverte du monde de la vigne et du vin tel qu'il apparaissait à la fin du XIXe siècle et au début du XXe. Ce monde particulier des grands vignobles qui attiraient pendant la période des vendanges tout un peuple de travailleurs besogneux descendant des contreforts cévenols et ardéchois pour se joindre aux « colles », ces équipes de vendangeurs menées par les *moussègnes*, les meneuses, sous la direction et l'autorité des *baïles*, les régisseurs. J'ai beaucoup appris en puisant dans mes lectures sur un domaine que je côtoyais sans m'en être vraiment intéressé jusqu'alors. Les cépages d'antan, les méthodes de vinification, les travaux dans les vignes aux différentes saisons… J'ai découvert combien ce travail de la vigne était contraignant, difficile, aléatoire, plus qu'aujourd'hui où la modernité a révolutionné le métier. J'ai pris conscience que, dans ce milieu comme dans d'autres, hélas, les petits paysans étaient déjà la proie des riches propriétaires qui dictaient la loi du marché.

J'ai choisi de traiter ce sujet universel de la vigne et du vin entre 1860 et 1910 pour deux raisons qui représentaient pour moi le principal intérêt du roman.

Chacun sait que la vigne souffre surtout de trois grandes maladies : l'oïdium, le mildiou et le phylloxéra. Ces maux ont toujours fait des ravages considérables dans les vignobles de France et d'ailleurs. Mais j'ignorais à quel point ils avaient contribué à la destruction du vignoble français et particulièrement languedocien. Pendant plusieurs dizaines d'années, ils ont anéanti des milliers d'hectares de vigne, ruinant grands et petits exploitants, provoquant des réactions sociales inattendues, des interventions de scientifiques de renom. J'ai découvert avec stupéfaction que les malheureux viticulteurs touchés par le fléau du phylloxéra, ne sachant plus à quels saints se vouer, tentaient d'y remédier par des moyens empiriques dignes des croyances moyenâgeuses, que le puceron responsable nous était venu d'Amérique et que l'une des solutions avait été de greffer des plants américains pour constituer des hybrides plus résistants au mal. Petit à petit, j'ai compris comment s'est façonné notre grand vignoble de masse qu'est devenu le Midi languedocien après sa renaissance et pourquoi il a pâti pendant longtemps d'une très mauvaise réputation.

Le troisième pôle d'intérêt du roman réside dans les conséquences de cette gigantesque crise de la vigne : la révolte des vignerons en 1907 qui a commencé à gronder dès lors que les petits viticulteurs ont été ruinés par la surproduction du vin, méfait de la reconstruction des grands domaines. Là nous plongeons dans l'Histoire, celle qui, sous Georges

Clemenceau, a placé notre région au cœur des drames nationaux. Un héros, mais aussi héraut, de la cause viticole, porte-flambeau de « la révolte des gueux », acquiert très vite une dimension historique : Marcelin Albert, modeste cabaretier, amateur de théâtre à ses heures, se voit propulsé sur les planches de la contestation et devient aussi rapidement célèbre qu'il retombera dans l'ombre et dans l'oubli. Destin tragique d'un petit homme sans importance qui, en l'espace de quelques mois, fera la une de l'actualité en entraînant par exemple plus de 700 000 manifestants dans les rues de Nîmes et de Montpellier. C'était pour moi, historien de formation, un sujet extraordinaire, un personnage de roman, que je mets en scène dans le dernier quart de mon ouvrage.

Mais, bien sûr, au-delà de cet aspect universel de ce drame qu'a connu le Midi languedocien, ainsi que tous les vignobles de notre pays, j'ai voulu raconter, comme c'est toujours mon premier souci, une poignante histoire d'hommes. Car, je ne le répéterai jamais assez, un roman c'est d'abord une belle histoire, vécue par des êtres attachants ou répugnants selon leur caractère, des êtres à forte personnalité ou plus effacés, sympathiques ou antipathiques, marqués par le destin. Un roman est à l'image d'une tragédie grecque où les nœuds se font et se défont. Comme dans tous ceux que j'ai écrits, j'aime placer mes héros et héroïnes au cœur de l'Histoire avec un grand H, en les mettant en scène à côté de personnages qui ont réellement existé, mêler la fiction à la réalité, afin de donner au roman une dimension plus large qui dépasse les limites de la pure fiction et les cadres étroits de la région. Celle-ci s'ouvre ainsi sur le reste du monde qui l'entoure.

Qui sont donc les protagonistes de ce roman et quelle en est la trame ?

Les temps sont durs dans les Cévennes en cette année 1866. Comme beaucoup de ses semblables, Augustin Mazel, petit paysan cévenol, se résigne à descendre dans la plaine viticole du pic Saint-Loup avec ses fils, pour participer aux vendanges du domaine appartenant au marquis de Frontillargue.

Quelques années plus tard, Adrien, son fils cadet, y fait l'apprentissage du difficile travail de la vigne, mais aussi la rencontre de Camille, la petite-fille du marquis.

Tout oppose Adrien et Camille. Il est paysan, elle est la petite-fille d'un marquis et la fille d'un gros industriel. Il est pauvre, elle est l'héritière du riche domaine de Frontillargue. Leurs parents s'affrontent. Pourtant un secret les unit depuis l'enfance. Ils s'aiment et ne rêvent que de vivre ensemble. Quand Adrien part cinq longues années à l'armée, Camille est mariée de force par son père à un vieux noble d'ancien régime.

Mais la passion d'Adrien pour la vigne est comme celle qui l'attache à Camille : sincère, intense, éternelle. Entre Adrien, fils de paysan, apprenti et amoureux de son travail, et Camille, fille du propriétaire du vignoble, instruite et audacieuse, brûle un sentiment des plus absolus. Les conventions sociales et les caprices du destin l'obligeront à mener un combat pour les terres qu'il est parvenu à acquérir, tout aussi acharné que la volonté qu'il mettra à défendre son amour pour celle qu'il aime.

Dès lors, dans un tourbillon de folles passions, les deux héros n'auront de cesse de se retrouver, alors que le terrible fléau du phylloxéra s'abat sur la vigne à la fin du XIXe siècle et que la révolte sociale secoue le Midi viticole au début du XXe siècle (la révolte des gueux, initiée par Marcelin Albert).

A tous ceux qui vont ouvrir ce roman pour la première fois, je ne peux que leur souhaiter une bonne lecture et de belles surprises au pays universel de la vigne et du vin.

Une fois encore, j'adresse mes plus vifs remerciements aux Presses de la Cité qui redonnent vie à mes premiers ouvrages et permettent ainsi à tous ceux qui ne les connaissent pas encore de les découvrir avec, je l'espère, autant de plaisir que j'ai éprouvé moi-même à les écrire.

Première partie

AUGUSTIN LE MAL BLANC

1

En ce temps-là

Les vignes s'étendaient telle une mer océane qui, depuis des décennies, avait envahi la plaine tout entière. Pas un coteau, pas un seul recoin de garrigue n'était épargné. Il en était ainsi jusqu'au littoral où les sables eux-mêmes, des Bouches-du-Rhône aux confins du Roussillon, avaient été submergés par la marée viticole.

Dans les lointains, vers le sud, le pic Saint-Loup et le mont Hortus dressaient leurs falaises blanches dans un ciel d'azur et avaient leur pied enserré dans une jungle de pampres et de sarments. Vers le nord, les premiers contreforts cévenols laissaient s'infiltrer le long des vallées encaissées les dernières rangées de ceps, arrière-garde d'une armée d'invasion qui s'était pour longtemps enracinée dans le sol et dans le sang des hommes.

La vigne était omniprésente. Tout lui était dû : les heures de joie intense et de grand bonheur, les pires souffrances, les grandes désespérances, les attentes fébriles d'un possible renouveau, la résurgence de la vie après la descente aux enfers, l'enrichissement des plus nantis et la faillite des plus démunis, les pratiques les plus frauduleuses et les plus viles, les élans de solidarité les plus fraternels, l'embrasement enfin de toute une population pour une certaine idée de la justice sociale.

Quand arrivait le printemps, Adrien Mazel s'extasiait toujours, malgré son âge et l'habitude, devant les vastes étendues de vignes qui se paraient d'émeraude, tandis que dans les chais les hommes trépignaient déjà d'impatience en pensant aux prochaines vendanges. Des hangars grands ouverts s'échappaient des relents de futaille que le mistral s'empressait de répandre dans les venelles ombragées du village de Saint-Martin. Tôt le matin, des bruits de tonnellerie, de forge et d'enclume réveillaient les derniers dormeurs attardés au fond de leur lit. Avec le retour des beaux jours, l'activité des hommes allait très vite décupler. Il fallait s'empresser de réparer les derniers tonneaux et les foudres endommagés ; en commander d'autres au tonnelier pour faire face à un excédent de récolte toujours problématique ; ne pas attendre le dernier moment pour vérifier la mécanique des fouloirs et des pressoirs ; procéder dans les vignes aux premiers traitements chimiques contre les maladies car, si l'on avait maintenant les moyens d'éviter les catastrophes, il ne fallait surtout pas manquer de sulfater, de soufrer, de labourer, de biner pour assainir et la plante et le sol.

En cette fin d'automne 1920, alors que l'on fêtait partout dans le deuil le deuxième anniversaire de la Victoire, les souvenirs de la grande crise étaient encore ancrés dans tous les esprits, ceux des jeunes et des moins jeunes, petits ou gros propriétaires, journaliers, saisonniers ou simples domestiques des grands domaines. Tous avaient été touchés par la misère qui s'était amplifiée au fil des années au point que le tocsin avait sonné aux clochers de toutes les églises avant même qu'il ne sonnât pour annoncer le début de la Grande Guerre.

Certes, celle-ci avait laissé en chacun des images beaucoup plus atroces, qui ne s'effaceraient jamais tout à fait des mémoires tant elles étaient souvent marquées au fer rouge dans la chair des hommes. Mais les dernières décennies avaient aussi apporté leur lot de drames et traumatisé de nombreuses familles. Des destins s'étaient joués, des vies s'étaient brisées, des alliances s'étaient nouées tout au long de la dernière moitié du siècle précédent dans le Midi viticole.

* *
*

A Saint-Martin, ni le domaine de Frontillargue ni les petites propriétés qui le jouxtaient n'avaient échappé à cette tragédie. Situées dans le haut pays languedocien, à mi-distance entre Nîmes et le piémont cévenol, les vignes de ce domaine s'étendaient toujours fièrement autour de son château, malgré les vicissitudes qu'elles avaient connues et dont Adrien Mazel avait été le témoin.

A soixante-quatre ans, celui-ci éprouvait depuis peu de temps une certaine lassitude. Toute sa vie n'avait été qu'un âpre combat contre l'adversité, contre les tempêtes qui avaient soufflé sur la région. Et si contre vents et marées il avait toujours tenu le cap, si à ce jour il s'était hissé à la tête d'une grande fortune, il n'avait jamais mesuré sa peine, ni baissé les bras aux pires moments de son existence, ni renié ses origines. Parti de rien, il était parvenu, au crépuscule de sa vie, à acquérir une situation qui faisait de lui le personnage le plus influent de sa commune. De ce fait, il se trouvait parfois rejeté par ceux-là mêmes qui avaient été ses compagnons de route.

Comme beaucoup en ce début de siècle, il avait eu sa part de souffrances, de deuils, de misère. Rien ne lui avait été épargné, ni les vexations des grands quand il n'était à leurs yeux qu'un gueux doté d'une sourde colère, ni les reproches de ses amis quand il était sorti de sa condition.

Ses enfants étaient sa grande consolation. Tous étaient vivants et avaient réussi dans leur vie. Il se reprochait parfois de n'avoir pas su les aider au mieux de ses possibilités et de ses moyens. Mais il devait reconnaître que, s'il leur avait tout consacré, ils le lui avaient bien rendu.

A présent Adrien avait simplement envie de cesser de se battre, car il avait l'impression d'avoir passé toute son existence à lutter contre un ennemi invisible et pourtant bien réel, bien présent à chaque pas qu'il avait fait pour parvenir à grand-peine à s'élever au-dessus de sa modeste condition. Il avait besoin de ce repos salutaire, celui qu'on accorde aux soldats après l'épreuve. Besoin de vivre paisiblement, entouré des siens dans l'esprit du devoir accompli.

* *
*

De ses jeunes années, son « passé cévenol » comme il le désignait lui-même à ses petits-enfants, il ne gardait cependant que de bons souvenirs. Certes, à l'époque, sa vie et celle des siens n'étaient pas faciles. Né au milieu du siècle précédent, tandis que le second Empire entrait dans sa troisième année de gloire, il ne pouvait envisager une autre existence que celle de ses parents et de ses ancêtres avant eux.

Son père, Augustin Mazel, était un petit paysan comme tant d'autres, rivé à un bien de misère qui produisait juste de quoi subvenir aux besoins de sa nombreuse famille. Quelques arpents de mauvaise terre que retenaient jalousement de puissants murs de pierres sèches, quelques châtaigniers afin d'éviter le spectre de la famine, quelques mûriers pour nourrir le produit d'une ou deux onces de graine de magnans[1] et faire entrer un peu d'argent chaque

1. Vers à soie.

été après la saison d'éducation[1], une dizaine de maigres brebis qui devaient se contenter de ronces et de pauvres broussailles, telle était la richesse des Mazel qu'il avait héritée de son père et qu'il léguerait – pensait-il – à ses propres enfants. Pour tout dire, juste de quoi ne pas crever de faim au plus fort de l'hiver, quand le froid s'éternisait et rendait la période de soudure très incertaine.

Le mas familial aux murs burinés par les ans et patinés par les rayons du soleil portait un nom évocateur des troubles que les Cévennes protestantes avaient connus à l'époque tragique des guerres de Religion : *Le Brûlement*. De bouche à oreille, tous dans la région s'accordaient à dire qu'au cours de la révolte des camisards les murs, plusieurs fois incendiés par les dragons, avaient toujours résisté aux flammes de la répression et, par leur solidité, sauvé leurs occupants, les ancêtres d'Adrien, tous huguenots de la première heure.

Dans sa jeunesse, au moment de la Terreur blanche, le grand-père de ce dernier passait encore pour un farouche opposant aux papistes et avait fait parler de lui lors des échauffourées qui avaient encore éclaté dans la région, tel un retour de flammes entre ultraroyalistes – très catholiques – et républicains – pour la plupart protestants de longue date.

Cadet d'une fratrie de cinq enfants, Adrien avait été élevé avec son frère et ses trois sœurs dans la

1. Période d'élevage des vers à soie.

plus pure tradition calviniste mâtinée d'une tendance frondeuse héritée de ses ancêtres camisards. Son frère Simon, de trois ans son aîné, était son modèle quand, petits encore, ils fréquentaient tous deux l'école du village où se retrouvaient la plupart des enfants des familles dispersées dans les hameaux de la commune. Ce n'était pas encore le temps de la communale mais, depuis la loi Guizot, la laïcité avait fait son chemin et l'école élémentaire, en ouvrant ses portes à tous, n'était plus l'apanage des riches.

Il entendait encore son père affirmer doctement à ses deux fils :

« Il faut vous instruire autant que vous le pouvez, les garçons. L'illettrisme est le pire ennemi du peuple. Vos arrière-grands-parents se sont battus en 1789 pour faire triompher la liberté et l'égalité. Il vous incombe le devoir de sauvegarder ce précieux héritage en demeurant à jamais vigilants. Pour cela, l'école est le meilleur outil de la lutte sociale.

— Nous aussi, il nous faudra nous battre pour rester libres ? avait demandé naïvement Simon, alors âgé de huit ans.

— J'espère bien que non ! Mais qui sait ? Avec cet empereur usurpateur et ambitieux, on peut s'attendre à tout. La république nous a échappé une seconde fois. Il faudra peut-être la conquérir à nouveau par la force.

— Cesse donc de bassiner les oreilles de ces *pitchouns*, lui rétorquait Marthe, son épouse, elle aussi issue d'une longue lignée huguenote. Tu ne devrais pas leur parler politique ; à leur âge, ce n'est pas raisonnable ! Contente-toi de leur expliquer le sens des versets de la Bible.

— Le pasteur Bruguière ne me donnerait pas tort ! La liberté, c'est aussi la liberté de conscience. Et l'égalité repose sur la reconnaissance de l'existence des autres : c'est la tolérance. Va donc expliquer ça aux papistes ! Ils rétorqueront encore que la religion protestante est celle du diable et que nous, les réformés, portons un œil au milieu du front. Si ce n'est pas de l'intolérance, ça, qu'est-ce que c'est ?

— A force de *roundiner*[1] tu finiras par faire de tes fils des exaltés, des rebelles avant l'heure.

— Des *réboussiers*[2] en tout cas, j'espère bien ! Comme tout bon Cévenol qui se respecte.

— Ah ! heureusement que les filles ne te ressemblent pas ! Elles au moins sont plus calmes.

— *Boudiou !* Les filles, pourvu qu'elles restent dans les jupes de leur mère, *vaï,* on n'en demande pas plus ! »

Les parents d'Adrien ne s'opposaient pas souvent sous le toit familial, mais leurs discussions étaient parfois passionnées. Leur couple passait pour un modèle du genre à Sainte-Croix. Tous les dimanches matin, on les voyait prendre ensemble

1. Se plaindre, râler.
2. Contrariants, opposants.

la direction du temple où officiait le pasteur Bruguière, les enfants en file indienne, sagement alignés derrière leurs parents, en habits propres et empesés, mais toujours sabots aux pieds : les deux aînés en tête, Simon et Adrien, suivis des deux grandes filles, Amélie et Esther. Seule la petite dernière, Rachel, la plus choyée des cinq enfants, marchait à côté de sa mère qui ne lui lâchait pas la main de peur qu'elle ne s'écarte et n'aille au-devant de chiens errants, nombreux dans les campagnes à cette époque. Bon pratiquant, Augustin ne cachait pas son idéal républicain.

Par les temps qui couraient, et surtout dans les villes où la police de l'empereur était bien infiltrée, cela n'était pas sans risques. Heureusement Sainte-Croix n'était qu'une petite commune perdue au fond d'une vallée, nichée entre des montagnes refermées sur elles-mêmes et difficiles d'accès pour qui n'en connaissait pas les reliefs tourmentés. Hormis les gardonnades[1], il n'y avait pas d'autres dangers à craindre dans ce coin reculé des Cévennes. Au reste, affirmer ses idées chez les parpaillots[2] était une habitude que ni les dragons du roi, jadis, ni la maréchaussée obéissant à présent au pouvoir impérial n'avaient jamais pu réprimer.

Augustin était conscient que la vie ne ferait pas de cadeaux à ses fils. Aussi leur tenait-il le langage

1. Crues violentes du Gardon.
2. Nom donné aux protestants.

de la vérité et, très tôt, il les avait mis à la tâche. Sans jamais les priver d'école, chaque soir après la classe, il leur laissait de menus travaux à terminer au mas. Le jeudi, dès qu'ils en avaient fini avec l'« écolette », la classe de catéchisme chez le pasteur, il les emmenait dans les terres pour leur faire biner une rangée de haricots, lucheter[1] un carré de pommes de terre, éclaircir un semis de salades ou ramasser des fèves. En été, les garçons aimaient grimper aux arbres pour cueillir les fruits mais ils rechignaient à *traire* les mûriers pour les dépouiller de leurs feuilles. En revanche, malgré les épines qu'ils se mettaient souvent dans les doigts, jamais ils n'auraient refusé d'aller castagner[2] en automne. Tous se retrouvaient pour cette activité, petits et grands, filles et garçons, mus par l'espoir d'une bonne brasucade[3], le soir, devant l'âtre flamboyant.

Au Brûlement, les saisons se succédaient dans l'harmonie et la vie s'y déroulait dans la simplicité des gens humbles qui ne savent jamais ce que leur réservera le lendemain. Quand la terre donnait généreusement, on en remerciait l'Eternel pour Sa clémence. Quand elle se refusait, on courbait l'échine, on se privait et on remerciait encore le Ciel d'être en bonne santé. Quand la misère pointait son doigt, on se serrait les coudes et la

1. Retourner la terre au luchet, bêche à trois ou quatre dents.
2. Ramasser les châtaignes.
3. Poêlée de châtaignes grillées.

ceinture, et on priait afin d'obtenir les faveurs de Celui qui dispensait à chacun son lot de peines et de récompenses.

Augustin avait connu bien des tourments dans sa modeste vie de paysan besogneux. Dans les années 1850, il avait subi de plein fouet le désastre de la pébrine. Plusieurs années de suite, sa magnanerie avait été ravagée par le terrible fléau et il avait été contraint d'arrêter son éducation de vers à soie, au grand désespoir de son épouse dont c'était la première activité au mas. Au cours de la même période, ses châtaigniers avaient été décimés par la maladie de l'encre. Il avait dû abattre plus de la moitié de ses arbres. Quant aux autres, rongés par le mal, ils n'avaient repoussé qu'en donnant de piètres *bouscas*. Ces deux catastrophes l'avaient décidé à aller s'embaucher dans le bas pays pour les vendanges comme saisonnier. Ses propres vignes en effet avaient souffert de l'oïdium dès 1852, et pendant plusieurs années d'affilée. Le champignon sournois qui pourrissait les végétaux en pleine croissance avait fini par réduire à néant sa production de vin de table destinée à sa consommation personnelle.

« Plus de vignes, plus d'arbres d'or[1], plus d'arbres à pain[2] ! Que nous reste-t-il pour vivre ! se plaignait-il

1. Mûriers.
2. Châtaigniers.

au plus fort de son désespoir. Je n'ai plus qu'à me louer comme berger ou comme saisonnier dans les vignobles de la plaine. Ils embauchent pour traiter et même pour arracher et replanter, paraît-il. Et puis, il y a les vendanges. »

Beaucoup de ses semblables en avaient déjà pris le chemin, des *gavaches*[1], comme les appelaient les Languedociens avec une pointe de mépris sur le bout de la langue.

Sa décision ne fut pas facile à prendre, car Augustin avait la fierté de ces paysans indépendants qui préfèrent vivre chichement de leur propre bien plutôt que de dépendre d'un riche propriétaire. En 1858, à la naissance de son cinquième enfant, il se décida à abandonner le mas pendant un long mois, de fin août à fin septembre, la mort dans l'âme. Il avait conscience qu'il perdait ainsi une partie de sa liberté. Mais sa situation ne lui permettait plus d'envisager l'avenir autrement.

« Bien heureux que nous possédions un toit bien à nous ! le consolait Marthe pour lui mettre du baume au cœur. Nombreux sont les pauvres chemineaux qui parcourent les campagnes en quête d'un travail à la journée ou à la tâche. Nos arbres, nos vignes, pour le moment, ne donnent plus rien. Mais le jour viendra où tout repartira. Nous avons le reste des terres pour nous nourrir et attendre des jours meilleurs.

1. Ou gavots : hommes et femmes descendus de la montagne.

— Tu sais aussi bien que moi qu'elles ne sont pas très généreuses ! Pour faire vivre toute une famille sur ces *faïsses*[1] étroites, il ne faut pas mesurer sa peine. De plus, la terre s'épuise vite. Les pluies d'automne la lessivent, quand elles n'éventrent pas les murs qui la retiennent. Or, nous n'avons pas assez de fumier pour l'enrichir. Ce n'est pas avec ce que nous donnent nos misérables brebis que nous ferons de nos terres un jardin d'Israël ! Je crains malheureusement d'être obligé de me louer pendant longtemps. Nous entrons dans une époque où seuls les gros propriétaires s'en sortiront. D'ailleurs, les villages commencent à se vider de leur jeunesse qui préfère aller travailler dans les usines et dans les mines plutôt que de rester à trimer le dos courbé sur la glèbe.

— Tu es trop pessimiste, Augustin, lui reprochait son épouse.

— Non, je suis réaliste. Le jour viendra où la vie dans nos villages ne sera plus possible pour tous nos enfants. Seul l'un d'entre eux pourra rester. Les autres devront partir tenter leur chance ailleurs. »

Adrien était petit quand, pour la première fois, il entendit son père parler de la sorte. Il ne comprenait pas entièrement le sens de ses paroles, mais il devinait, malgré son âge, que son père souffrait et rencontrait de sérieuses difficultés à nourrir sa nombreuse famille. Il s'en était inquiété auprès de son frère qui, lui, comprenait mieux la situation :

1. Terrasses cultivées.

« Père va s'en aller de la maison, il va nous quitter ?

— Mais non, il va seulement s'embaucher chez un riche paysan dans la plaine pour gagner des sous.

— On n'a pas besoin de sous. Pour manger, on a ce qu'il faut au mas.

— Tu es trop petit pour comprendre. Tout va très mal depuis quelque temps. Père se fait beaucoup de souci pour nous. Mais il ne partira pas longtemps. Mère m'a expliqué qu'il va se joindre à une équipe qui travaille dans un grand château, loin d'ici.

— Où ça ?

— Je l'ignore. Mais j'ai entendu que c'était entre nos montagnes et la ville de Nîmes.

— C'est une grande ville, Nîmes ?

— Comment veux-tu que je le sache ? Je n'y suis jamais allé. »

* *
*

Adrien se rappelait cette période lointaine qui remontait aux années de sa tendre enfance. En effet son père n'avait jamais cessé d'entretenir sa mémoire et celle de ses frère et sœurs, comme s'il avait voulu qu'ils gardent à jamais en eux la preuve de son dévouement et de son abnégation. Souvent à la veillée, au cours des longues soirées d'hiver, devant les flammes ronflant dans la cheminée largement ouverte sur l'unique pièce à vivre, il racontait à ses enfants, comme un grognard raconte ses campagnes militaires, les heurs et les malheurs qui avaient jalonné leur existence. Il leur ravivait ainsi des images enfouies dans les méandres de leurs souvenirs édulcorés, que leur jeune âge n'avait pas encore fortement ancrés dans leur esprit.

Aussi, quand ses yeux maintenant délavés par les ans se portaient sur les lointains, quand à l'horizon le vent marin repoussait vers l'intérieur de gros nuages lourds de menaces, Adrien se complaisait à s'abandonner, à rêvasser à toutes ces années si vite passées, et il se sentait emporté comme par enchantement vers cette période où il avait suivi son père pour ses premières vendanges.

2

Le mal blanc

Lorsque Augustin se rendit pour la première fois dans la plaine, il s'attendit à découvrir un spectacle de désolation attristant le vignoble languedocien. Des colporteurs lui en avaient parlé et lui avaient dépeint la situation avec force détails. Il avait lui-même subi les ravages de cette maladie que d'aucuns appelaient « le mal blanc » ou « maladie du blanc[1] », parce qu'elle se manifestait par l'apparition sur les feuilles d'un léger duvet blanchâtre quand arrivaient les premiers beaux jours chauds et humides.

Il comprit très vite combien ce fléau était désastreux à si grande échelle, et se sentit presque soulagé de savoir qu'il n'était pas le seul à en souffrir. « Au Brûlement, heureusement, nous avons d'autres ressources ! se consolait-il. Tandis que ces pauvres vignerons qui n'ont que leurs vignes en sont réduits à la misère ! »

---

1. L'oïdium.

Dans son malheur, il s'estimait comme privilégié et ressentait presque de la honte à s'être lamenté devant les siens.

Dans les Cévennes comme dans le bas pays, les petits paysans viticulteurs connaissaient bien les maladies de la vigne. Augustin et son père, avant lui, avaient combattu tout ce qui, de près ou de loin, s'attaquait aux fruits de Bacchus. Criquets, pyrales, cochylis et autres chenilles n'occasionnaient jamais de dégâts catastrophiques. Ils en venaient à bout avec des moyens plus ou moins empiriques, en tout cas avec des méthodes connues des anciens et qui ne s'étaient jamais révélées totalement inopérantes. Il en allait de la vigne comme du bétail : les superstitions relayaient fréquemment les expériences avérées quand le mal persistait. Chez les catholiques, les processions dans le village, les dévotions au pied de la statue d'un saint protecteur, les recours à la Vierge Marie étaient monnaie courante. Chez les protestants, les *bondieuseries*, comme aimait à les appeler Augustin, étaient moins visibles, mais certaines pratiques n'avaient rien à leur envier.

Dans ces années où la science n'avait pas encore découvert les bons remèdes, on craignait plus les sautes d'humeur du ciel que les nuisances microscopiques qui s'attaquaient aux feuilles et aux fruits. Pour la vigne, les pluies trop abondantes de printemps, la sécheresse trop accusée de l'été, les gelées excessives de l'hiver, la grêle imprévisible de fin août étaient les plus à craindre.

Quand, pour la première fois, Augustin découvrit ses vignes atteintes par le mal blanc, il ne s'affola pas outre mesure. Sur les jeunes pousses de printemps un léger duvet grisâtre s'était développé, les feuilles commençaient à se gondoler et à se boursoufler. A l'instar de ses amis qui comme lui cultivaient quelques arpents de vigne sur les faïsses ensoleillées, il crut sur le moment qu'en traitant chaque pied avec un peu de cendre ou de suie mélangée au sol, il en viendrait vite à bout.

Mais quand les premières grappes commencèrent à se flétrir puis à pourrir avant d'avoir atteint le stade de la véraison[1], il prit conscience que la maladie était plus grave qu'il ne l'avait estimé.

A l'époque on ignorait les traitements chimiques. Aussi, chacun tenta de remédier au fléau par d'autres moyens. Les viticulteurs cévenols ne furent pas plus protégés dans leurs vallées encaissées que ceux des plaines et des plateaux du bas pays. Irrémédiablement le champignon maléfique, qui avait fait son apparition en 1851 dans l'Hérault, à Lunel, gagna en quelques années toutes les parcelles de vigne les plus reculées. Aucune, quasiment, ne fut épargnée.

1. Période au cours de laquelle le raisin prend sa couleur définitive : juillet-août.

Adrien se souvenait de ce que son père racontait. Séance tenante celui-ci avait abandonné son bigot[1] avec lequel il binait le pied de ses souches pour aérer le sol et désherber, et, découragé, il avait accouru pour prévenir Marthe. Celle-ci était en train de langer Simon, alors âgé d'à peine quelques mois.

« C'est la catastrophe ! s'était-il écrié en ouvrant la porte brutalement.

— *Moun Diou !* Qu'est-ce que tu as à crier comme un goret qu'on égorge ! Tu vas finir par *ensourder le nénou*[2].

— Vois ces feuilles, comme elles sont *traces* ! La pourriture les racornit.

— Toujours aussi pessimiste, mon pauvre Augustin ! Montre-les-moi.

— Tiens, elles sont toutes comme ça, tu peux me croire. Y aura rien à en tirer. Les vendanges, cette année, c'est foutu !

— En triant les grappes tu pourras toujours faire de la piquette. Et puis, le vin ce n'est pas l'essentiel. On n'en vit pas.

— Non, mais ça me tracasse quand même. »

Cette année-là en effet, les vendanges au Brûlement furent vite expédiées. Au lieu des six hectolitres de vin qu'il produisait bon an mal an, Augustin en obtint seulement deux, ce qui ne lui permit pas d'en vendre à ses voisins.

1. Sorte de houe à deux ou trois dents.
2. Rendre sourd le petit.

Les années suivantes, il essaya tous les remèdes qu'il connaissait : il badigeonna les feuilles avec de savantes préparations à base de vinaigre, puis, devant l'insuccès de cette méthode, il essaya une solution à base de lait de chaux, et enfin à base de savon de Marseille. Rien n'y fit vraiment. Ses vignes, irrémédiablement malades, périclitaient à vue d'œil chaque année à la même époque quand, dès le printemps venu, le temps se mettait à la chaleur et à l'humidité.

Alors il écouta les conseils de Lucien Pelatan, son plus proche voisin et ami :

« Il faut avancer la taille, lui avait dit celui-ci. En tout cas c'est ce qu'ils font dans les grands domaines de la plaine. Là-bas, c'est la catastrophe, paraît-il. Les vignes dépérissent partout.

— Faudrait peut-être y aller voir ! Tu ne crois pas ? » suggéra Augustin qui ne savait plus que faire pour sauver ce qui avait le plus de valeur à ses yeux.

Certes, ses vignes ne le faisaient pas vivre. Elles lui procuraient juste un petit complément de revenus. Mais, comme bon nombre de petits paysans, il y tenait comme à la prunelle de ses yeux. Certaines souches avaient été plantées par son grand-père. D'autres – c'est lui qui l'affirmait – dataient d'avant la grande Révolution. Elles faisaient partie de l'héritage familial, comme il ne cessait de le proclamer. Toutes plantées en aramon et en carignan, des cépages productifs à défaut de donner un vin de qualité, elles mettaient en valeur ses terres et lui donnaient le statut de viticulteur dont il était fier, même si, dans son cas, ce terme pouvait paraître un peu pompeux. Après le passage du bouilleur de cru dans le village, tout le monde ne pouvait pas s'enorgueillir de pouvoir exhiber sa propre production de trois-six[1]. Et quels n'étaient pas sa fierté et son plaisir de pouvoir fabriquer sa propre carthagène[2] !

« La vigne, aimait-il affirmer, c'est la cerise sur le gâteau du petit paysan, la grande récompense de son dur labeur ! Si elle est généreuse et si le vin est bon, toutes les petites misères de la vie paraissent moins pénibles.

— Le vin, ce n'est pas ce qui remplit les ventres affamés, lui répliquait Marthe, plus pragmatique. Pour boire, ici l'eau ne manque pas ! »

* *
*

Après quatre ans de mauvaises vendanges, Augustin et Lucien s'en furent donc dans le bas pays pour aller constater les dégâts et pour savoir comment, dans les grands vignobles, les viticulteurs procédaient pour lutter contre le fléau.

Ils descendirent d'abord vers Anduze, débouché de la vallée du Gardon de Saint-Jean, porte

1. Eau-de-vie à 60°.
2. Apéritif fait à partir de moût de raisin et d'eau-de-vie.

ouverte des Cévennes sur les plateaux de garrigue et, au-delà, sur les plaines et plateaux viticoles du Languedoc. Ils hésitèrent à prendre la direction de Quissac où ils savaient qu'ils trouveraient de grands domaines. Ils prirent un verre à la terrasse d'un estaminet sur la place du marché dont la fontaine-pagode aux tuiles polychromes reflétait les chauds rayons du soleil. Le cabaretier leur conseilla plutôt de pousser plus loin, d'aller vers Lunel ou vers Montpellier.

« Là-bas vous ne serez pas déçus, ils ne mesurent pas leurs efforts pour lutter contre le mal.

— C'est trop loin, répliqua Augustin. Nous aimerions être de retour dès demain.

— Alors je vous conseille de prendre le train à Alais[1]. En deux heures il vous conduira à Nîmes. Dans les villages, autour de la ville, vous trouverez aussi de grands domaines. »

Les deux amis se consultèrent du regard.

« Le train ! fit Lucien. Pourquoi pas ? Autant joindre l'utile à l'agréable ! »

Ils retournèrent vers le pont qui enjambait le Gardon, prirent la direction de Saint-Jean-du-Pin et gagnèrent à pied la capitale des Cévennes.

C'était la première fois de leur vie que les deux hommes allaient prendre le train. La première ligne ferroviaire ouverte dans la région datait seulement d'une quinzaine d'années. Elle reliait Beaucaire à

1. Alès aujourd'hui.

La Grand-Combe au nord d'Alais. Un autre projet était à l'étude dans les cartons du ministère pour relier Alais à l'Auvergne, mais ni Augustin ni Lucien n'avaient connaissance de ces événements qui faisaient l'actualité des journaux les mieux informés.

Tout au long de la route, tels des enfants trépignant d'impatience, ils se réjouirent à la seule idée de prendre le train. Cela les stimula et c'est d'un bon pas qu'ils avalèrent les treize kilomètres qui séparaient les deux villes.

La foule grouillait sur les quais de la gare. Des messieurs en redingote et gibus, des dames en capeline et ombrelle se dirigeaient vers les stalles de première classe. Au moment de monter dans la première voiture qui s'offrait à eux, ils se firent héler par un homme en uniforme, la casquette vissée sur la tête, un sabre à la ceinture.

« Hep, vous là-bas ! Vous avez vos billets ? »

Augustin et Lucien n'étaient pas les seuls paysans en sabots sur le quai de la gare. Mais ils étaient les seuls parmi eux à s'apprêter à monter dans une voiture de première classe.

« Nos billets ! s'étonna Lucien, non, pas encore. Nous pensions les prendre une fois montés dans le train.

— Il faut d'abord passer au guichet, leur ordonna le chef de gare. Dépêchez-vous si vous ne voulez pas rater le départ. Le train pour Nîmes part dans dix minutes. Et le guichet ferme trois minutes avant le départ.

— Nous avons le temps, rétorqua Lucien. Nous prendrons le suivant.

— Le suivant ne part que cet après-midi à 1 h 15.

— Alors ce sera pour cet après-midi. De toute façon nous ne pourrons pas être de retour chez nous ce soir. Alors autant en profiter ! »

Au guichet, l'employé de la compagnie des chemins de fer les toisa de haut :

« C'est pour quoi, mes braves ?

— Ben voyons, c'est pour acheter du vin ! » répondit Lucien en pouffant de rire.

Le guichetier se rembrunit, fronça ses sourcils broussailleux, dit sur un ton qui ne plaisantait pas :

« Les courtiers sont au bout du quai près des trains de marchandises qui s'apprêtent à partir en fin de matinée. »

Sur le coup, pris à son propre jeu, Lucien ne sut que répliquer. Il regarda Augustin qui, pas très à l'aise dans un monde où il se sentait étranger, ne disait mot.

« Qu'est-ce qu'on fait ? lui demanda-t-il.

— Achète les billets, sinon il va se fâcher, lui murmura Augustin dans le creux de l'oreille.

— Alors ? poursuivit l'employé en col blanc empesé et cravate noire.

— C'est bon, donnez-nous deux billets pour Nîmes. C'était une galéjade !

— Si vous croyez que je n'ai que ça à faire, de plaisanter avec les clients ! Ça se voit que vous, les paysans, vous êtes maîtres de votre temps.

— Et ça se plaint ! marmonna Lucien entre ses dents.

— Première, deuxième ou troisième ? Dépêchez-vous ! »

Lucien regarda son ami d'un air d'incompréhension.

« Si nous pouvons choisir, dans la première voiture, juste derrière la locomotive !

— Ce n'est pas ce que je vous demande. En quelle classe ? La première est la plus confortable mais c'est la plus chère. La troisième est la moins chère mais vous êtes debout et au grand air.

— Alors donnez-nous la troisième, coupa Augustin. C'est assez cher comme ça ! »

En attendant l'heure du départ, les deux amis se promenèrent dans la gare, depuis l'embarcadère des voyageurs jusqu'à la gare des marchandises, et poussèrent jusqu'à la rotonde. Ils rôdèrent autour des wagons qu'on chargeait sur les quais encombrés. Ils découvrirent, ébahis, le monde ferroviaire avec ses bruits métalliques, ses fumées noires obscurcissant brutalement l'horizon, ses employés affairés. Parfois une grosse machine à vapeur, rutilante dans sa robe d'acier, longeait le quai en marche arrière et allait se mettre en limon pour s'accrocher à un convoi de wagons affrétés. Les sifflements stridents des locomotives, les jets de vapeur d'eau s'échappant de leurs entrailles, les bruits métalliques des bielles et des pistons bien graissés les étourdissaient.

« Nous sommes plus au calme dans nos montagnes ! » s'époumonait Augustin en tirant son ami par la manche de sa veste.

Le long d'un quai ils avaient repéré un wagon chargé de gros tonneaux : des muids, des demi-muids, des barriques, des foudres remplis de vin, d'où s'échappait une odeur de moût qu'ils connaissaient bien. Ils s'adressèrent à un employé occupé à relever des numéros inscrits sur le wagon.

« Quelle est la destination de ce chargement, demanda Augustin, et d'où vient-il ?

— Il part vers la région parisienne et il provient du domaine de Frontillargue à Saint-Martin. »

Ni Lucien ni Augustin ne connaissaient ce domaine viticole. Ils ne prêtèrent pas attention. Le convoyeur poursuivit :

« Les ouvriers d'usine consomment de plus en plus de vin. C'est un bon débouché pour nos régions ! Les wagons en partance pour la capitale et les villes industrielles du Nord sont de plus en plus nombreux. Avec le chemin de fer, il n'y a plus de problèmes de transport. Vous êtes paysans, n'est-ce pas ?

— C'est exact, répondit Lucien. Ça se voit ?

— Non, enfin… c'est pas ce que je voulais dire. C'est parce que vous vous intéressez à ce chargement de vin que je dis ça !

— Nous cultivons quelques vignes dans nos terres, précisa Augustin. Mais depuis quelques années, ce n'est plus ça. Elles sont malades. Nous allons voir les grands vignobles de la plaine pour savoir ce qu'ils font là-bas contre la maladie.

— Je suis au courant. Voyez cette cargaison de vin, eh bien elle ne représente pas la moitié de celle que le propriétaire envoyait il y a encore quelques années. Le domaine de Frontillargue n'a pas échappé au fléau. Remarquez, avec la baisse de la production, les cours du vin ont augmenté. Vous savez, les riches, quand ils perdent d'un côté, ils se rattrapent toujours de l'autre ! »

A force de discuter et de traîner le long des quais, près de la rotonde et des rampes par où les trains venaient s'apprêter, Lucien et Augustin faillirent rater l'heure du départ. Un coup de sifflet énergique les rappela à l'ordre. Ils détalèrent à grandes enjambées, non sans avoir remercié le convoyeur de sa gentillesse, et n'eurent que le temps de grimper en marche dans le dernier wagon du convoi, une voiture de troisième classe heureusement.

Le voyage les ravit, malgré l'inconfort et les escarbilles qui voltigeaient partout comme des lucioles. Le train s'arrêta dans toutes les petites gares de la ligne, longeant sur une partie de son parcours les rives du Gardon d'Alais. Très vite ils découvrirent les premiers vignobles dont les ceps ployaient déjà sous le poids des pampres en pleine floraison. Mai s'annonçait chaud et humide, un temps propice au développement de la maladie du blanc. Dans les rangées de vigne, des hommes et des femmes s'activaient, le dos courbé, une petite boîte dans les mains.

Du wagon, les deux amis ne pouvaient pas voir ce qu'ils faisaient. Mais ils devinaient qu'ils traitaient contre la maladie. Celle-ci rendait les pampres moins vigoureux, plus ternes, sans avoir fait crever les souches. L'oïdium détruisait la récolte mais ne tuait pas la vigne.

« Demain matin, nous nous rendrons dans les vignes, proposa Augustin. On y apprendra certainement des choses intéressantes. »

* *
*

Ils consacrèrent la fin de l'après-midi à la visite de la cité antique. Les arènes, la Maison carrée, les jardins de la Fontaine, la tour Magne parurent à leurs yeux ébahis de véritables merveilles.

« Dire que nos femmes et nos enfants ne sont pas là pour voir ça avec nous ! déplora Augustin.

— Un jour viendra où nous irons tous ensemble arpenter les boulevards de cette belle ville », lui répondit Lucien machinalement.

En prononçant ces paroles, Lucien ignorait que jamais ni lui ni Augustin ne reviendraient à Nîmes et que leurs enfants attendraient plus de cinquante ans pour s'y rendre pour la première fois, et pas dans l'intention de s'y promener.

Le soir, ils logèrent dans un petit hôtel de la rue de l'Aspic et le lendemain, dès l'aube, ils sortirent de la ville pour se rendre dans les terres. Autour de la cité, à quelques lieues de distance, s'étendaient d'immenses vignobles. La plupart appartenaient à de gros propriétaires dont les riches demeures se dressaient fièrement au milieu de leurs vignes.

Le patron de l'hôtel leur avait fourni l'adresse d'un honnête viticulteur :

« C'est celle du récoltant qui fournit en vin mon restaurant. Celui que vous avez bu hier soir provenait de ses caves.

— Je ne l'ai pas trouvé mauvais, remarqua Lucien. Et toi, Augustin ?

— Sûr qu'il était meilleur que notre piquette habituelle ! On ne peut pas se mesurer. »

Le domaine des Costes couvrait une quarantaine d'hectares. Ce n'était pas le plus grand vignoble des coteaux nîmois, mais ce n'était pas non plus le plus modeste. Comme partout dans le Languedoc, gros et petits propriétaires se côtoyaient, leurs vignes étaient étroitement imbriquées. Tous dépendaient de la même conjoncture. Mais les moyens de lutter contre les fléaux ne les mettaient pas tous à égalité.

Dans les terres, ils abordèrent des ouvriers agricoles apparemment très occupés. Certains labouraient entre les ceps à l'aide de charrues tirées par des chevaux, d'autres binaient le pied des souches pour les déchausser. La majorité des hommes et des femmes répandaient sur les feuilles vert tendre une poudre jaunâtre qui prenait à la gorge, à l'aide d'une sorte de récipient métallique.

Curieux, Augustin s'approcha de l'un d'eux et, le premier, demanda :

« Qu'est-ce que vous faites avec cette poudre ? »

L'ouvrier agricole se redressa, se racla la gorge, écarquilla ses yeux rougis, dit, étonné :

« Vous ne reconnaissez pas l'odeur du soufre ? »

Lucien, toujours soucieux de ne pas paraître idiot, ôta la réponse de la bouche d'Augustin :

« Si, bien sûr ! Maintenant que vous le dites. Excusez-nous, nous aussi nous possédons des vignes et nous avons le même problème. En cette saison, les feuilles se couvrent de ce maudit duvet farineux. Et nous ne savons pas comment nous en débarrasser. Nous avons tout essayé, rien n'y fait. C'est pour cette raison que nous sommes venus voir comment vous vous y prenez dans les grands domaines.

— Il faut traiter, répondit le vigneron, dès que les jeunes pousses atteignent sept à dix centimètres. Après, il est trop tard. Et il faut recommencer chaque fois que le temps se met à la chaleur et à l'humidité. Mieux vaut prévenir que guérir, comme on dit ! Mais, *vaï*, ici aussi on a eu de sérieux dégâts. Le propriétaire a dû arracher des hectares complets. Il était trop tard. Ça ne donnait plus rien, que des grappes chétives et rabougries d'une année sur l'autre. Cette pourriture, ça vous dessèche les grains avant qu'ils mûrissent. Une vraie cochonnerie !

— Qu'est-ce que c'est l'instrument que vous utilisez ? demanda Augustin.

— C'est une soufrette. Oh ! c'est pas sorcier. C'est un petit soufflet surmonté d'une boîte en fer-blanc. Regardez : dedans il y a un compartiment pour mettre le soufre en poudre. En agitant, vous voyez, le soufre sort de la poudreuse à travers la toile grillagée et se répand sur les feuilles.

— Nous, on a essayé avec de la cendre de bois et même avec de la chaux.

— Seul le soufre est efficace. A sec. Mais, paraît-il, ce produit-là coûte cher. Il vient de Sicile, des régions volcaniques. On m'a dit que des moulins à huile ont été transformés pour réduire le soufre en poudre et que sur les quais de la Joliette à Marseille ce commerce commence à rapporter gros. Le malheur des uns enrichit les autres !

— Vous disiez que votre patron a arraché ses vignes malades.

— Pas toutes, mais effectivement il a replanté des ceps qu'il a fait venir d'Amérique. Pour renouveler. Il est prévoyant ! Ainsi dans quelques années, si malgré le traitement les anciennes souches continuent à moins donner à cause de cette vermine, il pourra compenser avec les nouvelles variétés qu'il aura replantées. Tenez, ces ceps que vous avez sous les yeux, ils en viennent. Ce sont des noah ; et dans l'autre rangée à côté, ce sont des jacquez. Enfin, c'est ce qu'on m'a dit. Ils sont encore jeunes. On ne sait pas ce qu'ils vont donner. Mais paraît-il que là-bas, en Amérique, ils sont très prolifiques et ils ne craignent pas les maladies. Seul l'avenir nous dira si notre maître a fait le bon choix.

— Qui lui a conseillé d'employer le soufre ? s'enquit Augustin, plus intéressé par le traitement chimique que par les nouvelles variétés de vigne.

— Ah ça, mon brave monsieur, je l'ignore ! Je sais seulement qu'un jour, il est venu dans les vignes, accompagné d'un homme qu'on n'avait jamais vu sur le domaine. Pas un paysan, pour sûr ! Il était trop bien habillé pour ça. Il était fagoté comme un bourgeois de la ville, si vous voyez ce que je veux dire. C'était l'année dernière, à pareille époque, juste après les premiers redoux. Comme les années précédentes, avec l'humidité, la pourriture commençait à gagner. Je les ai entendus discuter. J'ai tendu l'oreille, curieux de ce qu'ils pouvaient bien dire...

— C'était Henri Marès, coupa un jeune homme occupé à la même besogne dans la rangée adjacente.

— Henri Marès ! Vous êtes sûr ?

— Certain. C'est un ingénieur agronome, quelqu'un qui a fait les grandes écoles à Paris. C'est lui qui a mis au point la technique du soufrage à sec dans son domaine de Launac. Mais c'est un certain Rose-Charmeux qui l'avait préconisé avant lui.

— Vous en savez des choses ! s'étonna Lucien.

— Je suis tout ça de près, ça m'intéresse. L'année dernière, le propriétaire m'a demandé de l'accompagner pour visiter le domaine de M. Marès dans l'Hérault. Comme beaucoup de viticulteurs, il s'est fait expliquer comment remédier à l'oïdium. Henri Marès nous a même montré ses observations au microscope.

— Et alors ?

— On a bien vu que le soufre provoquait la nécrose des filaments du champignon. C'était très clair. D'après M. Marès, les vignes traitées au soufre ont une plus grande résistance et une meilleure vigueur. Mais il faut traiter tous les ans et plusieurs fois.

— Le vin ne risque-t-il pas d'avoir un drôle de goût ?

— M. Marès affirme que non. Il explique très bien tout ça dans un mémoire qu'il a publié cette année dans le bulletin de la Société centrale d'agriculture de l'Hérault. »

Augustin s'approcha de son interlocuteur, un ouvrier agricole d'une vingtaine d'années, à la longue chevelure brune.

« Décidément, jeune homme, vous me paraissez bien instruit. Comment vous appelez-vous ?

— Je m'appelle Ernest Pujol.

— Moi, c'est Augustin Mazel. »

Lucien et Augustin passèrent le reste de la matinée à regarder travailler les vignerons du domaine des Costes. Puis ils se rendirent dans d'autres propriétés voisines, de plus petite taille. Le spectacle était le même. Partout la main-d'œuvre était affairée à soufrer. Toutefois, les vignes n'étaient pas toutes en pleine vigueur malgré les soins qu'on leur prodiguait.

« Il est trop tard pour celles-là, expliqua Ernest Pujol qui les accompagnait. Ils ne sauveront pas la production de cette année. Mais l'année prochaine, s'ils s'y prennent plus tôt...

— Votre propriétaire va arracher toutes ses vignes ? demanda Augustin.

— Non. Seulement celles qui sont très atteintes. Il veut surtout s'assurer que sa production ne chutera pas trop. Alors il prévoit de nouvelles vignes en plants américains pour assurer un niveau de production correct. Il aime les innovations.

— Décidément, l'Amérique c'est vraiment l'Amérique ! s'extasia Lucien.

— Je ne sais pas si tu as raison de t'emballer ainsi ! fit remarquer Augustin, plus circonspect. Qui te dit qu'avec ces plants américains, on n'aura pas introduit d'autres maladies dans nos vignes ? Tu sais, moi je me méfie de tout ce qui vient de l'étranger ! »

Lucien laissa son ami à sa méfiance et, très intéressé par les Américains et l'Amérique, poursuivit sa conversation avec le jeune paysan. Augustin, lui, préféra observer les ouvriers qui ne cessaient de poudrer les sarments au moyen de leurs soufrettes. En début d'après-midi, tous deux reprirent le train en gare de Nîmes pour regagner Alais et, tard dans la nuit, furent de retour à Sainte-Croix où leurs familles les attendaient avec impatience.

* *
*

Grâce au soufrage, la maladie de l'oïdium finit par reculer à partir de cette année 1856, mais s'étendit encore pendant quatre ans dans certains secteurs. Partout la production chuta et ne retrouva son niveau de 1850 que quinze ans plus tard.

Certains viticulteurs et petits paysans dont Lucien et Augustin, n'ayant pas les moyens financiers d'acheter la précieuse poudre jaune, d'autres, parce qu'ils répugnaient simplement à utiliser des produits chimiques dans leurs vignes, virent leurs récoltes périr sur pied d'une année sur l'autre.

Le soufrage pratiqué à grande échelle permit néanmoins de sauver une grande partie du vignoble. Des propriétaires entreprenants expérimentèrent les ceps américains réputés pour leur résistance aux maladies, ignorant alors qu'ils introduisaient dans leurs propres vignes un bien pire ennemi qui les anéantirait quelques années plus tard. D'autres plantèrent dans des secteurs jusque-là consacrés aux cultures céréalières. La vigne commença à s'étendre partout dans la plaine, jusque dans les moindres recoins où le terrain était de meilleure qualité. La production s'assainit. Face à la demande sans cesse croissante des classes ouvrières peu exigeantes sur la qualité du breuvage qu'on leur offrait, les cours du vin se remirent à grimper, dépassant les quarante francs l'hectolitre. Certains gros propriétaires fonciers, profitant d'un fulgurant retour à la prospérité, se firent construire de véritables châteaux au cœur de leurs domaines, dévoilant sans vergogne leur mentalité de nouveaux riches.

De dépit, Augustin arracha ses vignes et, comme bon nombre de petits paysans, les remplaça par des cultures vivrières. Il pratiqua à nouveau une antique polyculture qui, à défaut de lui procurer de l'argent, lui permit d'assurer la subsistance des siens. Faisant contre mauvaise fortune bon cœur, il se rendit à la raison.

« Mieux vaut manger que boire ! s'exclama-t-il un jour de découragement. J'irai faire les vendanges chez les autres pour gagner le prix de mon vin ! »

Quand, deux ans plus tard, il s'embaucha sur le domaine de Frontillargue, il fut surpris de constater le triste état dans lequel se trouvait le vignoble. En effet, Charles de Sumène, son propriétaire, n'avait rien entrepris pour sauver ce qui pouvait l'être encore. Ses vignes périclitaient depuis des années, n'ayant pas été traitées par les moyens radicaux qu'Henri Marès préconisait depuis deux ans. C'était presque la désolation partout.

« C'est pas Dieu possible ! » déplora Augustin sans faire part de son étonnement.

3

Frontillargue

Le domaine de Frontillargue s'étendait sur les trois quarts de la commune de Saint-Martin et empiétait encore sur les communes voisines de Quissac et de Corconne. Depuis plus de deux siècles et demi il appartenait à la famille de Charles de Sumène, marquis de Froissac, dont un ancêtre avait aidé l'intendant Basville à réprimer la révolte protestante dans les Cévennes au début du XVIIIe siècle. Pour le récompenser de ses bons et loyaux services, le roi lui avait offert le magnifique manoir confisqué à la famille d'un noble seigneur acquis à la Réforme. Pendant de nombreuses années, ce bastion avait servi de refuge aux camisards révoltés contre l'autorité du souverain. Sous le joug des Froissac, la commune de Saint-Martin était vite rentrée dans le rang. Le nombre des « Nouveaux Convertis » se multiplia et la population retrouva, de gré ou de force, le chemin de l'église. Le temple fut détruit, tout comme celui d'Anduze, la grande cité huguenote voisine, ce qui n'empêcha jamais la foi protestante de rester bien vivace dans les cœurs à défaut de pouvoir s'exprimer au grand jour tant que le Roi-Soleil dispersa sa lumière sur son royaume.

Plus tard, quand Louis XVI signa l'Edit de Tolérance, puis avec la proclamation de la liberté de conscience au cours de la Révolution, les protestants osèrent à nouveau se montrer et s'exprimer. Ils reconstruisirent un temple, plus grand encore. Si bien qu'en ce milieu du XIXe siècle, deux communautés coexistaient plus ou moins pacifiquement à Saint-Martin : l'une catholique et toujours attachée à la châtellenie du marquis de Froissac, l'autre protestante, farouchement républicaine et frondeuse.

Dans le village, tout fonctionnait donc par deux : deux boulangeries nourrissaient la population ; deux forgerons martelaient le fer et l'enclume ; deux bourreliers fabriquaient harnais et colliers ; deux cafés, celui des blancs et celui des rouges, rassemblaient les hommes le soir après le travail, ou le dimanche matin à la sortie de l'église et du temple. Tous se connaissaient et se respectaient, et tant que personne n'abordait les questions politiques la paix civile régnait dans la petite commune.

Charles de Sumène était un personnage de l'Ancien Régime, attaché aux prérogatives de son rang et aux souvenirs de sa noble lignée. Il paraissait toujours en public perruqué, poudré, en habit de soie sombre pour bien marquer son veuvage. Dans son château, l'étiquette était toujours en vigueur et ses domestiques ne se seraient jamais permis le moindre écart de langage ni le moindre faux pas en sa présence. Ses invités étaient toujours soigneusement choisis et paraissaient selon le protocole d'usage. Il avait sa place réservée à l'église, exerçait un droit de regard non officiel sur les affaires de la commune bien que ne faisant pas partie des élus. Et il était le seul catholique à avoir, comme les protestants, le droit et le privilège de se faire enterrer dans les terres de sa propriété.

Né pendant la Révolution, le marquis de Froissac représentait toujours la vieille France, celle qui n'avait pas désarmé malgré les grands événements qui avaient mis fin à l'Ancien Régime, et que républicains et bonapartistes avaient combattue avec hargne et pugnacité sans jamais pouvoir la détruire tout à fait. Composée d'ultras, de légitimistes et d'orléanistes, celle-ci était encore une force vive dans la nation. L'empereur savait qu'il devait autant se méfier de ses partisans que de ceux qui, à l'autre extrémité de l'échelle politique, attendaient patiemment leur heure pour restaurer la république. N'était-ce pas la raison pour laquelle Napoléon III faisait maintenant souffler sur le pays un grand vent de libéralisme qui, loin de calmer les esprits échauffés, ne faisait que profiter aux oppositions de toutes sortes en attisant les braises de la revanche ?

Veuf depuis dix ans, le vieux marquis avait senti venir la tempête. Craignant de voir son héritage confisqué comme au temps malheureux des biens nationaux, ou dilapidé à la suite d'un mariage hasardeux de sa fille unique Eléonore – les bons partis dans le monde royaliste n'étaient pas les plus argentés ni les plus sûrs –, il avait préféré marier celle-ci à un riche industriel du Nord dont les usines enfumaient les cieux engrisaillés des Flandres. Eléonore, future marquise de Froissac, avait donc épousé Eugène Delcourt, filateur à Tourcoing. De cette union était née une fille, Camille, qui était la joie de sa mère, la consolation de son père, mais le grand désespoir de son noble grand-père. Il semblait en effet que le destin s'acharnât sur les parents de la jeune enfant en leur refusant la naissance d'un fils.

Charles de Sumène, déçu du mauvais choix qu'il avait fait pour sa fille, ne décolérait pas intérieurement. Ses remords le rongeaient et le rendaient de plus en plus maussade. A plus de soixante ans, il n'éprouvait plus aucun goût à s'occuper de son domaine qui se trouvait ainsi en piètre état et très mal préparé à affronter la bourrasque qui allait bientôt se déchaîner sur toute la plaine du Languedoc et du Roussillon.

Frontillargue se composait d'une demi-douzaine de métairies, toutes aussi modestes les unes que les autres, et d'une réserve autour du château sur laquelle travaillait un personnel pléthorique. L'ensemble ne produisait pas le quart de ce qu'un domaine équivalent donnait dans les riches plaines du Bassin parisien ou dans le vignoble bordelais. Le marquis déléguait de plus en plus ses pouvoirs à ses régisseurs, qu'il rassemblait chaque dimanche matin, après la grand-messe à laquelle tous ses gens étaient tenus d'assister. Il les écoutait exprimer leurs doléances, faisait mine d'entendre leurs préoccupations, leur promettait de prendre les décisions idoines. Mais, faute de moyens financiers, ceux-ci ne pouvaient que remettre à plus tard les réparations, les achats, les innovations et les travaux de modernisation nécessaires à la restructuration du travail, des emplois, des assolements et autres méthodes de culture.

Le domaine utile comprenait une majorité de terres labourables. Les quatre-vingts hectares de blé, de seigle et d'avoine n'étaient pas du meilleur rapport à cause des faibles rendements obtenus par les métayers, dont les méthodes d'assolement n'avaient pas changé depuis des lustres. Ceux-ci en effet utilisaient peu d'engrais car ils faisaient peu d'élevage, n'ayant pas les moyens d'acquérir un abondant cheptel. Et leurs outils étaient des plus rudimentaires, tous n'ayant pas encore remplacé l'araire par le brabant. Dix hectares étaient couverts par des oliveraies. Leur production était destinée au moulin à huile du domaine et constituait la meilleure source de revenus par rapport à la superficie. Soixante-dix hectares de vigne enfin s'étendaient autour du château de part et d'autre du Vidourle dont les crues pouvaient se montrer catastrophiques au moment des vendanges. Ces vignes, dans lesquelles travaillait Augustin Mazel, avaient été touchées par l'oïdium quelques années auparavant. Certes la catastrophe s'était déclarée plus tardivement que dans les communes voisines de l'Hérault mais, faute de traitements efficaces, en cette fin de décennie la production n'avait pas encore retrouvé son niveau d'avant la crise. Le reste du domaine, soit un peu plus des deux tiers, était couvert de bois et de garrigues calcaires où seuls les maigres troupeaux de brebis des métayers et les lapins de garenne trouvaient leur content de nourriture.

* *
*

Eugène Delcourt, en homme d'avenir sans cesse à la recherche des méthodes les plus innovantes pour moderniser ses filatures et accroître la productivité de ses machines, se désolait de voir combien un si beau domaine croupissait au soleil. Il s'en était ouvert à son épouse, mais s'était bien gardé d'en parler à son beau-père, de peur de froisser sa susceptibilité.

« Votre héritage, ma chère, est en bien mauvais état ! Trop de terres sont improductives et les vignes ne donnent pas assez de vin.

— Vous ne faites que prêcher une convertie, lui répondait son épouse chaque fois que le sujet revenait dans la conversation. Hélas ! mon père est trop vieux pour se lancer dans l'aventure !

— Qui vous parle d'aventure ? Il suffirait qu'il s'entoure d'hommes compétents. Les régisseurs qui dirigent son domaine profitent de sa frilosité et lui mangent le pain sur le dos. A notre époque il faut savoir se séparer des travailleurs qui ne sont pas à la hauteur.

— Tous ces gens auxquels vous faites allusion ont toujours travaillé sur les terres de Frontillargue. Ils appartiennent à Frontillargue comme les pierres du château.

— Ma chère, nous ne sommes plus à l'époque des seigneurs ! L'Ancien Régime a vécu, ne vous en déplaise ! Ces gens n'ont qu'à s'adapter ou s'en aller.

— Mon père les garde, non par charité – ce n'est pas son genre – mais parce que leurs familles ont toujours été fidèles à notre blason.

— Le blason des Froissac est bien terne aujourd'hui. Je ne vous ferai pas l'injure de vous rappeler l'unique raison pour laquelle votre père vous a mariée à un Delcourt, un simple roturier ! »

Eléonore se sentait toujours bafouée quand son mari lui rappelait son mariage de raison.

« Et vous-même, monsieur, pourquoi donc m'avez-vous épousée si ce n'était pour dorer votre nom du sceau de la noblesse ?

— Ma tendre épouse, cessons de nous quereller ! Sachez que seule votre beauté a attiré mes regards lorsque nous fûmes présentés l'un à l'autre par ce soir de grand bal dont mes souvenirs sont encore tout imprégnés. J'ignorais alors qui vous étiez, mais mes yeux ne voyaient que vous. A Paris, on rencontre tellement de monde que loin de moi était l'idée que vous puissiez appartenir à l'une des plus grandes familles de France.

— Il n'empêche, monsieur, que mon titre ne vous a pas fait fuir ! Ni la dot que mon père me réservait, ni son héritage que vous osez dénigrer aujourd'hui.

— Je signifiais simplement qu'il serait bon de raisonner monsieur votre père. Qu'il serait temps que quelqu'un de bien avisé s'occupe sérieusement de son domaine avant que celui-ci ne tombe en complète décrépitude et ne perde toute sa valeur.

— Je vous en laisse volontiers le soin, cher ami. Ne comptez pas sur moi pour ce genre de démarche. »

Eugène Delcourt, jeune industriel ambitieux, ignorait en réalité les raisons profondes du désintérêt du marquis pour le domaine de Frontillargue. Dernier héritier mâle de la lignée des Froissac, Charles de Sumène ne parvenait pas à accepter l'idée que son fief, comme il affectait de l'appeler non sans une pointe d'ironie, passe dans les mains d'un roturier qui ne cachait plus, depuis peu, sa préférence pour les bonapartistes, la pire des engeances, pensait-il avec affliction. Il s'était bien trompé en ce soir de bal chez le prince de

Conti, lorsqu'on lui avait présenté le jeune industriel tourquennois. Il s'était empressé de mettre sa fille en avant. A vingt-deux ans, Eléonore n'était plus de prime jeunesse et il était temps qu'elle lui donnât un héritier.

Eugène Delcourt était bel homme, accort et de fière prestance. Son langage et ses bonnes manières traduisaient une éducation sans faille. Et, à défaut de s'avouer légitimiste, il s'affichait volontiers orléaniste. L'essentiel, pensa alors le vieux marquis, était qu'il fût le défenseur de la couronne de France qui ne manquerait pas de revenir un jour prochain – il en était intimement persuadé – sur la tête de l'un des deux prétendants au trône.

Quels n'avaient pas été sa surprise et son désarroi quand il apprit que son gendre avait fini par se laisser convaincre par la politique économique de Napoléon III ! Celui-ci, à l'instar de Louis-Philippe, avait rassuré les grands milieux d'affaires en faisant de l'industrialisation du pays l'une de ses priorités.

« L'Empire, c'est l'avenir de la France ! » avait un jour proclamé l'industriel au nez de son beau-père, alors qu'il lui rendait visite avec son épouse comme chaque année à la période des vendanges.

Le vieux marquis avait pâli – ce qui, sous son fard, ne se vit guère – mais n'avait pas sourcillé. Dès lors, il prit son gendre en grippe et regretta bien de lui avoir donné sa fille en justes noces.

« Je la déshériterai afin qu'il n'obtienne rien de moi ! s'était-il juré. Je léguerai tout par testament à ma petite-fille. Ah, si seulement j'avais un petit-fils ! Ce fieffé roturier n'est qu'un beau parleur, incapable d'engendrer un mâle ! »

Ainsi, au fil des années, Charles de Sumène se consumait d'amertume et de regrets, et laissait son domaine partir à vau-l'eau.

C'est dans ce contexte qu'Augustin Mazel lui fut un jour présenté par Léon Dubreuil, le régisseur du vignoble.

« Vous n'êtes pas bonapartiste, au moins ? » lui avait demandé le marquis sans détour.

Ce fut sa seule question.

Surpris, Augustin ne répondit pas. Etait-ce un piège de la part du maître des lieux ?

Alors que les mouchards et la police de l'empereur étaient infiltrés partout, il trouva étrange qu'on lui posât aussi ouvertement une telle question.

« Vous ne répondez pas ! C'est donc que vous ne l'êtes pas. Vous ferez donc l'affaire. Vous êtes embauché. Vous verrez avec M. Dubreuil pour vos gages. Et si vous convenez au travail qu'il vous confiera, l'année prochaine vous pourrez revenir avec les membres de votre famille… si vous le voulez. Depuis que nos vignes sont malades de l'oïdium, nous avons besoin de toutes les bonnes volontés pour redresser notre vignoble, n'est-ce pas monsieur Dubreuil ? »

Il y avait longtemps que le régisseur n'avait pas entendu son maître s'intéresser de cette sorte à son domaine. Il n'osa lui dire que la main-d'œuvre était déjà assez nombreuse, et emmena aussitôt Augustin dans les vignes pour lui montrer l'endroit où il travaillerait dès le lendemain.

* *
*

« Père, tu m'emmèneras bientôt faire les vendanges ? »

Le jour de ses huit ans, Adrien demanda à Augustin la permission de l'accompagner dans la plaine.

« Tu es trop jeune, *pitchoun*, lui répondit sa mère sans attendre la réponse de son mari.

— Mais Simon l'accompagne depuis longtemps !

— Tu te trompes. Simon était plus âgé que toi, mentit Marthe, lorsque ton père l'a emmené. Et ce ne fut pas de gaieté de cœur, crois-moi. Tu peux le lui demander. Les vendanges, c'est un travail pénible. Hein, Augustin ? Réponds-lui ! Il est trop petit, n'est-ce pas ? »

Augustin ne répondait pas, perdu dans ses pensées. Depuis qu'il s'était décidé à se joindre à une colle[1], uniquement constituée d'hommes, de femmes et de jeunes de son village, il évitait de parler de ce travail qu'il accomplissait dans le bas pays, dans les vignes du domaine de Frontillargue. Lui, le paysan cévenol fier de ses origines

1. Equipe de vendangeurs.

et de son indépendance, avait quémandé l'aumône comme un miséreux pour travailler chez un autre. Il avait dû patienter pour qu'un valet de régisseur lui signifie que son maître acceptait de l'engager comme porteur de hotte pour la saison, et s'abaisser à tendre la main en fin de campagne pour recevoir son maigre salaire. En son for intérieur il s'était senti avili et se reprochait déjà d'avoir entraîné son fils aîné dans son sillage.

Simon l'avait accompagné dès sa troisième campagne. L'enfant n'avait alors que huit ans. Le premier jour de son arrivée, Léon Dubreuil, le régisseur, lui avait collé une serpette dans les mains et lui avait dit d'un air paternaliste :

« Tu regarderas bien comment font les autres coupeurs. Tu feras comme eux. Surtout n'oublie pas trop de grains sur les souches et prends garde de ne pas te blesser. L'instrument est tranchant. J'en connais plus d'un qui se sont tailladé les doigts. Un coupeur à qui il manque des doigts ne fait plus un bon coupeur ! »

Fier comme Artaban de travailler comme un grand, Simon se mit aussitôt à l'ouvrage sans se soucier de son père qui, lui, allait charger les comportes. Il ne se laissait jamais distancer dans sa rangée de ceps et veillait attentivement à ne pas oublier une grappe sous les feuilles. Certes, au début, il peinait à tenir la cadence imposée par la *moussègne*[1], une forte femme qui avait toute la confiance du *baïle*[2]. Celle-ci faisait parfois mine de le gronder pour l'activer, mais elle avait un cœur d'or et ralentissait volontairement le rythme quand elle s'apercevait que l'enfant donnait des signes de fatigue. Victorine – « Torine » comme chacun l'appelait familièrement – habitait un hameau proche de celui des Mazel à Sainte-Croix. Ses enfants, un peu plus âgés que ceux d'Augustin et de Marthe, fréquentaient la même école. Cela les rapprochait pendant les heures de dur labeur quand, pliés en deux de l'aube au coucher du soleil, le temps n'était plus ni à l'amusement ni aux discussions inutiles.

Victorine avait été la première étonnée de retrouver Augustin à Frontillargue. Veuve depuis deux ans, elle avait à charge une maisonnée de quatre enfants dont trois participaient avec elle aux vendanges, tandis que sa mère, veuve elle aussi, gardait sa maison et sa petite dernière âgée de trois ans.

« *Vaï*, la vie ne fait de cadeaux qu'aux riches ! avait-elle avoué à Augustin quand il s'était joint la première fois à sa colle. J'aurais jamais cru qu'un homme fier comme toi viendrait un jour travailler pour un patron !

— Ma foi, moi non plus, ma brave Torine, tu peux me croire ! Il m'en coûte beaucoup, vraiment, mais quand on n'a plus de quoi nourrir sa propre

1. Meneuse, chef d'équipe qui commande une colle.
2. Régisseur.

famille, on est bien obligé d'en rabattre ! Tu sais ce que c'est.

— Remarque, nous sommes nombreux à devoir lécher les bottes de ces gros propriétaires. Les temps sont durs pour tout le monde.

— Ça ne me console pas ! »

Deux ans plus tard, Augustin, ne voyant pas sa situation s'améliorer, s'était donc résolu à emmener Simon avec lui.

« Ce qu'il gagnera sera toujours ça de plus pour nourrir les petites, lui avait objecté Marthe. Nous ne pouvons nous permettre de refuser le travail. Simon saura se montrer digne de toi.

— Tu as raison, hélas ! Mais en octobre, il ne manquera pas l'école pour autant. J'y tiens ! Pour trois ans encore. Après, on verra. »

Aussi, quand Adrien avait demandé à accompagner son frère, Augustin, dépité, préféra laisser répondre sa femme. Il n'avait pas le cœur à lui dire que son tour viendrait bien assez tôt.

« Alors, père, tu ne m'as pas répondu ! Quand pourrai-je vous suivre tous les deux ? Je suis assez costaud pour couper les grappes de raisin !

— On verra plus tard. Ta mère a raison. Quand tu auras dix ans, nous en reparlerons. Pour l'instant, tu es plus utile au mas avec tes sœurs. L'ouvrage ici ne manque pas. Et puis, sache que ce n'est pas toujours très drôle de faire les vendanges. On reste dehors par tous les temps ; qu'il menace de pleuvoir, qu'il vente ou qu'il tombe une forte canicule, on ne peut pas s'arrêter. Et le soir, on a bien mal aux reins à devoir rester courbés toute la journée ou, pour nous les hommes, à porter des hottes pleines à craquer sans jamais pouvoir souffler un instant. Le baïle est sans cesse sur notre dos et ne nous lâche jamais la bride sur le cou. Dis-le-lui, Simon, toi qui as déjà fait tes premières armes. »

Simon ne répondit pas. Passé les premiers jours où, effectivement, il avait éprouvé, le soir, une grosse fatigue et de douloureuses courbatures, il ne se souvenait que des bons moments. Il avait envie d'avouer à son jeune frère qu'on rigolait bien dans les rangées de vigne, entre coupeurs et coupeuses, quand la moussègne avait le dos tourné – ce qui était presque toujours le cas puisque c'était elle qui menait l'équipe.

« Tu sais, racontait-il à son frère à l'insu de son père, quand une fille oublie une grappe de raisin sur une souche, sans la prévenir, les garçons l'attrapent pour la mascarer.

— La quoi ?

— La mascarer. La farder si tu préfères. Ils lui barbouillent le visage avec les raisins. Et tout le monde rigole bien !

— Torine laisse faire sans gronder ?

— Torine et même le régisseur. C'est une tradition. C'est comme ça.

— Ça fait mal ?

— Penses-tu ! Mais ça *pègue.* Et après, toutes les guêpes lui tournent autour.

— Pourquoi ?

— Il y en a plein qui volent au-dessus des comportes. Elles sont attirées par le jus sucré. A force, elles deviennent complètement saoules. Faut les voir, elles sont toutes ramollies par les vapeurs d'alcool. Mais faut s'en méfier. Elles piquent. »

Simon ne tarissait pas d'anecdotes et faisait les beaux soirs de son frère avant que tous deux ne s'endorment côte à côte dans le même lit.

« Tu verras, quand tu nous accompagneras, toi aussi tu t'amuseras bien. Au début c'est vrai que c'est pénible ; mais après, avec l'habitude, on s'y fait. Faut pas écouter les grands. Ils sont tous comme père, ils font que *rouscailler* contre les maîtres. Je ne sais pas pourquoi, c'est des histoires de grandes personnes. Mais je peux t'assurer qu'avec les garçons des autres colles, le soir après le travail quand on s'est reposés, on s'amuse bien. D'ailleurs les grands aussi. Père ne le dit pas, sans doute pour ne pas affoler maman, mais je l'ai vu souvent suivre les autres au café du village. *Des platanes on les entendait cascailler*[1] presque chaque soir !

— Tu les suivais ?

— Qu'est-ce que tu crois ? Pendant que les grands allaient boire un coup, nous, on en profi-

1. Titre du livre de René Domergue, RD éditions, 2003.

tait pour s'échapper et on allait se promener dans les rues du village.

— Torine ne vous a jamais attrapés ?

— Si, plus d'une fois, mais elle est brave. Elle nous promettait de ne rien dire si le lendemain nous mettions les bouchées doubles.

— Et dans les vignes, qu'est-ce qu'il fait exactement, père ?

— Ben il te l'a dit : il navigue d'une rangée de vigne à l'autre avec sa hotte sur le dos, parfois avec une *banaste*[1] en osier. Il porte le raisin jusqu'aux comportes.

— Qui lui remplit sa hotte ?

— Les videurs de seaux.

— Vous êtes nombreux ?

— Une dizaine par colle : un porteur, deux videurs, cinq coupeurs en plus de la moussègne, un tasseur qui *quiche*[2] les grappes dans la comporte. Ça fait du monde, car il y a plusieurs colles. Le domaine est grand. »

Adrien imaginait bien les scènes de vendanges à travers les histoires enjolivées par l'esprit fantasque de son frère. Il considérait ce dernier comme un vrai héros, travaillant dans le monde des adultes mais capable d'échapper à leur surveillance pour mieux aller à la découverte de la vie, une vie faite d'aventures à l'image des contes qu'il lisait parfois

1. Grand panier.
2. Serre.

dans le livre de lecture de l'école. Simon ne lui parlait jamais des sentiments de frustration qu'éprouvaient son père et la plupart des journaliers et des saisonniers obligés de se louer pour venir en aide à leurs familles. Les enfants ne voient jamais tout à fait l'autre côté du miroir, ce qui leur permet de mieux accepter les vicissitudes de la vie.

Sur le domaine, seuls les ouvriers agricoles permanents – tous des Languedociens de Saint-Martin – et les domestiques du château semblaient moins à plaindre car ils bénéficiaient d'un régime de faveur. Beaucoup occupaient les meilleures places : au convoyage des comportes vers le chai, ou à la cave. Hormis Victorine, les meneuses étaient également choisies parmi les femmes du village. Ces différences de situation leur donnaient un semblant de supériorité, une certaine assurance. Ils montraient souvent du mépris envers les gavaches descendus des montagnes lozériennes et ardéchoises. En réalité, le maître des lieux, propriétaire du domaine, issu d'une noble lignée, ne s'en souciait absolument pas et ne faisait aucune différence parmi le personnel que son régisseur embauchait en son nom.

Augustin ignorait tout des tourments du marquis. Pour lui, rien d'autre ne comptait en son cœur meurtri que ce sentiment d'abaissement qu'il avait éprouvé devant la condescendance de Charles de Sumène.

Ce fut pire encore quand, contraint par la nécessité, il avait fait embaucher Simon.

« Je suis entré en esclavage ! avait-il un soir avoué à Marthe, les yeux remplis de larmes.

— Abandonne ta fierté, Augustin ! Un jour tu auras ta revanche. Et si ce n'est pas toi, tes fils l'auront pour toi. »

4

Première victoire

Malgré ce qu'il ressentit le jour de sa première embauche, Augustin reconnut volontiers que le travail dans les vignes de Frontillargue, en dépit de sa pénibilité, était loin de lui déplaire. Il assumait volontiers son nouveau statut d'ouvrier agricole saisonnier, tant qu'on ne disait pas de lui qu'il n'était qu'un gavache, synonyme de gavot, vocable qu'il savait péjoratif dans la bouche méprisante de ceux qui l'employaient. Les hommes de la montagne, aux yeux des gens de la plaine, passaient pour des arriérés, des êtres rustres, austères, renfermés, peu ouverts au monde extérieur. Aussi, quand un de ses compagnons de travail originaire du bas pays s'aventurait à le chiner à ce sujet, sa repartie ne se faisait-elle jamais attendre. Fier de ses origines comme de son *pays*, Augustin n'entendait pas se laisser rabaisser par des hommes qui n'en savaient parfois pas plus que lui et profitaient souvent de leur situation.

Les travaux les plus pénibles étaient toujours assurés par les saisonniers descendus des montagnes voisines. Les colles étaient constituées par le régisseur dès le premier matin des vendanges. Léon Dubreuil, qui occupait le poste de baïle depuis plus de vingt ans, connaissait bien ses équipes. Il en permutait parfois les membres en fonction des nouveaux arrivants, mais rechignait en général à modifier complètement leur composition quand, par affinité, certains désiraient changer de colle. Il veillait toujours au bon équilibre de chacune en tenant compte de l'origine géographique des saisonniers, préférait regrouper ceux qui appartenaient au même village afin d'éviter les querelles de clocher. Il dosait savamment le nombre d'enfants, d'hommes et de femmes dans chaque équipe, et demandait aux meneuses de lui signaler le nom des coupeuses et des coupeurs qui avaient tendance à ralentir le rythme du groupe. Le baïle était craint et respecté, personne ne se serait permis de lui tenir tête.

Le travail d'Augustin était fatigant. Il nécessitait un dos solide, une musculation d'acier et de bons mollets. Les porteurs ne comptaient pas les pas qu'ils effectuaient toute la journée dans les rangées de vigne. Au fur et à mesure que les videurs de seaux déversaient le raisin dans leurs hottes d'osier, solidement harnachées sur leurs épaules, elles-mêmes protégées par un *cabussau*[1], ils se campaient solidement sur leurs jambes pour ne pas

1. Sac de toile rembourré de paille et formant capuchon sur la tête, servant à protéger le dos du porteur.

vaciller. Sans fléchir, ils allaient vider leur lourde charge dans les comportes qui les attendaient dans les allées transversales à l'extrémité de la parcelle, près d'une charrette attelée à un cheval.

A chaque voyage, Augustin avalait une grande rasade d'eau fraîche, disait trois mots au convoyeur, puis repartait à l'autre extrémité de la vigne où les videurs l'attendaient déjà, leurs seaux débordant de grappes gorgées de soleil. Jamais il n'y avait de temps mort.

Aussi, quand vers 10 heures arrivait la pause de la matinée, comme un seul homme, au signal de la moussègne, tous laissaient choir serpettes, seaux, hottes et banastes et venaient se regrouper à l'ombre d'un arbre pour dévorer le casse-croûte toujours copieux et arrosé de piquette. Celui-ci était préparé dans les cuisines du château et apporté sur place par des servantes. Beaucoup enviaient leur situation. Elles faisaient partie des gens du château, comme on désignait l'ensemble de la domesticité engagée à demeure par le marquis.

* *
*

Les saisonniers affluaient de plus en plus dans les grands domaines viticoles, car la crise de l'oïdium commençait à reculer grâce au soufrage que la plupart des gros propriétaires pratiquaient. La vigne s'étendait de plus en plus au détriment des autres cultures, parfois même aux dépens des garrigues. Ici et là, de nouvelles fortunes s'établissaient. La production augmentait à nouveau, encouragée par une demande sans cesse croissante. Cette fragile prospérité accélérait l'immigration saisonnière car, malgré l'afflux de la main-d'œuvre, le prix de la journée de travail augmentait. A l'instar des mines et des usines des villes industrielles, la vigne attirait vers les plaines les populations déshéritées des montagnes.

Augustin assistait à cette réalité d'un air contrit. Il regrettait amèrement que, même dans son propre village depuis quelques années, certains jeunes ne reviennent plus après les vendanges, ayant trouvé une embauche permanente dans un grand domaine. Mais force lui était de constater que cette rentrée d'argent dont il bénéficiait à l'automne lui permettait d'oublier momentanément ses propres malheurs.

Avec son ami Lucien qui l'avait précédé d'un an à Frontillargue, il comprit très vite que le domaine de Charles de Sumène courait à sa perte.

« Si ça continue, nous devrons aller nous faire embaucher ailleurs, lui avoua-t-il dès la fin de sa deuxième saison. Je crains fort que l'année prochaine les vendanges ne soient compromises si rien n'est fait contre la maladie ! As-tu remarqué comme les grappes sont petites et rares ? C'est de pire en pire.

— Le marquis s'en désintéresse complètement, reconnut Lucien. Léon Dubreuil est partisan des vieilles méthodes, et c'est lui qui a l'oreille du maître.

Il ne faut pas chercher plus loin ! A ce rythme-là, l'oïdium aura bientôt raison de tout le vignoble.

— Crois-tu possible de parler au marquis ?

— Pour quoi faire ?

— Pour tenter de le convaincre de ce que nous avons vu il y a trois ans, au domaine des Costes.

— Tu n'y penses pas, Augustin ! On n'approche pas un marquis comme un régisseur. Et que dirait Léon Dubreuil s'il apprenait que tu le désavoues derrière son dos ? Sûr qu'il ne te reprendrait plus l'année prochaine. Or tu as bien besoin de travail, non ?

— Oui. Mais qu'à cela ne tienne ! On ne peut quand même pas rester à ne rien faire. Tout le monde ici fait comme si la maladie n'existait pas. Peu à peu tous les ceps seront touchés. Il n'y aura plus une seule vigne saine et plus de travail pour personne. »

Lucien n'était pas trop décidé à braver les interdits ni à contourner les convenances.

« Après tout, un marquis est un homme comme un autre, tenta de le convaincre Augustin. Qui n'ose rien n'obtient rien !

— Bon, je te suis, finit par accepter Lucien. Mais attendons au moins la fin des vendanges. C'est plus prudent. Je ne voudrais pas que le baïle nous renvoie avant. »

Fin septembre, quand les convoyeurs eurent déversé dans les cuves leurs dernières cargaisons de grappes, Augustin entraîna Lucien à l'écart.

« Tu vois cette paie ! Je suis prêt à te la parier et à la perdre si nous ne parvenons pas à convaincre le marquis.

— Il faudrait d'abord que tu puisses te faire introduire.

— J'ai ma petite idée. »

Augustin annonça à Victorine qu'il ne rentrerait pas tout de suite à Sainte-Croix avec les autres membres de sa colle.

« Ne t'inquiète pas. Je préviendrai Marthe que tu restes un jour ou deux de plus », lui promit-elle en se demandant ce que lui et son *alter ego* de Lucien pouvaient bien manigancer.

« Pourvu qu'ils ne se soient pas laissé entraîner par ces jeunes manouches que j'ai vues rôder autour des hommes, le soir, sous les platanes ! » se dit-elle en embarquant ses effets personnels dans le char à bancs qui ramenait son équipe vers Quissac.

En discutant avec les cavistes qui travaillaient au chai, Augustin avait appris que le marquis passait toujours visiter ses caves le lendemain du Dieu-le-veut[1]. C'était sa seule manière de montrer son intérêt au travail effectué par ses gens. Il questionnait son régisseur, son maître de chai, ses cavistes, s'informait de la qualité des moûts, de leur teneur en sucre, des difficultés qu'ils risquaient de rencontrer. Il goûtait les premiers nectars, en appréciait la cou-

1. Grand repas qui clôture les vendanges, auquel le propriétaire convie tous les vendangeurs.

leur, la limpidité, la souplesse en bouche, tâchait d'en estimer la rondeur pour savoir ce que donneraient les vins qui en résulteraient. A vrai dire, le marquis s'acquittait de cette tâche par habitude, mais n'avait plus depuis longtemps ni le cœur ni l'envie de se préoccuper des fruits de ses vignes.

Augustin et Lucien attendirent donc le lendemain matin pour tenter d'entrevoir le marquis. Quand ils le virent arriver dans le tilbury, qu'il utilisait pour se déplacer dans ses terres, Augustin le premier entraîna Lucien vers le chai. Personne ne prêta attention à leur présence, et c'est en toute tranquillité qu'ils purent pénétrer dans la cave.

Il y régnait une forte effervescence. Si les vendanges étaient terminées depuis la veille, le travail de cuvaison commençait, période cruciale de la vinification au cours de laquelle allaient avoir lieu la macération des moûts et la fermentation alcoolique. Du savoir-faire des cavistes dépendait la qualité du prochain cru du domaine.

En tant que régisseur, Léon Dubreuil supervisait le travail, mais le véritable maître d'œuvre, celui qui dirigeait toutes les opérations, était Henri Colas, le maître de chai. Celui-ci ne cessait de se désoler depuis que les vignes étaient atteintes du mal blanc. Non seulement la production avait diminué de moitié, mais, en plus, le degré d'alcool ne permettait pas une bonne conservation des vins produits. Les grappes qui avaient échappé par miracle au champignon maléfique, rabougries et à moitié sèches, n'avaient pas mûri convenablement au soleil et ne s'étaient pas gorgées de sucre.

« Comment voulez-vous faire du vin qui ait du corps et une belle robe avec des raisins qui ont souffert ? » se plaignait-il depuis des années, sans recevoir du marquis aucune réponse à ses récriminations.

Augustin avait rencontré plusieurs fois le maître de chai, le soir, au café de Saint-Martin – celui que fréquentaient ceux qui passaient pour des rouges parce que le patron s'affichait sans vergogne républicain. Ils avaient sympathisé, échangé au fil des soirs leurs opinions sur la conjoncture économique, la politique menée par l'empereur et sur l'avenir du pays. Les deux hommes, bien que de confession différente, s'entendaient bien. Lucien de son côté, plus méfiant, ne parlait jamais de politique et ne cessait de jeter des coups d'œil suspicieux autour de lui.

« Parlez moins fort ! ne cessait-il de les rappeler à l'ordre. Il y a des oreilles qui nous écoutent.

— Penses-tu ! affirmait Augustin. Tu vois des mouchards partout. »

C'est Henri Colas qui avait annoncé à Augustin la visite du marquis dans son chai le lendemain du Dieu-le-veut.

Quand, ce matin-là, le maître de chai vit arriver son ami, il se montra surpris :

« Je te croyais reparti chez toi avec ceux de ta colle ! Et toi aussi, Lucien. Que venez-vous faire au chai ? Vous cherchez du travail pour l'arrière-saison ?

— Euh... pourquoi pas, répondit Augustin qui n'avait pas songé à cette éventualité.

— Vous vous y prenez un peu tard ! »

Lucien tirait la manche de son ami pour lui signifier de ne pas insister. Mais Augustin poursuivait son idée.

« J'ai vu entrer le marquis dans la cave. Il ne doit pas être loin. En tant que maître de chai, ne pourrais-tu pas lui en toucher deux mots ?

— C'est que... hésita Henri Colas. Je n'ai pas assez de travail pour vous deux en ce moment. Vous savez aussi bien que moi que le vignoble ne donne pas trop et que la main-d'œuvre est pléthorique.

— Je sais, mais...

— De toute façon, moi, je rentre, coupa Lucien.

— Alors, si tu es seul à vouloir rester, fit Henri en tapant sur l'épaule d'Augustin, je verrai ce que je peux faire. Ne bouge pas de là. Le marquis ne va pas tarder à revenir me voir. Je lui en parlerai. »

Lucien prit Augustin à part :

« Qu'est-ce qui t'a pris, voyons ? Que va dire ta femme ? Elle t'attend. Déjà que nous nous sommes attardés !

— Tu lui expliqueras. D'ailleurs je ne resterai pas trop longtemps. Un mois tout au plus. Le temps de donner un coup de main. »

Il fut impossible à Lucien de faire revenir Augustin sur sa décision.

Lorsque le marquis reparut du fond obscur du chai, il ne prêta pas attention à Augustin, qu'il prit pour un caviste parmi les autres.

Henri attendit qu'il s'adressât à lui pour intervenir :

« Je vous présente mon ami Augustin Mazel, monsieur le marquis. Il vient de terminer les vendanges dans vos vignes et souhaiterait prolonger sa saison en travaillant au chai pendant quelques semaines. »

Le marquis regarda Augustin d'un air dédaigneux, et fit mine de s'étonner :

« Un vendangeur connaîtrait-il les secrets du vin ?

— Avant de vendanger sur votre domaine, monsieur le marquis, je faisais moi-même mon propre vin à Sainte-Croix. J'y avais quelques modestes vignes.

— Je vois, je vois ! Et qu'est-ce qui vous fait croire que j'ai besoin de vous ?

— J'ai ouï dire, monsieur le marquis, que vous appréciez le bon vin, flatta Augustin, et que votre maître de chai se désole de ne pouvoir vous donner satisfaction.

— Allons donc !

— Si monsieur le marquis me le permet, je pourrais aider M. Colas dans ses fonctions… en toute modestie. Je lui ferai part de ce que l'expérience m'a appris. Et peut-être parviendra-t-il à vous convaincre du bien-fondé de certains remèdes qui viennent à bout de cette terrible maladie. Celle-ci détruit la moitié de votre récolte chaque année et détériore la qualité de vos vins. »

Le marquis ne releva pas la proposition d'Augustin. L'air agacé, il coupa court :

« Monsieur Colas, faites comme il vous plaira avec ce monsieur. Si vous avez du travail à lui confier, prenez-le dans votre équipe. »

Charles de Sumène poursuivit sa visite et remonta dans son tilbury une heure après en être descendu.

« Voilà ! fit Henri Colas, dépité. C'est la seule visite qu'il fera dans son chai. Comme chaque année, ça dure une heure à peine. Pour le reste, il ne s'occupera plus de rien.

— Je sais. Mais je crois qu'il te faudrait quand même tenter de le convaincre. Seulement, face à toi, tu trouveras le baïle, Léon Dubreuil, qui lui ne veut rien changer à ses habitudes.

— Que comptes-tu faire ?

— Faire venir un jeune viticulteur que j'ai rencontré il y a quelque temps près de Nîmes. Lui saura t'expliquer et te donner les arguments pour convaincre le marquis.

— Tu veux que j'embauche encore quelqu'un !

— Ce ne sera pas la peine. Je suis certain qu'il viendra uniquement pour nous conseiller et nous être utile. »

* *
*

Le jour même, Augustin prit son poste à la cave et participa à l'élaboration de la cuvée de l'année.

Son émerveillement était à son comble quand, par grand silence, il entendait le vin chanter dans les foudres de chêne, les moûts bouillonner sous l'effet des levures et se transformer en alcool. La forte odeur qui régnait à l'intérieur comme à l'extérieur du chai était la preuve d'une intense activité. Les cavistes préparaient leur antre à la vinification qui durerait plusieurs mois, jusqu'à l'époque des prochaines grosses chaleurs, à partir de laquelle il ne faudrait plus toucher au vin au risque d'en amoindrir la qualité. Il participa au nettoyage des cuves qui avaient servi au foulage et au pressurage. Il en vida plusieurs de la rafle restant à distiller, faillit défaillir la première fois à cause des vapeurs d'alcool rémanentes qui stagnaient au fond. Il arrivait parfois que des ouvriers s'asphyxient dans les cuves. Aussi ceux-ci ne travaillaient-ils jamais seuls à cette dangereuse besogne.

« Le plus gros du travail reste à faire, expliqua Henri Colas à sa nouvelle recrue : décantage, collage, soutirage, assemblage… Tu connais ça puisque tu faisais ton vin.

— Oh ! chez moi, c'était plus simple. Et mes futailles ne sont pas de la même taille que celles-ci. Ici tout me paraît énorme.

— Tu verras, c'est presque pareil. Sauf qu'on élabore le vin avec un peu plus de soin. Mais, *vaï*, avec ces vignes qui ne donnent que des raisins rachitiques, on sera bientôt obligés de fermer le chai. Ça finira par coûter plus cher de vendanger que de tout laisser périr sur pied !

— Pas si le maître se décide à réagir. »

Le lendemain, Augustin adressa une lettre au jeune Ernest Pujol, au domaine des Costes. Il lui expliqua succinctement la situation et lui demanda s'il pouvait se rendre libre pour venir quelques jours à Frontillargue.

Moins d'une semaine après, il fut surpris de le voir débarquer d'un landau conduit par un homme en livrée rouge et or. Lui-même portait avec élégance habit et chaussures de cuir bien cirées, et avait sous le bras une sorte de carton à chapeau. Sur le coup, Augustin faillit ne pas le reconnaître.

« Monsieur Mazel ! lui fit son invité à peine descendu de sa voiture. Je suis heureux de vous revoir. »

Augustin hésita, s'avança.

« Je croyais voir arriver un homme en habit de paysan ! s'étonna-t-il.

— Oh, l'habit ne fait pas le moine, comme on dit ! Mais il est vrai que lorsque je suis dans les vignes de mon père avec nos domestiques, je préfère m'habiller plus simplement. Cela nous met tous à égalité.

— Les vignes de votre père !

— J'ai peut-être omis de vous dire, lorsque nous nous sommes rencontrés, que mon père, Emile Pujol, était le propriétaire du vignoble que vous visitiez avec votre ami. »

Remis de sa surprise, Augustin expliqua les raisons de sa démarche, insistant sur le fait que son initiative était purement personnelle et non intéressée. Il avoua discrètement qu'il trouvait vraiment lamentable qu'à Frontillargue personne ne réagisse face à cette fatalité qu'était le mal blanc.

« Je suis entièrement de votre avis, lui avoua le jeune viticulteur. Il faut convaincre au plus vite tous les propriétaires, grands et petits, de l'intérêt du soufrage. D'ailleurs, dans certaines communes ceux-ci commencent à se regrouper pour acheter le soufre et obtenir ainsi des prix plus avantageux. Je reconnais que le traitement coûte cher et qu'il n'est pas à la portée de toutes les bourses.

— J'en sais quelque chose !

— Mais c'est le seul moyen efficace. Et les prix commencent à baisser. Avec le temps tout le monde finira par y recourir, même les plus récalcitrants. Le soufre n'est pas mauvais pour la santé. Bien dosé, il ne donne aucun goût au vin. M. Marès a déterminé les bons dosages en fonction de la température, ainsi que les périodes exactes pendant lesquelles il faut le répandre.

— Vous aurez de la difficulté à décider le marquis. Il ne comprend que ce qu'il veut bien entendre. Et pour l'heure, il affirme que jamais il ne boira du vin traité avec un produit chimique.

— Avec de bons arguments, je devrais y parvenir. »

* *
*

Ernest Pujol se fit héberger par Henri Colas qui possédait une petite maison dans le village située à une demi-lieue du domaine. Grâce à lui, il obtint une entrevue avec Charles de Sumène quelques jours plus tard. Ce qu'ils se dirent en particulier, ni Augustin ni Henri ne le surent. Mais leur surprise fut totale quand ils aperçurent le marquis se promener dans ses vignes en compagnie du jeune viticulteur, dont la courtoisie et l'entregent avaient fini par le conquérir.

« Ah, si seulement j'avais un petit-fils tel que vous ! » avait même soupiré le marquis en rentrant de l'une de leurs promenades dans ses terres, les pieds crottés mais visiblement ravi, au fond, de constater que quelqu'un s'attachât à lui dans le plus grand désintéressement.

Quand Ernest Pujol fut sur le départ une semaine après son arrivée à Frontillargue, Charles de Sumène fit appeler Augustin.

« Monsieur Mazel, lui dit-il, cette fois d'un ton bienveillant, je vous sais gré d'avoir fait venir M. Pujol sur les terres de mon domaine. C'est la preuve que vous portez de l'intérêt au travail que je vous ai confié.

M. Pujol m'a ouvert les yeux, et je vous le dois. Je vous en remercie vivement. Je saurai vous en être reconnaissant. L'année prochaine, je vous engagerai au chai pour le temps que vous voudrez, dès juillet si cela vous arrange. Vous y aiderez votre ami M. Colas. Et vous pourrez venir avec toute votre famille, si vous le désirez. Je vous l'ai déjà proposé, je crois.

— Je vous remercie, monsieur le marquis. Mais seul mon fils aîné Simon m'accompagnera. Plus tard, peut-être, mon cadet, Adrien, suivra le même chemin.

— Mes vignes repartiront. M. Pujol me l'a affirmé. Nous aurons besoin de toute notre main-d'œuvre. La place de vos enfants vous est d'ores et déjà acquise. C'est le moins que je puisse faire pour vous. »

Ernest Pujol s'apprêtait à quitter le domaine.

« Permettez-moi de vous laisser ceci, monsieur le marquis. » Il tendit le carton à chapeau qu'il avait apporté.

« Cette soufrette est un très bon modèle. Je vous l'offre en gage d'avenir. Je suis certain que vous en ferez bon usage.

— Je vais séance tenante ordonner à mon régisseur d'aller acheter des soufrettes de ce genre en grand nombre ainsi que les quantités de soufre nécessaires.

— Vous avez le temps, monsieur le marquis. Nous ne sommes qu'en octobre. Le traitement ne doit pas commencer avant le printemps prochain.

— Je préfère prendre mes précautions. »

* *
*

Quand Augustin revint à Frontillargue au cours de l'été suivant, en compagnie de son fils Simon, il éprouva une grande fierté de constater au premier regard la vigueur de certaines vignes qui avaient été sauvées de l'oïdium et promettaient de belles vendanges.

5

Le grand jour

Au printemps, les coteaux se couvraient à nouveau de vert tendre et traduisaient l'espoir que les vignerons mettaient dans le nouveau traitement. Malgré le coût que celui-ci entraînait, beaucoup avaient sacrifié à l'achat de la précieuse poudre jaune. Dans la plupart des villages du Languedoc, ils s'étaient regroupés pour acheter le soufre en grande quantité et obtenir ainsi le même prix que les gros propriétaires.

L'activité battait son plein, chacun n'ayant de cesse de rattraper le temps – et l'argent – perdu. Partout, on arrachait les souches gangrenées, vouées à une mort inéluctable, on dépouillait minutieusement les pampres des feuilles atteintes par le champignon dès que celles-ci commençaient à gondoler et à se boursoufler. En cas d'humidité, on n'attendait pas les premières chaleurs pour procéder au soufrage, surtout quand les écarts de température étaient encore importants entre le jour et la nuit, situation fréquente en avril. Après la période de débourrement[1], pendant laquelle le gel était toujours à craindre, celle de la feuillaison attirait toute la vigilance des hommes. Pour ne pas avoir compris à temps combien le mal était pernicieux, beaucoup avaient dû accepter, la mort dans l'âme, d'arracher des hectares de vigne et avaient procédé à la replantation l'année suivante. C'était du sang de leurs veines qu'ils avaient l'impression de se priver. Une saignée dont ils n'étaient pas sûrs, pour certains – les plus modestes – de sortir vivants. Car il fallait trois longues années pour que les nouvelles souches donnent leur premier nectar et deux années supplémentaires pour espérer faire une nouvelle vraie vendange. Aussi de nombreux petits viticulteurs étaient-ils restés prudents, conservant leurs anciens ceps encore indemnes pour ne remplacer que les ceps trop atteints par de nouveaux plants, parfois américains.

Mais d'une année sur l'autre, la majorité des vignes malades durent être complètement arrachées. Quand les raisins se flétrissaient en été, éclataient sous le soleil ou pourrissaient avant d'avoir atteint le stade de la véraison, il fallait bien se résigner et abandonner toute fierté.

Augustin assista à ce triste spectacle plusieurs années de suite. Car le mal blanc sévit jusqu'en 1864. Le domaine de Frontillargue, très infesté, ne put être totalement sauvé du fléau dévastateur.

1. Moment où se forment les bourgeons : mars-avril.

Des parcelles entières furent défoncées à la charrue, leurs plants arrachés et remplacés par de nouvelles espèces plus résistantes. Sous la directive de Léon Dubreuil et sur ordre de son maître, le marquis de Froissac, les ouvriers agricoles ne ménageaient pas leur peine tout au long de l'année pour sauver ce qui pouvait l'être encore et pour encépager de nouveaux tènements partout où cela était possible. Ernest Pujol avait promis de revenir pour offrir ses services au vieux marquis, non pour donner des leçons à son régisseur, seul maître à bord, avait-il insisté, craignant de froisser la susceptibilité de ce dernier. Il tint parole. Dès que ses propres activités sur le domaine paternel des Costes lui en laissaient le temps, il se rendait à Frontillargue pour surveiller l'état des replantations, examiner les terres en friche abandonnées à la garrigue, estimer les possibilités de nouvelles extensions du terroir viticole du château.

Sans jamais reprocher quoi que ce soit aux initiatives de Léon Dubreuil, qui ne le regardait jamais d'un bon œil, il avançait prudemment ses idées, se permettait d'émettre une opinion, suggérait plus qu'il ne conseillait. Il avait l'oreille du marquis, qui semblait avoir trouvé en lui le fils qu'il n'avait jamais eu. « Si seulement Eléonore avait épousé un homme tel que vous, osait parfois avouer Charles de Sumène, l'avenir de Frontillargue eût été assuré ! »

De fait, le vieil homme commençait à s'intéresser de plus près à son domaine. Il accepta l'idée de défricher les coteaux calcaires qui n'étaient jusqu'alors que pâturages d'hiver pour ses troupeaux de brebis. Les versants les plus ensoleillés, les terrains les mieux drainés, les sols caillouteux furent à leur tour défoncés à la charrue, épierrés ; la terre fut ameublie, aérée, amendée au fumier de cheval apporté de la proche Camargue. Même les terres humides et plates en bordure du Vidourle, vouées pour la plupart aux cultures emblavées, furent transformées en carrés de vignes nouvelles. Ernest Pujol proposa de les planter en partie en othello et en noah, cépages qui avaient fait leurs preuves aux Etats-Unis et qui donnaient un vin, certes, de qualité moyenne, mais en quantité largement équivalente à celle des cépages traditionnels français encore majoritaires sur les terres du marquis.

Ainsi, peu à peu, la vigne couvrit-elle une part du domaine de plus en plus étendue.

Après quelques années au cours desquelles – comme partout dans les vignobles atteints par l'oïdium – la production baissa de plus de la moitié, le domaine de Frontillargue retrouva une nouvelle jeunesse. La pénurie de vin des années de crise avait engendré une forte hausse du prix de l'hectolitre. Ce qui avait compensé en partie le manque à gagner occasionné par l'arrachage. Puis, bien qu'au bout de quatre ans la production retrouvât son niveau d'avant la catastrophe, étant donné la demande sans cesse croissante, le prix du vin ne baissa pas. Les cours se maintinrent pour le bonheur des viticulteurs qui, tel le marquis de Froissac, avaient su finalement réagir à temps.

Cette prospérité – qui devait être de courte durée – attirait toujours plus la main-d'œuvre saisonnière, encouragée par le prix à la journée qu'on accordait aux tâcherons. Gavaches, Italiens et Espagnols se côtoyaient dans les rangées de vigne, s'affrontant parfois violemment, ce qui accroissait l'animosité entre communautés.

Vu la conjoncture, Augustin fut tenté de replanter au Brûlement de nouveaux ceps sur les faïsses qu'il avait reconverties en céréales ou abandonnées au pacage de ses chèvres et de ses brebis.

« Tu ne vas pas encore te lancer dans la vigne ! lui reprocha Marthe qui ne comprenait pas l'acharnement de son mari. Continue plutôt de te joindre à la colle de Victorine. Tu y gagneras ton argent sans prendre de risques et sans te tracasser.

— Tu n'y comprends rien, femme, lui rétorqua-t-il. La vigne... *ma* vigne... c'est ce que j'avais de plus précieux ici au Brûlement. Elle était ma fierté d'être paysan. Je ne peux pas me résigner à baisser les bras alors que d'autres ont repris le collier et réussissent.

— Tu oublies qu'à Sainte-Croix, ce ne sont pas les coteaux du Languedoc !

— Qu'à cela ne tienne ! Je connais des cépages mieux adaptés à nos terres siliceuses qu'aux terrains calcaires du bas pays. Ernest Pujol me l'a expliqué :

nos terres schisteuses des Cévennes favorisent la finesse du vin. Elles lui confèrent des notes plus subtiles, plus florales que les sols argileux qu'on trouve dans la plaine et qui donnent des vins plus durs, plus puissants. Bien sûr, rien ne vaut les calcaires des collines ! Sur ce type de coteaux les vins ont plus de rondeur, plus de souplesse en bouche, avec des notes minérales ou fruitées. On ne pourra jamais, ici, rivaliser avec le Midi viticole. Mais on peut quand même faire du vin qui se boit bien.

— Ben dis donc ! Tu en sais des choses depuis que tu fais les vendanges à Frontillargue ! s'étonna Marthe. Tu parles comme un livre.

— Ce ne sont pas les vendangeurs qui m'ont appris à apprécier le vin. C'est en travaillant au chai avec les cavistes. Henri Colas, le maître de chai du château, est devenu mon ami. C'est lui qui m'a appris à reconnaître une bonne cuvée d'une médiocre en fonction du terroir. Tu sais, le terroir c'est le plus important. Un même cépage ne donnera pas le même vin sur deux terroirs différents. Tout dépend de la nature du sol, de l'exposition, de l'hydrologie. Et puis, il y a le savoir-faire du maître de chai.

— Je vois que tu es à bonne école.

— Sûr qu'à présent je ferai davantage attention à la manière dont je préparerai mes futures cuvées. Oh ! je n'ai pas l'intention de rivaliser avec les grands viticulteurs du bas pays. Les vins des coteaux cévenols resteront toujours des petits vins.

Mais, par amour-propre, je veux qu'on puisse dire dorénavant que le père Mazel ne fait plus uniquement de la piquette ou du vin de chaudière[1]. Je veux prendre du plaisir à faire un bon petit vin. »

Simon et Adrien ne perdaient rien des paroles de leur père. Adrien surtout qui attendait avec impatience le jour où lui aussi ferait ses premières vendanges.

* *
*

Augustin se mit donc à la tâche. Il laboura ses faïsses avec un vieil araire hérité de ses aïeux et que sa mule avait bien de la peine à tirer derrière elle, tant la terre était dure et rocailleuse. Les pierres qu'il dégageait alimentaient les murs des terrasses que des générations de paysans, avant lui, avaient patiemment montés à la sueur de leur front avec une régularité sans pareille. Il tombait parfois sur une masse rocheuse qui affleurait presque, à peine dissimulée sous quelques centimètres de maigre terre. Il lui arrivait de briser le soc de son araire et devait alors avoir recours aux soins du maréchal-ferrant qui, pour l'occasion, se faisait forgeron.

« A force de briser ta charrue, tu finiras par te briser les reins ! lui reprochait Marthe, devant son entêtement. *Vé*, ton ami Lucien est moins *testudas*

1. Destiné à la distillation.

que toi. Lui a définitivement abandonné la vigne. Au moins, il ne gaspille ni son temps ni son argent.

— Cesse donc de *barjaquer* comme une vieille pie ! Est-ce que je t'ai jamais reproché de continuer à couver ta graine de magnan comme une poule, alors que la pébrine a plusieurs fois détruit nos cocons ?

— Les cocons, quand ça marche, ça fait du profit. L'arbre d'or, c'est pas comme la vigne ! C'est une vraie source de richesse.

— Seul l'avenir te donnera raison ou tort. Pour l'instant, moi je crois davantage à l'avenir du vin qu'à celui de la soie. »

Marthe ne parvint pas à raisonner son mari – une fois de plus !

« Tu es bien un vrai réboussier. Et tes fils tiendront de toi !

— J'espère bien ! »

Augustin ne mesura pas sa peine pour venir à bout de ce qu'il appelait au fond de lui « ses vignes du Seigneur ». C'était pour lui plus qu'un défi personnel. Ses sentiments n'étaient pas seulement de la fierté ou de l'amour-propre exagéré, ce qui aurait pu être assimilé à de l'orgueil. Non ! Ses nouvelles vignes, il voulait les vouer à l'Eternel, à Celui qui, envers et contre tout, avait permis à sa nombreuse famille de traverser les moments les plus difficiles sans connaître ni le deuil ni la misère. Il connaissait trop de gens que la ruine avait anéantis à la suite des fléaux qui s'étaient abattus sur les

Cévennes. On gardait encore dans les mémoires le nom des martyrs camisards, ceux des guerres napoléoniennes, les victimes des épidémies et celles, plus récentes, des maladies du châtaignier et du ver à soie. Beaucoup avaient été contraints de vendre leurs biens, certains réduits à la mendicité.

Aussi Augustin ne manquait-il jamais de rendre grâce à Dieu, d'une manière ou d'une autre, au temple ou dans sa vie quotidienne. Pour lui, la foi ne se justifiait pas seulement par les actes pieux. Tout ce qu'il faisait attestait son allégeance à l'Eternel, à l'amour qu'il Lui portait. Rendre à la vigne cette terre ingrate, en faire couler le sang de la vie était à ses yeux comme un don qu'il faisait à Dieu et non un don que Dieu lui faisait.

Il s'acharnait donc avec la conviction que ses efforts seraient récompensés. Et sa première récolte, il se promit de l'offrir au pasteur pour la Sainte Cène du culte de ses prochaines vendanges.

Il planta des souches nouvelles qu'il fit venir de Châteauneuf-du-Pape. Là-bas, en pays rhodanien, l'oïdium avait également fait des ravages. Mais les grands propriétaires avaient vite replanté leurs domaines. Ne sachant pas quelles variétés choisir, il écouta les bons conseils d'Henri Colas, lequel restait à l'écoute du jeune Ernest Pujol.

« Etant donné ton terroir, lui expliqua le maître de chai de Frontillargue, tu devrais essayer le clinton, l'isabelle et le jacquez. Le clinton est très particulier. On en a planté quelques arpents pour essayer.

Il donne une petite saveur foxée, ça surprend, mais on s'y fait. Quant aux deux autres, ils te donneront de bons rendements. Et, en Amérique, ces cépages-là ne pâtissent pas du mal blanc ! »

Augustin travailla chaque carré de vigne avec le plus grand soin, labourant plusieurs fois par an, chaussant le pied des souches avant les premiers frimas, les déchaussant dès l'arrivée du printemps pour que les premiers rayons du soleil réchauffent les racines et réveillent la sève endormie par l'hiver. Il ne cessait de débarrasser le tronc des ceps de leurs gourmands pour ne laisser que les rameaux les plus productifs. Il veillait à ce que le feuillage ne soit pas trop abondant et n'hésitait pas à pratiquer prudemment la taille au vert en écimant et en effeuillant les pampres trop touffus. L'hiver, il *espoudassait*[1] sans attendre et ramassait soigneusement les *bouffanelles*[2] qui iraient ensuite alimenter la cheminée en petit bois. Deux à trois fois par an, dès qu'avril apportait ses premières chaleurs, il badigeonnait ses vignes de soufre à l'aide d'un balai de bruyère, méthode qui lui permettait d'économiser la coûteuse marchandise.

« Vous voyez, affirmait-il à ses deux fils avec grande fierté, les premières vendanges, nous les ferons l'année prochaine tous les trois. »

Et les enfants de s'extasier.

1. Prétaillait.
2. Fagots de sarments.

« L'année prochaine ! répliqua Adrien, j'aurai dix ans. Alors tu m'emmèneras aussi vendanger à Frontillargue, avec Simon ?

— Oui, nous irons tous ensemble. Puis nous rentrerons vendanger nos propres vignes tout de suite après. Ici, ça peut attendre un peu plus. La période de maturation est plus tardive. Les vendanges peuvent se faire courant octobre. Les raisins n'en seront que plus sucrés. »

L'enfant n'avait pas oublié que son père lui avait promis jadis de l'emmener faire ses premières vendanges dès qu'il aurait atteint ses dix ans. Aussi comptait-il patiemment les mois, puis les semaines, les jours enfin, jusqu'au moment où, aux environs du 25 août, Augustin déclara :

« Je crois qu'il est temps de nous mettre en route, les fistons ! La colle de Torine va bientôt se reconstituer. Cette année, elle comptera un petit coupeur de plus. Le ban des vendanges a été fixé au 28 août à Frontillargue. Nous n'avons que le temps de nous préparer. Nous te laissons avec les filles, ajouta-t-il à l'adresse de Marthe qui, un sourire au coin des lèvres, ne put se retenir d'ajouter :

— Comme d'habitude ! Heureusement que les femmes sont là pour tenir la maison ! Sinon, il y a belle lurette que le Brûlement aurait été la proie des bandits de grand chemin !

— Mais j'ai toujours su que je pouvais compter sur toi, ma chère et tendre épouse, répliqua Augustin en se lissant la moustache d'un air gentiment moqueur. Allez les garçons, en route ! Il n'est que temps. »

* *
*

Pour Adrien le grand jour était enfin arrivé.

Le char à bancs de Victorine croulait sous la charge. Tous, petits et grands, plusieurs par famille, y avaient amoncelé coffres, malles, bissacs, provisions de bouche pour le voyage et, certains, des outils de taille personnels qu'ils préféraient à ceux que le régisseur leur fournissait sur place. Les enfants s'étaient installés au milieu des bagages, les adultes et les adolescents suivraient à pied.

Lorsque la moussègne vit arriver Augustin encadré de ses fils, elle se récria :

« Alors Gustin, t'as oublié l'heure ! On allait partir sans toi.

— *Boudiou,* le soleil se lève à peine ! Et le ban n'est que dans deux jours. Nous avons du temps devant nous.

— La route est longue jusqu'à Saint-Martin. Après deux jours de voyage, nous n'aurons pas trop d'une longue soirée pour nous reposer avant de commencer à vendanger. »

Intimidé, Adrien ne disait rien, dissimulé derrière son frère. Victorine l'aperçut, fit un pas vers lui et, les mains sur ses hanches rebondies, dit d'une voix rauque :

« Alors, *pitchoun*, te voilà devenu un homme à présent. Ce sont tes premières vendanges, n'est-ce pas ? C'est bien mon gars. T'es courageux. A partir de maintenant, tu partageras tout avec les grands : ta soupe, tes peines, mais aussi tes joies. Montre-moi tes mains. »

L'enfant fit un pas en arrière. A l'école, il arrivait parfois que le maître fasse tendre les mains à ses élèves, les doigts bien resserrés, lorsqu'ils étaient trop dissipés. De sa règle en bois d'olivier, il les frappait l'un après l'autre en passant dans les rangs – sans excès ni méchanceté, uniquement pour montrer où se trouvait l'autorité. Adrien faillit faire demi-tour pour s'en retourner au mas.

« Alors, fiston, montre tes mains à Torine, lui dit son père. Elle ne va pas te manger. Elle n'est pas une ogresse ! »

Adrien s'exécuta. Victorine les lui retourna dans tous les sens, les palpa doucement, les conserva un bref instant dans les siennes comme pour le rassurer, puis ajouta :

« Tu as de jolies menottes, mon *droulet*. Tu prendras garde de ne pas te les abîmer avec la serpette. Ton frère te montrera comment faire. Il a l'habitude et il sait comment s'y prendre pour ne pas *estrasser*[1] le raisin. Il faudra veiller à bien tout ramasser.

— Oui, je sais, ne put retenir Adrien. Sinon les grands vont me mascarer.

1. Gaspiller.

— Je vois que Simon t'a déjà expliqué les coutumes ! »

La petite troupe ne s'attarda pas davantage et se mit joyeusement en route en direction de Saint-Martin. Elle prit d'abord la direction de Saint-Jean-du-Gard, puis d'Anduze où elle ferait étape le premier soir. La vieille jument, que Victorine avait attelée au char à bancs, courbait l'échine sous la charge mais ne rechignait pas à avancer. Depuis qu'elle faisait la route, elle en connaissait les moindres détails et aurait pu se rendre à Frontillargue aussi instinctivement qu'un troupeau de brebis était capable de rejoindre seul les pâturages d'estive quand venait le temps de la transhumance.

En cours de route, les équipes de vendangeurs se croisaient, faisaient un bout de chemin ensemble, se séparaient selon la direction qu'elles prenaient. La plupart descendaient vers Anduze, lieu de regroupement, avant de se quitter pour rejoindre Tornac, Saint-Christol, Quissac ou Saint-Hippolyte. Certaines poussaient plus loin, vers les vignobles des coteaux nîmois ou héraultais. Les saisonniers étaient nombreux venant du haut Gard, de la Lozère, de l'Ardèche et même des monts de la Margeride et de l'Aubrac pour se louer le temps d'une campagne. Ces hommes et femmes des montagnes, austères et habillés de sombre, n'étaient pas toujours bien accueillis par les habitants des villages viticoles, à la mine rubiconde et au parler plus chantant. Autant les premiers passaient pour des paysans besogneux, terre à terre, voire un tantinet grippe-sous, autant les seconds, plus volubiles, passaient pour de joyeux drilles, la galéjade sans cesse au bord des lèvres et sachant donner du temps au temps pour prendre celui de souffler entre deux fortes suées.

Cévenols du versant méridional, Augustin et ses compagnons se sentaient appartenir aux deux communautés à la fois. En eux sourdaient les racines profondes qui les rattachaient à leurs montagnes âpres et rustiques. Celles-ci exigeaient beaucoup d'abnégation de ceux qui s'acharnaient à vouloir en extraire le sel de leur existence. Le jardin d'Israël où s'écoulaient en abondance des fleuves de lait et de miel et auquel le pasteur Bruguière faisait souvent allusion dans ses prêches dominicaux, nul Cévenol ne pouvait affirmer l'avoir atteint par son dur labeur au pays des serres et valats, où les faïsses cascadent sur le flanc des montagnes comme, ailleurs, l'eau abreuve sans parcimonie une terre souple et riche à souhait. Cependant, Augustin était attiré par ces gens du Midi dont les yeux reflétaient le soleil et la joie de vivre. A vrai dire, il se sentait plus proche d'eux que des paysans du haut pays granitique où la montagne prend, assurément, des allures plus austères, où le climat, plus rude, moins enchanteur, incite à se refermer sur soi dès que novembre apporte les premières neiges de l'hiver.

C'est pour cela, pensait-il, qu'il avait au fond de lui la passion de la vigne.

Et cette passion, sans le vouloir vraiment, Augustin était en train de la transmettre à ses fils.

6

Premières vendanges

Le premier jour des vendanges, dès l'aube, tous les habitants avaient déserté le village. Hommes, femmes et enfants affluaient vers les vignobles où les colles se constituaient au fur et à mesure de leur arrivée. Le soleil de l'été finissant poudrait d'or les pampres alourdis par les fruits gorgés de sucre. Les coteaux semblaient onduler dans l'air frais du petit matin sous des vagues de senteurs miellées. Un léger vent du nord envoyait des notes plus épicées de thym, de romarin et de lavande sauvage, que les garrigues toutes proches exacerbaient sous ses caresses. Au loin, le pic Saint-Loup et le mont Hortus dressaient leurs éperons calcaires, sentinelles inexpugnables, portes ouvertes sur la plaine languedocienne envahie par un océan de vigne. Là-bas, les vendanges avaient déjà commencé et, quand le marin supplantait le mistral, les fragrances de moût et d'alcool inondaient alors les collines.

Dans tous les domaines viticoles régnait la même effervescence. Les saisonniers s'étaient installés dans les granges que les propriétaires mettaient à leur disposition. Les plus chanceux disposaient d'une remise et d'une paillasse en guise de matelas. Les autres, les plus nombreux, dormaient dans la paille des fenils. Hommes et femmes se séparaient, par décence, sauf les couples qui cherchaient un peu d'intimité dans un *recantou* à l'abri des regards indiscrets. Les enfants restaient sagement auprès de leurs parents. Mais il n'était pas rare que, certaines nuits, dans l'obscurité, des rapprochements s'opèrent sous l'oreille attentive et amusée de quelque curieux avide de racontars.

Adrien et Simon s'étaient installés à côté de leur père et de Lucien qui n'avait pas manqué une seule campagne depuis qu'ensemble ils avaient rejoint la colle de Victorine.

Durant ces sept dernières années, bien des événements avaient perturbé les esprits. L'oïdium, certes, avait été jugulé et avait modifié le paysage géographique et social du Languedoc. Le vignoble s'était étendu jusqu'à la mer dans les moindres recoins, faisant reculer certaines cultures indispensables en cas de disette, notamment le blé et le seigle. La prospérité retrouvée avait surtout profité aux grands propriétaires, ceux qui avaient pu temporiser en arrachant et en replantant. Les petits viticulteurs quant à eux s'étaient souvent endettés pour pouvoir lutter efficacement contre le fléau ou pour acheter de nouvelles parcelles sur lesquelles eux aussi avaient introduit parfois des plants américains. Or le prix de la terre accédait à des sommets jamais atteints jusqu'alors. Leur endettement rendait leur situation fragile. La plupart croyaient que le pire était passé. Ils ignoraient ce que l'avenir leur réserverait.

Un vent de liberté soufflait sur le monde des affaires. Depuis que l'empereur avait libéralisé son régime tant sur le plan économique que politique, tout laissait croire que l'on s'acheminait à grands pas vers une ère nouvelle. De grands bouleversements allaient changer le cours des événements, les esprits devaient s'y préparer.

Eugène Delcourt encourageait son beau-père, le marquis de Froissac, à planter toujours plus, s'opposant en cela aux idées du jeune Ernest Pujol qui, lui, préférait viser la qualité plutôt que la quantité. Il l'exhortait à ne plus laisser aucune terre en friche, à embaucher davantage de personnel saisonnier et permanent afin de s'imposer dans la région comme le plus gros producteur de vin du haut Languedoc.

Charles de Sumène, cependant, se méfiait des conseils de son gendre. Lui ne voulait pas se lancer dans une aventure qui, avouait-il, n'était plus de son âge. Au reste, peu lui importait d'être considéré sous cet angle – le monde des affaires lui faisait horreur. Il préférait préserver l'honorabilité de son titre tout en veillant à ce que les dorures de son blason brillent toujours au soleil. Redonner vie à son vignoble en suivant les conseils avisés de son nouvel et jeune protégé Ernest Pujol

– *monsieur Pujol* comme il aimait le gratifier – lui paraissait suffisant pour que nul ne puisse dire que la lignée des Froissac était en train de décliner telle une étoile qui s'éteint dans le ciel de la modernité. A côté de son domaine, certaines propriétés connaissaient un regain de prospérité. Bien moins étendus, leurs tènements n'avaient rien à envier à ceux que Léon Dubreuil avait mis à la replantation sur l'ordre du marquis. Toutefois, la plupart des vignobles appartenaient à de petits viticulteurs qui ne possédaient en propre que quelques hectares et louaient le reste de leur exploitation pour s'en sortir. Pour eux, chaque jour était un combat incessant, car ils n'étaient pas de taille à lutter contre les grands propriétaires qui grugeaient leurs terres, ni contre une nouvelle éventuelle catastrophe, tant était fragile leur situation financière.

En cette année 1865, alors que le jeune Adrien Mazel effectuait ses premières vendanges, personne encore n'avait entendu parler d'un autre mal qui était entré insidieusement dans le Gard deux ans plus tôt. Inconnu jusqu'alors, c'est à Pujaut, aux confins des terres rhodaniennes qu'il avait fait sa timide apparition. L'heure n'était pas encore au pessimisme. Les vendanges promettaient d'être belles. Les grappes gorgées de soleil faisaient ployer les ceps nouveaux et anciens que rien ne semblait plus pouvoir atteindre.

* *
*

« Tiens, prends un seau et une serpette comme tout le monde ! ordonna Victorine à Adrien. Pour ce matin, tu te mettras dans les traces de ton frère. Il te montrera. Et demain, tu prendras à toi seul une rangée complète. N'aie crainte, si tu n'arrives pas à suivre le rythme, nous t'attendrons. Dans deux ou trois jours tu couperas presque aussi vite que les autres. »

Augustin avait déjà chargé sa hotte d'osier sur ses épaules et rejoint le carré de vigne qu'il fallait vendanger ce premier matin. Léon Dubreuil, le régisseur, avait ordonné de commencer par la vigne du Puech, l'une des six vignes qui constituaient le domaine de Frontillargue. C'était la seule demeurée indemne de toute maladie. Les ceps avaient miraculeusement résisté à l'oïdium et leurs grappes avaient mûri les premières. Les cinq autres – les Terres Rousses, la Croix des Vents, le Vieux Moulin, l'Aubaret et le Chaylar – avaient été en partie replantées et présentaient des cépages différents qu'il fallait savoir différencier pour ne pas mélanger leur raisin.

Les six colles s'étaient vite dispersées sur l'ordre du régisseur, chacune derrière leur moussègne. Les hommes les plus forts étaient à leur poste aux comportes à l'extrémité de chaque rangée. Pour eux, le travail commencerait un peu plus tard, le temps que les videurs remplissent les premières hottes. Certains fumaient une dernière cigarette avant la pause du matin et ingurgitaient une gorgée de trois-six pour se donner du courage. Au signal de Victorine, la colle d'Augustin se mit à l'œuvre.

Les dos se courbèrent sous les rayons déjà ardents du soleil. Le bruit des serpettes tranchant les grappes se répandit comme un chant joyeux dans le feuillage des vignes. Très vite, des rires fusèrent d'une rangée à l'autre, mais nul n'osait relever la tête. Victorine, la première, veillait sur son petit monde. Au loin, à l'entrée de la vigne, Léon Dubreuil contrôlait que chacun était bien à son poste. Une certaine rivalité opposait les colles constituées de Languedociens et celles où se mêlaient parfois gavaches et étrangers, chacune désirant prouver, le soir venu, qu'elle était la plus productive, celle qui avait fait transporter vers le chai le plus grand nombre de comportes.

Selon son habitude, Augustin ne s'occupa pas de ses fils. Il tenait à ce qu'ils apprennent à travailler sans se sentir protégés par leur père. Il savait que Victorine veillerait sur son cadet tout aussi maternellement – mais sans le montrer – qu'elle l'avait fait avec son aîné.

« Ne t'inquiète pas, Gustin, l'avait-elle rassuré. Je m'occupe de lui comme s'il était un de mes enfants. Il apprendra vite. Avec son frère, il est à bonne école.

— J'ai confiance en toi, Torine. Je sais que tu en feras un bon vendangeur. Plus tard, qui sait, peut-être voudront-ils tous les deux devenir vignerons ! Vois-tu, à bien y réfléchir, moi, j'aurais préféré travailler la vigne plutôt que de trimer sur notre terre de misère à récolter des fèves et des châtaignes. »

De temps en temps, Augustin croisait Lucien qui, lui, portait les comportes vers les tombereaux. Une noria ininterrompue s'établit rapidement entre la vigne et le chai où les cavistes attendaient de déverser les lourds charrois de raisin dans les cuves à fouler. Chaque charrette transportait une douzaine de comportes pleines à craquer vers les fouloirs. Et tandis que les vendangeurs dépouillaient les sarments de leurs mains lestes et habiles, les fouleurs commençaient dans la cave une danse au rythme lent et régulier qui ne prendrait fin qu'à la tombée du jour. Du dehors, on les entendait rire et galéjer, ahaner parfois comme pour mieux se donner du cœur à l'ouvrage. Pantalons retroussés jusqu'aux genoux, pieds et jambes nus, ils écrasaient le raisin, enivrés déjà par les vapeurs des moûts sucrés.

Adrien suivait son frère comme son ombre. Il le regardait faire et l'imitait. Simon lui montrait comment couper les grappes sans blesser la vigne – et sans se blesser –, comment les déposer dans le seau sans écraser les raisins, comment éviter de faire tomber des grains sur le sol pour ne rien gaspiller.

« Tu vois, lui expliquait-il, tu poses ton seau sous la souche et tu le fais tourner. Aucune grappe ne doit t'échapper, sinon tu auras droit au barbouillage !

— Pourtant certains en laissent, remarqua Adrien. Et on ne leur fait rien !

— Ils ne laissent que les grappillons, ce n'est pas important. Pourvu qu'ils aient moins de sept grains, on peut les laisser sur les souches. Les pauvres viendront grappiller après les vendanges.

— Ils ont le droit ?

— Si le propriétaire les y autorise. Ici, ils peuvent le faire. »

D'un œil attentionné, Adrien coupait et déposait délicatement ses grappes dans son seau, passait à la souche suivante sans se laisser distraire.

Ainsi le travail commençait-il pour trois bonnes semaines en un va-et-vient incessant entre les parcelles de vigne et le chai où les premiers jus n'allaient pas tarder à fermenter dans les cuves.

Au soir du premier jour, l'enfant ne sentit plus ses reins. Les courbatures eurent vite raison de sa jeunesse et de son manque d'expérience. Mais il n'osa se plaindre. Il s'affala dans la paille du fenil, épuisé, et s'endormit.

« Alors, petit, le réveilla Augustin, quand il fut lui-même de retour, ça s'est bien passé ?

— Oui, père. Mais je suis tout moulu.

— *Vaï*, demain, après une bonne nuit de sommeil, ça ira mieux. Et dans deux ou trois jours, tu ne sentiras plus rien. Pas vrai, Simon ? Dis-le-lui, à ton frère, qu'à force on finit par s'habituer aux douleurs ! »

Simon opina du chef, fit la grimace, ne voulant pas avouer que le travail était pénible, même pour les plus endurcis.

Les jours suivants, Adrien prit sa place, seul, dans une rangée de vigne et, à son rythme, tâcha de tenir la cadence. De loin retentissaient les chants graves et profonds des gavaches venus des montagnes, auxquels se mêlaient les farandoles joyeuses et enlevées des gens de la plaine.

⋆ ⋆
⋆

Le repas du soir rassemblait les équipes de vendangeurs autour d'immenses tables dressées sur des tréteaux dans la cour du chai. Des femmes, aidées de quelques domestiques du château, apportaient les plats de charcuterie, de viande et de fromages, que tous engloutissaient voracement, vidant à satiété les litres de piquette issue de la cuvée précédente.

Les paysans de Saint-Martin rentraient ensuite chez eux, les autres allaient finir la soirée sur la place du village ou se retiraient dans leur coin de fenil pour récupérer d'une longue journée de dur labeur.

Un soir, Simon demanda à son jeune frère de ne pas le suivre quand il s'éclipserait.

« Où vas-tu ? s'étonna Adrien.

— C'est un secret. Donne-moi ta parole que tu ne diras rien à papa.

— Promis, juré ! Mais… je pourrai t'accompagner un autre jour ?

— On verra. Pour aujourd'hui, reste là bien tranquillement. Dors vite, pour bien te reposer. Sinon, tu ne tiendras pas le coup jusqu'à la fin des vendanges. »

Simon n'en dit pas plus à son frère. Chaque soir, une fois leur père parti au village, où il allait boire un dernier verre avec Lucien et des amis, il s'évanouissait discrètement et ne revenait que tard dans la nuit. A son retour, croyant ses enfants endormis dans la paille du fenil, Augustin ne prêtait pas attention et ne remarquait pas l'absence de son aîné.

Or, un matin, Simon manqua à l'appel.

Adrien ne s'était pas aperçu que son frère n'était pas à ses côtés. A l'heure où celui-ci rentrait habituellement, il était déjà profondément endormi.

Vers 6 heures, quand Victorine vint réveiller tout son monde, elle fut la première à remarquer son absence. Sa paillasse était intacte. Un vide à côté de son jeune frère qui, très souvent, se pelotonnait contre lui dans son sommeil.

« Adrien, où est ton frère ? » s'enquit-elle aussitôt, tout étonnée, avant de songer à prévenir Augustin qui ronflait encore allègrement.

L'enfant, tout ensommeillé, se retourna machinalement et, se frottant les yeux, bégaya :

« Mais… je ne sais pas… Il doit être déjà levé ! »

Victorine secoua Augustin.

« Gustin, réveille-toi ! Simon… il n'est pas là ! Tu sais où il est ? »

A son tour Augustin s'étira, jeta un regard ébaubi en direction d'Adrien, et s'exclama :

« Simon ! Mais où est-il ? Hier soir quand je suis rentré, je le croyais en train de dormir ! Je n'ai pas fait attention.

— T'avais encore taquiné la bouteille avec Lucien et t'avais pas les yeux en face des trous ! Ah, les hommes… tous les mêmes ! Si Marthe savait comment tu surveilles tes p'tits gars ! *Eh bé*, elle te passerait *quicon*[1] ! »

Augustin interrogea Adrien. L'enfant ne savait rien. Tremblant de peur, il avoua, cependant, que son frère lui avait fait jurer au début des vendanges de ne pas divulguer qu'il s'éclipsait seul dès que leur père partait au village avec ses amis.

« Que comptes-tu faire ? demanda Victorine. C'est que le travail n'attend pas. Et il n'y aura personne pour remplacer Simon !

— Je vais partir à sa recherche.

— Le baïle va te passer un savon si tu t'absentes sans prévenir.

— Que se passe-t-il ? demanda Lucien, réveillé par les éclats de voix de la moussègne.

— C'est impossible ! reprit celle-ci. Dubreuil te renverra, toi et tes deux fils. Tu le connais, il ne fait pas de sentiments. Déjà qu'il t'en veut d'avoir

1. Quelque chose.

fait venir ce monsieur Pujol qui se permet de lui donner des conseils ! Ne va pas te le mettre davantage à dos.

— Mais tu oublies que Simon a certainement découché toute la nuit et qu'à l'heure qu'il est il lui est peut-être arrivé quelque chose de grave !

— Laissons passer la journée. Ce n'est peut-être qu'une escapade de gamin. Il reviendra sans doute dans la matinée, tout penaud. Au plus tard nous aviserons ce soir. Au lieu de perdre ton temps au village, tu partiras à sa recherche. »

Par crainte de perdre sa place, Augustin écouta les conseils avisés de Victorine. Il expliqua à Léon Dubreuil que son fils était souffrant et qu'il ne pouvait tenir son poste. Le régisseur ne discuta pas, se contentant de déclarer :

« Tant pis pour lui, il perdra sa paie. Mais que cela ne dure pas trop longtemps ! Sinon je serai obligé de le remplacer. »

Toute la journée Augustin travailla dans l'angoisse, le regard fixé sur l'entrée de la vigne pour voir son fils arriver. Il espéra vainement son retour à la pause du matin, quand les femmes du château apportèrent le *croustet*[1]. Il sauta le repas de midi pour visiter les alentours. A vrai dire, il ne savait pas par où commencer ses recherches, car il ignorait où son fils avait disparu. Or le domaine était très étendu.

---

1. Le quignon. Ici : le casse-croûte du matin.

Le soir venu, il ne perdit pas une minute et, en compagnie de Lucien, se mit à sa recherche en questionnant tous ceux qu'ils rencontrèrent sur leur passage.

Simon restait introuvable.

* *
*

A la tombée de la nuit, Augustin dut se rendre à la raison. Son fils avait fait une fugue ou il lui était arrivé un accident. Adrien ne cessait de pleurer, se reprochant d'avoir juré de tenir secrètes les escapades de son frère. Il se souvint qu'il lui avait raconté jadis qu'il profitait des absences de leur père pour aller faire les quatre cents coups au village avec ses camarades ou pour tenir des conciliabules aux abords des vignes sous les rayons de la pleine lune. Il finit par se confesser à Augustin qui lui demanda :

« Il ne t'a jamais dit où il allait ? »

L'enfant n'en savait pas plus.

Alors Augustin interrogea les autres garçons du groupe, ceux avec qui Simon s'amusait pendant les pauses et au cours des soirées avant d'aller se coucher – du moins le croyait-il ! Tous avouèrent qu'ils partaient parfois, à l'insu des adultes, pour faire quelque bêtise aux abords du village, mais affirmèrent ne pas avoir vu Simon avec eux depuis plusieurs soirs. D'ailleurs, reconnurent-ils, les années précédentes, il ne participait pas tous les jours à leurs sorties nocturnes.

Déjà le vin chantait dans les cuves. La fermentation des moûts commençait son œuvre. Du chai, les vapeurs d'alcool s'échappaient jusqu'aux vignes en vagues enivrantes. Les cavistes s'affairaient à mettre le *vin de pied* dans des barriques fermées, posées sur leur chantier, l'avant légèrement plus bas que l'arrière. Ils ne le soutireraient pas avant fin octobre, au plus tôt dès le premier souffle du mistral. Le bruit mécanique des pressoirs se mêlait aux « han ! han ! » que les hommes laissaient échapper en actionnant les vis verticales, le dos courbé sur les barres métalliques. Un jus noir et épais s'écoulait de la presse que d'autres hommes se hâtaient de transvaser dans de larges cuves, ouvertes cette fois, où il commençait à bouillir sous l'effet des levures.

La cuvée promettait d'être bonne. Henri Colas, le maître de chai, en était persuadé. Muni de son alcoomètre, il vérifiait déjà le degré des premiers jus en fermentation, puisait des échantillons dans les cuves à l'aide de son taste-vin d'argent pour apprécier la couleur, le nez, la teneur en tanin du précieux nectar. Le vin n'était pas encore abouti qu'il savait déjà ce qu'il serait.

Les journées étaient longues pour tous, vendangeurs et cavistes. Le soleil ne faiblissait pas et plombait les coteaux sous une chaleur écrasante. Chaque soir Augustin partait à la recherche de son fils. En vain. Léon Dubreuil avait appliqué sa menace. Il avait remplacé Simon par un autre jeune qu'il avait embauché jusqu'à la fin de la campagne, quoi qu'il advînt.

« Si votre fils revient, tant pis pour lui, grogna-t-il. Vous lui expliquerez que sa place est prise. Qui va à la foire perd sa place ! »

Augustin se faisait un sang d'encre. Que pouvait-il être arrivé à Simon ? Il n'était pas dans ses habitudes de faire de telles frayeurs à ses parents ! Et comment réagirait Marthe en le voyant revenir sans lui ?

Il eut beau chercher partout, fouiller le moindre recoin du domaine, visiter tous les mazets construits en bordure des chemins, questionner tous les quidams qu'il rencontrait en leur décrivant le portrait de son fils, rien. Il n'obtint aucun renseignement, ne trouva aucun indice. Simon avait bel et bien disparu.

« Tu devrais aller avertir les gendarmes, lui conseilla Lucien. Ils feraient une battue. Ils ont l'habitude.

— Les gendarmes ! Tu n'y songes pas ! Mon fils n'est pas un brigand !

— Qui te parle de brigand ? Soit il lui est arrivé un accident et il ne peut plus faire un pas, soit il a été enlevé.

— S'il avait eu un accident, je l'aurais retrouvé. Je suis passé partout. Quant à avoir été enlevé, cela ne tient pas debout ! On n'enlève que les enfants des riches, pas des culs-terreux comme nous !

— Tu te trompes, Gustin. Il y a toujours des vagabonds prêts à tout qui rôdent sur les chemins. Alors, tu penses bien... un enfant... la nuit !

— Simon n'est plus tout à fait un enfant. A treize ans, il sait se défendre.

— Et s'il avait été attaqué par un chien errant ? Un de ces molosses qui échappent même à leurs maîtres !

— Arrête de divaguer ! Pourquoi pas par un loup !

— On serait en montagne, là-haut en Lozère ou dans le Gévaudan, ça se pourrait fort bien. Moi, je serais à ta place, j'avertirais la maréchaussée. »

Huit jours s'étaient écoulés depuis la disparition de Simon. Les vendanges tiraient à leur fin. Le lendemain le maître inviterait toutes les colles au traditionnel Dieu-le-veut. L'heure était à la fête. Hommes, femmes et enfants allaient pouvoir savourer le temps du repos bien gagné et ripailler jusqu'à plus faim ni soif. Ensuite chacun rentrerait chez soi le cœur joyeux et l'esprit tranquillisé par l'octroi d'un salaire, certes gagné durement, mais qui permettrait de pourvoir aux dépenses imprévues et à l'achat du strict nécessaire.

Seul Augustin n'avait pas l'esprit ni le cœur à la fête. Adrien non plus, qui, sans trop le montrer, pleurait la disparition de son frère. Ses premières vendanges lui laissaient un goût amer au fond de lui-même, un sentiment de culpabilité.

La pensée lui vint alors que plus jamais il n'accepterait de compromis.

Ce jour-là, il était devenu un petit homme qui allait s'endurcir au fil des ans sur le chemin de la vie.

Il ignorait combien celui-ci serait long et difficile.

7

Le camp des gitans

Simon s'était bien gardé d'avouer à son frère où il se rendait le soir, pendant que son père flânait sous les platanes avec Lucien. Adrien le croyait en compagnie de sa bande de camarades, à rôder dans les vignes autour des mazets isolés. Il n'avait pas très bien compris pourquoi il n'avait pas voulu qu'il l'accompagne.

« Tu es encore trop petit, lui avait expliqué succinctement Simon avant de disparaître. Dans ma bande, il n'y a que des grands, tous âgés au moins de douze ou treize ans. D'ailleurs… tu connais Victorien ? Eh bien, c'est lui notre chef. Il a quinze ans. Et il ne veut pas de petits comme toi. »

Adrien savait que d'autres garçons de son âge faisaient partie du groupe. Résigné, il voulut quand même en savoir davantage.

« Mais qu'est-ce que vous faites tous ensemble ? Des bêtises ?

— Ne va surtout pas raconter ça à papa ! Bien sûr que non ! Nous nous réunissons autour d'un feu de camp et nous discutons. Certains ont décidé de partir en Amérique quand ils seront plus grands. Alors ils commencent à se préparer. Ils ont formé une sorte de société secrète. Mais j'ai pas le droit de t'en dire plus.

— Toi aussi, tu veux partir en Amérique ?

— Peut-être. Là-bas les vignes ne sont jamais malades.

— Tu fais partie de leur société secrète ?

— Pas encore. Mais j'y songe. Ensemble, on sera plus forts.

— Y a des Indiens en Amérique.

— Et alors ?

— C'est dangereux. A ce qu'il paraît, ils mangent les hommes blancs tout crus !

— Ce sont des histoires ! C'est faux. Mais jure-moi de tenir ta langue. »

Une fois de plus, Adrien avait promis.

Pourtant, maintenant que son frère avait disparu, il se mortifiait de ne pas avoir dévoilé plus tôt son secret, quitte à passer pour un traître, un faux frère. Devant l'inquiétude de son père, il se décida enfin à parler.

« Père, je sais où est Simon. »

Augustin resta stupéfait.

« Qu'est-ce que tu dis ? Tu sais où se trouve ton frère ! Et c'est seulement maintenant que tu me l'avoues, alors que je bats la campagne en m'arrachant les cheveux de la tête depuis plus d'une semaine ! Et ta mère qui croit que je travaille au chai ! Qu'est-ce que je vais lui dire quand elle apprendra la vérité ?... Alors, où est-il ? »

Penaud, Adrien hésitait.

« Parle ! Je ne te gronderai pas.

— Mais Simon oui !

— Si ton frère a fait une bêtise, c'est lui qui se fera gronder. Pour sûr qu'il va m'entendre ! »

Adrien, pleurnichant, avoua :

« Il est parti en Amérique. »

Augustin écarquilla les yeux.

« En Amérique ! Qu'est-ce que tu racontes ? Tu me prends pour un imbécile !

— C'est la vérité. Même qu'il fait partie d'une société secrète.

— Une société secrète ! Mais tu es tombé sur la tête, Adrien. C'est Simon qui t'a encore raconté des histoires. Il en a l'habitude, je le connais. Et toi, tu gobes tout ce qu'il te dit comme une mouche.

— Si, c'est vrai ! Il m'a dit que là-bas, en Amérique, les vignes ne sont jamais malades. C'est pour ça qu'il veut y aller. Il veut être vigneron... en Amérique. Et plus tard, posséder un grand domaine, comme ici à Frontillargue. »

Augustin n'en croyait pas ses oreilles. « Dans quelles histoires Simon s'est-il fourré ? pensa-t-il. A force de raconter des sornettes à son frère, il a fini par prendre ses rêves pour la réalité. »

Le lendemain, il expliqua à Henri Colas ce qu'Adrien lui avait révélé. Le maître de chai était très attristé par ce qui arrivait à son ami et, contrairement à Léon Dubreuil, il ne lui en tenait aucun grief. Mais il regrettait son absence à la cave tandis que le vin fermentait dans les cuves et qu'on finissait de presser le marc avant de transvaser la récolte dans les futailles.

« Il n'y a rien de sérieux dans ce que raconte ton gamin, lui dit-il. La preuve, c'est que Simon est le seul manquant parmi les jeunes vendangeurs. Tous les parents ont récupéré leurs ouailles.

— Peut-être qu'il est parti seul ? Et à cette heure, il doit traîner sur les routes en direction de Marseille. Va savoir ce qui lui est passé dans la tête. A lire trop de romans, il a fini par se prendre au jeu. J'aurais dû lui interdire de lire ces bêtises. Mais sa mère me disait de le laisser faire. Pour moi, lire c'est bon pour la Bible et la gazette. Pour le reste, on perd son temps !

— Ce n'est pas la peine de revenir sur ce qui est fait, Gustin. Si ton fils est parti comme tu le crois, en ce moment il doit être loin. A moins qu'il n'ait fait quelque mauvaise rencontre.

— Merci, tu me rassures !

— Je ne voulais pas t'inquiéter. Mais, à ta place, j'avertirais les gendarmes. Seul, tu n'arriveras à rien. S'il est déjà à Marseille en train de rôder sur les quais autour des bateaux, il se fera vite repérer. Et les gendarmes, avertis par leurs collègues, lui mettront le grappin dessus avant qu'un capitaine sans scrupule ne l'engage comme moussaillon pour laver le pont.

— Et s'il est encore en chemin ? Tu y penses ? Peut-être qu'il crève de faim tandis que nous discutons !

— Un gamin, c'est malin. Il doit chaparder pour manger. Et à force, il se fera prendre.

— Et on me le ramènera encadré par deux gendarmes, c'est ça que tu veux dire ? »

Henri Colas ne savait plus que conseiller à Augustin. Finalement, celui-ci suivit ses recommandations et alla signaler la disparition de son fils à la maréchaussée de Quissac.

« Ne vous éloignez pas, lui conseillèrent les gendarmes, tant que nous ferons nos recherches. Si nous trouvons le moindre indice, nous viendrons vous avertir. Dites-nous comment votre fils était habillé et ce qu'il a pu emporter dans son sac.

— C'est ce qui m'inquiète, expliqua Augustin. Il a laissé toutes ses affaires dans la grange avant de disparaître. Il n'a rien emporté. Il s'est volatilisé sans préparer son départ, comme s'il n'avait pas prévu un long voyage.

— Curieux en effet ! S'il avait eu l'intention d'aller s'embarquer sur un navire marchand, sûr qu'il aurait emporté un sac, des vêtements, des victuailles pour plusieurs jours.

— Rien, je vous dis ! Il n'a rien pris. »

Le temps des recherches, Augustin reprit sa place dans le chai auprès des cavistes. Il prit soin de ne pas avertir Marthe de cette triste histoire, espérant que tout rentrerait dans l'ordre avant son retour à Sainte-Croix.

A la cave le travail se poursuivait, et durerait encore un bon mois. Pressurage, collage, soutirage, mise en tonneaux, nettoyage des cuves, distillation des marcs résiduels... le travail ne manquait pas. Augustin aidait à toutes les tâches car il voulait tout connaître des secrets du vin.

Mais cette fois, son cœur n'y était pas. Ses pensées étaient trop tourmentées par la disparition de Simon. « Dire que Marthe ne se doute de rien et croit que les enfants m'aident en ce moment ! »

Les gendarmes battirent la campagne environnante à pied et à cheval. En vain. Ils ne trouvèrent aucune trace de Simon dans les alentours immédiats du domaine de Frontillargue. Alerté par son régisseur, le marquis de Froissac convoqua les gendarmes qui opéraient sur ses terres et leur ordonna d'étendre leurs recherches en demandant l'aide de leurs collègues des circonscriptions voisines. Ils envoyèrent même par télégraphe le signalement du jeune disparu aux gendarmes de la cité phocéenne. L'attente était terriblement longue pour Augustin, et pour Adrien aussi.

⋆ ⋆
⋆

En réalité, celui-ci s'était trompé. Certes, Simon lui avait parlé de partir un jour en Amérique. Mais, dans son esprit, ce n'était qu'un rêve ! D'ailleurs, aucun de ses camarades, même les plus âgés d'entre eux, n'avait osé franchir le premier pas de leurs élucubrations. Une fois les vendanges terminées, ils avaient tous sagement repris le chemin du retour vers leurs villages de montagne, retrouvant une existence plus terre à terre, moins festive… et moins utopique. Les regroupements entre jeunes, le soir autour d'un feu de bois, à l'insu des adultes, étaient leur façon de participer à la fête quotidienne des vendanges. Les filles et les garçons les plus dégourdis tentaient parfois des rapprochements que leurs parents auraient réprimandés. Ils jouaient aux grands, se prenaient pour des grands, parlaient comme eux, mais rêvaient encore comme des adolescents qu'ils demeuraient, alors que la plupart n'avaient que quatorze ou quinze ans. Ils avaient l'âge où tout était permis, où l'on n'avait pas conscience des difficultés de la vie, où l'on rêvait de conquérir le monde en échafaudant des plans mirifiques souvent extravagants.

Simon, lui aussi, s'était mis à rêver. Et à treize ans, son cœur avait commencé à battre pour une jolie petite brune qui avait pour nom Esméralda.

Cela s'était passé deux ans auparavant. Tous deux n'avaient que onze ans à leur première rencontre. Simon faisait les vendanges pour la quatrième année consécutive. C'était la première fois qu'il se mêlait au groupe des grands qui s'échappaient le soir pour se réunir. Alors qu'ils étaient tous assis autour du feu, près d'un cabanon situé à l'écart des vignes, Simon sentit en lui comme un appel. Il se leva, quitta le groupe, s'éloigna. Ses camarades ne firent pas attention à lui.

L'enfant marcha droit devant lui comme guidé par une voix intérieure. En fait, il avait perçu au loin les hennissements d'un cheval. Ses amis, trop préoccupés à chahuter entre eux, n'avaient rien entendu.

Il se dirigea vers l'étang de la Trève, sans savoir ce que ce nom signifiait. Les hennissements se multiplièrent, se firent de plus en plus précis. Lorsqu'il parvint à proximité de l'étendue d'eau, il se cacha derrière un gros orme, scruta la surface miroitante. Un cheval blanc à la crinière soyeuse et à la queue en panache s'abreuvait sous les reflets argentés de la lune. Sur son dos, une petite fille montant à cru lui caressait l'encolure et semblait lui parler à l'oreille.

Simon crut soudain être plongé dans un conte. Le spectacle lui semblait si irréel, comme sorti de son imagination ! Il s'approcha lentement sans se découvrir. De sa cachette il put apercevoir la silhouette de la jeune cavalière. Il la trouva si belle qu'il en eut le souffle coupé. Ses longs cheveux de jais se déployaient jusque sur la croupe du cheval, telle une traîne de mariée. Son visage se dessinait de profil à l'encre de Chine sur la toile bleu nuit de la voûte étoilée. Ses gestes avaient la grâce d'une nymphe sortie de l'onde. Elle se tourna lentement vers lui, l'aperçut, lui sourit. Puis, donnant doucement des talons sur les flancs de sa jument, elle s'évanouit dans la nuit comme dans un songe.

Ebahi, Simon mit quelques minutes à se remettre de son émerveillement. Il regagna ensuite ses camarades sans rien leur dire de ce qu'il avait aperçu.

Le lendemain, il retourna au bord de l'étang et contempla avec autant de ravissement le même spectacle. « Qui peut être cet ange venu de la nuit ? » se demanda-t-il.

Et chaque soir, lorsqu'il s'approchait, la jeune fille tournait son regard dans sa direction, lui souriait et disparaissait dans l'obscurité.

Un jour, peu avant la fin des vendanges, il osa s'approcher plus près de l'animal et de sa cavalière. La jument, un peu effarouchée, esquissa un pas de recul et fit mine de se cabrer. La jeune amazone la retint et la calma d'un mot susurré à l'oreille. Puis elle se tourna vers Simon.

« Qui es-tu pour oser déranger Princesse quand elle s'abreuve ?

— Princesse ? s'étonna Simon.

— C'est ma jument. Elle est très craintive et se méfie des gens qu'elle ne connaît pas.

— Je m'appelle Simon. Simon Mazel. Et toi ?

— Esméralda.

— C'est un drôle de prénom !

— Je suis gitane. Ma famille a établi son camp non loin d'ici.

— Vous êtes des... »

Surpris, Simon s'interrompit.

« Des gitans, oui. Des manouches si tu préfères, des romanichels ! Toi non plus, tu n'aimes pas les gitans ?

— Euh... non. Je n'ai pas dit ça. »

Simon fit un pas en avant et voulut caresser l'encolure de l'animal.

« Fais doucement, lui dit Esméralda. Avec la paume de la main. Ne lui fais pas peur... Tu aimes les chevaux ?

— J'aime tous les animaux. Chez moi, il y a des chèvres et des brebis. Un chien aussi et des chats.

— Que fais-tu ici ?

— Les vendanges avec mon père, sur le domaine de Frontillargue. Nous venons de Sainte-Croix dans les Cévennes.

— Nous, nous venons de loin, de très loin, et nous n'habitons nulle part. Nous n'avons aucun endroit vraiment à nous. On ne nous aime pas beaucoup. On nous chasse toujours partout où nous nous installons. Je connais le domaine où tu travailles. On nous en a chassés l'année dernière. Pourtant, nous étions établis sur des terres laissées à l'abandon. On ne faisait rien de mal. Un groupe d'hommes armés de gourdins et menés par un rouquin...

— Dubreuil ! interrompit Simon. C'est le régisseur du domaine. Un homme pas très commode.

— Ils nous ont menacés. Leur chef nous a ordonné de déguerpir, prétextant qu'ils allaient planter de nouvelles vignes.

— C'est vrai, ils ont étendu le vignoble sur des friches.

— Pas à cet endroit. C'est qu'ils ne voulaient pas d'un camp de gitans sur leurs terres.

— Où êtes-vous donc cette année ?

— Pas très loin d'ici. Au bord de la rivière. Tu veux venir voir ? Nous avons d'autres chevaux. »

Simon hésita.

« Il est tard. Je dois rentrer. Sinon on s'apercevra de mon absence. Demain peut-être. »

Le lendemain, Simon suivit Esméralda jusqu'au camp des gitans. Ce qu'il découvrit le remplit d'étonnement. La petite fille le prit par la main et le présenta à tous les membres de sa famille : père, mère, frères, sœurs, oncles, tantes, cousins, cousines, grands-parents... La tribu au complet comptait une trentaine de personnes. Tous lui firent bon accueil. Leurs roulottes aux planches colorées formaient un vaste cercle au centre duquel crépitait un grand feu de bois qu'alimentaient les vieilles femmes du clan. A cette heure avancée de la soirée, plus personne ne travaillait. Des hommes jouaient à la guitare des airs envolés sur lesquels des femmes jeunes et belles dansaient en claquant des talons et en agitant dans les mains des castagnettes qui étonnèrent Simon.

Leurs robes chatoyantes tournoyaient autour de leur taille comme des voiles de mousseline dans le vent. Près d'elles, d'autres hommes à l'allure fière et digne s'agitaient en tapant dans leurs mains et en chantant des complaintes qui ne ressemblaient aucunement à celles que Simon entendait dans les rangées de vigne.

Intrigué et quelque peu intimidé, le jeune garçon ne disait rien, les yeux écarquillés.

« Alors, petit *gadjo*, l'interpella une vieille femme tout édentée et aux longs cheveux gris retombant sur ses épaules, ma petite-fille t'a ensorcelé !

— Euh... nous nous sommes rencontrés près de l'étang.

— L'étang de la Trève ? Sais-tu que cela signifie l'étang du Revenant ? Tu crois aux revenants, toi, petit ?

— Les revenants, les fantômes ? Euh... non. Ce sont des histoires !

— Tu as tort, petit *gadjo*. Tu as tort. Tu ferais bien de te méfier. A rôder la nuit comme tu le fais, tu finiras par en rencontrer. Surtout autour des étangs pendant la pleine lune.

— Grand-mère, cesse donc de faire peur à Simon ! Sinon il n'osera plus revenir nous voir. »

La petite fille prit son nouvel ami par la main et l'entraîna à l'écart du campement.

« Je vais te montrer nos chevaux. Ils paissent juste à côté.

— On ne vous a pas chassés ?

— Pas encore. Ici ce n'est pas le domaine de Frontillargue. Tant que les gendarmes ne savent pas que nous sommes là, nous ne risquons rien. Mais surtout ne raconte à personne ce que tu as vu ce soir !

— Promis, fit Simon en levant la main droite et en crachant par terre. Personne ne saura que tu es devenue mon amie. »

Ainsi, au fil des jours, Simon ne vécut plus que dans l'attente de ses rencontres nocturnes avec Esméralda.

Quand ils durent se quitter à la fin des vendanges, ils ne purent réprimer leur tristesse.

« Je reviendrai l'année prochaine, affirma Simon. Et toi, où seras-tu ?

— Peut-être ici, peut-être ailleurs. Tu sais, nous ne suivons jamais le même itinéraire. Il se peut que nous repassions dans la région. Je le voudrais tellement moi aussi ! »

La mort dans l'âme, les deux enfants se quittèrent sans se dire adieu, dans l'espoir que leurs destins se croiseraient à nouveau l'année suivante.

Un an plus tard, Simon n'eut de cesse de retrouver son amie. Dès le premier soir des vendanges, il s'éclipsa et se rendit au bord de l'étang de la Trève. Mais il ne vit pas Esméralda sur sa jument. Il attendit un long moment, caché derrière un buisson, l'œil et l'oreille aux aguets. Parfois des bruits furtifs le faisaient tressauter. Un animal nocturne, dérangé par sa présence, déguerpissait dans le taillis.

Simon pensa aux remarques de la grand-mère d'Esméralda à propos des revenants qu'il risquait de rencontrer au bord de l'étang, les soirs de pleine lune. Or, au-dessus de lui, celle-ci illuminait la voûte céleste d'une lumière diaphane. Des hululements, des pépiements d'oiseaux, des couinements aigus, des bruits de branches sèches écrasées sous le pied finirent par l'apeurer. Il se recroquevilla sur lui-même, comme pour mieux se protéger, n'osant plus faire un geste. Une légère brume enveloppait les rives de l'étang.

Tout à coup il vit apparaître la silhouette d'un cheval monté par une jeune cavalière. Il se ressaisit, se dressa sur ses jambes, osa un pas en avant, s'arrêta net. La silhouette avait disparu.

« Un revenant ! » pensa-t-il.

Il prit peur, détala à toutes jambes.

Le lendemain, il hésita à se rendre au bord de l'étang. Pourtant il avait grande envie de retrouver Esméralda. Il patienta plusieurs jours avant de se décider quand, tout en vendangeant, il entendit un vigneron parler d'un camp de gitans.

« Les manouches sont revenus, dit-il à son voisin. J'espère qu'ils déguerpiront vite. Sinon il va y avoir encore des vols et de la castagne avec les jeunes du village. »

Assurément les gitans n'étaient pas très appréciés car ils avaient mauvaise réputation. Quand on les voyait arriver et proposer leurs services pour rempailler les chaises ou pour tirer les lignes de la main, les portes se fermaient, les femmes exigeaient de leurs enfants qu'ils rentrent aussitôt à la maison. Quant aux hommes, ils s'arrêtaient illico de bavarder et faisaient mine de ne pas les voir.

Le cœur de Simon fit un bond dans sa poitrine. Si les gitans étaient revenus, c'était bien Esméralda qu'il avait aperçue l'autre soir. Mais comment s'était-elle évanouie si vite ?

« La brume, bien sûr ! songea-t-il subitement. Suis-je bête ! C'est la brume qui l'a enveloppée et me l'a fait perdre de vue. »

Le soir même il se précipita au bord de l'étang. Esméralda, sur sa jument d'albâtre, l'attendait.

Ils se revirent alors chaque soir. Esméralda entraînait son ami dans le camp des gitans. Simon y pénétrait sans crainte, sans arrière-pensées. Peu à peu il y fut accepté, accueilli à bras ouverts. Le petit *gadjo* avait été adopté par les gens du voyage.

* *
*

Persuadé que son frère était parti en Amérique, Adrien ne se doutait donc pas qu'en réalité Simon, depuis deux ans, attendait fébrilement les vendanges pour retrouver la petite gitane pour qui son cœur battait la chamade.

Mais cette année-là, Simon ne revit pas Esméralda. Le camp des gitans ne s'était pas installé à son endroit habituel. A Saint-Martin, tout le monde se réjouit de ne pas avoir eu droit à leur visite et s'en trouva fort soulagé.

Simon avait l'âme en peine. « Se peut-il qu'elle m'ait oublié ? se demandait-il avec inquiétude. On s'était pourtant promis de se revoir à chaque vendange ! »

Il eut beau se rendre tous les soirs au bord de l'étang de la Trève, chaque fois il rentrait bredouille, tout attristé. Or à treize ans, l'amitié qu'il éprouvait pour la jeune fille commençait à se teinter d'un sentiment plus profond, plus charnel aussi, qui chavirait son cœur à chacune des pensées qu'il avait pour elle. Son père ne s'aperçut pas de l'état d'âme de son fils. D'ailleurs Simon savait dissimuler ses peines et paraître comme si rien ne venait perturber son existence.

Toutefois, n'y tenant plus, un soir il se hasarda bien au-delà de l'endroit où les gitans avaient coutume d'installer leur camp. Il marcha dans la nuit noire, instinctivement, poussé par l'amour qu'il sentait grandir en lui en l'absence d'Esméralda, et dans lequel il se complaisait à se noyer aveuglément. Il marcha pendant des heures et des heures, sans se soucier du fait qu'il lui serait impossible de rentrer à temps pour les vendanges, le lendemain matin.

A l'aube, fourbu, il s'affala dans un fossé et s'endormit profondément. Puis, tel un automate, il se remit en route, sous le soleil déclinant du début de l'automne. La faim le ramena à la réalité. Il grappilla quelques raisins dans les vignes, chaparda des fruits dans les vergers, des légumes qu'il mangea crus dans les potagers, but l'eau des sources, évitant de traverser villages et hameaux.

Persuadé qu'il retrouverait Esméralda, il n'eut de cesse de battre la campagne toujours droit vers le sud, là où il savait que se rendaient les gitans, vers cette Camargue lointaine dont lui avait parlé son amie et où ils se regroupaient aux Saintes-Maries-de-la-Mer deux fois par an. Là-bas, oui, il la trouverait. Il en était persuadé !

Au bout d'une dizaine de jours d'errance, affamé, épuisé, découragé, il rencontra sur la route qui menait à Arles deux hommes à cheval et en uniforme. Alors il n'eut plus la force de se dissimuler ni de prendre la poudre d'escampette. Les gendarmes l'arrêtèrent, lui demandèrent d'où il venait, ce qu'il faisait seul sur les chemins comme un vagabond et l'emmenèrent à la gendarmerie.

Son signalement ayant été transmis, ils le gardèrent dans une cellule, tel un malfrat, en attendant d'avertir son père qu'il avait enfin été retrouvé.

Aussitôt Augustin se fit conduire à Alais, prit le train pour Beaucaire et se rendit à Arles où Simon l'attendait, attristé et apeuré.

« Ne lui dites rien ! lui conseilla l'adjudant de gendarmerie. Votre fiston n'a pas l'air dans son assiette. Il me semble très choqué. Il nous a raconté les raisons de son escapade. Pour moi, il y a quelque chose qui ne tourne pas rond dans sa tête.

— Qu'est-ce qui lui a pris ? bredouilla Augustin qui ne savait que penser. Sait-il seulement le sang d'encre que je me suis fait ?

— Laissez-lui le temps de vous expliquer sa version. Ne brisez pas son rêve trop brutalement en lui tombant dessus ! Je vous comprends, vous êtes son père...

— Son rêve ! Aller en Amérique ! A son âge !

— Qui vous parle d'Amérique ? Votre fils s'est amouraché d'une manouche. Elle a dû sans doute l'ensorceler pour qu'il décide de partir à sa recherche sans se soucier de rien, pas même de vous, son père, et sans savoir où elle est partie avec toute sa tribu !

— Une manouche ! dites-vous. Une gitane ! Ah ! je commence à comprendre... »

Augustin n'en dit pas plus au gendarme. Il écouta ses conseils. Lorsqu'il fut devant son fils, il l'étreignit dans ses bras chaleureusement ; puis, avec lui, il regagna Alais par le train sans exiger de plus amples explications.

Le jeune garçon, dont la tristesse se lisait dans les yeux comme à livre ouvert, resta muet durant tout le voyage. Rien ne pouvait le consoler, pas même la pensée de revoir son frère, ni sa mère et ses jeunes sœurs qu'il avait quittées plusieurs semaines plus tôt.

Avant de reprendre la route pour Sainte-Croix, Augustin termina les quelques jours qu'il lui restait à faire au chai. Puis il reprit avec ses deux fils le chemin du retour.

« Allez, les enfants ! Votre mère et vos sœurs nous attendent. Il nous faut vendanger nos propres vignes à présent. Heureusement qu'il n'y en a pas autant qu'ici, ce sera vite fait !

— Le raisin aura eu le temps de bien mûrir ! ajouta Adrien. Il sera gorgé de sucre. Le vin sera excellent.

— Je vois que tu commences à t'intéresser à la vigne. C'est bien ! J'en suis très heureux.

— On m'a dit que les vendanges tardives sont les meilleures.

— Ça dépend. Il ne faut pas trop tarder quand même. Si la pluie se met à déluger, le raisin risque de pourrir avant qu'on ait eu le temps de le ramasser. Mais jusqu'à présent, je dois avouer que ça nous a réussi de vendanger en octobre. Chez nous, la véraison est plus tardive. Et toi, qu'en penses-tu, Simon ? »

Le jeune garçon, perdu dans ses pensées, répondit évasivement :

« De toute façon, il est trop tard maintenant. Elle ne reviendra plus. »

Augustin comprit qu'il était inutile d'insister.

En route, Simon finit par se confesser, restant très pudique sur les sentiments qui l'habitaient. Il implora le pardon de son père pour l'inquiétude qu'il lui avait occasionnée. Augustin éprouva beaucoup de peine pour son fils et ne trouva pas les mots pour le réconforter. Afin de l'encourager, il lui dit tout simplement :

« A présent, tu es vraiment un homme, mon fils ! »

Jamais Simon ne se consola tout à fait d'avoir perdu Esméralda. Dans son cœur brilla longtemps une petite étincelle qui lui rappelait qu'un jour, peut-être…

Deuxième partie

ADRIEN
LA BÊTE DU DIABLE

8

Naissance d'une vocation

Les années passèrent. Les saisons se fondaient les unes dans les autres et embrasaient les vignes de couleurs changeantes. Quand l'hiver desserrait son étreinte, quand au dénuement des ceps succédait un jaillissement de sarments vigoureux, la terre distillait des parfums de sève, de fleurs écloses, d'herbe rafraîchie par la rosée du matin. Dans un éclaboussement de lumière, les printemps se remplissaient de pépiements d'oiseaux, de roucoulements amoureux, de chants de retour à la vie. La rivière roulait des eaux cristallines et jetait des reflets dorés sous les rayons du soleil. Le ciel se peignait en bleu de faïence, les ceps s'habillaient d'émeraude et offraient leurs sarments en pâmoison aux caresses du vent. Les étés, parfois de canicule, paressaient en longues soirées lascives, où les corps appesantis par la chaleur s'abandonnaient aux moindres frémissements de l'air. Les automnes s'étiolaient en journées tièdes et alanguies, et exhalaient des fragrances de moûts et de futailles que les pluies d'équinoxe exacerbaient. Le temps semblait suspendu et donnait aux vieux mas, aux pierres des chemins et jusqu'aux gestes des hommes un lustre éclatant que même le ciment des ciels d'orage ne parvenait pas à ternir.

Simon finit par se faire une raison. Aux vendanges suivantes, il espéra encore revoir Esméralda, mais ne chercha plus à la rencontrer. Il comprit que les gens du voyage n'avaient pas de port d'attache et étaient libres comme le vent. Sa déception le grandit, l'aguerrit. En l'espace de quelques années, l'adolescent qu'il était à treize ans devint très vite un homme endurci au travail, toujours à prêter main-forte à son père quand celui-ci peinait à la tâche.

A plus de quarante ans, Augustin commençait à en rabattre, son dos devenant de plus en plus douloureux. Pourtant il avait la force et la stature d'un paysan vigoureux. Jamais, jusqu'à présent, il n'avait eu à se plaindre du moindre mal et n'avait souffert au point de ne pas pouvoir se lever le matin. Les douleurs, insidieuses, s'étaient lentement installées, jour après jour. De faible intensité d'abord, puis de plus en plus violentes et sournoises. Il restait parfois suspendu les bras en l'air au moment d'abattre sa cognée sur la bille de bois qu'il voulait débiter. Bloqué. Coincé. Le souffle coupé. Une dague acérée plantée dans les lombes. Il avait beau se serrer les reins dans une large ceinture de flanelle, s'enduire d'onguents à base d'ortie le soir avant d'aller se coucher, rien n'y faisait. Quand le mal se déclarait, il n'y avait que le repos pour le soulager. De mauvaise grâce, il fit venir le médecin de Sainte-Croix, le docteur Chabrières. Celui-ci l'ausculta de long en large, le palpa sous toutes les coutures, manipula délicatement ses vertèbres, vérifia ses réflexes. Son diagnostic fut sans ambiguïté.

« Vos articulations sont usées, mon pauvre monsieur Mazel. Vous avez le dos d'un vieillard !

— A mon âge, vous plaisantez, docteur !

— Hélas non ! L'usure des cartilages n'est pas l'apanage des vieux. Vous avez sans doute une déficience.

— Qu'y a-t-il à faire contre ce mal ? s'inquiéta Marthe, aux écoutes au fond de la chambre.

— Se ménager. Et lui appliquer régulièrement des pommades contre les rhumatismes. Je vais vous prescrire des herbes que vous pourrez aisément trouver vous-même.

— Je les connais. Elles ne lui font pas effet très longtemps.

— Malheureusement il n'y a pas d'autres remèdes !

— On sait soigner la vigne contre le mal blanc, mais la médecine est incapable de soulager les hommes de leurs maladies ! maugréa Augustin.

— Heureusement vos fils sont là pour vous seconder ! ajouta le docteur pour le réconforter. Les enfants sont l'assurance vieillesse de leurs parents. »

Augustin rechignait à demander l'aide de ses enfants pour effectuer le travail qu'il était parfois obligé d'abandonner. Sans le plaindre – car il n'aimait pas qu'on ait pitié de lui –, Marthe le faisait à sa place, discrètement.

« Votre père a besoin de vous, leur disait-elle. Mais ne lui proposez pas vos services. Il en serait encore plus chagriné. Agissez sans lui dire. »

Quand Augustin revenait des vendanges, les habitants du village le voyaient marcher plié en deux. Il mettait plusieurs semaines à se redresser, dans d'atroces souffrances et à force de pugnacité.

« Tu devrais cesser d'être porteur pendant les vendanges, lui conseilla un jour son aîné. Nous pourrions échanger nos postes : toi à la coupe du raisin avec Adrien, moi au portage. »

Augustin fusilla son fils du regard, se raidit, rétorqua :

« Jamais ! Tu m'entends, jamais ! »

Simon n'osa insister.

« Alors, économise tes efforts ! Adrien et moi, nous n'avons pas envie de te ramener sur une civière. »

Augustin en fit à sa guise. Têtu comme un pur Cévenol, il ne manqua aucune campagne. Chaque fois que l'été tirait à sa fin, il semblait se régénérer, comme si l'approche des vendanges lui redonnait santé et vigueur. Sans l'avouer à personne, il n'enfilait jamais son pantalon sans glisser dans une poche trois châtaignes contre les rhumatismes. Il se gardait bien, cependant, de se reconnaître superstitieux. Mais il était des pratiques ancestrales auxquelles il avait plus confiance qu'en la science des médecins.

* *
*

Adrien admirait son père. Il incarnait à ses yeux la force et le courage. Il avait su, en plus, lui transmettre son amour pour la vigne. Contrairement à Simon qui ne s'intéressait plus à la vinification une fois les vendanges terminées, Adrien ne manquait pas une occasion d'aider Augustin à l'élaboration de son propre vin. L'année de ses troisièmes vendanges, il avait même insisté pour rester auprès de lui, avec les cavistes, pendant les premières étapes de la fermentation. Simon, lui, se contentait du nettoyage des cuves et du rangement du matériel. Ainsi petit à petit le jeune garçon découvrit-il, à son tour, les secrets du vin.

Henri Colas se réjouissait de l'intérêt qu'il portait à son travail.

« Tu devrais me le laisser en apprentissage toute l'année, osa-t-il un jour proposer à Augustin. Je ferai de lui un futur maître de chai. »

Augustin, sur le coup, répliqua :

« Et qui m'aidera à sa place au Brûlement quand j'aurai besoin d'aide ? Avec mon dos qui me fait souffrir, mes deux fils sont pour moi comme deux bras supplémentaires. De plus, Adrien n'a que douze ans !

— Justement ! Pour lui, l'école, c'est fini. Réfléchis deux secondes, Gustin : avec l'argent qu'il gagnera ici, tu n'auras plus besoin de venir faire les vendanges. Cela te fera économiser ton dos. Et tu pourras te consacrer entièrement à tes propres vignes. Simon doit maintenant abattre le travail d'un homme. Avec lui, ta femme et tes filles, vous êtes assez nombreux. Adrien ici à Frontillargue, ça te fera une bouche de moins à nourrir. »

Adrien n'avait pas assisté à la conversation. Augustin ne voulait pas lui demander son avis avant de prendre celui de Marthe. A son retour au Brûlement, il hésita à s'expliquer. Finalement, Simon, qui avait appris la proposition du maître de chai, poussa son père à parler.

« Qu'en dis-tu ? » demanda-t-il alors à son épouse.

Marthe ne cacha pas sa surprise.

« Tu veux qu'Adrien quitte le Brûlement pour aller travailler chez des étrangers ! Tu veux qu'il nous quitte ! insista-t-elle.

— Je ne veux rien. Je demande ton avis.

— Voir un fils partir est toujours une déchirure pour une mère. Tu peux le comprendre.

— C'est pour son avenir. Pas seulement pour gagner de l'argent. Car, si ce n'était que cela, je préférerais me tuer à la tâche !

— Lui as-tu posé la question ?

— Pas encore.

— Il est bien jeune ! Je crois qu'il ne voudra pas quitter le mas familial. Et ses sœurs ! Tu sais combien elles sont proches de lui… beaucoup plus que de Simon. Elles vont être malheureuses. »

Amélie, Esther et Rachel n'étaient encore que des enfants. Un an séparait chacune d'entre elles, ainsi que l'aînée d'Adrien. Entre eux régnait une grande complicité, dans le travail comme dans l'amusement. Marthe craignait que l'absence d'Adrien vienne perturber ce bel équilibre familial qu'avec courage, patience et beaucoup d'amour elle avait su créer autour de son couple.

« Nous ne sommes pas riches, aimait-elle plaisanter, mais notre plus grande richesse ce sont nos enfants ! »

Ils laissèrent filer quelques jours, le temps d'achever ensemble les vendanges au Brûlement, ce qui ne prenait que deux petites journées. Quand le moût fut dans les tonneaux, les cuves rincées et le matériel bien rangé pour l'année suivante, Marthe engagea Augustin à parler à son fils, espérant au fond d'elle-même que celui-ci refuserait de partir.

« Travailler au chai toute l'année ! s'enthousiasma le jeune garçon. Fabriquer le vin avec les meilleurs cavistes ! Vous m'y autoriseriez ? »

Marthe se retint de montrer son désarroi.

« C'est une proposition qu'on m'a faite, répondit Augustin. Nous en avons discuté, ta mère et moi. La décision n'appartient qu'à toi. »

Adrien regarda ses parents l'un après l'autre, ne sachant que répondre. Il ressentait déjà la tristesse de sa mère, mais comprenait que son acceptation soulagerait son père. Il hésita.

« Je ferai ce que vous voudrez. C'est vous qui décidez.

— Non, Adrien. Toi seul peux prendre la décision. Nous ne voulons pas engager ton avenir sans ton consentement.

— Mais... moi... je ne demanderais pas mieux si...

— Alors c'est oui, coupa Augustin. Henri Colas fera de toi un maître de chai. »

* *
*

C'est ainsi qu'Adrien quitta ses Cévennes natales et le logis familial pour un destin qui allait le plonger sa vie durant dans les soubresauts tumultueux du monde de la vigne.

A la fin de l'hiver, son père le conduisit en personne à Frontillargue. Sur le domaine du marquis, les ouvriers agricoles s'activaient déjà. Une nouvelle saison commençait après la période de dormance où la nature s'était mise au repos.

L'enfant était à la fois impatient et inquiet à l'idée de travailler au chai du marquis de Froissac. Celui-ci avait tenu parole une fois de plus et n'avait pas hésité une seconde à l'embaucher à la demande de son maître de chai.

« Plus jeunes nous formons nos gens, plus ils sont un gage d'avenir, avait concédé le châtelain. J'ai entière confiance en vos choix, Colas. Même si, contrairement à Léon Dubreuil, vous m'amenez trop souvent, à mon goût, des graines de républicains ! Remarquez, je préfère ces derniers aux bonapartistes dont les empereurs d'opérette singent nos grands rois à en être ridicules. Badinguet se prend pour le maître du monde depuis qu'il s'est rapproché de la reine d'Angleterre. On aura tout vu : un Napoléon cul et chemise avec les Anglais ! Que voulez-vous, on vit une drôle d'époque ! »

Partout dans les vignes, on s'affairait. Sur certaines parcelles, on poursuivait les labours pour préparer la terre à accueillir les jeunes plants.

« Hum ! ça sent mauvais, fit Adrien avec dégoût en traversant les terres du domaine.

— C'est le fumier, expliqua Augustin. En hiver, on laboure plusieurs fois et on en profite pour enfouir le fumier ramassé toute l'année.

— Et ces hommes là-bas, que font-ils ?

— Ils déchaussent le pied des souches pour enlever la terre qui les protégeait des gelées de l'hiver. Il faut maintenant que le soleil réchauffe les racines. »

L'enfant était très attentionné.

« Et au chai, que font-ils en ce moment ?

— Pour le chai, Henri Colas t'expliquera mieux que moi. Il te fera travailler un peu partout. Même aux travaux les plus pénibles ; il ne faudra pas rechigner, tu es là pour apprendre.

— Je sais, père. Tu peux me faire confiance. »

Le jeune garçon ne laissa pas transparaître son émotion quand Augustin fut sur le point de le quitter, l'abandonnant aux bons soins de son ami.

« T'inquiète pas pour lui, nous en ferons un homme de ton gamin ! » rassura le maître de chai.

Augustin partit sans se retourner. Il sentait dans son dos le regard attristé de son fils rivé sur lui. Quand Adrien vit disparaître au bout du chemin la silhouette de son père, il essuya une larme qui lui avait échappé, respira profondément et, pivotant sur lui-même, s'apprêta à suivre le maître de chai. Mais celui-ci s'était éclipsé pour les laisser seuls à leurs adieux. L'enfant s'arrêta sur-le-champ.

« Qui êtes-vous ? lui demanda brutalement une jeune demoiselle aux cheveux clairs.

— Je... je m'appelle Adrien, balbutia celui-ci, surpris. Adrien Mazel.

— Je ne vous ai jamais vu sur le domaine de Frontillargue.

— Je viens d'arriver. On m'a embauché pour travailler au chai. Mais j'ai déjà fait les vendanges trois fois.

— Je n'ai pas le droit de me promener dans les vignes quand les domestiques ramassent le raisin. Voilà la raison. Quel âge avez-vous ? »

Adrien était étonné par le vouvoiement de la jeune fille.

« J'aurai bientôt treize ans. Mais pourquoi tu ne me dis pas *tu* ?

— Mes parents m'obligent à vouvoyer tous les domestiques.

— Je ne suis pas un domestique !

— Si vous travaillez à Frontillargue, vous êtes notre domestique !

— Alors nous ne serons jamais amis. »

La petite fille fronça les sourcils, hésita, reprit :

« Si je vous dis *tu*, vous voudrez bien devenir mon ami ?

— Je ne sais pas si j'ai le droit. Nous ne sommes pas du même monde !

— Je ne dirai rien à mon grand-père. Ce sera notre secret.

— Alors dans ce cas, je veux bien. Comment t'appelles-tu ?

— Camille Delcourt de Sumène. De Sumène, c'est le nom de mon grand-père.

— Charles de Sumène, le marquis de Froissac ?

— Oui, il est le père de ma mère. Et Delcourt, c'est le nom de mon père. Il possède des filatures de laine à Tourcoing.

— Tourcoing ! C'est où ?

— Dans le Nord, à la frontière belge. Comment ! Tu ne sais pas cela ? »

Adrien eut honte de son ignorance.

« Si, bien sûr ! J'avais mal compris. Tu ne vis pas avec tes parents ?

— J'habite Frontillargue depuis deux ans, avec mon grand-père. Mon père dit que le climat du Midi est meilleur pour ma santé. J'ai les bronches un peu fragiles. A Tourcoing, il pleut sans arrêt et il fait plus froid qu'ici.

— Tu ne vois jamais tes parents, alors ?

— Si. Ils viennent plusieurs fois par an. Notamment au moment des vendanges. Mon père aide mon grand-père à gérer son domaine. Mais ils ne s'entendent pas très bien !

— Et toi, quel âge as-tu ?

— J'ai eu onze ans au début de l'année.

— On se reverra ?

— C'est moi qui viendrai te voir quand tu ne seras pas en train de travailler. Je m'arrangerai pour te trouver. »

A peine arrivé, Adrien venait de se faire une amie. Il s'en réjouit aussitôt et finit par effacer de son cœur la peine que le départ de son père lui avait occasionnée.

Camille eut juste le temps de disparaître que le maître de chai vint chercher son jeune protégé.

« Alors, petit, les adieux sont terminés ? Ne sois pas triste ! Ton père m'a dit qu'il te ramènerait chez toi en juillet. Ce mois-là, au chai, c'est calme plat. Mais en attendant, il y a du pain sur la planche qui t'attend. »

* *
*

Déjà l'air se faisait plus doux, les pluies plus fréquentes. Les bourgeons commençaient à sortir de leurs cocons protecteurs et laissaient apparaître un léger duvet cotonneux. En cette période de l'année, les gelées étaient toujours à craindre. Si le mistral était glacial au petit matin, il pouvait terrasser les jeunes pousses, et c'était la catastrophe.

Dans le vignoble, les ouvriers agricoles accéléraient la taille.

« Taille tôt, taille tard, c'est la taille de mars la meilleure, expliquait Henri Colas à Adrien qu'il avait emmené dans les vignes. C'est un dicton, mais c'est bien vrai. Le régisseur veille à ce que tous les ceps soient fin prêts pour l'arrivée du printemps. Ça en fait des souches à ratiboiser ! »

Avant de l'employer à la cave, le maître de chai le confia à Florian Vergne, un vigneron éprouvé dans l'art de la taille.

« Il faut que tu apprennes aussi comment on soigne la vigne, comment on la prépare avant les vendanges et avant de faire le vin. Tu dois tout savoir. La vinification n'est que l'ultime étape d'un long travail en amont. Pour connaître les secrets d'un bon vin, il faut d'abord s'intéresser à la vigne, savoir prévenir les maladies, traiter à temps, préparer le sol… La vigne et le vin, tu sais, c'est toute une science. »

En bon apprenti, Adrien écoutait, attentif.

Sous les directives de Florian Vergne, il s'initia à la taille en gobelet, la seule pratiquée dans le Midi languedocien.

« Regarde comment je fais. Je taille juste au-dessus des deux yeux situés après le bourrillon. Tu vois, là, juste après l'empattement du sarment. On ne laisse que trois coursons derrière lui, les plus vigoureux. Ça donne au cep une forme en calice quand c'est fini. »

Tandis que, le dos courbé entre les rangées de vigne, les hommes effectuaient ce minutieux travail, les femmes du domaine épampraient et ramassaient les sarments. Il ne fallait pas traîner. La taille devait être terminée pour la mi-mars afin que la sève, surgissant des profondes racines, vienne nourrir les jeunes pousses et donner de nouveaux pampres pleins de vigueur.

En fin d'après-midi, la taille finie, malgré les douleurs qui lui ankylosaient doigts et poignet, Adrien trépignait encore d'impatience d'aller se joindre aux cavistes. Dans le chai, la cuvaison issue des vendanges précédentes attendait les derniers soins. Le froid de l'hiver, qu'on avait fait entrer exprès dans les caves, avait facilité la précipitation tartrique dans les fûts et la sédimentation des lies de colle. Par tradition, Henri Colas procédait toujours au collage des vins nouveaux en employant quantité de blancs d'œufs. Le soutirage des vins de plus d'un an était déjà terminé. Restait à séparer le vin de l'année des lies de colle et à le soutirer.

Le maître de chai, en bon éducateur, s'évertuait à montrer à Adrien toutes les phases de la vinification. Le jeune garçon enregistrait sans rien perdre de ses savantes explications, n'hésitait pas à faire répéter, posait de multiples questions.

« Quand savez-vous que le moment est venu de soutirer le vin ? Mon père dit qu'il l'entend chanter dans les tonneaux.

— C'est exact, petit. Après les vendanges, tu as pu constater que les jus fermentent ; les sucres se transforment en alcool.

— Oui, ça, je sais.

— Le froid de l'hiver arrête la fermentation. Celle-ci reprend avec l'arrivée du printemps.

— C'est comme la vie !

— Eh oui ! Le vin, vois-tu, c'est quelque chose de vivant. Si tu colles ton oreille sur les parois des fûts, tu l'entendras chanter. Puis les barriques redeviennent silencieuses. Alors là, il est temps de commencer le soutirage. C'est encore un peu tôt maintenant. Mais le mois prochain je soutirerai le vin de l'année, dès que le mistral se mettra à souffler. Tu assisteras le jeune Emile Fabre. Tous les deux, vous ferez une bonne équipe. Il n'a que dix-huit ans, mais il est déjà très expérimenté. »

Ainsi, jour après jour, Adrien découvrit avec ravissement l'univers secret du vin. Les caves étaient à ses yeux des cavernes où de mystérieux alchimistes concoctaient de merveilleux breuvages pour le plaisir des hommes. Le soir, après une longue et fastidieuse journée de travail passée à apprendre, à aider aux plus nobles tâches mais aussi à faire les viles besognes de décuvage des lies, de grattage des fûts et de nettoyage du chai, il regagnait le coin de hangar qu'on lui avait attribué en guise de chambrée.

« Les ouvriers agricoles du domaine sont tous logés à la même enseigne, lui avait expliqué Léon Dubreuil, le régisseur. Ce hangar sert à tous de dortoir. Tu y retrouveras tes nouveaux amis. Vous êtes une vingtaine en permanence à travailler sur le domaine. Ne fais pas le difficile. C'est une chance pour toi que le maître t'ait embauché. Si ça n'avait tenu qu'à moi… »

Le régisseur s'arrêta. Pour un peu il aurait justifié devant un enfant son désaccord avec le marquis. Bonapartiste dans l'âme, il n'aimait pas les républicains. Or il considérait les protestants cévenols comme tels – non sans raison. Du coup, il avait peu de considération pour le petit protégé du maître de chai et critiquait à mots couverts l'influence que celui-ci avait parfois sur les décisions du marquis. Entre le maître de chai et le régisseur, les relations étaient souvent tendues.

Avant d'aller se coucher sur sa paillasse, posée à même le sol, Adrien s'éternisait parfois dehors, dans la douceur de la nuit, jusqu'à ce que ses paupières alourdies le ramènent à l'ordre. Alors, Camille venait le rejoindre à l'insu de son grand-père qui n'aurait pas apprécié que sa petite-fille vînt se mêler aux domestiques. Ensemble ils passaient quelques heures à bavarder et, à leur tour, à imaginer le monde, un monde d'enfants bien naïfs. La jeune fille aimait la présence d'Adrien qui, malgré sa réserve, savait si bien lui parler de son pays cévenol, de ses montagnes âpres et sauvages, de sa rivière chantante et rieuse au printemps, capricieuse et parfois ravageuse en automne.

« Tu regrettes d'être parti ? » lui demanda-t-elle, un soir qu'il s'épanchait avec nostalgie un peu plus que de coutume.

Adrien hésitait.

« Je languis de ne plus voir mes sœurs et mon grand frère. Mes parents me manquent. Pas toi ?

— Si, bien sûr ! Mais je suis mieux ici que dans les brumes des Flandres. Et puis, il y a toi. Je ne suis plus seule maintenant. J'ai un ami.

— Moi aussi, avoua Adrien. J'ai trouvé une amie. »

Il s'approcha plus près d'elle, la prit par la main.

« Dis-moi encore que tu es mon amie.

— Je suis ton amie, Adrien. Je ne te laisserai jamais seul.

— Et si ton grand-père nous surprenait ? Il me renverrait.

— Il n'en saura rien. Et puis… je saurai bien lui expliquer que nous ne faisons rien de mal. Je suis sa seule petite-fille. Et il m'adore. Je crois qu'il en veut à mon père de ne pas lui avoir donné un petit-fils. Pour sa succession. Alors il reporte tout son amour sur moi. Ne crains rien, c'est un homme juste. S'il vient à apprendre que tu es mon ami, il ne fera rien contre moi ni contre toi. »

Rassuré, Adrien vécut à Frontillargue des jours de plus en plus heureux.

Et quand venait le mois de juillet, son cœur était partagé entre la joie de revoir les siens à Sainte-Croix et la peine de quitter Camille jusqu'aux prochaines vendanges.

9

La Bête du diable

On avait à peine identifié le nouveau mal qui s'attaquait à la vigne depuis déjà cinq ans que les coteaux gardois furent à leur tour frappés de plein fouet. En l'espace de quelques années, tous les vignobles du Languedoc furent atteints, puis ceux du reste du pays, la Provence, le Bordelais, la Bourgogne, la Touraine... La calamité s'étendit bien au-delà des frontières, décimant sur son passage la plupart des vignes méditerranéennes de l'Europe. Partout dans les régions concernées, régnait la plus grande consternation, un climat de deuil national. Les fortunes, édifiées depuis peu grâce à la reconstitution du vignoble après la crise de l'oïdium, se virent de nouveau menacées. Les faillites allaient bientôt succéder aux faillites.

Les vignes de Frontillargue se trouvaient miraculeusement épargnées par le fléau, que beaucoup avaient encore du mal à nommer de son propre nom. Les paysans les plus superstitieux l'appelaient *la vilaine Bête*, *la Chose*, ou encore *la Bête du diable*, trahissant ainsi leur crainte atavique d'un nouveau châtiment de Dieu. Sur son domaine, Charles de Sumène ne prêtait pas attention à ce qu'on lui rapportait. Il croyait sans doute que seuls les mécréants – ceux qui préféraient sacrifier sur l'autel de l'argent – se trouvaient impitoyablement châtiés par la colère divine.

« Je ne spécule pas avec mes vignes ! aimait-il rappeler à son gendre qui le pressait de se mettre au goût du jour en modernisant ses procédés de vinification et en étendant toujours plus la superficie de son vignoble. La tradition, mon cher ! La tradition ! C'est elle qui nous a permis de survivre malgré les temps très troublés et pour le moins incertains que nous avons traversés depuis trois quarts de siècle.

— Si vous ne prenez pas le train en marche, père, vous resterez sur le quai pendant que d'autres se feront un plaisir de vous reléguer à l'arrière-garde, si vous me permettez cette métaphore. L'époque est à la démocratisation, ne vous en déplaise ! Il faut donc savoir satisfaire le peuple. Or, que demande le peuple aujourd'hui ? Rien de plus que ce qu'il réclamait sous l'Empire romain : des jeux et du pain.

— Je ne vois pas le rapport avec mes vignes ! Vous délirez, mon gendre.

— Notre empereur l'a bien compris : il a su lâcher du lest en contentant les organisations ouvrières. Ne vous y trompez pas, le droit de grève et la tolérance qu'il a accordée aux syndicats ouvriers ne sont rien d'autre que des mesures pour apaiser les esprits agités, pour mieux rallier à sa cause les masses populaires et mieux les diriger. Démocratiser, ce n'est pas rendre le pouvoir au peuple. Qu'en ferait-il ? C'est le contenter avant qu'il ne se révolte. L'empereur a su tirer la leçon des révolutions qui ont secoué notre pays. Il sait qu'un prince doit agir avant que le peuple n'explose, quitte à le flatter.

— C'est de la démagogie !

— Non, c'est de la science politique. Relisez Machiavel !

— Je ne mange pas de ce pain-là, Delcourt. Votre Badinguet m'a toujours fait l'effet d'un démiurge tyrannique. Il joue sur tous les tableaux. Telle n'est pas ma conception du pouvoir.

— Votre idéal, hélas ! date d'une autre époque, père.

— Un prince qui se respecte doit savoir se faire aimer et craindre sans avoir recours à la flatterie. Celle-ci n'est à mes yeux qu'une preuve de faiblesse… Quoi qu'il en soit, je ne vois toujours pas le rapport avec le vin !

— Le vin, c'est le pain des empereurs romains, mon cher marquis ! Aujourd'hui, les ouvriers veulent boire du vin à satiété. Il faut leur en procurer. Et pour cela, il est absolument nécessaire d'abaisser les coûts de production et d'étendre les surfaces pour le rendre accessible à tous. Il faut démocratiser le breuvage des dieux ! Croyez-moi, je sais ce que je dis. Dans mes usines de Tourcoing, j'ai sous mes yeux un bon échantillon de consommateurs qui me laisse penser que l'avenir est dans le vignoble de masse. Dans la viticulture comme dans l'industrie, il faut produire toujours plus. Et pas cher ! Tout le monde y trouvera son compte. »

Charles de Sumène était exaspéré par les propos tenus par son gendre. Lui, qui avait toujours gardé dans son cœur une certaine idée de son pays, de son domaine, des hommes et des femmes qui dépendaient de gens de son rang, ne pouvait souffrir de s'avilir à spéculer pour le dieu Argent. Sa richesse, il la tenait de ses ancêtres, elle lui venait de la terre, du travail de ses paysans, des bonnes relations qu'il entretenait avec eux. Il exécrait les nouveaux riches, ceux qui mettaient l'argent au centre de leurs préoccupations en se donnant des allures de bienfaiteurs de l'humanité chaque fois qu'ils parlaient du bonheur du peuple.

« Vous, les grands bourgeois, et votre empereur le premier, vous êtes tous des démagogues ! Je vous prédis que vous perdrez bientôt le pouvoir à vouloir jouer au chat et à la souris avec le peuple. »

Tandis que le marquis et son gendre s'affrontaient inutilement sur l'avenir de l'Empire, le mal insidieux continuait de se propager. L'inquiétude allait grandissante car les premières vignes de la région commençaient à périr. Léon Dubreuil affirmait qu'il ne s'agissait que d'un phénomène local, qui ne toucherait pas systématiquement toutes les vignes. Il ignorait que le mal s'était insinué dans le domaine même du marquis quelques années plus tôt, pendant la crise de l'oïdium.

Le puceron – car il s'agissait d'un puceron microscopique – avait été introduit en France dès 1863. On importait alors des ceps américains en production directe pour remplacer les vignes atteintes du mal blanc. Ces ceps résistaient à la plupart des maladies, ce qui fut, crut-on, la solution miracle à la crise qui sévissait alors. Le puceron maléfique ne pouvait résister longtemps en dehors de son milieu naturel. Mais la traversée de l'Atlantique par bateau à vapeur, ayant ramené le temps du voyage à neuf ou dix jours, permit la survie de l'insecte et sa transplantation dans les terroirs européens. Une fois les larves au sol, elles s'y enfoncèrent et s'y développèrent sans revenir à l'air libre. Les souches transplantées continuèrent à produire, mais les vignes d'origine européenne – encore les plus nombreuses – furent peu à peu contaminées et ne résistèrent pas.

Un nouveau fléau était né que le botaniste Jules-Emile Planchon dénomma : *Phylloxera vastatrix.*

* *
*

La presse agricole commençait à relayer l'inquiétude des propriétaires les plus atteints. Dans les cafés, dans les auberges de passage, sur les marchés et, bien sûr, dans les rangées de vigne, on ne parlait plus que de cela. A demi-mot, en prenant de multiples précautions, en ne l'appelant jamais par son vrai nom – que personne d'ailleurs n'avait retenu tant il était compliqué et traumatisant. *Vastatrix !* Comme dévastation ! Le mot rappelait le temps des guerres et des invasions. *Phylloxera vastatrix !* Non, décidément, cela ne pouvait être qu'une invention de scientifique ! D'ailleurs, beaucoup n'y croyaient toujours pas.

Il est vrai qu'au début le mal ne fut pas très visible. Il rongeait les racines, insidieusement, sournoisement, sans se découvrir. Rien n'était détectable en surface. Comme l'avait montré Jules-Emile Planchon, les racines présentaient des nodosités, des excroissances anormales. Les larves les piquaient et suçaient leur sève, provoquant ainsi des plaies incurables où se développaient champignons et bactéries. La plante, infectée par ses racines, commençait à dépérir lentement. La première année, les feuilles gondolaient et se flétrissaient, les sarments avaient moins de vigueur. La deuxième, les fruits devenaient rachitiques et moins nombreux. La troisième année était souvent fatale ; le pied de vigne se desséchait et mourait. A moins d'arracher un cep suspect avant même qu'il ne fût trop atteint, ces signes avant-coureurs n'étaient pas immédiatement décelables pour des yeux néophytes. Au début, les vignerons, souvent, ne s'inquiétaient guère, ne remarquant rien de vraiment alarmant. Certes, le savant avait bien mis en évidence que les racines des ceps contaminés grouillaient de pucerons jaunâtres. Mais pour la plupart des viticulteurs, sa découverte demeurait dans le domaine du spéculatif, puisqu'ils ne pouvaient aller voir aux racines de leurs vignes, et que lorsque celles-ci portaient à l'extérieur les marques du mal, il était déjà trop tard.

Le printemps était bien avancé. Les hommes du domaine s'acharnaient à soufrer pour prévenir contre le mal blanc, quand l'un d'eux s'arrêta net devant un cep de vigne dont les feuilles lui paraissaient suspectes. Adrien, qui poursuivait son apprentissage toujours avec beaucoup d'intérêt, s'approcha de son maître, curieux.

« Qu'y a-t-il Raymond ? Pourquoi t'arrêtes-tu ? Veux-tu que je te remplace ? »

Raymond Poujolat était un ouvrier agricole expérimenté. Il n'avait pas son pareil pour détecter sur les feuilles la moindre trace de maladie. Rien ne lui échappait : la cochylis, la pyrale, les rots, l'oïdium n'avaient aucun secret pour lui. Mais cette fois il devait bien l'admettre, ce qu'il venait de découvrir n'avait rien de commun avec ce qu'il connaissait.

« Regarde, petit, regarde bien ces feuilles ! Elles sont toutes flétries. Certaines commencent même à tomber comme si nous étions en automne. En pleine période de feuillaison, ce n'est pas normal ! Les fleurs sont rachitiques et trop rares pour la saison.

— Tu ne connais pas cette maladie ?

— Ça ressemble de loin au pourridié ou au gribairi. A moins que ce ne soit le ver blanc ! Mais, à mon avis, c'est autre chose.

— Qu'est-ce qui te fait dire ça ?

— L'année dernière déjà, j'ai constaté les mêmes symptômes dans ce carré de vigne. Les raisins étaient malingres et moins nombreux que d'habitude. Or les souches sont encore malades cette année. Regarde là-bas, on dirait que les ceps se dessèchent. Les sarments sont atrophiés et les feuilles présentent des boursouflures écarlates.

— A quoi penses-tu ?

— A cette nouvelle maladie que certains appellent la Bête du diable.

— Le *Phylloxera vastatrix* !

— C'est son nom scientifique. Tu m'as l'air bien au courant ! »

Adrien rougit. Il semblait cacher quelque secret à son maître d'apprentissage.

« Qui donc t'en a parlé ?

— Euh… c'est… c'est Camille.

— Camille qui ? Je ne connais aucun garçon qui s'appelle Camille à Frontillargue !

— Ce n'est pas un garçon. Camille, c'est la petite-fille du châtelain.

— Tu veux dire Camille Delcourt ?

— Oui, Camille Delcourt de Sumène.

— Parce que toi tu connais la petite-fille du marquis, toi un apprenti, un futur ouvrier agricole du domaine !

— Ben oui. Camille est mon amie. Et je suis également son ami. Mais je te demande de n'en parler à personne.

— Et ta Camille sait ce qu'est la Bête du diable !

— Oui. Camille est une fille très instruite. Elle s'intéresse de très près aux vignes de son grand-père. Et elle lit beaucoup de livres. C'est elle qui m'a parlé la première de ce nouveau fléau. Elle est très bien informée. Il ne date pas d'aujourd'hui.

— Alors, elle sait peut-être comment le combattre ?

— Si elle le savait, sûr que son grand-père aurait déjà fait le nécessaire.

— Encore faudrait-il qu'il sache que ses vignes sont contaminées. »

Charles de Sumène ignorait, en réalité, que son domaine était infecté depuis déjà deux ans. Personne parmi son personnel ne s'en était rendu compte, tous croyant que les pustules apparues sur les feuilles de certains ceps étaient dues à d'autres maladies connues depuis toujours. Même le régisseur, Léon Dubreuil, ne s'en était pas alarmé. « Des pucerons, il y en a sur d'autres plantes, avait-il rétorqué à Raymond Poujolat, la première fois que celui-ci lui avait fait part de ses craintes. Traitez comme d'habitude. »

« Que comptes-tu faire ? s'enquit Adrien. Il faudrait arrêter le mal immédiatement. Mais par quel moyen ?

— Je l'ignore. Je crains que nous soyons cette fois complètement désarmés. »

Adrien n'avait que quinze ans lorsque, en ce printemps 1870, il prit vraiment conscience de la gravité potentielle du nouveau fléau. Il pensa à son père qui éprouvait une grande fierté d'avoir remis sa vigne sur pied après la crise de l'oïdium. « Mon Dieu, priait-il chaque soir en se couchant, épargnez-le ! » Il savait qu'Augustin serait complètement abattu s'il devait à nouveau arracher ses vignes. Depuis qu'il avait renoncé aux vendanges à Frontillargue pour se consacrer entièrement à ses terres familiales, le pauvre homme s'était renfermé sur lui-même, rongé par les douleurs qui l'empêchaient de plus en plus de terminer les tâches les plus pénibles. Adrien se consolait néanmoins en pensant que Simon était à ses côtés et le secondait maintenant comme un garçon en pleine force de l'âge.

A vrai dire, hormis les principaux intéressés – les premières victimes du mal –, personne n'avait encore appréhendé la gravité de la situation. Les pouvoirs publics n'avaient pas réagi. Les problèmes de l'agriculture, et a fortiori ceux de la viticulture, n'étaient pas considérés comme prioritaires dans la sphère politique qui n'avait d'yeux que pour l'industrie, la finance et le grand commerce. Au reste, les esprits étaient occupés ailleurs. L'année 1867 avait vu l'Exposition universelle à Paris, ce qui, après celle de Londres, avait mis la France au centre du monde moderne. En 1868, on avait inauguré le canal de Suez, percé sous la direction de Ferdinand de Lesseps pour la plus grande gloire de l'Empire. La même année, la Samaritaine avait ouvert ses portes, s'ajoutant au Bon Marché, au Louvre et au Printemps, autres grands magasins qui avaient fleuri depuis le début du règne. L'industrie, les chemins de fer continuaient de se développer grâce aux Schneider, Wendel, Rothschild et autres frères Pereire. Par ailleurs, les ambitions de la Prusse commençaient à inquiéter sérieusement les milieux les plus informés. Les bruits de bottes, que le chancelier Bismarck faisait à dessein résonner aux frontières du pays, laissaient craindre un fléau d'une tout autre nature, qu'on avait plus connu depuis l'invasion de la dernière coalition en 1815 : la guerre.

Pour toutes ces raisons, tout concourait à détourner les esprits des problèmes de la viticulture.

* *
*

En réalité, Adrien non plus ne se souciait pas trop de la situation ; ni de celle du pays vis-à-vis de l'Allemagne belliqueuse, ni de celle que risquait de créer le puceron dévastateur. Il pensait qu'il y aurait toujours une solution. Sa jeunesse et son enthousiasme lui donnaient une vision embellie du monde. Depuis qu'il travaillait sur le domaine de Frontillargue, il n'avait de cesse de devenir le meilleur caviste du marquis. « Après toi », avouait-il humblement à son maître protecteur, Henri Colas. Aussi se montrait-il toujours très attentif, curieux, exigeant, et aidait assidûment au travail dans les vignes auprès des domestiques et des saisonniers au moment des vendanges. Il regrettait l'absence de son père dans la colle de Victorine, mais s'était réjoui de voir Simon le remplacer à la hotte. Avec son aîné, il avait l'impression de retrouver toute sa famille quand, le soir venu, plutôt que de suivre les adultes au bistrot du village, ils restaient ensemble dans la chaleur tiède de la nuit à contempler les étoiles ou à évoquer leurs souvenirs. Simon lui parlait de Sainte-Croix, du Brûlement, de ses sœurs qui grandissaient, du père qui souffrait en silence, de la mère qui était au four et au moulin avec la discrétion des femmes laborieuses et dévouées. Adrien expliquait son travail, ses espoirs, ses craintes parfois. Jamais Simon ne faisait allusion à celle qui lui avait fait perdre la raison en embrasant son cœur quelques années plus tôt, bien qu'il lui brûlât les lèvres de demander à son frère s'il avait vu réapparaître le camp des gitans au moment des vendanges. Jamais, de son côté, Adrien ne lui avoua qu'à son tour son cœur battait maintenant pour la jeune Camille.

Depuis qu'ils s'étaient rencontrés la première fois, deux ans auparavant, les deux adolescents n'avaient pas cessé de se revoir. Camille en avait toujours pris l'initiative. Elle s'arrangeait pour aller au-devant de son nouvel ami à l'insu de son grand-père et de la préceptrice qui s'occupait d'elle en l'absence de sa mère. Entre eux était née une profonde amitié qui, avec les années, s'était mue petit à petit en un sentiment plus fort, plus fou, plus irraisonnable. Les deux tourtereaux s'aimaient d'un amour certes platonique, mais qui ne laissait aucun doute sur ce qui les liait l'un à l'autre.

C'est cet amour qui avait permis à Adrien d'accepter de ne pas revenir au Brûlement. Son père, en effet, ne s'était pas senti la force d'aller le chercher au mois de juillet après sa deuxième année d'apprentissage, comme il le lui avait promis. En réalité, Augustin ne voulait pas inquiéter son cadet sur son état, préférant lui laisser l'esprit libre et serein. « Ton frère te donnera de nos nouvelles au moment des vendanges », lui avait-il simplement expliqué dans une longue lettre qu'il lui avait adressée au début de l'été.

Marthe, attristée de ne pas revoir son fils, n'avait pas voulu contrarier son mari. Mais, dès lors, elle n'eut plus d'autres soucis en tête que de lui préparer tout un paquetage de victuailles et d'effets personnels que Simon fut chargé de lui apporter à Frontillargue.

« On ne doit sans doute pas bien le nourrir comme il faut ! avait-elle prétexté. Et cet hiver, il crèvera peut-être de froid. Va savoir ! »

Et d'empiler dans un coffre quantité de saucissons, de pâtés, de pélardons, d'oreillettes[1] sucrées, de châtaignes sèches – « pour le *bajanat*[2], argua-t-elle, là-bas, il ne doit pas en manger souvent ! ». Et d'ajouter des chaussettes de grosse laine tricotées par ses soins, des vêtements chauds taillés dans du bon drap, des couvertures épaisses.

« Crois-tu qu'il ait besoin de tout ce *rabaladis*, se moqua Augustin. On dirait qu'il est parti à l'armée à l'autre bout du monde !

— Mon petit, c'est mon petit ! Il est tout seul, le pauvre. Et je languis de lui », rétorqua Marthe, plus maternelle que jamais.

Simon eut beau rassurer sa mère dès son retour, celle-ci ne s'ôta pas de la tête l'idée qu'Adrien manquait de tout et surtout de l'affection des siens.

Sur ce point elle ne se trompait pas. Mais elle était loin de se douter que l'amour qu'il éprouvait pour la jeune Camille comblait son cœur d'un immense bonheur.

Une ombre venait toutefois ternir ce tableau idyllique. A plusieurs reprises, Adrien et Camille s'étaient fait surprendre ensemble par Léon Dubreuil. Ils n'avaient eu entre eux aucun geste compromettant, et ils n'avaient rien laissé entendre qui pût leur nuire. Mais ils craignaient que le régisseur n'aille colporter à son maître quelque mauvais propos.

1. Très minces beignets de pâte, frits à la poêle.
2. Soupe de châtaignes sèches.

Adrien le premier s'en était inquiété.

« Camille, je crois qu'il vaudrait mieux ne plus nous voir. Pour quelque temps en tout cas. Si jamais le baïle nous espionne, nous ne pourrons pas nier que nous nous voyons à l'insu de ton grand-père. Il ne m'apprécie pas beaucoup. Henri Colas m'a averti de me méfier de lui, soi-disant parce que je suis protestant.

— Que te reproche-t-il ?

— Pour l'instant, rien. Il cherche sans doute un prétexte pour me prendre en faute. Il n'aime pas les protestants. A ses yeux nous sommes tous républicains. Je suis persuadé qu'il n'attend qu'une chose : me tomber dessus pour me faire renvoyer.

— Qu'il essaie ! Je saurai lui signifier que je suis la petite-fille de son maître.

— Camille, nous ne sommes encore que des enfants à ses yeux. Ça ne l'arrêtera pas. D'autant que ton propre père le soutient. Je le sais par Raymond Poujolat qui les a entendus discuter de l'avenir du domaine.

— Mais ce domaine appartient à mon grand-père, pas à mon père !

— Il n'empêche ! Le baïle me paraît bien intrigant. Il faut se méfier de lui. Mieux vaut ne plus se voir pendant quelques jours.

— Adrien...

— Oui !

— Je... je ne t'ai jamais dit ce que je ressentais pour toi.

— Ce n'est pas la peine, Camille. Je le sais. Tiens, mets ta main sur ma poitrine. Sens-tu comme mon cœur cogne ? Il bat pour toi, Camille. Parce que moi aussi… je… »

Adrien, pas plus que Camille, n'osait prononcer les paroles que son amour lui insufflait. Il garda sa main dans la sienne, l'attira vers ses lèvres. La jeune fille se laissa faire, se serra tout contre lui, ferma les yeux.

« Embrasse-moi, Adrien. Là, tout de suite, sur la bouche. Je t'aime, Adrien. Je n'aimerai jamais que toi. »

Adrien approcha son visage de celui de Camille, effleura ses lèvres, l'embrassa tendrement, pour la première fois.

Derrière eux se profilait l'ombre de Léon Dubreuil qui les regardait, tapi derrière un chêne, l'air narquois.

* *
*

Charles de Sumène ne pouvait plus se voiler la face. Un pied de vigne sur dix environ portait les stigmates de la nouvelle maladie. Malgré les silences et les non-dits de son régisseur qui s'obstinait à ne pas reconnaître l'étendue des dégâts et la gravité de la future catastrophe, force lui était de constater que son domaine était la proie de cet ennemi invisible dont il refusait, pour sa part, le nom populaire de Bête du diable.

« Le diable n'a rien à voir là-dedans ! grommelait-il devant ses domestiques, chaque fois qu'ils se marquaient du signe de la croix en lui montrant, désappointés, les feuilles boursouflées et écarlates des ceps gangrenés. Pas plus le diable que le bon Dieu ! Vos croyances stupides ne sauveront pas mes vignes. Vos prières et vos bondieuseries n'y changeront rien. N'est-ce pas, Dubreuil ? »

Le régisseur se montrait volontiers rassurant.

« Ce n'est pas la première maladie que nous avons à combattre, monsieur le marquis. Ce ne sera pas la dernière. Nous en viendrons à bout.

— Comment comptez-vous vous y prendre ? intervint Henri Colas qui s'inquiétait déjà des prochaines vendanges. Le mal est dans les racines, pas seulement sur les ramures comme pour l'oïdium. »

Le maître de chai demanda à Adrien d'avancer. Celui-ci se tenait discrètement à l'écart de la conversation.

« Vas-y, petit. Montre à monsieur le marquis ce que je t'ai demandé d'apporter. »

Adrien tenait à bout de bras un sac de jute. Il en sortit un cep étêté muni de ses premières racines et de quelques sarments.

« Regardez, monsieur le marquis. J'ai fait arracher ce cep malade pour la seconde année consécutive.

— Vous l'avez arraché sans mon autorisation ! s'insurgea Léon Dubreuil.

— Je tenais à prouver à monsieur le marquis que le mal s'attaque d'abord aux racines ; ce qui est plus grave que s'il ne s'en prenait qu'aux feuilles et aux fruits. »

Charles de Sumène commençait à s'impatienter.

« Au fait, messieurs ! Au fait ! Cessez donc de vous quereller !

— Si vous permettez, monsieur le marquis, le jeune Adrien Mazel va vous expliquer.

— Comment ce gamin pourrait-il expliquer à monsieur le marquis l'origine de cette pourriture ? interrompit le régisseur, rouge de colère. Ce n'est qu'un jeune blanc-bec ignorant, tout juste bon à déshonorer les demoiselles de bonne famille ! »

Adrien se sentit trahi. Il blêmit de stupeur, croyant que le régisseur allait le dénoncer au marquis. Il laissa choir le cep qu'il portait encore dans les mains, fit un pas en arrière, fut pris de tremblements.

« Eh bien, Adrien, ramasse cette racine et explique à monsieur le marquis ce que tu sais de cette maladie. »

Le jeune garçon hésita, ramassa le cep contaminé, reprit timidement :

« Voilà, monsieur le marquis : le phylloxéra est dû à un puceron qui ronge les racines des vignes. Regardez celle-ci, on y voit très bien une masse jaunâtre grouillante. C'est une colonie de pucerons. Ils se nourrissent de la sève de la plante. Et sur les feuilles, au printemps, on trouve des petits insectes ailés qui ressemblent aux parasites du chêne. C'est pour cette raison que vos ouvriers ne se sont pas inquiétés jusqu'à présent.

— Je vois, mon garçon, je vois ! coupa le marquis. Mais dis-moi, comment as-tu appris tout cela ? Tu me parais bien versé en la matière pour ton âge ! »

Adrien se garda bien d'avouer que Camille était à l'origine de ses connaissances. La jeune fille lisait les gazettes que son grand-père parcourait la plupart du temps d'un œil distrait, tant la politique impériale qui en faisait toujours la une l'ennuyait au plus haut point. Le marquis n'avait donc jamais lu les articles se rapportant aux recherches du botaniste de la faculté de pharmacie de Montpellier, Jules-Emile Planchon.

Adrien mentit en expliquant que son frère aîné s'intéressait aux maladies de la vigne et ne manquait jamais de lui faire part de ses connaissances.

« Donc tu affirmes que monsieur Dubreuil se trompe et qu'il sous-estime la gravité du mal !

— Je ne me permettrais pas de contredire monsieur le régisseur, monsieur le marquis. Je vous montre simplement ce que M. Planchon a découvert lui-même il y a déjà deux ans, et ce qu'il ne cesse de répéter.

— Et, bien sûr, tu connais le remède !

— Non, monsieur le marquis.

— Hélas, je crois qu'il n'y a rien à faire ! ajouta Henri Colas.

— Il y a toujours moyen de lutter, coupa sèchement Léon Dubreuil. Monsieur Colas ferait mieux de s'en tenir à la bonne tenue de son chai. La terre et les vignes sont mon domaine, pas le sien. Je m'en occupe, monsieur le marquis.

— Il suffit ! éructa Charles de Sumène, visiblement courroucé par l'attitude et le ton péremptoire de son régisseur. Monsieur Dubreuil, vous entreprendrez tout ce qui est en votre pouvoir pour éradiquer… comment vous dites déjà… ? la Bête du diable. Peu importent les moyens, pourvu que les vendanges soient faites en temps et en heure. Je vous conseille de vous rapprocher de mon ami Ernest Pujol dans les Costières. Quant à vous, monsieur Colas, je compte sur vous et vos cavistes pour que cette année 1870 apporte encore une bonne cuvée. »

Le marquis laissa les deux hommes face à face, et se retira dans ses appartements, suivi du jeune laquais qui l'accompagnait toujours quand il se déplaçait à pied dans ses terres.

« Bravo, fiston ! exulta Henri Colas en prenant Adrien par les épaules. C'est ton père qui aurait été fier de toi. Tu l'as bien mouché ce régisseur plein de suffisances ! Ah, s'il ne tenait qu'à moi ! Il y a longtemps que je me serais séparé de lui. Toujours à fouiner partout et à surveiller tout le monde ! »

* *
*

Tandis que les bruits de bottes se faisaient de plus en plus menaçants aux frontières, le ministère de l'Agriculture se décida enfin à réagir : il ouvrit un concours doté d'un prix de 20 000 francs-or pour celui qui trouverait un remède efficace au terrible fléau.

Mais, malgré ce sursaut tardif, le terroir agricole continua à être infesté par la vermine, alors que le territoire national, lui, s'apprêtait à être agressé par un autre type d'envahisseur.

10

La fin des illusions

Juillet annonçait de tristes vendanges. Malgré la chaleur qui sévissait dans le Midi, malgré les efforts déployés pour lutter contre le mal, dans tous les vignobles régnait la même consternation. Les cœurs étaient moroses, les esprits taciturnes, les corps fatigués.

L'inquiétude allait grandissant. La guerre se profilait à l'horizon. Les visées de Napoléon III sur la Belgique avaient convaincu Bismarck que seule une guerre contre la France était le plus sûr moyen de cimenter l'unité de son pays. Or la réforme militaire du maréchal Niel, en raccourcissant à cinq ans la conscription, mais en créant une réserve avec tous les exemptés, laissait craindre que la jeunesse tout entière fût bientôt sacrifiée sur l'autel du dieu Mars pour réparer les bévues de la diplomatie impériale.

Dans les foyers, on ne parlait plus que de cela. Déjà bon nombre de jeunes garçons avaient été incorporés et envoyés dans les régiments du Nord et de l'Est, privant leurs familles d'une aide précieuse au moment où dans les terres le travail décuplait.

Début juillet, Eugène Delcourt débarqua à Frontillargue avec commis et bagages. Son épouse, Eléonore, l'avait précédé afin de retrouver sa fille Camille dès le début de l'été. A peine arrivé, il fit part de ses craintes au vieux marquis.

« Bismarck va attaquer nos frontières de l'Est. C'est une quasi-certitude. La guerre n'est pas très bonne pour les affaires ! J'ai bien peur que nous entrions dans une période de difficultés.

— A qui la faute ? lui rétorqua Charles de Sumène. Si votre empereur d'opérette ne se prenait pas pour son oncle, nous n'en serions pas là. Avec ses idées de grandeur, il a même fini par pousser l'Angleterre à la neutralité en cas de conflit armé avec la Prusse. Quel gâchis, avouez-le !

— Heureusement notre armée est invincible !

— Vous vous bercez d'illusions.

— Notre nouveau fusil Chassepot est de loin le meilleur sur le marché de l'armement. Et nous possédons maintenant une arme infaillible, le canon à balles[1], qui devrait faire des merveilles.

— Vos machines à tuer ne rendront pas à notre pays la jeunesse qui se fera balayer sur les champs de bataille. Avez-vous déjà oublié les nombreuses victimes de Napoléon Ier ?

---

1. Mitrailleuse.

— Je vous rappelle que c'est la Prusse qui nous menace. Les ambassadeurs de l'empereur font tout leur possible pour sauvegarder la paix. Mais qui veut la paix doit se préparer à la guerre !

— Eugène, vous feriez mieux de vous inquiéter de vos usines plutôt que de disserter sur la guerre. Remarquez… vos machines doivent tourner à plein rendement par les temps qui courent. Vous ne devriez pas craindre la situation !

— Comment cela ?

— En temps de guerre, c'est bien connu, le textile travaille pour les armées, comme les marchands de canons. Nos braves soldats ont besoin d'uniformes pour aller se faire tuer !

— Père ! s'offusqua l'industriel. Comment osez-vous ! »

Les deux hommes s'égratignaient souvent, tant leurs idées divergeaient sur presque tous les sujets.

« Quand donc cesserez-vous de contrarier mon père ? reprochait Eléonore de Sumène à son mari. Il a déjà assez de soucis avec le mal qui ronge ses vignes !

— S'il me laissait les coudées franches, je les lui sauverais, ses vignes. Mais c'est un vieil entêté. Il ne sait pas prendre les bonnes décisions.

— Parce que vous, Eugène, vous savez mieux que les autres ce qu'il convient de faire ?

— Je ne me suis pas encore intéressé au problème. Je n'en ai pas eu le temps. A Tourcoing, j'ai d'autres chats à fouetter. Mais dites-vous bien qu'il n'y a pas de question sans solution. Et, quand il le faut, aux grands problèmes, les grands moyens !

— Que sous-entendez-vous ?

— Rien. Mais, dans toutes les situations, il faut savoir réagir avec vigueur. Dans mes usines, je fais la guerre. Dans les vignes de Frontillargue, je ferai la guerre ! »

* *
*

La France avait déclaré les hostilités à la Prusse le 19 juillet. Les députés du Corps législatif, malgré les avertissements de Thiers et à l'exception de dix d'entre eux, avaient voté avec enthousiasme les crédits pour la mobilisation.

Les vendanges battaient déjà leur plein. Or les uns après les autres, les hommes jeunes commençaient à déserter les vignes. Les réservistes d'abord, qui devaient quatre ans de période d'instruction, puis les exemptés de conscription, même ceux qui avaient tiré un bon numéro. Tous allaient alimenter l'armée de seconde ligne, la garde mobile. De plus, beaucoup d'Italiens, préoccupés par la question romaine et l'achèvement de l'unité de leur pays, ne vinrent pas en France comme les années précédentes. Les Espagnols non plus, craignant l'extension du conflit vers le Midi.

Au dernier moment, il fallut remplacer la main-d'œuvre manquante par des hommes plus âgés, des femmes, des enfants peu expérimentés. Les colles se trouvèrent perturbées par l'intrusion des nouveaux venus qui avaient de la difficulté à tenir la cadence dans les rangées de vigne. Qu'en serait-il dans les chais au moment de la vinification ? Certains cavistes, jeunes et compétents, étaient partis rejoindre leurs unités. Leur savoir-faire ferait vite défaut. Quant à la lutte contre le fameux *Phylloxera vastatrix*, elle s'annonçait, décidément, sous de mauvais auspices. D'ailleurs, le gouvernement n'avait pas remis le prix de 20 000 francs-or promis quelques mois plus tôt. L'heure était à la rigueur et aux économies.

Le domaine de Frontillargue n'échappa pas aux conséquences premières du conflit armé. Lorsque Simon arriva fin août avec la colle de Victorine, Adrien s'en alarma devant lui.

« J'ignore si nous sortirons vainqueurs de cette guerre, mais je crains fort que celle-ci ne soit fatale aux efforts déployés par les hommes pour sauver nos vignes.

— Tu parles comme si elles t'appartenaient, petit frère ! plaisanta Simon.

— Quand tu aimes ton travail, tu ne fais pas la différence. La terre, la vigne que tu soignes font partie de toi.

— En tout cas, j'espère que tout cela ne durera pas une éternité. Sinon, dans un an, moi aussi je serai bon pour l'incorporation. Même avec un bon numéro, personne ne peut y échapper.

— Pour le phylloxéra, la lutte sera longue, c'est à craindre ! A ce jour, il n'y a aucun remède efficace pour en venir à bout.

— Qu'a décidé le marquis ?

— Je l'ignore. Mais j'ai peur qu'il ne se laisse influencer par son gendre. Avec lui, ce seront des méthodes radicales, crois-moi. C'est un va-t-en-guerre.

— C'est un capitaine d'industrie, comme on dit !

— Oui, et partisan de la guerre contre la Prusse, d'après ce que m'a raconté Ca... »

Adrien s'arrêta net sans achever sa phrase.

« Qui t'a dit cela ? insista Simon.

— Camille, se décida Adrien, après quelques secondes d'hésitation. La petite-fille du marquis.

— La fille d'Eugène Delcourt ? Tu la connais au point qu'elle te fait des confidences ?

— Oui. Quel mal y a-t-il à cela ? »

Gêné, Adrien ne pouvait se taire davantage.

« Et je suis sûr que mon petit frère est amoureux ! poursuivit Simon, moqueur.

— Cela fait plus de deux ans que nous nous sommes rencontrés. Au début nous n'avions que de l'amitié l'un pour l'autre. Maintenant, nous nous aimons.

— Quel âge a-t-elle ?

— Bientôt quatorze ans.

— Elle est jeune ! Est-elle jolie ?

— Elle est... plus que ça ! Elle m'est apparue comme un ange au sortir d'un rêve, avec ses cheveux blonds comme les blés déployés sur ses épaules, sa robe de satin bleu et rose virevoltant autour de sa taille ; et un sourire ! Tu ne peux pas imaginer.

— Oh si, j'imagine très bien ! Je sais ce que c'est.

— Toi aussi, tu as rencontré le grand amour ? »

Simon revit tout à coup la première apparition d'Esméralda, ressentit le même trouble que ce jour-là au bord de l'étang de la Trève. Ses yeux se brouillèrent, sa gorge se noua. Il répondit :

« Oui, il y a quelques années. Ici même, quand je faisais les vendanges. J'avais ton âge.

— Ah, je comprends à présent ! Tes escapades et la raison de ta disparition. Tu ne m'en as jamais parlé. Pourquoi ?

— C'était mon secret. Seul père était au courant. J'avais tout avoué aux gendarmes qui, à leur tour, lui avaient tout raconté. »

Les deux frères s'épanchèrent l'un et l'autre, et retrouvèrent, le temps d'une douce soirée de fin d'été, la complicité qui les unissait jadis.

* *
*

La France n'était pas prête à la guerre. Les troupes prussiennes, comme la Bête du diable quelques années plus tôt, envahirent le pays. Les 265 000 hommes des armées impériales, étirés sur un front de deux cent cinquante kilomètres, ne purent s'y opposer. Le 6 août, l'Alsace fut perdue par la défaite de Mac-Mahon à Frœschwiller, puis la Lorraine fut envahie après celle de Forbach. A la demande de ses ministres et surtout de l'impératrice, Napoléon III marcha sur Sedan où il se fit enfermer. Le 2 septembre, il fut contraint de capituler et se rendit aux Prussiens à la tête de ses 100 000 hommes.

Cette nouvelle défaite marqua la fin des illusions impériales et le début d'une période très troublée d'où allait naître une ère nouvelle.

A Saint-Martin comme partout en France, l'annonce de la reddition de l'empereur traumatisa les habitants, même parmi ses détracteurs. Le désastre de Sedan fut ressenti par chacun comme la défaite de la France. Et l'invasion du pays comme un viol de son intégrité nationale. L'orgueil des Français était bafoué. La colère montant dans les esprits, chacun cherchait dans le camp opposé les responsables du cataclysme.

A Frontillargue, le marquis de Froissac n'avait pas de mots assez accusateurs pour fustiger son gendre et condamner ses amis bonapartistes qu'il rendait coupables de la déchéance du pays et de l'infamie infligée aux Français.

« C'est l'Angleterre qui doit bien rire de nous ! explosa-t-il le jour même où l'empereur se rendit. Qu'en est-il de la grandeur de la France, de votre France ? »

Eugène Delcourt étouffait de rancœur en gardant le silence. Mais quand il apprit l'invasion du Corps législatif par la foule parisienne le 4 septembre, puis la proclamation par Gambetta de la déchéance de Napoléon III et celle de la République à l'Hôtel de Ville, il sortit de sa réserve et, ne s'écoutant plus, se récria :

« Etes-vous satisfait, père ? Nous sommes en république dorénavant. Vous préférez sans doute ce régime de partageux à celui de l'Empire ! Vous n'avez jamais compris que l'Empire était la continuation naturelle de la monarchie. Vous vous êtes toujours obstiné à défendre des valeurs surannées, en politique comme dans vos vignes. Si toutes les forces vives de notre nation s'étaient unies contre l'ennemi commun, nous n'en serions pas là !

— Cessez vos jérémiades, Delcourt. Je vous ai toujours affirmé : l'Empire c'est la guerre ! Vous ne m'avez jamais entendu. Vous souteniez l'Empire, vous avez eu la guerre. Maintenant, assumez la défaite ! Quant à moi, je crois encore en un sursaut des monarchistes pour revenir au pouvoir et sauver le pays du désastre. La royauté est toujours sortie vainqueur des révolutions !

— Pas de celle de 1848.

— La nouvelle République est loin d'avoir l'assentiment de tous les Français, et elle n'est pas du tout consolidée. La guerre, hélas, n'est pas finie ! »

Malgré les espoirs qu'il tâchait de garder dans ses amis politiques, le vieux marquis fut bouleversé par les événements. Dès lors, il interdit de parler de la conjoncture dans son château et sur ses terres, évita son gendre, préférant prendre ses repas dans ses appartements plutôt que d'honorer la table familiale. Sa fille venait lui rendre visite une fois par jour, en se faisant annoncer. Seule Camille avait le droit de voir son grand-père à toute heure de la journée.

La jeune fille s'inquiétait de son état de prostration, mais ne savait que lui dire pour le rassurer et le convaincre de revenir vivre auprès des siens.

Lisant elle-même la gazette, elle reconnaissait que la situation demeurait alarmante. En dépit de l'énergie dont faisait preuve Gambetta pour sortir le pays de la nasse inextricable dans laquelle Napoléon III l'avait plongé, l'armée française, forte de 600 000 recrues supplémentaires, mais trop inexpérimentées, ne parvenait pas à tenir tête aux Prussiens. Paris et Metz étaient encerclées, et la conduite de certains généraux antirépublicains laissait craindre le pire.

Eugène Delcourt réprimait mal son courroux. Il avait pris sur lui de superviser les vendanges qui se terminaient tant bien que mal et dans l'amertume. Le gâchis s'avérait plus grand que prévu, le phylloxéra et le manque de personnel qualifié ayant contribué à la mauvaise récolte. Dans les vignes, l'atmosphère était sombre. Beaucoup se souciaient de l'avenir. La plupart des familles présentes sur le domaine avaient un fils ou un parent proche enrôlé dans l'armée. Certains avaient appris que l'un des leurs était prisonnier des Prussiens, et attendaient chaque jour des nouvelles rassurantes. Le bruit courait que l'armée française était en aussi piteux état que les vignes de Frontillargue.

L'animosité entre monarchistes, bonapartistes et républicains exacerbait les tensions parmi les saisonniers. Très vite les protestants, cévenols pour la plupart, furent considérés comme de fervents partisans de Gambetta, Favre, Ferry, Simon et Crémieux qui avaient constitué le gouvernement de la Défense nationale. Tous passaient pour républicains et étaient jugés responsables de l'enlisement de la France dans une guerre désastreuse.

La confusion la plus grande régnait dans les vignes où l'on se regardait avec méfiance, où plus personne ne parlait ouvertement, où l'on ne se faisait plus aucune illusion sur l'avenir du pays ni sur celui du domaine de Frontillargue.

Rongé par la colère et le désarroi, épuisé par une angine de poitrine récalcitrante, Charles de Sumène, marquis de Froissac, décéda dans son lit le jour même de la capitulation de Metz. Cette double nouvelle endeuilla Frontillargue et chagrina les esprits. Qui, en effet, allait succéder au marquis à la tête du domaine ? Sa fille ? Son gendre ? Charles de Sumène n'avait pas préparé sa succession. Mort sans héritier mâle, il laissait toutes ses terres à Eléonore, qui devenait ainsi marquise de

Froissac. Mais chacun savait le peu d'intérêt que celle-ci portait au domaine de son père. Son incompétence était notoire, son goût pour les salons et l'apparat connu de tous. Aussi, nul ne fut surpris à l'annonce que son mari allait prendre en main les rênes de Frontillargue.

Eugène Delcourt n'était pas rentré à Tourcoing après les vendanges. Il avait envoyé à son frère cadet une dépêche lui demandant de prendre les commandes de son usine de filature pour un temps indéterminé. La guerre, l'occupation d'une partie du territoire par les Prussiens, jusqu'aux portes de Paris, ne l'incitaient pas à reprendre la route et à se mettre en danger. Eléonore n'avait pas insisté, trop heureuse de rester auprès de sa fille. Après l'inhumation de son père dans le caveau familial, elle décida que le château, lui revenant de plein droit, deviendrait dorénavant son lieu de résidence principale.

« J'aurai de quoi m'occuper, avoua-t-elle à son époux. Reconstituer autour de moi un nouveau cercle d'amis sera ma priorité. Il y a longtemps que j'espérais ce moment-là. Mais tant que mon père était vivant, je ne pouvais pas décemment imposer ma présence à Frontillargue. Certes, Saint-Martin n'est pas Tourcoing. On n'y rencontre pas autant de gens bien nés. Mais Nîmes n'est pas si éloignée et sa bonne société vaut bien la société tourquennoise ! Dans moins d'un mois, je tiendrai salon ici même au château, chaque mardi après-midi, comme là-haut. »

Peu lui importaient en réalité l'état du domaine dont elle héritait et la misère de ses occupants. Ce qui comptait pour la nouvelle marquise de Froissac était de pouvoir fréquenter le beau monde de la région et de laisser derrière elle un parfum discret mais tenace d'aristocratie.

Le régisseur, Léon Dubreuil, venait d'apprendre la mort de son fils, tué au champ d'honneur lors de l'offensive victorieuse de Coulmiers, au nord de la Loire. La nouvelle l'atterra et renforça davantage encore son ressentiment envers les républicains qu'il rendait responsables. Connaissant son penchant pour le parti bonapartiste, Eugène Delcourt le gratifia de ses plus sincères condoléances, le réconforta, l'encouragea à ne pas se laisser sombrer dans le désespoir.

« J'ai besoin de vous, lui confessa-t-il. Je connais vos opinions. Nous sommes du même bord. Croyez-moi, les républicains, malgré leur obstination, ne remporteront pas cette guerre. Leur république vacillera vite sur son socle. Et nous rétablirons l'Empire.

— Qu'attendez-vous de moi, Monsieur ?

— Vous étiez le régisseur du vignoble de Frontillargue sous le marquis de Froissac. Vous le demeurerez avec moi, Dubreuil.

— Et votre épouse ?

— Mon épouse me laisse toute liberté d'agir à ma guise sur le domaine. Elle exècre tout ce qui touche de près ou de loin aux affaires. En viticulture comme dans l'industrie, l'avenir appartient aux gens qui bougent. Et je vous prie de croire qu'à Frontillargue ça va bouger !

— Connaissez-vous donc le remède pour éradiquer l'ennemi de nos vignes ?

— Contre le phylloxéra comme contre les Prussiens, il faut d'abord faire place nette dans les troupes. Se débarrasser des éléments douteux qui ne pensent qu'à prendre leur revanche sur les riches. Voyez-vous, Dubreuil, il ne faut pas miser toute sa confiance sur ceux qui vous mangent dans la main. Un jour, ils peuvent avoir envie de vous dévorer le bras et de se rebiffer. Aussi, je vais vous charger d'une mission de la plus haute importance. »

Le régisseur commençait à oublier son malheur. La confiance dont le gratifiait son nouveau maître semblait effacer tout à coup de son esprit chagrin le deuil qui l'enténébrait.

« Je suis à vos ordres, Monsieur, comme je l'étais de feu monsieur le marquis.

— Très bien, Dubreuil. Très bien. Je n'en attendais pas moins de vous. Alors, vous allez pratiquer une coupe franche dans le personnel de mon défunt beau-père. Je me suis longtemps évertué à lui faire comprendre qu'il fallait savoir se dessaisir des ouvriers incompétents, trop vieux ou trop peu productifs. Il faut renouveler le personnel. Renvoyez-en un, dix attendent derrière la porte pour prendre sa place ! Vous n'avez que l'embarras du choix pour engager le plus expérimenté, tout en réduisant le salaire qu'il vous en coûtera, puisqu'il débute !

— Vous voulez que je trie les domestiques permanents en fonction de leur âge et de leurs compétences ?

— Vous m'avez bien compris, Dubreuil. Et en fonction de leurs idées aussi. A partir d'aujourd'hui, je ne veux plus voir de rouges sur les terres de Frontillargue. Ni dans le vignoble, ni dans le chai, ni d'ailleurs dans les métairies. Il en sera de même l'année prochaine avec les saisonniers. Vous refuserez ceux que vous savez républicains parmi les vendangeurs.

— Ça en fera du monde à renvoyer !

— Faites le ménage, et rapidement ! On ne sait pas comment vont tourner les événements. Si la guerre perdure ou si les rouges se maintiennent plus longtemps que prévu au pouvoir, nous aurons toutes les peines du monde à épurer le personnel. »

Léon Dubreuil se réjouit de cette tâche ingrate. Il tenait enfin sa victoire sur le vieux marquis qui lui montrait trop souvent son mépris et s'était toujours accordé avec les éléments républicains de son personnel, surtout quand ils étaient issus de vieilles familles travaillant sur son domaine depuis des générations. Sa rivalité avec Henri Colas allait aussi cesser. Il pourrait enfin devenir la seule oreille du maître.

Pour ne pas perturber le travail en cours, il décida de surseoir à sa tâche avant d'agir. Il laissa les cavistes mettre en barriques la totalité de la dernière vendange, ne fournit à personne aucun élément qui pût dévoiler les intentions d'Eugène Delcourt, distribua à tous les ouvriers agricoles les consignes pour les mois à venir, comme si de rien n'était.

* *
*

Adrien avait vu son frère regagner Sainte-Croix avec la colle de Victorine et avait repris immédiatement sa place dans le chai auprès d'Henri Colas. Son apprentissage arrivait à son terme. Après les prochaines vendanges, il devait être confirmé ouvrier caviste à part entière. Auparavant, il espérait bien obtenir une permission pour aller voir sa famille. Les siens lui manquaient beaucoup malgré la visite de Simon et la présence de Camille, toujours aussi discrète dans ses rendez-vous que lors de leurs premières rencontres.

C'est elle qui, la première, le mit sur ses gardes. Elle avait entendu des bribes de conversation entre son père et Léon Dubreuil.

« Méfie-toi du régisseur, lui conseilla-t-elle.

— Il continue de nous espionner ?

— Je ne sais pas. Mais je crois bien que mon père l'a chargé de mettre de l'ordre dans le personnel.

Il parlait des républicains. Tu n'es pas républicain, Adrien ?

— Républicain ? Moi ? Euh... je ne sais pas trop. Mais je suis protestant, tu le sais. Et la plupart des protestants le sont. Comme mon père. Comme mon frère, je suppose.

— Alors, prends garde à toi ! Dubreuil doit t'avoir à l'œil. »

Le régisseur attendit janvier pour exécuter l'ordre de son maître, croyant sans doute que le froid de l'hiver paralyserait les esprits courroucés par ses sanctions. Après avoir dressé la liste entière du personnel, il souligna en rouge le nom de tous les présumés républicains et l'étala sous les yeux d'Eugène Delcourt dans le propre bureau de feu le marquis. Le nouveau maître des lieux l'examina attentivement avant de donner son assentiment, biffa quelques noms supplémentaires, effaça quelques traits rouges sous prétexte qu'il ne s'agissait pas d'éléments dangereux et qu'il avait besoin d'eux, donna finalement quitus à son régisseur pour avertir les hommes concernés sans tarder.

« Je préfère que vous leur signifiiez leur renvoi en allant les voir les uns après les autres, plutôt que de les convoquer tous ensemble. Dans la masse, il est plus difficile de contenir les rebelles. »

Léon Dubreuil obtempéra et commença sa vile besogne sans vergogne.

Sur sa liste étaient soulignés de rouge les noms d'Henri Colas et d'Adrien Mazel, ainsi que ceux d'un bon tiers du personnel permanent. Quant aux saisonniers, la colle de Victorine avait été complètement éliminée, avec de nombreux Lozériens des basses montagnes. Les Ardéchois et les Lozériens du haut pays, réputés catholiques donc pas forcément républicains, n'avaient pas été sacrifiés. Au total, la moitié des hommes, des femmes et des enfants, qui avaient fait jusqu'à présent les grandes heures du domaine de Frontillargue, avaient été rayés des registres.

« Face à la défaite, il faut savoir se débarrasser de ses troupes défaillantes pour les remplacer par d'autres plus fraîches et plus valeureuses ! expliqua Eugène Delcourt à son épouse, stupéfiée par son initiative.

— Jamais mon défunt père n'aurait agi de la sorte ! Vous n'avez que mépris pour ceux qu'il protégeait.

— Tous sont responsables du désastre qui appauvrit votre héritage, ma chère. Je n'ai fait qu'élaguer l'arbre de ses mauvaises branches. Un jour, vous m'en remercierez ! Je vais faire de Frontillargue le domaine le plus productif de toute la région.

— Votre orgueil vous perdra, Eugène. Vous aurez peut-être à le regretter. Mais je vous laisse l'entière responsabilité de votre décision. Ne venez pas vous plaindre si l'année prochaine la récolte est encore moins bonne que cette année. N'oubliez pas que – comment dit-on déjà ? – le *Phylloxera vastatrix* a investi nos terres comme les Prussiens ont envahi le pays. Il faudra bien que vos nouvelles recrues se montrent à la hauteur.

— Elles le seront, n'ayez crainte, ma chère ! »

Quand Henri Colas vint apprendre son renvoi à Adrien, celui-ci ne put retenir des larmes de tristesse et de rage.

« Moi aussi, je suis renvoyé, lui apprit-il à son tour. Ce n'est pas juste. Surtout pour toi, le maître de chai !

— Je paie ma longue rivalité avec le régisseur, petit. Hélas, nous ne pouvons rien contre les ordres du nouveau maître ! Son épouse a beau être la seule héritière du marquis, c'est lui qui, aujourd'hui, prend toutes les décisions.

— Que comptes-tu faire à présent ?

— Oh ! je trouverai bien une autre place ailleurs. J'ai entendu dire que le phylloxéra n'avait pas touché les vignobles de l'Hérault ni ceux de l'Aude. Je vais partir. Plus loin d'ici je serai, plus vite j'oublierai cette histoire navrante. Mais je plains sincèrement ceux qui ont été renvoyés comme des chiens galeux, surtout ceux qui sont en charge de famille et qui ne peuvent pas partir. Beaucoup ne retrouveront pas facilement du travail. Que deviendront-ils ? Et toi, petit, que vas-tu faire ? »

Adrien était effondré. Mais la colère qui sourdait en lui était plus forte encore que sa tristesse.

« Je suis sûr qu'il m'a renvoyé à cause de Camille, se récria-t-il sans se dissimuler.

— De Camille ?

— Oui, la petite-fille du marquis. Je peux bien te l'avouer maintenant : elle et moi, il y a longtemps que nous nous connaissons… et que nous nous aimons.

— Ça, fiston, je l'avais remarqué. Je me disais que tu faisais fausse route en fréquentant une jeune fille de ce monde-là. Mais cela ne me regardait pas. Je me disais que ça ne durerait pas.

— Tu te trompais, Henri. C'est sérieux entre nous.

— Vous êtes bien jeunes tous les deux ! Quand ta Camille aura repris ses esprits, elle aura vite fait de t'oublier. Tu seras alors Gros-Jean comme devant !

— Non, c'est faux. Jamais Camille ne m'abandonnera ! »

Le maître de chai enserra son jeune protégé dans ses bras, le consola comme l'avait fait Augustin avec Simon quand celui-ci avait été retrouvé par les gendarmes après son escapade.

« Tu ne m'as pas dit quelles sont tes intentions.

— Je vais rentrer chez moi, à Sainte-Croix.

— Et tout le savoir-faire que je t'ai transmis, qu'en feras-tu ?

— Tant pis, ça ne me servira plus à rien. Je vais reprendre le collier au Brûlement. J'aiderai mon père et mon frère. Puis, un jour, je repartirai, car chez moi il n'y aura pas de place pour deux. »

Adrien semblait résigné. Son renvoi de Frontillargue marquait la fin de ses illusions et signifiait l'arrêt de sa belle aventure avec la jeune Camille, l'élue de son cœur.

Pour beaucoup de Français aussi, le printemps marquait la fin des illusions, tant les revers politiques des républicains s'annonçaient douloureux.

11

La gifle

La mort dans l'âme, Adrien s'apprêta à rentrer à Sainte-Croix. Il parvint cependant à rencontrer une dernière fois Camille. Celle-ci était au désespoir et fulminait de colère contre le régisseur. L'absence de son grand-père lui procurait un grand vide dans sa nouvelle existence. Elle n'avait plus personne dorénavant pour la soutenir, la réconforter, l'encourager. Avec son père, elle avait toujours entretenu des relations tendues, trop formelles à son goût. Elle n'appréciait pas son air condescendant quand il s'adressait à ses employés ou aux domestiques du domaine. Il n'avait que le mot argent à la bouche et ne considérait les autres avec intérêt que s'il leur trouvait une qualité monnayable. En ce sens, elle donnait totalement raison à son grand-père, même si son attachement aux idéaux de la vieille France lui semblait, à elle aussi, très désuet.

Envers sa mère, Camille éprouvait de sincères sentiments d'amour filial. Eléonore de Sumène représentait et le nom et le rang des Froissac.

C'était tout à son honneur. Elle incarnait à ses yeux la lignée ancestrale, la pérennité, l'assurance de ne pas faire partie de ce monde des affaires où trop de gens cupides faisaient aussi vite fortune qu'ils tombaient en faillite et en disgrâce. Toutefois, Eléonore se montrait trop distante envers sa fille pour que celle-ci se sentît en véritable osmose avec elle. Camille ne percevait pas de sa part de profonds penchants maternels. Une barrière existait entre elles, qui interdisait à la jeune fille de se laisser aller à des élans de tendresse. O combien elle aurait aimé pouvoir s'épancher dans les bras d'une mère compréhensive, douce et reconnaissante !

Eléonore de Sumène n'était pas une mauvaise mère. Mais elle ne savait pas extérioriser ses sentiments. Son rang, son mariage qu'elle avait très vite regretté l'avaient toujours tenue éloignée des liens étroits que la plupart des mères nouent avec leurs filles. Elle n'avait pas l'air d'en souffrir. Ce n'était qu'une apparence, une fois encore ! Eléonore aimait sa fille, à défaut d'aimer son mari ; mais elle ne savait pas lui montrer.

Depuis sa prime jeunesse, Camille souffrait de cette distanciation maternelle. Elle n'en tenait pas rigueur à Eléonore, mais cela l'empêchait d'entretenir avec elle des relations intimes. Aussi s'était-il créé entre elle et son grand-père une réelle connivence, une confiance réciproque, un amour solide. La disparition du marquis de Froissac la laissait donc complètement désemparée, presque orpheline.

Quand Adrien lui apprit son renvoi et son départ définitif pour Sainte-Croix, elle ne put retenir ses larmes et réprimer l'explosion de sa colère envers Léon Dubreuil.

« Qu'il aille au diable, le misérable ! Il ne l'emportera pas au paradis. Crois-moi, je ferai tout pour le discréditer. Mon père finira bien par se lasser d'un tel individu. »

Adrien savait que, seule, perdue dans le monde cruel des adultes, Camille ne pourrait guère se battre contre ceux qui voulaient donner à Frontillargue un autre destin.

Les dernières heures qu'ils passèrent ensemble, ils n'eurent pas assez de mots pour se dire combien ils s'aimaient et se prêter tous les serments que de jeunes amoureux sur le point de se quitter peuvent s'offrir en guise d'adieu.

Adrien quitta Saint-Martin par un matin glacial. Janvier écrasait les vignes de Frontillargue sous un épais manteau de neige. Le gel cassait les sarments dépouillés sur les ceps malades. Le ciel, dans de grands froissements de nuages, déversait sa colère sur les coteaux engourdis par le froid. L'hiver semblait tenir le monde dans ses griffes pour mieux le déchirer et l'étouffer de son étreinte mortelle.

Le drame s'était abattu sur le pays. Bombardée depuis le début de l'année, Paris était sous la menace de la famine et de la révolution. Les Prussiens campaient aux portes de la capitale, regardant d'un air amusé et goguenard les Parisiens se disputer le pouvoir et les rats sur les étals des bouchers. En février, le froid ne desserra pas son étau sur un pays exsangue et affamé, tandis que les « préliminaires de la paix » signés à Versailles par Thiers, Jules Favre et Bismarck lui-même allaient bientôt enlever au territoire national le nord de la Lorraine et l'Alsace.

Dans son malheur, Adrien se consola en retrouvant les siens. Tous lui firent fête au Brûlement. Ils ne lui laissèrent pas le temps de déposer son bissac et le saoulèrent aussitôt de questions à propos de son long apprentissage.

« Comme tu as grandi et forci, mon petit ! s'extasia Marthe, la première à l'étreindre chaleureusement. Tu es un homme à présent !

— Eh, j'ai seize ans ! s'enorgueillit Adrien en bombant le torse. Mais il n'y a pas que moi qui ai grandi. Mes sœurettes sont devenues de vraies jeunes filles ! »

Amélie, Esther et Rachel n'osaient s'approcher de leur frère, tant son apparence virile les intimidait.

« Vous ne venez pas m'embrasser ? On dirait que je vous fais peur ! Je ne suis pas devenu un étranger. Allez, sautez-moi au cou, vous en mourez d'envie. Et moi aussi. »

Simon et Augustin étaient absents, partis à la foire de Saint-Etienne-Vallée-Française pour acheter de la quincaillerie et une nouvelle faux, et pour vendre deux agneaux de lait nés après l'estive. Quand ils furent de retour, ils laissèrent échapper leur joie sans retenue et voulurent à tout prix boire un verre en l'honneur de l'enfant prodigue.

« Sors une bouteille de carthagène, Marthe, ordonna Augustin. C'est fête aujourd'hui. Et ce soir, je veux que tout le monde veille. Adrien doit avoir des tas de choses à nous raconter. Pas vrai, fils ?

— Oh oui ! J'en aurai à vous raconter. La soirée ne me suffira pas. »

Les jours qui suivirent, Adrien reprit lentement ses habitudes. Il se remit au travail, mais il ne montrait guère d'allant. Ses pas le dirigeaient sans cesse vers le carré de vigne de son père. Instinctivement il se mit à prétailler les souches comme on le lui avait enseigné à Frontillargue, à vérifier les troncs et leurs sarments. Il grattait le sol de son bigot, comme pour examiner les racines de plus près. Son regard trahissait son inquiétude.

Marthe trouvait son fils taciturne. Quelque chose le chagrinait ; elle en était persuadée. Mais elle n'osait lui demander la cause de son état d'âme.

« C'est le retour dans son foyer qui le déstabilise, assura Augustin. Il faut lui laisser le temps de se retrouver. »

Adrien était soucieux. La Chose l'inquiétait, car il savait que sa progression était inéluctable. Déjà l'Hérault venait d'être atteint. Rien ne semblait pouvoir l'arrêter. Certes, les coteaux cévenols, plus en retrait et en altitude, pouvaient trouver dans leur situation géographique une protection naturelle. Mais pour combien de temps ? Personne ne pouvait le dire ni prétendre détenir la parade en cas de contamination. Augustin, pourtant informé des dégâts subis par certains grands vignobles gardois, n'en parlait jamais à ses fils. Il semblait conjurer le mal par le silence, en l'ignorant. En réalité, il ne cessait d'y penser et n'assistait jamais au culte, le dimanche, sans prier Dieu pour être préservé du fléau.

Ce qui inquiétait davantage Adrien était la situation de Camille. Il savait que sa jeune amie mettrait sa menace à exécution et tâcherait par tous les moyens de nuire à Léon Dubreuil. Devant son acharnement, le régisseur ne serait-il pas tenté de révéler à son père ce qu'il avait découvert ? Comment réagirait Eugène Delcourt en apprenant la liaison de sa fille avec un domestique ? Ne la punirait-il pas pour avoir osé déroger aux sacro-saintes convenances de la haute société ? Quel serait son châtiment ?

Adrien se posait de multiples questions. Cela l'empêchait d'être totalement avec les siens, dans la joie des retrouvailles. Il commençait même à regretter d'avoir quitté Saint-Martin. « Je n'aurais pas dû m'éloigner de Frontillargue, pensait-il. Peut-être aurais-je pu trouver de l'embauche chez un petit viticulteur proche du domaine ? »

L'idée germa en lui durant de longs mois.

* *
*

Le printemps émergea dans la douleur. A peine Thiers avait-il été proclamé chef du pouvoir exécutif de la République française qu'une terrible guerre civile, la Commune, éclata à Paris, reléguant pour trois mois sanglants tous les autres problèmes à l'arrière-plan.

« Voilà que la chienlit tente de s'emparer du pouvoir ! fulminait Eugène Delcourt devant son épouse. Ces républicains sont incapables de faire régner l'ordre ! Qu'adviendra-t-il de la paix avec la Prusse ? Nous n'avons pas fini d'être occupés !

— Mon père ne cessait de vous le répéter, mon cher Eugène. Tout cela est le résultat des visées de grandeur et des maladresses de vos amis bonapartistes.

— Quoi qu'il en soit, j'ai eu raison d'éliminer de notre personnel ces graines de révolutionnaires qui auraient envenimé la situation, ici même à Frontillargue. Nous n'avons que faire de ces jacobins et autres internationalistes acharnés. Ces gens grugent notre bien par jalousie. Ils ignorent combien nous avons dû travailler pour parvenir là où nous sommes aujourd'hui !

— Père, vous oubliez que c'est grâce au travail de ces gens-là que vous vous enrichissez », intervint Camille, sortant de l'ombre d'une alcôve.

Surpris, Eugène Delcourt se retourna vers sa fille.

« Tu écoutes aux portes, à présent !

— Je me trouvais là par hasard.

— Et tu donnes raison à cette vermine qui ne rêve que du grand soir pour imposer la dictature ouvrière !

— Je n'ai rien dit de tel, père. Je pense seulement que sans vos ouvriers vous n'auriez jamais acquis votre fortune. Et ici à Frontillargue, le domaine ne serait pas ce qu'il est sans le travail des domestiques et des saisonniers. Reconnaissez-le !

— Mais tu parles comme ces partageux ! Qui t'a mis ces idées nocives dans la tête, ma chère fille ? Ce ne peut être l'influence de ton grand-père – Dieu ait son âme ! Je lui connaissais bien des défauts, mais pas celui d'épouser les thèses de ses propres adversaires.

— Grand-père respectait tout le monde et savait montrer beaucoup de tolérance envers ceux qui n'étaient pas de son rang.

— Tu es bien jeune, Camille, pour t'intéresser à ces choses-là. Et il ne sied pas à une jeune fille de bonne famille de prendre parti dans les affaires politiques.

— Oh ! mais j'espère bien qu'un jour les femmes obtiendront à leur tour le droit de vote. Ce ne serait que justice.

— Cesse donc de me répondre, Camille ! Tu n'es qu'une petite effrontée. (Puis se tournant vers son épouse :) Vous constaterez, madame, l'éducation qu'a donnée monsieur votre père à notre fille !

Il était temps que nous reprenions la situation en main ! »

Eléonore ne répondit pas. Au fond d'elle-même, elle exultait de voir sa fille tenir tête à son mari.

« Monte donc dans ta chambre, ma chérie, lui ordonna-t-elle. Nous te ferons appeler dès que nous passerons à table. »

Léon Dubreuil n'eut aucun mal à remplacer le personnel congédié. Il recruta ses nouveaux ouvriers agricoles parmi des hommes et des femmes issus de Saint-Martin et des communes voisines, en vérifiant scrupuleusement qu'ils allaient à la messe le dimanche et que leurs enfants étaient tous baptisés. Tels étaient les ordres d'Eugène Delcourt.

« Dans mes usines de Tourcoing, lui avait-il expliqué, tous mes ouvriers vont à l'église. C'est un gage de bonne moralité. Si l'un d'entre eux ose renier Dieu, c'est la porte immédiatement. D'ailleurs, j'entends bien que monsieur le curé de Saint-Martin ait sa place à la table du château. Vous l'avertirez que je l'attends ce soir même.

— Mais…

— Y a-t-il une objection, Dubreuil ?

— C'est que… feu monsieur le marquis n'était pas en très bons termes avec l'abbé Tricart. Depuis l'arrivée de celui-ci, il préférait se faire dire la messe par le vicaire dans la chapelle du château plutôt que d'aller à l'église de la commune où sa place réservée demeurait toujours vide.

— Eh bien, dorénavant, il en sera différemment. J'entends honorer l'église de ma présence. »

Lorsque Eugène Delcourt avertit son épouse de ses nouvelles intentions, celle-ci ne lui opposa aucune résistance. Sa présence à l'église lui permettrait de paraître un peu plus et de marquer son rang parmi la petite bourgeoisie locale où elle comptait déjà quelques amies. En outre, elle avait créé une œuvre de bienfaisance avec l'épouse d'un filateur de soie dont l'usine était installée sur les bords du Vidourle, en amont du domaine de Frontillargue.

En revanche, Camille ne trouva pas la décision de son père à son goût. Tout imprégnée de ses lectures des philosophes des Lumières, elle avait pris ses distances avec la religion. Elle croyait toujours en Dieu, mais ne jugeait plus utile de s'en remettre aux religieux pour accéder à sa quête de spiritualité. Son esprit rebelle n'avait pas choqué son grand-père – lui-même libre-penseur – et avait trouvé, depuis plusieurs années déjà, son plein épanouissement dans les livres de Voltaire et de Jean-Jacques Rousseau.

Elle essaya de s'opposer aux directives de son père. Celui-ci se montra inflexible.

« Je veux que vous montriez tous l'exemple, coupa-t-il sèchement. Nos domestiques vont à la messe ; nous avons le devoir de nous montrer parmi eux. Qu'en serait-il de notre autorité si nous agissions autrement ? »

Camille courba l'échine et s'apprêta à fréquenter l'église chaque dimanche, sans conviction.

« Je préférerais encore aller au temple ! » ronchonna-t-elle la première fois qu'elle s'exécuta.

Son père l'entendit bougonner, se retourna dans sa direction, la fustigea du regard.

« Pour être parmi les républicains !

— Parfaitement ! Eux ne sont pas des hypocrites. »

La gifle partit brutalement. Sèche. Violente comme un coup de feu en plein visage.

Le chignon que Camille avait sagement confectionné pour paraître plus convenable à l'église se dénoua. Ses cheveux se déployèrent sur ses épaules. Insolents de beauté. Encadrant ses joues rougies par le coup et par la colère.

A son tour, elle fusilla son père des yeux, refusa de les baisser, impertinente à l'extrême.

« Vous n'auriez pas dû, père ! Jamais. »

Soulevant sa robe jusqu'aux chevilles, elle tourna les talons et monta précipitamment dans sa chambre où elle s'enferma à clé.

« Nous t'attendons pour aller à l'église ! s'écria Eugène Delcourt en bas de l'escalier. Je t'ordonne de nous y accompagner ! »

Camille se reprit, remit de l'ordre dans sa tenue, obéit.

Mais depuis ce jour-là, la guerre fut déclarée avec son père. Une guerre en sourdine qui ne faisait que commencer.

* *
*

Au Brûlement, Adrien tournait comme un lion en cage. Il ne réussissait pas à détacher son esprit de celle qui occupait toujours ses pensées et faisait battre son cœur chaque jour un peu plus fort. Il avait beau se raisonner, plus il tentait de l'oublier, plus il songeait à elle, l'imaginant dans les griffes du régisseur, prisonnière de ses propres parents, accablée par le souvenir douloureux de son grand-père disparu.

Il se plongea éperdument dans le travail, s'acharna à la tâche jusqu'à épuisement. Le soir, fourbu, il s'affalait sur son lit, n'ayant même plus la force de passer à table. Simon se montrait impuissant devant son désarroi. Il ne parvenait plus à discuter avec lui pour envisager l'avenir ou évoquer leurs bons souvenirs.

« S'il continue, il finira par tomber malade, se plaignait Marthe. Ce petit m'inquiète. »

Simon avait tenu son secret. Il se doutait que l'état de son frère s'expliquait par sa séparation d'avec Camille. Aussi, à la mi-juillet, alors que les vignobles entraient en période de maturation, il lui fit une confidence.

« Je connais un petit propriétaire à Saint-Martin, Armand Vidal. Il tient le mas de Figueirol. Ses vignes jouxtent celles de Frontillargue. Il travaille quasiment seul avec sa femme et l'une de ses filles.

— Il n'a pas de fils ?

— Non. L'année dernière il m'avait demandé de me joindre à lui dans le cas où ça tournerait mal au domaine. Si tu veux, prends ma place. Va vendanger chez lui. Peut-être te gardera-t-il après. Moi, je lui ai dit que je ne pouvais pas quitter le Brûlement. Mais toi, c'est différent.

— Tu crois qu'il m'embaucherait à l'année, comme ouvrier agricole ?

— C'est presque certain. Surtout si tu lui dis que tu es mon frère. Il lui faut quelqu'un pour le seconder. N'hésite pas. C'est la chance de ta vie. Ainsi tu seras plus près de celle pour qui tu t'inquiètes tant.

— Tu avais deviné ?

— Je ne suis pas né de la dernière pluie, frérot.

— Que diront les parents ?

— Ils seront tristes de te voir repartir. Mais ils savent très bien que, tôt ou tard, l'un de nous deux devra le faire. »

Adrien se sentit soulagé. L'horizon s'éclaircissait. L'image de Camille, rieuse, pétillante, entêtée et pourtant si douce, volontaire et pourtant si fragile, s'imposa à nouveau dans son cœur. Il la retrouverait dans les vignes de Frontillargue, à l'abri des regards indiscrets. Il oserait défier la suspicion malsaine du régisseur, braver les interdits, reprendre le fil de sa vie là où Eugène Delcourt l'avait brisé.

Il prit de nombreuses précautions pour avertir ses parents de son intention de repartir. Marthe fut la première attristée mais ne le montra pas.

Elle fit bonne figure, feignant de se réjouir que ses trois années d'apprentissage ne seraient pas perdues. Augustin demeura serein. Il s'enorgueillit de nouveau à l'idée que l'un de ses fils deviendrait un jour viticulteur, ce qu'il regrettait toujours pour lui-même.

« Tu reviendras de temps en temps ? lui demandèrent ses sœurs. Cette fois, tu ne resteras pas aussi longtemps sans revenir nous voir ?

— Ne vous inquiétez pas. Si ce que m'a dit Simon est vrai, je n'aurai qu'à me réjouir de ma nouvelle place. D'après lui, M. Vidal est un brave homme. Je serai comme un fils pour lui.

— Attends de voir ! lui conseilla Augustin. Ne t'emballe pas trop vite. Tu ne le connais pas, cet Armand Vidal. Avant d'accepter, discute d'abord des conditions de ton engagement.

— Les petits propriétaires ne sont pas toujours les plus mauvais payeurs. Et puis, je serai plus près de…

— De qui ?

— De personne, reprit Adrien in extremis. J'oubliais qu'Henri Colas avait été lui aussi renvoyé de Frontillargue. »

Adrien reprit la route pour Saint-Martin le jour même où l'Assemblée nationale, par la loi Rivet, donnait à Thiers le titre de président de la République. Le danger que la Commune avait fait encourir pendant trois mois avait été écarté, les insurgés impitoyablement écrasés par l'entrée des Versaillais dans Paris sous les yeux toujours ébahis des

Allemands, cette fois spectateurs. La République semblait prendre un second départ, tout entière dans les mains des modérés. Dans l'expectative, les milieux d'affaires réservaient leur appui à sa capacité de maintenir l'ordre, de libérer le territoire, de réorganiser les finances et l'armée.

Les vendanges de 1871, cependant, s'annonçaient dans l'amertume. Le pays, amputé de l'Alsace-Lorraine, se montrait plus divisé et irréconciliable que jamais. Les partis d'opposition feignaient de se taire. Mais tous attendaient leur heure pour tirer parti de la conjoncture et pousser Thiers, monarchiste rallié à la République par raison, à la démission.

Quand Adrien s'approcha du mas de Figueirol, sa gorge se noua. Il monta sur un promontoire dont le sommet calcaire dominait les garrigues. Au loin, il aperçut le pic Saint-Loup et le mont Hortus qui, tels deux chiens de garde, se faisaient face et protégeaient de leur hauteur une mer de vignes à l'infini. Il repéra la vallée du Vidourle bordée d'arbres au feuillage sombre, suivit ses contours sinueux pour mieux embrasser du regard les terres de la marquise de Froissac. De loin, il devina les toits d'ardoise du château, le parc ombragé et, tout autour, les vignes de Frontillargue. Il imagina Camille se promenant dans les allées du parc, tâchant de déjouer l'attention de Léon Dubreuil pour venir le rejoindre à leur endroit habituel. Son esprit s'assombrit subitement. Le régisseur serait donc toujours un obstacle à leur amour ! Quelle serait la réaction d'Eugène Delcourt, le châtelain ?

Ne voulant pas ternir sa joie de revenir près de Frontillargue, il se garda de songer davantage à l'avenir de sa relation avec Camille. Avant la tombée de la nuit, il entra dans les vignes d'Armand Vidal, se dirigea sans hésiter vers le mas, frappa à la porte.

« Entrez », répondit aussitôt une voix de jeune fille.

Adrien épousseta ses vêtements, tourna lentement la poignée de la porte, entra timidement.

« C'est pour quoi ? reprit la voix frêle.

— Je suis bien chez Armand Vidal ?

— Oui, c'est ici. Vous ne vous trompez pas d'adresse. Je suis Marie, sa fille aînée. Voici ma sœur, Madeleine. »

Adrien regarda au fond de la pièce, aperçut une jeune fille assise dans un fauteuil d'osier, les jambes recouvertes d'une couverture de laine.

« Mes parents sont dans les vignes. Pendant ce temps, je prépare le repas du soir et je tiens compagnie à ma petite sœur. Elle ne peut pas marcher, à cause de ses jambes. Qu'est-ce qui vous amène ?

— Mon frère m'a proposé de le remplacer pour les vendanges.

— Votre frère ?

— Simon Mazel.

— Ah oui ! Je me souviens. Mon père le connaît bien. Mais ne restez pas sur le seuil. Finissez d'entrer. En attendant mes parents, asseyez-vous. Vous devez être fatigué ! Vous venez de la montagne, n'est-ce pas ?

— Oui, de Sainte-Croix, dans les Cévennes. »

Adrien se sentit réconforté par l'amabilité de la jeune fille.

Quand Armand Vidal et son épouse, Célestine, rentrèrent de leurs vignes quelques instants plus tard, ils lui firent aussitôt bon accueil.

« Je connais bien ton frère, lui avoua le vigneron. Nous nous sommes plusieurs fois rencontrés au village, quand il faisait les vendanges chez le marquis. Je lui avais proposé de venir travailler chez moi. Mais il ne pouvait s'engager pour l'année.

— Moi, je peux, coupa Adrien. Je connais bien le travail de la vigne. J'ai fait mon apprentissage à Frontillargue où je me destinais à devenir caviste. Puis plus tard, peut-être, maître de chai.

— Ton frère m'a parlé de toi. Tu m'as l'air d'être un bon garçon. Je t'embauche si mes conditions te conviennent. »

Adrien ne discuta pas des termes de son engagement, trop heureux de se retrouver si près de Frontillargue.

« Il te faudra travailler la vigne avant de t'occuper du vin, précisa Armand Vidal.

— J'ai l'habitude. Ne vous inquiétez pas. J'ai été à bonne école. »

12

Un nouveau départ

Les époux Vidal étaient des gens modestes. Petits viticulteurs, ils possédaient huit hectares de vignes et en louaient cinq autres en fermage au notaire de la commune, Me Lacombe. Autour de leur mas, un jardin bien entretenu, un poulailler et un clapier leur fournissaient le quotidien. La vigne leur apportait bon an mal an un petit pécule qui leur permettait de vivre correctement sans faire d'extravagances. Le loyer, qu'Armand Vidal versait à Me Lacombe, représentait le dixième des revenus de ses vignes. Le restant lui permettait d'embaucher deux saisonniers pour les vendanges, d'entretenir ses terres et de rembourser la dette qu'il avait contractée dix ans plus tôt pour acquérir son bien.

Au moment de la crise de l'oïdium, Armand Vidal avait bien failli renoncer. Ses vignes, toutes atteintes, n'avaient donné que la moitié de la récolte habituelle. Les rentrées d'argent s'étaient amenuisées au point qu'il avait dû se passer des saisonniers et faire seul, en famille, la totalité des vendanges plusieurs années de suite. Le coût occasionné par le traitement l'avait contraint à emprunter au notaire une somme d'argent supplémentaire. Il avait replanté à son tour de nouveaux ceps d'origine américaine et se trouvait maintenant confronté au phylloxéra.

Endetté, il parvenait à grand-peine à rembourser ses traites. Aussi Me Lacombe le menaçait-il fréquemment de lui retirer les cinq hectares qu'il lui louait et de se payer sur les huit qui lui appartenaient. Homme de loi et d'argent, son cœur ne connaissait pas la compassion. Dans la commune il était connu pour sa grande probité mais aussi pour sa rigidité. Il gérait la fortune de ses clients avec la même rigueur que la sienne. Personne ne lui connaissait d'ennemis. Mais personne n'était de ses amis.

« Ce n'est pas en travaillant chez moi que tu feras fortune ! prévint Armand Vidal, après avoir invité Adrien à prendre place à sa table. Mais tu seras assuré de manger à ta faim. Tu seras logé dans une vraie chambre et, à la fin du mois, tu auras de quoi mettre un peu d'argent de côté.

— Je ne suis pas venu ici pour m'enrichir. Je sais ce qu'est l'existence des petits paysans. Mon père en est un. Je désire seulement mettre à profit le savoir-faire que j'ai acquis chez le marquis, en compagnie d'Henri Colas, l'ancien maître de chai.

— Ici, tu auras tout à faire. Y compris la réparation des tonneaux et le nettoyage des cuves. Nous faisons tout nous-mêmes.

— Le travail ne me fait pas peur.

— A la bonne heure, mon gars ! J'aime les garçons courageux. Tu me seras d'une aide précieuse. Pour les vendanges, j'embaucherai le vieux Séraphin, comme tous les ans. Il n'est plus tout jeune mais, *vaï*, personne ne lui tient tête dans les rangées de vigne. Avec Célestine et ma grande, nous serons cinq à vendanger.

— Vos vignes ne sont-elles pas trop atteintes ?

— Tu veux dire par… la Chose ?

— Oui, le phylloxéra.

— J'ai quelques pieds flétris qui ne donnent que des grappes rabougries. Au printemps, j'ai traité comme pour le mal blanc, mais ça n'y a rien fait. J'ai échaudé, en vain. Je ne sais pas ce qu'il y a à faire.

— Hélas, personne à ce jour ne connaît le remède ! Il faut espérer que le mal ne se propagera pas. »

Célestine, l'épouse d'Armand, servit la soupe. Elle n'avait pas encore pris part à la conversation, se tenant à l'écart près de son fourneau à bois. Marie, la jeune fille qui avait accueilli Adrien, faisait la lecture à voix basse à sa sœur. De temps en temps, elle s'interrompait, regardait dans leur direction, reprenait sa lecture apparemment intimidée.

« Pourquoi t'arrêtes-tu ? lui demanda Madeleine. Continue !

— Venez à table ! leur intima Armand. La soupe est servie. Tiens, mon garçon, poursuivit-il à l'adresse d'Adrien, mets-toi à ma droite, en face de Marie.

— Je ne voudrais pas prendre la place de madame Vidal.

— Célestine ne mange jamais assise à table. Elle s'occupe de Madeleine.

— Ma sœur ne peut pas marcher, précisa Marie en rougissant. Ses jambes ne fonctionnent pas. Elles sont paralysées depuis sa naissance.

— C'est une bien lourde croix que le Seigneur lui demande de porter ! se plaignit Célestine du fond de la pièce. La pauvre petite est clouée dans son fauteuil toute la journée.

— Cessez de me plaindre ! coupa Madeleine. Je n'ai pas besoin de votre pitié. Je veux qu'on me considère comme tout le monde. »

Adrien, gêné, ne dit mot.

« Mange, mon garçon ! Ma fille a raison. Nous n'avons pas à nous apitoyer sur son sort. C'est la volonté de Dieu, n'est-ce pas ?

— Certes, fit Adrien en remarquant le crucifix accroché au-dessus de la cheminée.

— Nous sommes catholiques, précisa Armand. Mais nous ne sommes pas très pratiquants, si tu vois ce que je veux dire. Et toi petit, je suppose que, Cévenol, tu es protestant !

— Nous le sommes tous dans ma famille, depuis des générations.

— Je n'ai rien contre les protestants. Ni contre les républicains. Car tu es aussi républicain ?

— Mon père et mon frère le sont. Moi, je ne sais pas encore.

— Tu es bien jeune, il est vrai. »

Adrien finit son assiette de soupe et s'apprêta à regagner la chambre qu'on lui avait préparée. Armand le retint par la manche, lui servit un verre de vin.

« Tiens, petit ! Tu me diras ce que tu en penses. C'est la cuvée de l'an dernier. »

Adrien examina le breuvage, le fit tourner plusieurs fois dans le verre, le huma, le goûta en tapotant sa langue contre son palais.

« Hum ! Il a de la rondeur, une belle robe, et il laisse en bouche des arômes de fruits rouges très agréables.

— Je vois que tu t'y entends.

— J'espère pouvoir mettre à profit, pour vous, tout mon savoir-faire, monsieur Vidal.

— Appelle-moi Armand. En attendant, Marie va te montrer ta chambre. Elle n'est pas luxueuse, mais c'est mieux qu'un coin de fenil ! »

Obéissante, la jeune fille se leva de table pour conduire Adrien à l'étage.

« Faites attention à la poutre en haut de l'escalier. Elle est un peu basse », lui dit-elle en passant la première.

Adrien salua ses hôtes, et monta se reposer de son long voyage.

« Il m'a l'air d'un bon p'tit gars ! remarqua Célestine. Bien comme il faut.

— Son frère m'avait déjà laissé bonne impression. Je crois qu'il fera l'affaire », ajouta Armand en vidant son verre.

* *
*

Les jours qui suivirent son installation à Figueirol, Adrien ne pensa qu'à son nouveau travail. En compagnie du petit viticulteur, il inspecta le vignoble, cep après cep, afin de se rendre compte de l'avancée de la maladie. Celle-ci n'était pas aussi développée que sur les terres de Frontillargue. Les nouveaux ceps américains y avaient été plantés en petit nombre, ce qui n'avait pas favorisé la contamination. Mais Armand était d'avis d'arracher les souches les plus atteintes sans tarder, avant le ban des vendanges.

« De toute façon, reconnut-il, leurs grappes ne donneront rien et pourraient aigrir le vin nouveau. »

Dans les grands domaines de la région, les propriétaires, commençant à s'inquiéter, avaient pris des mesures énergiques sans connaître leur degré d'efficacité. Certains procédaient au battage mécanique du sol pour extraire la vermine dans l'espoir qu'à l'air libre elle finirait par périr. D'autres, plus superstitieux, enfouissaient un crapaud mort sous chaque cep contaminé. C'était, disait-on, une recommandation de Pline l'Ancien, écrivain et maître agronome de l'Antiquité. Ceux qui avaient les moyens frottaient les souches malades avec de l'ail pilé. Le voisin d'Armand Vidal, élevant des cochons, arrosait ses vignes plusieurs fois par semaine avec de l'urine de porc à laquelle il mêlait la sienne. Face à l'irrémédiable, on était prêt à tout !

A vrai dire, chacun s'en remettait au hasard et s'accrochait à une méthode qui, faute d'avoir été reconnue scientifiquement, donnait l'espoir que la Bête finirait par être exterminée.

Adrien se mit à la tâche sans attendre et arracha les ceps atteints les uns après les autres. Constatant que les souches importées ne montraient pas les stigmates de la maladie, Armand décida d'en replanter à leur place.

« Le vin qu'on en tire est moins bon, reconnut-il, mais, au moins, les vignes résistent. »

L'arrachage fut juste terminé avant le début des vendanges. Les vignes d'Armand Vidal s'étaient éclaircies mais la perte ne serait pas importante. Tout au plus une demi-douzaine d'hectolitres de moins par rapport aux années précédentes.

Le 28 août, comme chaque année à Saint-Martin, le ban des vendanges fut ouvert. Célestine, Marie et le vieux Séraphin se joignirent à Armand et à Adrien, et tous commencèrent à récolter le raisin. Au milieu de la matinée, Célestine s'absentait et revenait du mas, chargée de gros paniers de victuailles. Le croustet était plus convivial chez les Vidal qu'à Frontillargue. Il n'y avait ni moussègne ni baïle pour regarder la montre et rappeler les hommes à l'ordre. A midi, allongé à l'ombre d'un olivier séculaire, le petit groupe de vendangeurs prenait le temps de récupérer de la fatigue du matin. Adrien se montrait souvent le premier prêt à reprendre le collier.

« Holà petit ! l'arrêtait Armand. Repose-toi encore un peu, nous avons le temps. »

Et Armand de repiquer un petit quart d'heure de sieste supplémentaire.

Le soir, à la tombée de la nuit, tous s'attablaient, fourbus mais heureux d'avoir accompli un travail qu'ils aimaient. Des cuves remplies à ras bord, l'odeur des moûts en ébullition se répandait jusqu'à l'intérieur du logis et donnait déjà l'ivresse avant l'heure. En réalité, Adrien brûlait d'impatience de terminer sa journée.

Avant de passer à table, il s'arrangeait pour s'éclipser dans l'espoir de revoir Camille. Depuis son arrivée chez les Vidal, il ne cessait pas de songer à leurs retrouvailles. Il ignorait ce qui se passait sur le domaine de Frontillargue et n'avait plus de contacts avec le personnel. Celui-ci ayant été trié et renouvelé par les soins de Léon Dubreuil, il ne pouvait espérer communiquer avec Camille par l'un d'entre eux. Aussi, après son travail, plutôt que de se reposer, rôdait-il à l'orée du parc du château. Il épiait les allées et venues des domestiques, observait les retours vers le chai des tombereaux remplis de raisin. Il s'approchait parfois dangereusement des fenêtres du manoir, se dissimulant derrière le tronc des arbres, les fontaines, les plantations luxuriantes. Il priait pour voir apparaître dans l'embrasure d'une fenêtre celle pour qui son cœur battait à se rompre dans sa poitrine.

Plusieurs jours de suite, il rentra bredouille. Le château de Frontillargue n'étant pas très éloigné du mas de Figueirol, les Vidal ne percevaient pas ses escapades. Adrien était toujours à l'heure au moment de passer à table. Personne ne soupçonnait ce qu'il avait en tête, hormis les deux filles qui avaient remarqué ses courtes absences.

Un soir, alors que les vendanges chez les Vidal se terminaient, il aperçut enfin Camille descendre le double escalier à la française du château. Elle était accompagnée de Mlle d'Escurol, sa préceptrice, tout acquise à sa jeune maîtresse. Camille, en effet, l'avait mise au courant de leurs relations et obtenu sa totale discrétion. La jeune femme, âgée d'à peine vingt ans, avait toujours gardé le secret.

Adrien ne sut comment agir. Il ne pouvait sortir de sa cachette et aller au-devant de sa bien-aimée sans encourir le risque de se montrer à un domestique. Il savait que Camille aimait se promener dans les allées du parc. Tout en marchant, elle se faisait lire des passages de ses livres préférés par Mlle d'Escurol. Puis elles s'asseyaient ensemble sous un portique près d'une fontaine, où trois nymphes de marbre rose portant une jarre sur l'épaule déversaient dans un bassin l'eau pure d'une source captée en amont.

Ce soir-là, il ne se découvrit pas.

Mais le lendemain, avant leur arrivée, il s'arrangea pour déposer un billet écrit de sa main sur le banc de pierre où il avait vu les deux jeunes filles se reposer. Il se posta à nouveau dans sa cachette pour les observer. La chance fut avec lui. A la même heure, Camille et Mlle d'Escurol, un livre à la main, vinrent se délasser près de la fontaine. La préceptrice trouva la première le billet soigneusement plié en quatre, se garda de l'ouvrir, fit mine de s'étonner.

« On dirait que quelqu'un a oublié ceci, dit-elle à sa disciple en lui tendant le billet. »

Surprise, Camille hésita à le prendre. Se ravisant, elle l'ouvrit, cligna des paupières, faillit s'évanouir.

« Qu'y a-t-il ? s'inquiéta Mlle d'Escurol. Ce billet vous est-il adressé ?

— C'est... c'est Adrien », avoua Camille.

Mlle d'Escurol soutint son amie et l'invita à s'asseoir. Elle la laissa achever sa lecture, gardant le silence.

« Il est revenu, reprit Camille, la voix tremblante d'émotion.

— Mademoiselle, vous ne devriez pas...

— Je veux le revoir. Rentrons ! Je vais lui répondre et tu viendras déposer ma lettre à l'endroit même où il a laissé la sienne. C'est ce qu'il demande.

— Bien, mademoiselle. Je saurai être prudente. »

Emilie d'Escurol obéit à sa jeune maîtresse. Le lendemain elle déposa la lettre de Camille, cachetée et parfumée, sous une pierre à l'abri des regards. Puis elle s'éloigna jusqu'à ce qu'elle aperçût Adrien s'immiscer dans le parc du château. Elle s'assura qu'il prît la lettre, attendit qu'il ait terminé de la lire, et vint rendre compte à Camille.

« Il l'a lue, mademoiselle. Il avait l'air... comment dirais-je ?

— Oui, comment ?

— Le plus heureux des jeunes hommes que j'aie jamais connus !

— Vous en avez connu beaucoup, Emilie ?

— Quelques-uns, mademoiselle », répondit la préceptrice en rougissant.

* *
*

Depuis son altercation avec son père, Camille se tenait sur ses gardes. Elle ne désirait pas envenimer inutilement la situation en l'affrontant à chaque occasion. Au reste, Eugène Delcourt ne semblait plus y prêter attention, occupé à surveiller de près l'avancée des vendanges. Léon Dubreuil avait toujours l'œil sur les colles. Il supervisait aussi le chai depuis le départ d'Henri Colas. Celui-ci avait été remplacé par un homme de métier venu d'une cave de Châteauneuf-du-Pape. Compétent et, de premier abord, docile, il s'était soumis sans rechigner aux directives du châtelain et avait accepté d'être aux ordres du régisseur.

La récolte s'annonçait peu abondante et de piètre qualité. Les ceps ne croulaient pas sous le poids des raisins et présentaient, pour certains d'entre eux, des grappes atrophiées. Les rangées de vigne comportaient toutes des souches mortes, desséchées, effeuillées comme en plein hiver.

Eugène Delcourt avait ordonné de les éliminer sans attendre, de crainte qu'elles ne contaminent les autres encore saines – mais pour combien de temps ?

« Dès que le moment sera venu, ajouta le châtelain en se tournant vers le régisseur, vous procéderez à la replantation. J'ai commandé des jacquez et des herbemont. Nous verrons bien ce qu'ils donneront. Plus tard, quand les vendanges seront achevées et le vin soutiré, vous ferez répandre du sable dans tout le vignoble. J'ai entendu dire que les vignes plantées en terrain sablonneux résistaient au phylloxéra.

— Comment l'expliquez-vous ? s'étonna Léon Dubreuil.

— Il semblerait que le sable, par son poids, empêcherait les insectes de se déplacer vers les racines.

— S'il suffit de cela, nous aurons vite exterminé cette vermine !

— Ne vous réjouissez pas trop rapidement, Dubreuil. Seul l'avenir nous dira si nous avons vu juste. »

A la fin des vendanges, les domestiques du château se mirent aussitôt au travail. Tandis que les vapeurs de moût et d'alcool se répandaient encore sur le vignoble comme un mauvais parfum, ils commencèrent à défoncer la terre, à arracher les ceps malades et crevés qui, dépourvus de racines, n'opposaient aucune résistance. Puis ils creusèrent des trous profonds, bien nets, de cinquante centimètres de côté, qu'ils remplirent de bonne terre et recouvrirent de sable avant de fixer les jeunes plants. Ceux-ci furent tuteurés, protégés d'un fin grillage contre la sauvagine rôdant la nuit dans les vignes.

Partout dans la région, les vignerons exécutaient le même travail. Certains, manquant de main-d'œuvre permanente, avaient recours à des *préfatiers*, des tâcherons payés « à prix fait ». Les journaliers les plus expérimentés pouvaient creuser jusqu'à cent trous par jour, malgré la pénibilité du travail, surtout dans les terrains caillouteux des garrigues où le sol était dur.

Camille suivait attentivement les travaux ordonnés par son père, mais se gardait bien de donner son avis. Par ailleurs, elle ne pouvait que se réjouir de constater avec quelle ardeur l'ensemble du personnel, nouveau et ancien, répondait aux directives de leur maître.

Elle profita du peu de temps que son père passait au château, à cause de ses occupations, pour s'absenter régulièrement, avec la connivence d'Emilie d'Escurol.

Selon ses propres recommandations, elle revit Adrien dans la plus grande discrétion. Se tenant sans cesse sur ses gardes pour ne pas éveiller à nouveau l'attention de Léon Dubreuil, elle se libérait sans retenue une fois dans ses bras. Les deux jeunes gens se rencontraient comme autrefois dans le même cabanon abandonné, se permettaient des promenades au crépuscule quand les ouvriers étaient rentrés, s'aimaient sagement comme au premier jour, sans se poser de questions embarrassantes.

Adrien était un garçon respectueux. Ses sentiments pour Camille l'empêchaient d'exiger d'elle ce qu'elle ne pouvait lui offrir, étant donné son âge et son éducation. Sa seule présence, ses baisers, le doux parfum qu'elle laissait sur lui suffisaient à le combler de bonheur. Quand ils se quittaient, toujours à regret, ils ajoutaient du temps au temps pour grignoter encore quelques minutes, quelques secondes au cadran de l'horloge. Parfois ils perdaient ensemble la raison, s'embarquaient pour Cythère, s'imaginaient sur une île de rêve, entourés de gens qui ne leur voulaient que du bien. Le crépuscule blanchissait comme une aube naissante. La lune blafarde de l'automne illuminait la voûte céleste comme lors d'un premier matin de printemps. Ils marchaient côte à côte sur un chemin de lumière au milieu des vignes de la divine création, main dans la main, le cœur battant à l'unisson. Puis ils se séparaient sans détacher leur regard l'un de l'autre, ne songeant plus, déjà, qu'au lendemain.

Adrien ne livrait rien de sa vie à ses nouveaux patrons. Ceux-ci commençaient cependant à s'apercevoir de ses absences le soir, après le travail. Mais ils ne lui firent aucune remarque. Seules les deux filles parlaient entre elles du jeune ouvrier de leurs parents. Madeleine, qui n'avait pas treize ans, se montrait la plus espiègle et aimait taquiner sa sœur, de deux ans son aînée.

« Il doit rejoindre son amoureuse, lui répétait-elle chaque fois que le sujet revenait dans la conversation.

— Penses-tu ! répondait Marie avec une pointe de jalousie. Il doit se rendre au village pour boire un verre au café, comme la plupart des hommes après le travail. Il y retrouve certainement d'anciennes connaissances. »

Entre elles s'était institué un jeu de devinettes dont le but consistait à percer le secret de leur hôte mystérieux.

Adrien, de son côté, se montrait aimable, attentionné envers Madeleine qu'il avait prise en affection et à qui, avec Marie, au cours des veillées, il aimait faire la lecture pour la distraire. Au fil des semaines, ils se lièrent d'une profonde et cordiale amitié qui rassurait les époux Vidal et les rendait heureux.

« Adrien est comme un fils pour nous ! reconnut Célestine. Tu as fait un bon choix, Armand, en acceptant ce garçon sous notre toit.

— Il est vrai qu'au travail il ne laisse pas sa part aux autres ! Il est partout à la fois. Et pour le vin, il s'y connaît aussi bien que moi. »

Ainsi, un mois poussant l'autre, Adrien prit un nouveau départ chez les Vidal. Donnant régulièrement de ses nouvelles à ses parents, il apprit avec tristesse et contrariété que l'état de son père ne s'améliorait guère, mais aussi que, par chance, Simon avait tiré un bon numéro et échappait donc à la conscription.

Sa vie s'organisa entre son travail dans les vignes et à la cave, ses rendez-vous secrets avec Camille, ses soirées chaleureuses passées sous le toit de Figueirol.

Dans son esprit et dans son cœur régnait la même sérénité, malgré les soubresauts qui ne finissaient pas de faire trembler le pays et les menaces qui grandissaient dans toutes les régions viticoles.

13

L'insoumise

Les arbres s'empourpraient de leurs couleurs d'automne, les feuilles prenant lentement leurs ors. Les parfums de terre humide, de mousse et de champignons commençaient à supplanter les odeurs de vin et d'alcool. Le vent marin chassait vers les hautes terres des hordes de nuages menaçants qui plombaient le ciel d'un épais manteau de cendre. De temps en temps, une éclaircie illuminait les collines et ravivait les vignes. Des relents de raisins chauds, abandonnés sur les ceps aux grappilleurs, rappelaient que les vendanges venaient de s'achever.

Octobre s'étirait en longueur dans une douceur nonchalante. Les hommes s'affairaient dans les chais où le vin chantait dans les cuves. A la mi-novembre il fallait avoir fini d'ouiller les tonneaux pour le laisser au repos pendant les froidures de l'hiver.

Après les vendanges, Adrien ne perdait pas un instant. Il prenait possession de la cave d'Armand Vidal et, tel un maître de chai sans compagnon, orchestrait toutes les opérations. La récolte modeste de son nouveau maître lui permettait de procéder lui-même à toutes les étapes de la vinification, depuis le foulage au pied des raisins jusqu'au dernier ouillage et à la mise définitive en tonneaux et en bouteilles. Il prenait un soin attentif à bien coller le vin quelques jours après le début de la fermentation, comme le lui avait recommandé Henri Colas, et de ne commencer le soutirage qu'une fois la décantation des impuretés terminée. Lorsque le vin sortait du pressoir, il ne pouvait s'empêcher de donner un premier avis. Et il se trompait rarement. Deux fois par jour, il revenait vers ses cuves pour enfoncer le chapeau de rafle afin que les grappes macèrent complètement dans le moût. Armand Vidal lui avait conseillé d'utiliser de grosses pierres calcaires pour lui éviter cette contrainte, mais il s'évertuait à faire lui-même l'opération, voulant vérifier de plus près l'avancement de la cuvaison. Quand le vin avait atteint suffisamment de degrés, il commençait à le transvaser délicatement dans les tonneaux à l'aide d'une petite pompe à bras qu'Armand Vidal avait achetée d'occasion à la foire de Quissac. Ils se relayaient jusqu'à ce que les lies de collage commencent à brouiller les derniers litres de jus soutirés. Début novembre, la mise en barriques étant terminée, il ne lui restait plus qu'à ouiller les tonneaux pendant encore une quinzaine de jours, le temps que le bois des douelles finisse de se gorger de moût.

Alors commençait le temps de l'attente pendant lequel le vin se faisait lentement ; le temps de l'espoir, car au printemps, avec la mise en bouteilles et la vente de la cuvée nouvelle, venait la saison des rentrées d'argent.

⋆ ⋆
⋆

Quatre années s'étaient écoulées depuis l'arrivée d'Adrien chez les Vidal. Quatre périodes de vendanges attristées par l'extension de la maladie. Les vignes en effet étaient de plus en plus atteintes et personne ne pouvait prétendre détenir le moyen de l'éradiquer. Le Gard tout entier et la moitié de l'Hérault jusqu'à Ganges étaient totalement sinistrés. Le puceron maléfique avait aussi atteint les Cévennes, l'Ardèche et menaçait la Lozère. Dans certaines communes la récolte avait été complètement anéantie. De nombreux petits viticulteurs qui n'avaient pas réagi à temps étaient ruinés.

Les vignes d'Armand Vidal résistaient tant bien que mal. Sa récolte avait chuté de moitié, ainsi que ses rentrées d'argent. Le vigneron évitait de se plaindre devant Adrien. Il ne voulait pas lui laisser croire qu'il devrait peut-être le renvoyer si la situation empirait. Il l'avait néanmoins rassuré :

« Nous nous serrerons un peu plus la ceinture et, si tu acceptes une petite réduction de tes gages, je ne demande pas mieux que de te garder. »

Adrien savait que, partout où il se présenterait, il se heurterait au même problème. Au reste, il ne désirait pas quitter Figueirol au moment où le malheur se faisait de plus en plus pressant.

« Quoi qu'il arrive, Armand, je resterai auprès de vous. Même si je devais me passer de mes gages. Je ne peux pas vous abandonner au plus fort de la tourmente.

— Je n'en attendais pas moins de toi, mon garçon. J'avais bien raison de dire à Célestine que c'était le ciel qui t'envoyait ici pour compenser le fils que nous n'avons pas eu. Vois-tu, je vais te faire une confidence : après la naissance douloureuse de Madeleine, ma femme a bien failli y rester. L'accouchement s'est mal passé. La pauvre petite est née infirme et Célestine, par la suite, n'a pu avoir d'autres enfants. Pour des paysans comme nous, l'absence d'un fils a été cruelle.

— Je me doute. Chez moi, au Brûlement, heureusement que nous sommes deux garçons sur cinq enfants. Le père est assuré de la relève !

— Alors, Adrien, reste ! Ici tu ne manqueras jamais de rien. Tu auras toujours un toit et le couvert. »

Adrien était reconnaissant envers les époux Vidal de le considérer comme leur fils. Mais une ombre venait ternir le bonheur qu'il vivait depuis quatre ans déjà, depuis qu'il avait retrouvé les bras de Camille et qu'ensemble, jamais leur amour n'avait failli.

Malgré le triomphe de la République, l'inégalité des charges militaires demeurait. Le principe du service obligatoire avait été maintenu, la durée du service actif étant passée à cinq ans. Or Adrien atteignait l'âge fatidique et devrait bientôt tirer au sort pour la conscription.

« Si je tire un mauvais numéro, rappela-t-il à Armand, il me faudra partir pour longtemps. Cela vous soulagera, en un sens. Vous êtes encore vaillant, vous pouvez vous passer de moi. »

Armand s'assombrit. Certes, à quarante-cinq ans passés, il était toujours robuste. Contrairement à Augustin Mazel, il ne souffrait de rien, les forces ne lui manquaient pas. Il abattait autant de travail qu'un jeune homme de vingt ans.

« Ton absence pèsera lourd quand même ! Prions pour que tu tires un bon numéro. Tes parents doivent aussi prier pour que tu restes !

— Je leur manque beaucoup, c'est vrai. Si je pars, ce sera très douloureux pour eux. »

Adrien n'osait avouer ce qui le chagrinait le plus : son départ attristerait aussi Camille qui, chaque jour davantage, lui montrait combien elle ne pouvait concevoir sa vie sans lui. Ensemble, ils avaient sans cesse imaginé leur existence commune, une fois qu'émancipée de l'autorité de ses parents Camille pourrait leur tenir tête sans encourir de terribles sanctions, sans risquer de perdre à jamais celui qu'elle aimait.

Ils s'étaient mille fois juré de ne jamais se quitter et promis que rien ne les séparerait. Ils croyaient pouvoir vivre un jour tous les deux sans se cacher aux yeux de tous. Ils ne craignaient ni les remontrances ni les reproches de mésalliance. Camille n'avait cure de la bienséance et n'hésitait jamais à rappeler – en y mettant les formes – que son père était d'origine roturière, alors que le nom de sa mère descendait d'une longue et noble lignée. Dans son esprit, elle se sentait uniquement héritière de son grand-père et considérait les usines de son père avec indifférence.

« Jamais je ne serai l'héritière des usines Delcourt ! clamait-elle au visage de son père lorsque, une fois de plus, leurs tempéraments s'affrontaient dans de grands éclats de voix. Je suis l'héritière du domaine de Frontillargue, descendante des Froissac ! »

Maintes fois Eugène Delcourt devait rappeler sa fille à l'ordre et à son devoir. Jamais il n'obtenait d'elle totale obéissance. Au fil des ans, Camille se montrait toujours plus rebelle. Elle se défendait, résistait, préférait la sanction à la soumission. Sa mère, sans prendre ouvertement son parti, exultait de la voir si entêtée, si fière de défendre les couleurs de son blason familial. Camille était sa revanche sur son mariage de raison, consenti à une époque où, trop jeune, elle n'avait pu donner son avis. « Ah ! si c'était à refaire, soupirait-elle parfois, sans laisser entendre l'objet de son ressentiment, j'aurais affronté mon père pour lui faire comprendre que nos couleurs n'avaient pas besoin de l'argent de la roture pour retrouver leur vif éclat, et que mieux valaient encore des armoiries ternies que redorées de paillettes d'apparat. »

Forte du soutien silencieux de sa mère, Camille s'affirmait donc de plus en plus et avait acquis une force de caractère à toute épreuve.

Quand elle rejoignait Adrien le soir et, parfois, dans la journée quand celui-ci trouvait un rare moment de liberté, Camille redevenait la jeune fille romantique, d'apparence fragile qu'elle était toujours au fond d'elle-même. Adrien ne la connaissait que sous ce jour et se souciait de la savoir en proie aux reproches de son père et à la suspicion du régisseur. Depuis toujours celui-ci ne cessait d'épier ses faits et gestes, de la même manière qu'il surveillait à distance le personnel du domaine. Il en avait reçu l'ordre de son nouveau maître et ne manquait pas de le tenir informé. Eugène Delcourt, en effet, se méfiait de sa fille, craignant qu'à force de lui tenir tête elle ne finisse par s'acoquiner avec les éléments trouble-fête voire pernicieux qui pouvaient encore se dissimuler dans son personnel.

« Si jamais vous voyez ma fille fréquenter des ouvriers dont vous n'êtes pas sûr, prévenez-moi aussitôt, avait-il ordonné à son régisseur. Renvoyez les importuns sans préavis et n'hésitez pas à faire savoir aux autres que je ne saurais tolérer de collusions entre les domestiques et les membres de ma famille ! »

Toujours aussi servile et zélé, Léon Dubreuil assurait donc une surveillance accrue autour du personnel permanent du château et des journaliers quand arrivait la saison des vendanges.

Camille n'était pas dupe. Elle savait déjouer l'attention du régisseur. Elle prenait même un grand plaisir à l'entraîner sur de mauvaises pistes, lui laissant croire qu'il la tenait enfin. Quand elle le sentait à ses trousses, elle se dévoilait sans retenue, osait l'affronter du regard et, sans une parole, d'un air méprisant et accusateur, elle le laissait sur sa faim, le toisant de haut comme un vil domestique accroché aux basques de son maître. Humilié, Léon Dubreuil n'en poursuivait pas moins sa tâche de délateur avec autant de zèle.

« Je finirai par lui faire rendre l'âme ! s'était exclamée Camille, un jour de grande colère.

— Je crains que cela ne se termine mal, ma chérie, lui avait répliqué Adrien. Tu devrais l'ignorer. Il finira par se lasser. »

En réalité, Camille entretenait les hostilités avec son père en provoquant son régisseur. Plus elle poussait celui-ci dans ses derniers retranchements, plus elle lui montrait son désir d'indépendance et affirmait son esprit de jeune fille libre.

« Il serait temps de lui trouver un bon parti, jugea Eugène Delcourt, un soir où l'affrontement avait été plus violent que de coutume.

— Elle n'a pas encore dix-huit ans ! s'insurgea Eléonore. Elle est encore bien jeune.

— C'est l'âge que vous aviez lorsque votre père vous a présentée au mien, si je me souviens bien.

— Précisément, mon cher ! Je sais de quoi je parle. A dix-huit ans, une jeune fille, à notre époque, a encore du temps devant elle avant d'envisager le mariage !

— Ce n'est pas aux jeunes filles qu'il revient d'envisager leur mariage, mais à leurs parents.

— Que vous me semblez ringard, mon cher Eugène ! Nous sommes en République, vous l'oubliez.

— Dans votre bouche ces propos me semblent tout à fait déplacés. A moins que vous ne vous moquiez de notre nouveau régime ! Ce dont je me réjouirais, je vous l'avoue.

— Je ne me moque pas. Je n'ai plus d'illusions quant aux chances de restauration de la monarchie. Depuis le début de l'année, nous avons une Constitution ; même les orléanistes ont fini par se rapprocher des républicains pour consolider la République. Alors, autant accepter l'inéluctable sans regrets et sans amertume.

— Je vois que vous êtes bien informée ! Est-ce au cours de vos causeries de salon que vous discutez des affaires de ce monde ? Ces dames s'intéresseraient-elles à la politique ?

— Nous nous intéressons à tout ce qui risque de modifier notre existence. Et il faut reconnaître que, jusqu'à présent, la République n'a pas nui à nos intérêts. De plus, elle véhicule un idéal humanitaire auquel je suis sensible. Je suis de mon temps, mon cher ! Il faut savoir tourner la page et ne pas s'accrocher désespérément à des principes surannés.

— C'est sans doute la raison pour laquelle vous laissez de plus en plus de liberté à notre fille ? Par une telle attitude vous ferez d'elle une révoltée, pire une exaltée, une de ces égéries qui oublient les origines de leur naissance et se laissent emporter par l'enthousiasme démesuré de leur jeunesse.

— Vous prêtez à Camille un tempérament et des intentions qu'elle n'a pas. Notre fille a simplement besoin de s'affirmer et d'être écoutée.

— Je maintiens néanmoins ce que je disais à l'instant : il est temps de lui trouver un bon parti. »

Eugène Delcourt avait prononcé ces dernières paroles en haussant le ton. Au même moment, Camille sortait de sa chambre et s'apprêtait à aller rejoindre Adrien, se croyant seule dans le château. Ce qu'elle entendit la figea sur place. Elle retint son souffle, blêmit, prêta davantage l'oreille.

« Le temps de nous mettre en quête de tous ses futurs prétendants et de fêter les fiançailles, un an sera passé. Le mariage pourrait être célébré six mois plus tard. Camille aurait alors quasiment vingt ans. Ce n'est pas un âge très précoce pour une jeune fille, me semble-t-il.

— Vous pourriez au moins lui en parler et lui laisser le temps de choisir l'homme de sa vie.

— Si nous attendons qu'elle trouve le grand amour, cela pourra durer encore des années !

— Organisons-lui des fêtes au château. Invitons les galants. Elle finira bien par tomber amoureuse de l'un d'eux.

— Ah, ma chère ! Vous êtes bien une femme ! Organiser des fêtes au château pour que notre fille trouve l'amour de sa vie ! Quel romantisme ! Il faut être plus pragmatique. Des dîners suffiront.

— Vous oubliez que c'est au cours d'un bal – et quel bal ! – que vous êtes tombé amoureux de moi.

— Je ne l'oublie pas. Mais, voyez-vous, le temps n'est plus aux réjouissances. Et les affaires n'attendent pas. Parmi mes connaissances, j'ai quelques bons partis qui pourraient nous permettre d'accroître et de consolider le domaine de Frontillargue.

— Les affaires ! Vous osez mêler Camille à vos affaires !

— Je ne vois pas où est le mal !

— Et l'amour dans tout cela ?

— L'amour, ma chère, viendra après le mariage, pas avant. »

En haut de l'escalier, Camille se bouchait les oreilles pour ne pas entendre. Elle ne pouvait supporter davantage les paroles de son père. La marier contre son gré ! Et maintenant ! Mais qu'adviendrait-il alors d'Adrien ?

Ce jour-là, la jeune révoltée se rendit compte combien son chemin d'amour avec son bien-aimé était hérissé d'embûches, combien les étoiles qu'elle regardait briller le soir dans le ciel semblaient inaccessibles. Tout à coup elle prit conscience du fossé qui la séparait d'Adrien. La terrifiante réalité venait de s'inscrire dans sa chair en lettres empoisonnées.

⋆ ⋆
⋆

Camille craignait de perdre Adrien en étant contrainte au mariage. Adrien craignait de perdre Camille en partant au service militaire.

Dès lors les deux jeunes gens s'aimèrent avec plus de fougue encore, plus de folie. Ils prirent des risques démesurés pour se rencontrer au clair de lune, ne se méfièrent plus du régisseur ni des gens du domaine qui les voyaient parfois se faufiler bras dessus bras dessous, les yeux ébahis, presque incrédules. Ils n'entendaient pas les paroles d'étonnement, de reproche, ou d'amabilité et d'encouragement que les uns et les autres se permettaient quand leurs chemins se croisaient. Ils n'écoutaient que leur cœur et n'avaient pas de mots assez tendres pour se conter leur amour. Dans l'intimité du cabanon où leurs pas les poussaient chaque soir, leurs caresses devenaient plus pressantes, leurs étreintes plus sensuelles, leurs désirs plus charnels. Un soir le ciel gronda. L'orage éclata sans crier gare alors qu'ils se trouvaient encore en chemin. La pluie se déversa brutalement sur les coteaux. Des éclairs d'acier balafraient l'horizon et déchiraient les nuages en ouvrant de grands pans de lumière aveuglante.

« Dépêchons-nous ! s'écria Adrien. Le mazet n'est plus très loin. »

Prenant Camille par la main, il l'entraîna à travers les vignes, le cœur haletant. Leurs pieds s'enfonçaient dans la boue. Leurs vêtements leur collaient à la peau. Leurs cheveux détrempés ruisselaient sur leurs visages. Mais ils étaient heureux ! Heureux de se sentir libres dans la tourmente. Heureux d'être unis dans l'adversité.

Adrien ramassa de la paille sur le plancher du cabanon et quelques rondins de bois sec qui traînaient dehors à l'abri d'un auvent couvert de tuiles. Il alluma du feu dans la petite cheminée et invita Camille à ôter son manteau détrempé.

« Il faut te sécher, lui dit-il. Sinon tu prendras mal. »

Sans fausse pudeur, il montra l'exemple et ôta sa chemise. Camille fit de même, ne gardant sur le corps que son corsage de soie et le jupon qu'elle portait sous sa robe. Ils mirent leurs vêtements à sécher et, dans l'attente, se blottirent l'un contre l'autre, intimidés comme au premier jour. C'était la première fois que Camille voyait Adrien torse nu. C'était la première fois qu'il soupçonnait aussi bien les formes de son corps.

Peu à peu leurs caresses eurent raison de leur réserve. Adrien ne put se retenir d'entraîner Camille dans la paille. Il finit de la dévêtir. Elle osa à son tour le mettre nu. Elle glissa ses doigts dans ses cheveux hirsutes, sur ses muscles saillants, et se laissa couvrir de ses baisers brûlants. Leurs ébats les entraînèrent loin de Frontillargue, loin du monde, au pays où plaisir et bonheur ne font qu'un, où tout est lumière, sans ombres ni machinations.

Camille se donna sans retenue, sans aucune douleur la première fois, puis se redonna en offrant à Adrien ce qu'elle avait de plus précieux à offrir en partage : la pureté et la sincérité de ses sentiments. Adrien cueillit sur ses lèvres, sur la peau veloutée de son ventre, dans le lit de sa rivière, les fleurs parfumées de son amour. Ce parfum enivrant, plus enivrant que tous les nectars dont il s'était à ce jour grisé, jamais il ne l'oublia.

Ils se réveillèrent au petit matin, repus et comblés de bonheur. Ils entendirent le chant d'un coq déchirer le silence, se pelotonnèrent l'un contre l'autre dans la demi-obscurité, grelottant de froid. Ils ramassèrent leurs vêtements, s'embrassèrent à nouveau, nus devant les cendres encore fumantes du foyer, se rhabillèrent sans se soucier de l'heure.

« Que diront tes parents ? s'inquiéta Adrien le premier.

— Ce qu'ils voudront ! répondit Camille, un large sourire aux lèvres. Maintenant il ne peut plus rien m'arriver. Je suis ta femme. Qu'ils le veuillent ou non !

— Oseras-tu tout leur avouer ?

— S'il le faut, oui.

— Ton père n'acceptera jamais et entrera dans une colère terrible.

— Je n'ai plus peur de lui. S'il ose me punir, je m'enfuirai. Avec toi, Adrien. Et nous partirons loin d'ici, très loin. Dans un pays où jamais personne ne viendra nous chercher. »

Adrien se rembrunit.

« Camille, tu n'ignores pas que je vais bientôt tirer au sort. Si je tire un mauvais numéro, nous devrons nous quitter.

— Je te suivrai là où tu seras envoyé. Je serai ta femme, mon Adrien, partout où tu iras. Personne ne pourra m'en empêcher. Pas même mon père qui s'est mis en tête de me marier contre mon gré.

— Ton père a décidé de te marier ? » répéta Adrien, surpris.

Camille n'avait pas osé l'avertir de cette terrible décision. Elle s'était donnée à lui avec d'autant plus de fougue qu'elle rejetait cette idée de mariage arrangé. En perdant sa virginité avec lui, de son propre chef, elle avait affirmé sa liberté et son indépendance. Elle s'était définitivement opposée aux volontés de son père.

Adrien, de son côté, lui avait tout donné car, au fond de lui-même, il sentait poindre une douloureuse séparation.

« Mon père ne me mariera pas contre mon gré ! affirma Camille en reboutonnant son corsage.

Mon amour, je suis à toi, pour toujours, quoi qu'il advienne. »

Adrien effleura sa bouche du bout des doigts, lui enjoignit de se taire. Il remit de l'ordre dans sa tenue, puis l'invita une dernière fois dans ses bras.

« Moi aussi, je suis à toi, ma chérie. Jusqu'à la fin de ma vie. »

* *
*

Lorsque Camille rentra au château, le jour pointait. Le ciel, rincé de ses derniers nuages, flamboyait déjà dans l'aube détrempée. Des écharpes de brume s'étiolaient à l'horizon. La demeure reposait dans un calme étrange, celui qui précède la tempête. Les domestiques commençaient à s'activer dans les communs sans faire de bruit, comme s'ils pressentaient l'arrivée imminente d'une violente bourrasque. Dehors, les chats rentraient de leurs escapades nocturnes en filant furtivement. Dans les cheminées, l'odeur âcre des cendres refroidies se répandait comme une brise de pestilence.

Les pas de Camille résonnaient sur les carreaux de terre cuite du grand salon. Avant de monter dans sa chambre, elle voulut emprunter un roman de Stendhal dans la bibliothèque de son grand-père. Elle eut subitement l'impression qu'elle n'était pas seule dans la pièce. A l'autre extrémité, face à la cheminée, dissimulé dans un large fauteuil Régence, son père l'attendait dans l'ombre.

« C'est à cette heure-ci que tu rentres ! éructa-t-il sans se lever. J'attends tes explications. »

Interloquée, Camille s'arrêta net. Elle s'était préparée à fournir toutes les raisons de son absence, mais pas aussi rapidement.

Elle pensait avouer être rentrée tard dans la nuit, mais pas au petit matin.

Eugène Delcourt se leva, pivota sur lui-même en faisant claquer ses talons à la manière d'un militaire, poursuivit :

« Ne dis rien ! Je suis au courant de tout.

— Vous me faites suivre, père !

— Tais-toi, t'ai-je dit ! Tes paroles ne feraient que te condamner davantage. »

Camille n'était pas décidée à se soumettre. Cette fois l'affrontement s'annonçait âpre et sévère. Elle s'y attendait.

« Pour être condamnée, il faudrait d'abord que j'aie commis un crime ! Or je ne vois pas ce que j'ai à me reprocher de si grave.

— Es-tu inconsciente ou sotte, ma fille ? Léon Dubreuil vient de me rendre compte.

— Ah, votre espion de service ! Toujours aussi vil, celui-là !

— Je t'ordonne de te taire et de m'écouter ! Tu n'es qu'une jeune effrontée, doublée d'une fille de mauvaise vie.

— Père, je ne vous permets pas !

— Tu n'as rien à me permettre. J'ai tous les droits sur toi ! Comment appelles-tu une fille qui s'affiche avec un gueux et se vautre avec lui dans la luxure ?

— Si vous parlez d'Adrien, sachez qu'il n'est pas un gueux, et que je l'aime. Ne vous en déplaise !

— Parce qu'il s'appelle Adrien ! Adrien Mazel, peut-être ? Inutile de nier, je sais tout. D'ailleurs ton Adrien a fait partie de ces renégats que j'ai fait jeter à la porte il y a quelques années. Ah ! il s'est bien vengé ton Adrien. Il a détroussé la fille de son ancien maître en compensation. Et toi, sainte nitouche, tu es tombée dans ses filets. Il doit bien rire à présent !

— Adrien m'aime autant que je l'aime. Vous ne savez rien de l'amour qui nous unit. »

Le ton montait. Dans les communs, les domestiques, à l'écoute, ne perdaient aucune parole de la dispute houleuse qui opposait le maître et sa fille. Dans sa chambre, Emilie d'Escurol, réveillée en sursaut, n'osait bouger pour venir au secours de sa jeune maîtresse de crainte de subir à son tour les foudres du châtelain. Une fois encore Eléonore tenta de s'interposer. Tout ensommeillée, elle jeta à la hâte une robe de chambre sur ses épaules et s'empressa de descendre au salon.

« Quel est donc ce tintamarre ? demanda-t-elle, à peine entrée dans la pièce. L'heure n'est ni aux conciliabules ni aux disputes, me semble-t-il !

Pouvez-vous m'expliquer ce qui vous oppose de si bon matin ?

— Demandez à votre fille, madame, la raison qui m'oblige à la réprimander si violemment !

— Il n'est de raison valable qui nécessite la violence verbale, mon cher. Vous pouvez vous expliquer calmement. Alors, Camille, peux-tu me fournir le motif du courroux de ton père ? »

La jeune fille tentait à grand-peine de retenir ses larmes.

Entendre son père traîner Adrien dans la boue lui était insupportable. Sa gorge se noua, ses mains tremblèrent d'émotion. Sa colère s'effaça bientôt devant la tristesse qui, subitement, envahit son cœur.

« Je n'épouserai jamais personne d'autre qu'Adrien ! » s'écria-t-elle en se jetant dans les bras de sa mère.

Celle-ci fit mine de la consoler, puis, la repoussant avec tendresse, lui demanda de sécher ses larmes.

« Qui est cet Adrien ?

— Un manant qui a travaillé ici et que j'ai renvoyé avec ces satanés républicains, coupa Eugène Delcourt.

— Voyons, voyons, mon ami ! Contrôlez-vous et discutons dans la sérénité. »

Camille sécha ses yeux, poursuivit :

« Avec père, il n'y a jamais moyen de se faire entendre. Je monte dans ma chambre. »

Sans attendre la réaction de ses parents, elle tourna les talons et disparut dans l'escalier.

Le châtelain mit son épouse au courant de ce que son régisseur lui avait raconté une heure plus tôt. Eléonore estima à son tour que sa fille avait outrepassé les limites des bonnes manières et de la bienséance. Ils convinrent ensemble qu'il était temps de mettre un terme à sa relation malheureuse et inconvenante avec Adrien Mazel.

Le mariage de leur fille s'imposait plus que jamais.

14

La déchirure

Les jours qui suivirent plongèrent Adrien dans une profonde tourmente. Camille ne venait plus à leurs rendez-vous. Il se douta rapidement qu'elle en était empêchée. « Le régisseur a dû nous surprendre ! pensa-t-il. Et son père, mis au courant, la retient enfermée au château. »

Il tenta de contacter Emilie d'Escurol. Celle-ci, bien que Camille se passât depuis deux ans déjà de ses soins de préceptrice, était restée à son service comme demoiselle de compagnie, « ainsi qu'il sied à toutes les jeunes filles bien nées », avait estimé sa mère. Le soir venu, il espérait croiser ses pas aux abords du château, dans les allées ombragées du parc où il parvenait à s'introduire furtivement comme jadis. Hélas, ses tentatives demeurèrent sans succès !

Or le temps pressait. Adrien devait se rendre au chef-lieu de canton pour tirer au sort. Son anxiété commençait à se faire ressentir sur son travail. Armand Vidal lui fit remarquer un jour qu'il avait oublié d'ouiller une barrique de trois hectolitres.

« Si je ne m'en étais pas aperçu, lui reprocha-t-il, c'est trois cents litres de vinaigre que nous aurions mis en bouteilles au printemps prochain ! Qu'as-tu, petit ? Depuis plusieurs semaines, tu ne me parais pas dans ton assiette. Quelque chose te chagrine ?

— Non, rien de grave, éluda Adrien. Quelques petits soucis avec mes parents. J'ai reçu de leurs nouvelles. Mon père ne va pas mieux. Il doit rester alité, les reins bloqués.

— Veux-tu aller le voir ? Je peux me débrouiller seul. En cette saison, il y a moins de travail. »

Adrien refusa l'offre d'Armand et lui promit de se reprendre. Il en fit aussitôt la preuve en montrant plus de sollicitude envers Madeleine dont l'amitié lui allait toujours droit au cœur. A quinze ans, la jeune fille en paraissait à peine douze ou treize à cause de sa maigreur et de son teint blême. Toujours cloîtrée dedans, elle prenait rarement le soleil, ses parents ne la laissant jamais seule dehors quand ils étaient dans les vignes. Elle se contentait donc des rares distractions que sa sœur et Adrien – depuis son arrivée – lui donnaient après leur journée de travail. Elle ne quittait son fauteuil près du *cantou* que pour regagner son lit le soir, portée par son père qui la soulevait dans ses bras comme lorsqu'elle n'était qu'une enfant. Armand s'évertuait à lui mentir :

« Comme tu es lourde à présent ! lui répétait-il. Bientôt je ne pourrai plus te porter. »

En réalité, Madeleine avait gardé son corps frêle de petite fille qu'elle était toujours en dépit des années.

Au fil des soirées, Marie avait trouvé en Adrien plus qu'un compagnon pour sa sœur. Discrètement elle s'approchait de lui, prétextant de le relayer dans sa lecture ou de lui tenir plus près la chandelle afin qu'il ne s'abîme pas les yeux. Elle laissait son bras toucher le sien, sentait son souffle sur son visage. Elle ne bougeait pas, ravie de ce contact qui l'enivrait et emballait son cœur. Armand et Célestine avaient deviné les secrètes pensées de leur aînée et se réjouissaient de voir les deux jeunes gens assis côte à côte, occupés à distraire la pauvre Madeleine.

« Ce n'est pas son père qui le met en souci ! supputa Célestine. C'est un prétexte.

— Tu crois que…

— Pour sûr ! C'est Marie qui lui tourne la tête. Et tu sais ce que c'est : un homme amoureux n'a plus la tête ni le cœur à l'ouvrage !

— Ils ont l'air de bien s'entendre tous les deux. Après tout il ferait un bon gendre, pas vrai ? »

Si le couple Vidal avait effectivement deviné les sentiments de leur fille aînée, ils se trompaient complètement sur ceux d'Adrien.

« Qu'il tire au sort d'abord ! Après nous verrons, ajouta Armand. Si ça doit se faire, ça se fera. »

Adrien languissait de plus en plus. Ne pas avoir de nouvelles de Camille lui pourrissait la vie.

Chaque fois qu'il le pouvait, il partait en direction de Frontillargue où il avait fini par lier connaissance avec des ouvriers agricoles occupés à lutter contre le phylloxéra. Mais ceux-ci ne savaient rien de ce qui se passait au château.

Quand Armand n'avait pas besoin de lui, Adrien allait toujours se promener près des vignes du domaine. Il prenait de multiples précautions pour ne pas rencontrer Léon Dubreuil ou le châtelain lui-même. Il put ainsi constater que ces derniers avaient entrepris de grands travaux dans le vignoble à partir du Vidourle. Des équipes de terrassiers creusaient de larges tranchées qui, de toute évidence, étaient destinées à amener l'eau dans les vignes. En d'autres endroits, des trous énormes avaient été forés, auprès desquels stationnaient d'énormes machines.

« Que faites-vous donc ? demanda Adrien, intrigué, à un jeune du village qu'il connaissait depuis sa première embauche.

— Le propriétaire veut inonder toutes ses vignes. Pour cela il a besoin de beaucoup d'eau.

— Inonder les vignes ! Mais c'est un travail titanesque ! Et pour quoi faire ?

— C'est, paraît-il, le meilleur moyen de combattre le *vastatrix*. C'est ce qu'ils font dans les vignobles de la plaine. Ici la rivière n'est pas loin ; on peut détourner l'eau. Et sur les coteaux un peu élevés, les pompes à vapeur iront la chercher dans la nappe phréatique. »

Adrien restait éberlué. Jamais il n'aurait imaginé une telle stratégie pour anéantir le phylloxéra.

« Le patron, poursuivit le jeune domestique, a dit un jour, devant nous tous : "Dans mes usines, je fais la guerre pour être le meilleur. Ici, à Frontillargue, je fais la guerre pour exterminer la vermine. Je vous considère comme les soldats de mon armée. Ensemble nous en viendrons à bout. " C'est le régisseur qui l'a convaincu de ne pas tout replanter en ceps américains et de pratiquer l'inondation.

— Dubreuil n'est pas toujours de bon conseil !

— Le maître et lui s'entendent bien. »

Adrien voulut savoir si son interlocuteur avait entraperçu la fille du propriétaire.

« Cela fait très longtemps que Mlle Camille n'est pas venue nous rendre visite sur le lieu de notre travail, reconnut le jeune ouvrier. Elle qui aimait tant s'intéresser à ce que nous faisons, cela m'étonne beaucoup ! Peut-être est-elle souffrante ? »

Adrien n'insista pas. Déçu, il réprima son chagrin et dissimula le mieux possible son inquiétude.

En décembre, il partit pour Quissac subir l'épreuve qu'il craignait tant.

Quand son tour arriva de tirer hors du sac le billet sur lequel son sort était inscrit, il ressentit au fond de lui-même une terrible déchirure.

* *
*

Armand Vidal ne put cacher longtemps sa déception.

« Tu nous manqueras, petit. Cinq ans, c'est long, très long ! Il faut que tu ailles voir tes parents avant de partir. Tu as quelques jours devant toi, ne perds pas de temps. Va les rassurer. Ils en auront besoin. »

Marie, de son côté, ne retenait pas ses larmes. Elle sanglotait discrètement, laissant percevoir ce qu'elle gardait enfoui en elle depuis longtemps. Madeleine, qui n'ignorait pas ce que sa sœur éprouvait pour Adrien, tentait en vain de la consoler. Mais son cœur non plus n'y était pas, car elle aussi nourrissait pour son ami les mêmes sentiments. Adrien avait semé le trouble dans l'esprit des deux sœurs. Il ne s'en était jamais aperçu, trop occupé avec Camille et, depuis quelques mois, trop préoccupé par sa disparition.

Il en était persuadé maintenant : Camille avait été écartée du château par son père. Leurs relations avaient été découvertes par le régisseur. Le châtelain avait châtié sa fille en l'envoyant loin de Frontillargue. A Tourcoing sans doute, chez son oncle qui avait pris la direction des usines paternelles.

Aussi l'idée de partir à l'armée, très loin certainement, dans les possessions qui n'avaient de français que le nom, lui était-elle insupportable. La pensée lui vint de ne pas se rendre à la caserne de Nîmes où il avait été convoqué pour être incorporé. Fuir ; se cacher dans les montagnes, comme jadis les rebelles camisards devant les dragons du roi ; ne ressurgir que la nuit pour aller retrouver sa belle !

Retrouver Camille ! Mais où ? Pourrait-il un jour savoir ?

Et comment vivre en renégat sans risquer d'entraîner celle qui l'aimait dans la spirale infernale des amants maudits, rejetés par la société ?

Les idées les plus folles s'entrechoquaient dans son esprit.

Il dut se résigner à l'irrémédiable et se rendre à la raison. Camille avait disparu. Les gendarmes viendraient le chercher s'il tentait de se dérober à son devoir civique. La honte rejaillirait sur les siens. Or son père n'avait pas besoin de tourments supplémentaires.

Il fit ses adieux aux Vidal par un petit matin blafard. Il obligea les deux sœurs à sécher leurs larmes, embrassa Célestine comme une mère, étreignit Armand en lui promettant de revenir.

« Marie t'attendra, petit ! » lui avoua celui-ci dans le creux de l'oreille.

Surpris, Adrien jeta un regard attendri en direction de la jeune fille, lui sourit, dit :

« Je suis désolé, Marie. Je ne voulais pas te faire de la peine. »

Marie se retint de pleurer, lui sourit à son tour et répondit :

« C'était bien, n'est-ce pas, toutes ces années ? Merci, Adrien. Prends soin de toi. Et reviens vite. »

Au Brûlement les adieux furent encore plus douloureux. Pour une mère, voir un fils partir pour cinq longues années, sans savoir ce que le sort lui réserverait, était toujours une cruelle déchirure. Marthe ne sut plus où donner de la tête.

« Je vais devenir chèvre ! » ne cessait-elle de répéter en préparant le paquetage de son fils.

Il fallut que ses filles l'obligent à se calmer, que Simon la convainque qu'un départ à l'armée n'était pas en soi une catastrophe, qu'Augustin lui-même – toujours cloué au lit par une opiniâtre sciatique – lui fasse comprendre que c'était, après tout, le devoir de tout honnête citoyen de donner à sa patrie quelques années de sa vie.

« Je reviendrai, mère ! rassura Adrien. Ce n'est pas la première fois que je quitte le Brûlement. Cinq ans seront vite passés. Et puis, j'aurai des permissions… »

Marthe feignit de se laisser convaincre, dorlota son fils jusqu'au dernier moment, jusqu'au jour des adieux définitifs.

Avant de s'éloigner du Brûlement, Adrien s'approcha de son frère :

« Tâche de m'envoyer des nouvelles de Camille, Simon. Je sais que je peux me fier à toi. Renseigne-toi. Trouve-la. Et écris-moi. Je veux savoir.

— Tu peux compter sur moi, frérot. Pars tranquille. »

Adrien refusa de se laisser accompagner par ses parents sur le chemin de Sainte-Croix. Il ne se retourna pas quand il sentit derrière lui sa mère verser des larmes de chagrin. Son bissac sur l'épaule, il leva la main en signe d'au revoir et disparut dans une langue de brume qui paressait lascivement sur les rives de la rivière.

* *
*

Les mois passèrent. Le printemps succéda à l'hiver dans un grand foisonnement de fleurs et de parfums subtils. Les vignes de Frontillargue étaient encore détrempées par les cinquante jours d'inondation qu'elles avaient subis. De larges rigoles creusaient des rides profondes entre les rangées de ceps. L'eau y stagnait encore par endroits, la terre étant saturée jusqu'aux racines. Les machines à vapeur étaient au repos, prêtes à être évacuées dans les hangars qu'Eugène Delcourt avait fait spécialement aménager. Au plus fort de l'inondation, trente centimètres d'eau avaient submergé le vignoble. Celui-ci avait pris l'allure d'un immense lac d'eau douce hérissé de squelettes décharnés, aux moignons pitoyablement tendus vers le ciel dans une ultime prière.

« C'est le meilleur moyen de tuer la vermine qui ronge les racines, avait expliqué Léon Dubreuil au châtelain. On prive les pucerons d'oxygène en les noyant. Et ils finissent par crever. »

Eugène Delcourt avait écouté les conseils de son régisseur. Lui aurait préféré des méthodes plus radicales, comme l'arrachage systématique de toutes les souches contaminées. Mais cela aurait occasionné une perte immédiate de production pendant trois à cinq ans, le temps que les nouveaux plants deviennent adultes.

« Mieux vaut commencer par les moyens les moins douloureux, avait suggéré Léon Dubreuil. Il sera toujours temps d'arracher plus tard, en cas de nécessité.

— Il est vrai que, renseignements pris, partout dans la plaine la plupart des grands propriétaires pratiquent l'inondation », avait reconnu le châtelain.

Durant cette période, la recherche de l'eau devint une véritable folie. Ceux qui ne pouvaient bénéficier de la proximité d'une rivière appelaient des sourciers. Jamais ceux-ci ne furent autant sollicités. On les voyait déambuler dans les vignes, leur baguette de buis ou d'olivier à la main, d'autres munis d'un pendule qui se mettait parfois à osciller dans des endroits peu appropriés.

Armand Vidal eut recours à l'un d'eux dans l'espoir de trouver le filon d'eau salvateur. Mais le sourcier du village lui trouva l'eau en bas de ses vignes.

« Comment veux-tu que je remonte l'eau en haut des coteaux ! s'exclama le vigneron, quand le sourcier lui certifia qu'il avait sous les pieds une richesse inestimable. Il me faudrait installer tout un système hydraulique. Je n'ai pas les moyens d'acheter une machine à vapeur, moi ! Je ne suis pas Crésus !

— Pourtant, Armand, je t'affirme que l'eau n'est pas loin. »

Et le sourcier de sortir de sa poche une poignée de petits galets tout ronds qu'il lâchait un par un en laissant osciller son pendule à l'endroit même où sa baguette, la première, s'était redressée, attestant ainsi la présence de l'eau miraculeuse.

« Un, deux, trois… et de six. Elle n'est qu'à six mètres. Sûr, ce n'est pas un simple filon que tu as sous les pieds, mais la nappe ! Tu n'as qu'à creuser à la pioche. Pas besoin de ces grosses machines.

— Je te le répète : comment ferai-je pour amener l'eau du bas vers le haut de mes vignes, bougre d'âne ! La terre, tu peux toujours la charrier sur ton dos dans des hottes, mais pas l'eau ! Si encore tu me l'avais trouvée près du mas. Par capillarité, l'eau serait descendue et j'aurais pu l'arrêter en élevant des diguettes. J'aurais tout noyé comme à Frontillargue. »

Le sourcier se mit à ausculter les entrailles de la terre autour du mas. Il y trouva l'eau, mais à cinquante-trois mètres.

« Tu te fous de moi, Cyprien ! s'écria Armand. Comment veux-tu que je creuse à cinquante-trois mètres ? Allez, on laisse tomber. L'inondation, c'est bon pour les riches. Je t'enverrai un petit tonneau de cinquante litres chez toi pour te dédommager.

— Non, Armand. Je ne me fais payer que si je vois l'eau sortir de terre. Tant que celle-ci ne jaillit pas du sol, rien n'est prouvé. Je ne veux pas de ton vin. Mais je le regrette, crois-moi. Car je dois reconnaître qu'il est bien meilleur que celui de ton grand voisin, tout châtelain de Frontillargue qu'il est !

— Ça, je le dois au petit.

— Quel petit ?

— Le p'tit gars qui a travaillé chez moi ces dernières années. Adrien qu'il s'appelle.

— Adrien ! Adrien Mazel ?

— Oui. Il nous a quittés pour le service militaire à la fin de l'année dernière. C'est bien dommage, mais il reviendra. Il me l'a promis. Tu le connais ?

— Oui. On en parle au village.

— Il y allait souvent pour boire un verre après sa journée de travail.

— Sais-tu ce qui lui est arrivé ?

— Non, je l'ignore. Il nous avait promis de nous envoyer de ses nouvelles. Nous attendons encore. Il doit être très occupé à l'armée.

— Hum ! »

Le sourcier semblait dubitatif et détenteur de quelque vérité ignorée de son ami.

« Parle, Cyprien ! Si tu sais quelque chose, dis-le-moi.

— Oh ! rien de bien grave. Le bruit a circulé dans Saint-Martin que ton Adrien s'est fait prendre par les gendarmes en train d'escalader le mur d'enceinte du château. Le jour même de son incorporation à Nîmes. Il a eu juste le temps de voir celle qui l'attendait derrière. Les gendarmes l'ont mis en joug et l'ont obligé à redescendre. Il a été pris comme un voleur. Mais sa belle est venue en personne le défendre à la gendarmerie. Même qu'elle était déguisée en paysanne. Une fille de la haute ! Tu vois ça ?

— Sa belle ! Qui donc ?

— Ben… la fille du châtelain, voyons ! La jeune Camille Delcourt de Sumène. »

Près du *cantou*, Marie écoutait attentivement la conversation. Elle ne put retenir son émotion et lâcha le chaudron de cuivre qu'elle se disposait à accrocher à la crémaillère de la cheminée. Confuse, elle épongea sans attendre l'eau qui s'était répandue sur le dallage et disparut dans sa chambre. Dans son fauteuil, Madeleine, pâle comme un linceul, retenait sa respiration, tout à l'écoute.

Cyprien poursuivit :

« Paraît-il qu'elle était étroitement surveillée au château. Ses parents étaient au courant de sa liaison avec ton jeune ouvrier.

— Tu veux dire qu'ils se voyaient depuis longtemps !

— C'est ce qu'on m'a raconté.

— Qui *on* ?

— Oh ! ce serait trop long à t'expliquer. Disons quelqu'un de très lié avec Mlle d'Escurol, la demoiselle de compagnie de la jeune Camille.

— Je vois. Et je commence à comprendre bien des choses !

— Tu ignorais toute cette histoire ? Pourtant elle a fait grand bruit à Saint-Martin.

— Je l'ignorais complètement. Moi qui croyais que… ma fille… enfin, ce n'est rien. Que lui est-il arrivé ensuite ?

— Les gendarmes l'ont retenu, puis ils l'ont relâché devant l'insistance de la jeune châtelaine. Mais il est arrivé un jour en retard pour son incorporation. Toujours d'après Mlle d'Escurol, à peine entré dans la caserne, à Nîmes, il a été mis aux arrêts. Il aurait écopé de six mois d'emprisonnement qui se sont rajoutés à son temps.

— Six mois, pour un jour de retard ! Mais qu'avait-il besoin de se rendre au château le jour même de son incorporation ?

— L'amour, Armand ! L'amour donne des ailes et rend fou le plus sage des hommes. C'est quand même une belle histoire, non ? Depuis, elle a fait le tour du village. Il n'y avait donc que toi qui n'étais pas au courant. Pourtant tu étais bien placé ! »

⋆ ⋆
⋆

Adrien finissait de croupir au fond de sa geôle, dans l'attente de son imminente affectation, et dans le plus grand isolement. Six mois bientôt s'étaient écoulés. Il se doutait que la sanction qui lui avait été infligée n'était que la première étape d'une longue et dure épreuve à venir.

Début juillet, le Conseil de discipline mit fin à sa peine et, comme il s'y attendait, on l'affecta dans un régiment colonial, à Oran, en Algérie. Il eut à peine le temps d'avertir sa famille qu'on l'embarqua à Toulon sur un navire de la Marine nationale à destination de l'Afrique du Nord. A son arrivée à Alger, son bataillon disciplinaire prit la direction d'Oran, puis fut immédiatement envoyé dans le bled, loin de toute tentation d'évasion. Ses camarades de régiment étaient pour la plupart de jeunes hommes ayant déjà goûté à la prison. Beaucoup n'avaient à se reprocher que de petits larcins et trouvaient dans la coloniale un bon moyen d'échapper à leur milieu.

Dans sa lettre adressée à ses parents, Adrien avait eu un mot particulier pour son frère Simon. Il lui demandait d'avertir Camille, de lui transmettre discrètement les coordonnées de son affectation afin qu'elle puisse lui écrire au plus vite.

Augustin, tenant encore sa lettre dans la main, s'étonna :

« Qui est cette Camille, Simon ? Nous ne la connaissons pas. Est-ce à cause de cette jeune fille que ton frère a été puni avant même de commencer son temps ? Si tu sais quelque chose, parle !

— Oui, père. Camille est la jeune fille qu'il aime depuis le premier jour de son apprentissage au chai de Frontillargue.

— Depuis le premier jour ! Mais il n'avait que treize ans !

— Au début ils n'étaient que des amis. Des enfants qui s'aimaient bien. Puis leur amitié s'est transformée en un sentiment plus profond, plus fort. Un amour de jeunesse. Ils sont toujours restés fidèles l'un à l'autre, depuis sept ans maintenant, et malgré les difficultés qu'ils ont rencontrées.

— Moi, je me doutais bien que le cœur d'Adrien battait pour quelqu'un, avoua Marthe. Ces choses-là n'échappent pas à une mère.

— Mais pourquoi ne nous a-t-il rien dit ?

— Camille n'est pas du même monde que nous, expliqua Simon. Tu n'aurais sans doute pas apprécié que ton fils fréquente la petite-fille du marquis de Froissac.

— Ah, parce que, en plus, elle est la petite-fille du marquis de Froissac ! Dire que c'est moi qui l'ai amené à Frontillargue !

— Tu n'as aucun reproche à te faire, Augustin, coupa Marthe. Adrien est heureux, c'est l'essentiel. L'amour ne se commande pas. L'avenir seul lui indiquera sa route, avec l'aide de Dieu.

— En attendant, ses bêtises lui ont valu d'être envoyé en Algérie dans un bataillon disciplinaire.

— Il en reviendra, affirma Simon. Il sait que celle qu'il aime l'attendra le temps qu'il faudra. D'ailleurs, je vais m'empresser de la prévenir, comme Adrien me le demande. »

Simon ignorait combien son frère souffrait de l'isolement et de la terrible séparation qui le privait de Camille.

De même ignorait-il que celle-ci ne pouvait cacher plus longtemps à son entourage son plus intime secret : depuis sept mois elle attendait un enfant d'Adrien.

15

La rupture

A Sainte-Croix, Augustin suivait de loin tous les événements qui agitaient le monde viticole languedocien. Par miracle ses vignes, replantées après la crise de l'oïdium et maintenant entretenues par Simon, n'avaient pas été atteintes par le phylloxéra. Ce qui lui faisait dire en se moquant volontairement, mais sans méchanceté :

« Il n'y a que les vignes des catholiques qui sont anéanties ! »

Marthe souriait du coin des lèvres mais, au fond d'elle-même, n'était pas loin de le croire.

En réalité, comme il n'avait introduit que des plants américains après avoir arraché ses vignes atteintes du mal blanc, il échappait au nouveau fléau. Certes, il reconnaissait que son vin n'avait pas la saveur de celui qu'il produisait jadis, mais, à force, il s'était accoutumé à ce goût punaisé que donnaient ses nouveaux cépages, surtout le clinton.

Simon fit ce que son frère, avant de partir en Algérie, lui avait demandé. Il tenta de contacter

Camille par l'intermédiaire d'Emilie d'Escurol. Il se rendit lui-même à Saint-Martin, en évitant de se montrer au grand jour car il n'ignorait pas qu'on le reconnaîtrait. Il n'alla même pas voir Armand Vidal qui ignora donc sa venue. Il guetta plusieurs jours de suite la demoiselle de compagnie. En vain. Celle-ci semblait avoir disparu.

Le jour même où il s'apprêtait à rentrer à Sainte-Croix bredouille, il vit sortir du parc du château une calèche toutes fenêtres closes. Intrigué, il la regarda disparaître à vive allure, puis s'en retourna sur ses pas vers son poste d'observation d'où il pouvait découvrir l'entrée du manoir. Il reconnut Emilie d'Escurol en haut de l'escalier extérieur, d'après le portrait que lui en avait fait Adrien. Elle ne cachait pas son émotion : elle tenait un mouchoir de dentelle à la main et s'essuyait les yeux délicatement en sanglotant.

Il décida de surseoir à son retour et de patienter encore jusqu'à atteindre son but.

Le lendemain sa patience fut enfin récompensée. Emilie d'Escurol sortit du parc du château par le portail principal et, prestement, un sac lourdement chargé à la main, prit la direction du relais de poste situé à l'entrée du village. Simon mit discrètement ses pas dans les siens et osa l'aborder quand elle fut hors de vue des gens du château.

« Excusez-moi de vous importuner, mademoiselle, lui dit-il en la saluant poliment. Je m'appelle Simon Mazel. Je suis le frère d'Adrien Mazel. »

La jeune femme sursauta, hésita, se reprit :

« Le frère d'Adrien ?

— Oui. C'est lui qui m'envoie.

— Que me voulez-vous ?

— Vous demander une faveur pour mon frère.

— Que puis-je pour lui ?

— Avertir Mlle Camille qu'il est parti en Algérie. Après la peine qu'il a purgée, il a été affecté à un régiment disciplinaire et envoyé aux colonies. Pourriez-vous faire passer à votre maîtresse cette lettre qu'il m'a demandé de lui transmettre ? »

Emilie d'Escurol tendit la main, prit la lettre, la rendit aussitôt à Simon.

« Malheureusement je ne puis plus rien pour votre frère. Je ne suis plus au service de Mlle Camille. J'ai été renvoyée ce matin même. Mlle Camille n'est plus au château depuis hier. Ses parents l'ont envoyée dans un couvent dans les environs d'Avignon, le temps que l'affaire se tasse.

— L'affaire ! Quelle affaire ?

— Je ne peux pas vous parler de cela ici, sur le bord de la route. Ce n'est pas l'endroit idéal. On pourrait nous voir.

— Où donc alors ? »

Emilie d'Escurol ne cachait pas son embarras.

« Je me rends à Anduze par la malle-poste de ce matin, chez une tante qui a accepté de me loger en attendant mon départ pour Paris. Si vous voulez, nous pourrions faire la route ensemble. Je pourrais ainsi tout vous expliquer.

— Anduze est sur mon chemin de retour. Ça tombe bien.

— Laissez-moi partir devant afin que personne ne nous voie ensemble et ne soupçonne notre connivence. »

Simon obtempéra.

Une heure plus tard, ils étaient assis seuls, côte à côte, dans la malle-poste en direction de la cité cévenole.

En chemin, Emilie d'Escurol apprit à Simon la terrible nouvelle qui avait valu l'exil de sa protégée.

« Mlle Camille ne pouvait cacher plus longtemps son état, expliqua-t-elle. Elle attend un enfant depuis sept mois.

— Un enfant ! De…

— Oui, de votre frère. Elle m'a confié son secret dès qu'elle en fut certaine. Pendant ces longs mois, elle s'est beaucoup tourmentée. A la fois parce qu'elle savait que votre frère était emprisonné et parce qu'elle ne pourrait cacher son état à ses parents indéfiniment. Par moments elle pensait fuir. Mais son père la faisait étroitement surveiller et se méfiait de moi. Monsieur et madame avaient décidé de la marier. Ils s'étaient mis en quête d'un parti acceptable pour mademoiselle. M. Delcourt avait trouvé un homme d'un certain âge, propriétaire d'un vignoble à l'abandon proche de Frontillargue. Célibataire et désargenté, celui-ci s'est montré ravi à l'idée d'épouser une jeune fille de bonne famille.

C'était à la condition qu'il fît don de son vignoble à la famille Delcourt.

— Un vil marchandage, en somme !

— Tout s'est gâté quand Mlle Camille dut annoncer à ses parents qu'elle était enceinte. Elle ne pouvait plus garder son secret.

— C'est donc la raison pour laquelle ils l'ont envoyée loin de Frontillargue ? »

Abasourdi par la nouvelle, Simon ne sut que dire ni que faire sur le moment.

« Je comprends mieux à présent, ajouta-t-il. Vous avez été renvoyée pour complicité.

— En quelque sorte.

— Où Camille a-t-elle été conduite exactement ?

— Je l'ignore. Malheureusement je ne peux plus rien pour vous ni pour votre frère !

— Un couvent près d'Avignon ! Je finirai par trouver. Dussé-je y laisser ma paire de chaussures !

— Je vous souhaite bon courage, monsieur Simon. Ecrivez-moi si vous obtenez des nouvelles de Mlle Camille. Voici mon adresse à Paris. »

Emilie d'Escurol tendit à Simon un petit carton bordé de rose sur lequel était inscrit : « Hôtel d'Escurol – Place des Vosges ».

« C'est là qu'habitent mes parents.

— Vous êtes… hésita Simon.

— Nous ne sommes plus rien depuis longtemps, coupa la jeune femme. Mes parents n'ont plus que leur vieille demeure pour unique richesse. Et leur nom ! »

Emilie d'Escurol prit congé de Simon au relais de poste d'Anduze, devant la tour de l'Horloge. De là elle s'enfonça dans la vieille ville par la rue Droite et disparut.

Simon poursuivit son chemin en diligence puis à pied jusqu'à Sainte-Croix, déçu de ne pas avoir pu donner satisfaction à son frère.

* *
*

Camille accoucha d'un petit garçon dans l'obscurité d'un couvent où les sœurs ne lui avaient rien épargné, comme pour la punir d'être tombée dans le péché.

A peine remise des douleurs de l'enfantement, elle fut prévenue par un domestique de son père que son mariage aurait lieu dans le courant de l'année. En attendant cette échéance, elle resterait cloîtrée au couvent sous la surveillance des nonnes. De son enfant elle ne savait rien. Aussitôt né, le chérubin fut ôté des bras de sa mère et emmené dans le plus grand secret vers un lieu inconnu.

Eugène Delcourt, en effet, avait tout organisé dans l'urgence et la précipitation. En homme d'action, toujours prompt à prendre les décisions idoines, il n'avait pas longtemps tergiversé lorsque Camille, dans un sursaut de courage, lui avait annoncé, sarcastique :

« Père, je dois vous annoncer une grande nouvelle : vous allez bientôt être grand-père. »

Sa réaction fut immédiate, sans détour, sans hésitation :

« Ma fille, je serai grand-père quand vous serez mariée. Si un valet vous a engrossée, vous n'aurez que le sort que vous méritez, celui qu'on réserve aux filles de ferme qui se vautrent dans la paille avec le premier venu. »

Eléonore tenta d'intervenir pour adoucir le courroux de son mari et calmer sa fille.

« Camille, comment as-tu pu faire une chose pareille ? Qui t'as donc mise dans cette situation ? Est-ce le garçon que tu dis aimer ? Mais lui t'aime-t-il vraiment pour t'avoir ainsi abandonnée ?

— Il ne m'a pas abandonnée. D'ailleurs, il ignore que j'attends un enfant de lui.

— Ton père a eu raison de mettre un terme à cette liaison pour le moins inconvenante.

— Il ne pourra pas m'ôter de la chair le fruit de notre amour !

— Sois raisonnable, Camille ! Tu ne peux imaginer un seul instant que nous gardions cet enfant.

— Nous ! Il ne s'agit pas de nous, mais de moi. Et moi je vous dis que je désire cet enfant plus que tout au monde.

— Il ne saurait être question d'avoir recours à… enfin, tu me comprends. Dans notre milieu, de telles pratiques, si peu chrétiennes, sont impensables. Mais tu ne peux pas non plus envisager de garder cet enfant après sa naissance, voyons ! Ce ne serait pas raisonnable. Sans mari, cela est tout à fait impossible. Sur ce point je suis entièrement du même avis que ton père. Que dirait-on de nous si l'on venait à savoir que notre fille a mis au monde un bâtard ? Tu te vois en fille-mère, à l'image de ces pauvresses qui ne savent où traîner leur misère ? »

Camille eut beau s'entêter, vitupérer, refuser dès lors tout contact avec les siens pour les faire renoncer à leur décision, rien ne parvint à faire revenir le châtelain sur sa position.

Il décida alors d'enfermer sa fille dans un couvent des Ursulines situé dans la campagne avignonnaise. Prenant les devants, il donna l'ordre à la mère supérieure de lui interdire toute visite et de ne lui accorder aucun régime de faveur en dépit de son état.

« Repas frugaux, prières, offices cinq fois par jour, lectures de la Bible seules autorisées. Qu'elle comprenne sa faute et expie ses péchés ! avait-il ordonné. Lorsqu'elle accouchera, ne la ménagez pas. Qu'elle enfante dans la douleur ! C'est le prix qu'elle doit payer pour ses turpitudes et sa désobéissance. »

Camille ne pouvait concevoir que son enfant lui fût enlevé, comme lui avait suggéré sa mère et confirmé son père avant son départ pour le couvent. Celui-ci n'avait pas mesuré ses mots :

« Dès la naissance de ton bâtard, je m'arrangerai pour le faire disparaître, lui avait-il déclaré. Oh ! rassure-toi, il vivra. Mais jamais tu ne le reverras.

De père inconnu, il restera pour tous totalement inconnu.

— Son père n'est pas un inconnu ! s'insurgea Camille.

— Ce n'est qu'un paysan. Ton fils sera donc paysan, un valet de ferme, rien d'autre !

— Je finirai par le retrouver. Et je le reprendrai ! »

Jamais Camille ne s'avoua vaincue. Elle résista jusqu'au bout de ses forces contre la hargne de son père. La guerre larvée qu'elle lui avait déclarée quelques années plus tôt était devenue une guerre totale.

« Vous n'êtes plus mon père ! lui hurla-t-elle quand la calèche s'avança devant le perron du château pour l'emmener en Avignon. Je ne vous connais plus. »

Camille embrassa sa mère. Celle-ci pleurait toutes les larmes de son corps, mais ne retint pas sa fille. Elle lui dit simplement :

« Tout cela finira par s'arranger, ma chérie. Il est des épreuves que Dieu nous contraint de traverser et d'accepter pour le bien de notre salut. Sois courageuse ! Je reste ta mère et je t'aime. Reviens-nous vite. »

Camille s'engouffra dans la calèche. Sur ordre d'Eugène Delcourt, un domestique obtura toutes les ouvertures du véhicule. L'attelage partit au trot rapide puis prit le galop vers sa destination secrète.

Simon le vit passer devant lui sans se douter qu'il se trouvait à quelques mètres de celle pour qui son frère l'avait envoyé.

Pendant les deux mois qui lui restaient avant sa délivrance, Camille vécut recluse comme une nonne, dans le silence du cloître. Elle fuyait le contact des sœurs en qui elle voyait des ennemies plus que des femmes de Dieu. Au reste, celles-ci obéirent scrupuleusement aux ordres de son père et ne la soulagèrent d'aucune astreinte. Jour et nuit, Camille se réfugiait dans ses pensées qui étaient ses seules prières. Son esprit tout entier était tendu vers Adrien dont elle n'avait pas de nouvelles, Simon n'ayant pu la retrouver. Elle ignorait donc qu'il avait été envoyé loin, très loin, vers le grand désert où il mettait chaque jour sa vie en péril.

* *
*

Dans son couvent, Camille broyait du noir. Elle se reprochait de ne pas avoir été capable de retirer son bébé des mains usurpatrices de celui qui, dans l'ombre, était l'envoyé de son père.

La sœur qui assista l'accoucheuse fut prompte à lui remettre l'enfant en mains propres sitôt après sa naissance. Elle l'emmaillota succinctement, presque avec réticence, le considérant sans doute comme une créature du malin, un enfant du péché et non comme un don de Dieu, puis le déposa sans délicatesse dans un couffin d'osier rustique et s'en débarrassa. Le domestique versa à la mère supérieure une somme d'argent pour ses œuvres de la part de son maître, s'empara du couffin et disparut dans la pénombre du crépuscule.

A Frontillargue, personne ne sut jamais ce qu'Eugène Delcourt avait fait de l'enfant de Camille. Il avait donné l'ordre à un domestique de le conduire en lieu sûr, dans une métairie située près de Prades, tenue par un couple de viticulteurs sans enfant, les Lescure. Ceux-ci, âgés d'une quarantaine d'années, passaient pour des êtres rustres, peu sociables, mais gros travailleurs. Leur métairie appartenait au futur mari que le châtelain avait choisi pour sa fille, Etienne Legendre. Ce dernier, sans être au courant de l'affaire, lui avait tellement bien dépeint ses occupants qu'il n'hésita pas une seconde, estimant qu'il s'agissait là du meilleur endroit pour dissimuler son secret et celui de Camille. Isolée en plein vignoble, la petite masure, d'aspect délabré, était éloignée de toute autre habitation et de tout chemin. Personne ne s'y rendait jamais. Le couple, très peu hospitalier, n'entretenait aucune relation avec les autres vignerons de la commune et vivait chichement des produits de son exploitation.

Ils se montrèrent ravis d'accueillir un enfant sous leur toit ; non pour la joie d'être enfin parents – ce que le ciel ne leur avait pas accordé – mais pour envisager plus sereinement l'avenir.

« Un *péquélet*, c'est deux bras pour notre vieillesse ! avait aussitôt avoué Paul Lescure, sans aucune vergogne. Pas vrai Clotilde ?

— Et combien que nous donne votre maître pour nourrir une bouche supplémentaire ? n'avait pas manqué de demander cette dernière. Parce que ça mange à c't'âge-là ! Et quand ça grandit c'est pire encore. »

Le domestique d'Eugène Delcourt avait reçu toutes les consignes et contenta ses interlocuteurs qui, rassurés, voulurent à tout prix sceller le contrat d'adoption en vidant avec lui une bouteille de trois-six.

« C'est de la bonne ! affirma Paul Lescure devant les réticences du domestique. Elle date d'il y a dix ans. C'était avant que la vermine saccage nos vignes. »

Le marché étant conclu, le domestique précisa :

« Vous l'appellerez Jean et il portera votre nom.

— Va pour Jean Lescure », fit le métayer en tapant dans la main de son hôte mystérieux qui n'avait toujours pas révélé l'identité de celui qui l'envoyait.

L'homme du châtelain ajouta :

« Vous ne devrez jamais tenter de savoir de qui est cet enfant. Vous l'élèverez comme votre propre fils. Je vous ferai parvenir chaque année une somme pour vous dédommager. »

Le couple Lescure n'en demanda pas davantage. Ils refermèrent leur porte sur leur visiteur et commencèrent l'éducation du chérubin sans aucun sentiment.

* *
*

Trois mois plus tard, Camille reçut la visite d'un autre envoyé de son père. Une calèche l'attendait à nouveau devant le porche du couvent. La mère supérieure vint la chercher dans sa cellule et lui dit succinctement :

« Vos parents vous attendent. Je crois que votre père vous a pardonné. »

Camille ignorait que son sort avait été scellé à son insu et à ses dépens. Résolue, elle remplit son coffre de voyage des quelques effets qu'elle avait emportés et, sans un au revoir, quitta le couvent des Ursulines par un petit matin glacial de décembre. La route fut longue à travers la plaine jonchée de ceps rachitiques que la maladie continuait de ravager. Par la fenêtre de la voiture, elle tentait d'imaginer Adrien quand il venait la rencontrer dans les vignes au printemps, quand, en juillet, les pampres étaient déjà lourds de grappes chaudes, ou en octobre juste après les vendanges quand les effluves de moût et d'alcool enivraient leurs sens exacerbés par la douceur de l'été indien. Ne retenant pas ses larmes, elle se souvint de ses baisers sucrés au goût de raisin, de ses tendres caresses, des mots d'amour qu'il lui susurrait dans le creux de l'oreille. Elle vibrait encore du plaisir qu'il lui donna la première fois par ce soir d'orage où – elle en était sûre maintenant – ils avaient conçu cet enfant de l'amour. « Mon enfant ! » sanglota-t-elle en enfouissant son visage larmoyant dans ses mains.

A son arrivée à Frontillargue, personne ne l'accueillit. Surprise de ne pas voir Emilie d'Escurol venir au-devant d'elle, elle s'adressa à Anna, la gouvernante.

« Où sont mes parents ? lui demanda-t-elle. Et Mlle d'Escurol ? »

La domestique, gênée, resta évasive.

« Monsieur et madame se sont absentés pour quelques semaines. Ils prient Mademoiselle de bien vouloir les attendre dans sa chambre. Nous vous y ferons apporter vos repas.

— Dois-je comprendre que vous avez ordre de me tenir sous surveillance, enfermée dans ma chambre ?

— Monsieur ne m'a rien dit de tel. Seulement de me tenir à votre disposition en attendant son retour. »

Piquée au vif, Camille retrouva tout à coup son esprit rebelle.

« Puisque je ne suis pas attendue, je ne vois aucune raison d'obéir aux ordres des absents. Vous me ferez servir mes repas à table dans la salle à manger.

— Mais, mademoiselle…

— C'est un ordre, Anna ! »

Plusieurs jours s'écoulèrent. Camille reprit ses habitudes comme si de rien n'était. Elle se sentait toutefois étrangère dans cette grande demeure où, auprès de son grand-père, elle avait vécu toute son enfance. Elle ne sentait plus les parfums qui, d'ordinaire, lui rappelaient un bon souvenir, la touche évanescente d'une rencontre, d'une parole échangée, d'un regard croisé. Les meubles, les tapisseries, les bibelots lui semblaient à présent des objets d'antiquité empoussiérés par les ans. Ils avaient perdu leur âme, ne lui parlaient plus. La maladie s'était emparée d'eux comme elle s'était emparée des vignes de Frontillargue. Tout s'était figé, engourdi, arrêté de vivre.

La vie, Camille l'avait donnée. Mais on la lui avait reprise. Sa vie. Celle d'Adrien. Celle de leur amour.

Ses parents revinrent au bout d'une semaine d'un voyage en Italie. Eugène Delcourt voulait savoir comment, dans ce pays de vignoble ensoleillé, on luttait contre le phylloxéra. Car le mal s'était étendu à toute l'Europe. Eléonore avait désiré l'accompagner pour aller visiter Venise, Parme et Florence. Pour un peu, elle aurait cru refaire son voyage de noces, tant son mari se montra à son égard prévenant, aimable, pour ne pas dire amoureux comme au premier jour de leur mariage. Les bons souvenirs ravivaient en lui des désirs depuis longtemps enfouis au pays des oublis. Les hommes ont cette faculté de s'enflammer dès qu'on flatte leur sensibilité masculine. Eléonore s'était rapprochée de lui le temps d'un voyage et avait retrouvé dans ses bras la chaleur qui lui manquait depuis si longtemps. Elle voulait oublier Camille et ses tourments, oublier d'avoir accepté de s'en remettre à son mari pour effacer la honte que sa fille avait jetée sur son nom, oublier sa propre mésalliance.

Mais à leur retour, la réalité se dressa à nouveau devant elle, nue, inexorable, incontournable. Camille, entendant crisser les roues de leur calèche sur le gravillon de l'allée du parc, se précipita hors de sa chambre dans sa plus belle toilette, plus rayonnante que jamais, le regard droit, inflexible. Elle n'attendit pas d'être descendue en bas de l'escalier ; dès que ses parents parurent dans le grand salon, elle leur déclara sans ambages :

« Il n'est pas question que j'épouse qui que ce soit ! »

Eléonore blêmit. Elle retrouvait sa fille aussi déterminée qu'avant son départ pour le couvent quelques mois plus tôt. Elle jeta un regard inquiet en direction de son mari, lui posa la main sur le bras pour l'adoucir et ajouter, avant qu'il n'ait eu le temps de répliquer :

« Ma chérie, comme nous sommes heureux de te revoir ! Tu nous as tant manqué !

— A vous, mère, peut-être. J'ose le croire !

— Viens ici que je te regarde de plus près. Mais tu es ravissante dans cette robe. Elle te va à merveille. »

Eugène Delcourt ne dit mot. Il savait que l'affrontement allait reprendre. Il voulut éluder le problème.

« Nous avons beaucoup de choses à nous dire. Mais cela peut attendre. Pour l'instant, Camille, j'aimerais que nous nous retrouvions tous à table. Ta mère va se faire un plaisir de te raconter notre voyage.

— Vous ne vous préoccupez pas de savoir si mon accouchement s'est bien passé ? Il est vrai que vous voulez ignorer que j'ai mis au monde votre petit-fils ! »

Le châtelain sentit la colère sourdre à nouveau en lui. Son voyage en Italie avait, pour quelque temps, effacé les affres douloureuses laissées par le comportement de sa fille. Il se retint, esquissa un sourire forcé, s'avança vers elle.

« Tu m'as l'air en parfaite santé, ma chérie. Tu nous en vois ravis et rassurés. Mais tout cela fait partie du passé, n'est-ce pas ? Il nous faut maintenant songer au présent... et à l'avenir.

— Je suppose que vous avez pensé à tout. L'ordre des choses est déjà agencé par vos soins selon vos désirs.

— Ne commençons pas à nous quereller, s'interposa Eléonore. Nous parlerons de ton avenir dès demain, pas avant. Et sache que ton bonheur dépend de ta bonne volonté.

— Mon bonheur ! Mais vous l'avez déjà sacrifié sur l'autel de vos intérêts. »

Dès le lendemain, sans plus tarder, Eugène Delcourt informa sa fille de ses intentions.

« M. Legendre veut toujours de toi. J'ai su le faire patienter sans être obligé de lui avouer les raisons de ton éclipse passagère. Il ignore tout de ce qui est arrivé et doit rester dans l'ignorance.

— Son domaine viticole est à ce prix !

— Je t'en prie, Camille, écoute-moi sans répliquer ! Ta situation ne te permet pas de me reprocher quoi que ce soit. Ce n'est pas moi, me semble-t-il, qui l'ai créée. Dans cette fâcheuse affaire, heureusement pour toi que rien n'ait été divulgué. Les domestiques ont su tenir leur langue. Mlle d'Escurol, en rentrant chez elle à Paris, a compris que son éloignement était la seule garantie de son silence. Car ici, auprès de toi, elle n'aurait pas su garder longtemps le secret.

— Vous l'avez donc congédiée ! Elle était mon amie. Vous n'aviez pas le droit !

— Tant que tu vivras sous ma gouverne, j'aurai tous les droits sur toi ! J'ai donc décidé que tu épouserais au printemps prochain Etienne Legendre. Tu ne l'as pas encore rencontré, mais cela ne saurait tarder. Je lui ai fait de toi un portrait élogieux. A toi de te montrer à ses yeux telle que je t'ai dépeinte.

— Quel âge a-t-il cet heureux élu ?

— Quelle importance ? Il a l'âge de la raison et saura te donner de beaux enfants.

— J'en ai déjà un.

— Ne t'avise pas de lui en parler ! Pour nous tous, cet enfant n'existe pas, m'entends-tu ? »

Camille ne désarma pas. A l'issue d'une longue et âpre discussion, elle déclara, démontée :

« Je n'épouserai jamais cet individu, dussé-je en arriver à la dernière extrémité !

— Ma chérie, intervint aussitôt Eléonore, je t'en conjure : ne te mets pas dans cet état et, pour une fois, fais confiance à ton père. Il agit pour ton bien.

— Jamais ! »

Camille tourna les talons et se réfugia, une fois de plus, dans sa chambre. Là, dans la solitude du désespoir, elle tâcha de garder en elle quelques lueurs de clairvoyance. A ses yeux, le mariage, lien indissoluble, était hors de question. Mettre fin à ses jours, elle y avait songé. Mais très vite elle avait changé d'avis. « Je dois vivre, se dit-elle, pour mon enfant et pour Adrien. Mais je refuse de me laisser enchaîner. »

Alors elle fit contre mauvaise fortune bon cœur. Elle laissa croire qu'elle était revenue à de meilleurs sentiments afin d'apaiser l'ire de son père et d'affaiblir sa vigilance à son égard. En outre, celui-ci était très occupé à surveiller les travaux de lutte contre le phylloxéra dans ses vignes. C'était, pensa-t-elle, le moment opportun pour tenter de l'amadouer et pour agir dans le plus grand secret.

* *
*

Sans mettre personne au courant de ses intentions, Camille prépara sa fuite de Frontillargue. Ramasser quelques toilettes dans un coffre sans attirer l'attention de la chambrière ; mettre de côté un petit pécule pour subsister plusieurs mois ; organiser son voyage en pensant à l'avance à se procurer le moyen de transport, à gagner la sympathie, le soutien et la collaboration d'un valet qui accepterait de la conduire aveuglément là où elle déciderait de se rendre ; choisir la ville où elle pourrait s'installer sans problème, sans risquer de s'y faire reconnaître, mais aussi sans trop s'éloigner – car elle voulait tout mettre en œuvre pour retrouver son enfant ; toutes ces conditions lui parurent vite insurmontables.

Or le temps pressait. Dans les vignes, les gros travaux de printemps s'achevaient, la mise en fûts et en bouteilles ne prendrait que quelques semaines. Bientôt juin serait aux portes de l'été et, avec lui, la publication des bans.

Elle dut accepter d'être présentée à Etienne Legendre. Mais il lui fut impossible de lui faire bonne figure. Au cours des quelques déjeuners et dîners auxquels il fut invité, elle resta de marbre. Son regard glacial rayonnait cependant d'une outrageuse beauté qui finit de conquérir le prétendant. Celui-ci, un homme d'une petite quarantaine d'années, n'avait rien pour attendrir son cœur de pierre. Ventripotent, les doigts grassouillets, la calvitie précoce, il portait lorgnons et habits fripés. Tout de noir vêtu, il arborait l'allure d'un bourgeois de province, âpre au gain, avare de ses bons mots comme de son argent, mais toujours prêt à mettre celui-ci en avant quand il s'agissait de parler affaires.

Au premier abord il déplut totalement à Eléonore qui s'en plaignit à son mari. Mais celui-ci tint bon, prétextant :

« Croyez-vous que notre situation nous permette de faire les difficiles ? Avec la crise que nous traversons, nos réserves financières fondent chaque jour un peu plus. D'autre part, Camille n'est pas auréolée de sainteté. Il est heureux que cet honorable Legendre n'ait pas cherché à savoir ce que nous lui cachons. Avec un peu de perspicacité, et étant donné la muflerie dont fait preuve Camille à son égard quand nous le recevons, d'autres que lui auraient déjà découvert ce que nous lui cachons et quitté le château séance tenante. Le bien qu'il nous concède – alors que la dot de Camille est bien maigre en retour – est un gage d'avenir. Nos futurs petits-enfants seront bien nantis et ne manqueront de rien.

— Vous ne pensez qu'à vous, Eugène ! Que faites-vous du bonheur de Camille ?

— Camille n'a que ce qu'elle mérite ! »

Par un petit matin de juin, à quatre semaines de la date prévue pour le mariage, Camille disparut sans laisser un seul mot d'explication.

16

La crise

La Bête poursuivait ses ravages. Malgré les grands moyens pratiqués par les riches viticulteurs, elle progressait inexorablement, contaminant des centaines d'hectares de vigne chaque jour, réduisant à néant des années de sacrifices passées inlassablement à reconstruire le vignoble après la crise de l'oïdium, brisant des vies entières de dur labeur. L'inondation avait trouvé ses limites, beaucoup de vignerons ne pouvant y recourir. Dépourvus de moyens de lutte efficaces, ceux-ci voyaient désespérément leurs vignes dévastées. Au bord de la ruine, ils en étaient réduits à les arracher et à retourner à la culture du blé, du seigle et de l'avoine qui, faute de leur procurer des rentrées d'argent substantielles, assurait leur survie.

Les vignobles inondés gardaient leurs rendements, mais l'effort était permanent : il ne fallait pas s'arrêter de détourner l'eau des rivières ou de pomper. A Frontillargue, les machines tournaient jour et nuit dans un grand fracas de métal et de puissants jaillissements de fumée. Les rangées de vigne s'obscurcissaient parfois comme sous un ciel d'orage. Les coups de pioche des ouvriers agricoles résonnaient sur le contrefort des premières collines, se mêlant à ceux des terrassiers qui, non loin, établissaient les nouveaux tronçons des voies ferrées. Les machines à vapeur, rutilantes avec leur chaudière de cuivre, leurs pistons et leurs bielles bien astiqués, leurs soupapes bien graissées, donnaient aux vignes d'Eugène Delcourt l'aspect d'un espace industriel où l'eau, l'air, la terre et le fer étaient en étroite symbiose. Etrange paysage aquatique d'où les ceps, nus, décharnés, semblaient émerger après un déluge d'eau et de feu comme pour mieux renaître à la vie.

Moins fortuné, Armand Vidal avait fini par forer dans ses terres, là où la nappe était la moins profonde, et utilisait une pompe à bras pour inonder les rares vignes qui n'étaient pas encore atteintes, dans l'espoir de les sauver. Adrien lui manquait. Il l'avait remplacé par deux jeunes apprentis qui se relayaient du matin au soir pour faire circuler l'eau dans les rigoles et les trous qu'il avait fait creuser au pied de chaque souche. Toute la journée, sa mule, les yeux bandés, actionnait une noria munie d'une roue à godets. L'eau était abondante et peu profonde, ainsi que le lui avait affirmé le sourcier. Mais la pente ne lui permettait pas de la remonter partout où ses vignes s'étendaient. Aussi, sur les coteaux situés à l'écart de la zone inondable, celles-ci avaient piètre allure. Armand ne s'était pas résolu à les arracher et espérait encore qu'un autre remède serait bientôt trouvé.

Il savait qu'à Montpellier les scientifiques de la faculté de pharmacie s'activaient. Adrien lui avait parlé de Jules-Emile Planchon. Ce dernier s'était rendu en Amérique pour rencontrer Charles Riley. Leur collaboration avait confirmé sa thèse : l'insecte, *Phylloxera vastatrix*, proliférait aux Etats-Unis, mais ne s'attaquait pas aux racines des ceps américains. Armand ne manquait donc pas de se tenir informé sur l'état des recherches. Il s'était abonné au nouveau journal *Le Petit Méridional*, fondé depuis peu à Montpellier, qui commençait à commenter la crise en termes alarmants. Comme beaucoup d'autres, il avait essayé des méthodes plus ou moins empiriques. Sans succès. Il avait enfoui au pied de ses vignes des mélanges savants d'herbes diverses ramassées dans la garrigue, de marc et d'eau de chaux. Il ne cessait de labourer dès les derniers froids de l'hiver disparus afin d'aérer le sol en profondeur et de mettre les pucerons à l'air libre où, croyait-il, ils finiraient par crever. Hélas, rien n'y faisait ! Seules les vignes inondées se portaient bien. Il dut se rendre à la raison. Au bout de trois ans de vains efforts, il se résigna à arracher les plants les plus chétifs, ceux dont les racines étaient presque entièrement rongées par les insectes.

Ailleurs, des vignerons plus fortunés avaient essayé d'éradiquer le mal en inondant le pied de chaque souche avec une solution de carbonate de potassium ou de sodium. Mais ce système, trop coûteux et trop lourd à mettre en place – il nécessitait des pompes, des kilomètres de tuyaux, des milliers de buses et beaucoup d'eau –, n'obtint guère de succès.

Finalement le désespoir commença à gagner l'esprit des moins nantis – les plus nombreux. Or c'est à la même époque qu'un autre mal insidieux se déclara.

A Saint-Martin, Armand Vidal fut l'un des premiers touchés. Petit Pierre, l'un de ses deux apprentis, vint un jour l'avertir.

« Patron, patron ! s'exclama-t-il, tout en émoi. La vigne de la Roquette...

— Eh bien, mon garçon ! Qu'est-ce qui t'affole ainsi ? La vigne de la Roquette serait-elle à son tour gagnée par la vilaine Bête ? On dirait que tu as aperçu le diable en personne !

— Non, ce n'est pas la Bête... enfin la Chose, cette satanée engeance du diable (le jeune garçon se signa). C'est... c'est autre chose.

— Reprends ton souffle ! Tu sais bien que je ne crois pas ce que certains affirment. Dieu n'y est pour rien dans les malheurs que nous connaissons. »

Les rumeurs, en effet, ne faisaient que s'amplifier. Le phylloxéra ne cessant de se propager, on commençait à croire qu'il s'agissait d'un nouveau fléau de Dieu. Le curé de Saint-Martin n'avait-il pas affirmé du haut de sa chaire au cours d'un sermon enflammé :

« Dieu punit les hommes qui ont péché. La Bête qu'il a envoyée pour détruire votre bien le plus précieux n'est que la juste et divine sanction de votre culpabilité. Repentez-vous, mauvais chrétiens qui négligez trop souvent le saint repos dominical, qui pratiquez entre vous des fêtes vigneronnes païennes, véritables bacchanales dédiées à Satan ! Renoncez à vos comportements immoraux sous peine de déchaîner plus encore les foudres divines. Trop nombreux sont parmi vous ceux qui désertent l'église, ne vont plus à confesse, oublient les offices religieux. Combien envoient encore leurs enfants dans nos écoles chrétiennes ou simplement au catéchisme pour qu'ils reçoivent l'enseignement de Notre Seigneur Jésus-Christ par le soin des hommes de Dieu ? Ah, la République, cette gueuse, vous a détournés du droit chemin ! Je vous le dis en vérité : tant que vous resterez à l'écart des voies du Seigneur, le fléau ne cessera de se répandre comme un serpent maléfique. »

Les prêches de l'abbé Tricart trouvaient un certain écho. Chaque dimanche son église se remplit à nouveau et, si les hommes n'étaient toujours pas nombreux à confesse le samedi soir, leurs épouses ne manquaient pas d'aller y avouer ce qu'elles avaient dissimulé depuis trop longtemps aux chastes oreilles du curé. Des processions furent même organisées autour de l'église et le long du chemin de croix qui permettait d'accéder à une antique chapelle délaissée depuis la grande Révolution. Des prières collectives rassemblèrent les femmes les plus dévotes ainsi que leurs maris, contraints par celles-ci à venir faire pénitence plutôt qu'aller vider les fûts du café du père Chotard, situé juste en face de l'église. Celui-ci, libre-penseur et non-croyant notoire, ne décolérait pas de voir sa clientèle déserter sa sainte officine au profit du Sacré-Cœur, Saint des Saints de la divine chapelle qui narguait maintenant son noble établissement.

« Par tous les diables ! proférait-il à ses clients avec ostensible provocation, qu'avez-vous dans le pantalon pour vous laisser embobiner par vos bonnes femmes et par ce curé de malheur ? Vous croyez sans doute que c'est par vos prêchi-prêcha et vos bondieuseries que vous gagnerez la lutte contre le phylloxéra ? Ce corbeau perché en haut de sa chaire vous fait donc si peur ! Cessez de vous comporter comme des enfants à qui on fait croire n'importe quoi ! Mettez-vous au travail ! Arrachez vos vignes et replantez ! C'est la seule solution. Regroupez-vous pour obtenir plus de moyens ! Bougez-vous ! »

Jules Chotard avait beau haranguer ses troupes, il ne trouvait guère d'échos à ses propos. Les esprits étaient trop angoissés par un avenir incertain, trop apeurés par les élucubrations grandiloquentes de l'abbé Tricart pour réagir, pour oser braver la parole divine, pour se rebeller. Au reste, le châtelain de Frontillargue, par sa présence assidue à l'église chaque dimanche matin, ne donnait-il pas raison à l'homme de Dieu ? En l'invitant régulièrement à sa table, ne montrait-il pas ce que devait être le comportement de chacun ?

« Alors, Petit Pierre, reprit Armand, explique-moi pourquoi tu t'agites ainsi. »

Le jeune apprenti tendit à son patron un rameau portant feuilles et grappes. Sous les feuilles apparaissait un léger duvet blanchâtre, et les raisins étaient piquetés de taches grisâtres, la rafle étant déjà anormalement brunâtre.

« Qu'est-ce donc que cette nouvelle pourriture ? s'interrogea Armand à voix haute. Ça ne ressemble ni au phylloxéra ni à l'oïdium !

— Pour sûr, coupa Petit Pierre, c'est Dieu qui nous envoie une nouvelle punition.

— Tais-toi ! Au lieu de dire des âneries, va te renseigner chez nos voisins pour savoir s'ils ont constaté la même chose dans leurs vignes. Et, discrètement, avec ton ami Marcellou, essaie aussi de savoir s'il en est de même dans celles de Frontillargue. »

Cette année-là, un autre mal s'introduisit dans le vignoble du Languedoc : le mildiou. A peine plantés, les nouveaux ceps contaminés par cet autre champignon commencèrent à décliner puis à périr. A vrai dire, les petits viticulteurs ne savaient plus à quel saint se vouer. Devant l'échec de leurs prières et de leurs dévotions, certains finirent par se rebeller, contre les gros propriétaires d'abord qui semblaient les narguer car leurs vignes, dans l'ensemble et vu leur étendue, paraissaient mieux se comporter. Eux seuls, d'ailleurs, résistaient à la crise même si, malgré un début de pénurie, le vin se vendait mal. Dans certains villages, les vignerons s'en prirent aussi aux représentations de l'Eglise catholique. A Saint-Martin, des hommes en colère allèrent de nuit renverser les statues des saints protecteurs au pied desquelles les dévotes du village déposaient des cierges et priaient pour apaiser les foudres divines. L'abbé Tricart cria au sacrilège, voua aux gémonies les enfants de Satan qui s'étaient livrés à de tels actes d'impiété. Eugène Delcourt lui-même fit savoir qu'il ne tolérerait pas de tels individus sur son domaine. Il donna l'ordre à Léon Dubreuil de mener son enquête pour connaître les fauteurs de troubles. Un climat délétère s'installa dans le village. Chacun se méfiait de son voisin, personne n'osant plus manquer de paraître à l'église le dimanche matin. Avec la nouvelle crise du mildiou qui se surajoutait à celle du phylloxéra, la région tout entière entrait dans le chaos. Les esprits, dans un premier temps apeurés, commençaient à être gagnés par une sourde colère.

* *
*

Sur les coteaux non inondables et les mieux exposés de Frontillargue, les pucerons avaient ravagé les trois quarts des vignes. Seule la vigne du Chaylar était demeurée indemne de toute maladie. « Pour combien de temps encore ? » se demandait Léon Dubreuil qui ne savait plus que conseiller à son maître. Il avait entendu parler d'une autre méthode que les riches propriétaires de la plaine utilisaient.

« Il s'agit d'inoculer dans le sol, au pied de chaque souche, un produit liquide qu'on appelle sulfure de carbone, expliqua-t-il au châtelain.

— Comment s'y prend-on ?

— Au moyen d'une charrue spéciale ou d'une sorte de grande seringue.

— Renseignez-vous, Dubreuil, et procurez-vous le matériel nécessaire. Je veux sauver ce qui peut l'être encore. »

Malgré le coût onéreux qu'entraînait le traitement, Eugène Delcourt ordonna d'acquérir ce qu'on appela bientôt le pal Vermorel, et de commencer sans attendre à l'appliquer. Ses ouvriers agricoles creusèrent à nouveau le sol à l'aide de leurs pioches, mais cette fois en pratiquant quatre trous au mètre carré autour de chaque cep. Le travail était délicat. Le produit, réputé toxique, provenait de la vaporisation de soufre sur des charbons ardents.

« J'ai peur que ce produit chimique n'empoisonne le sol, s'inquiéta le régisseur, quand deux domestiques tombèrent inanimés en transportant le liquide très volatil.

— Ils ont été trop imprudents, c'est de leur faute ! rétorqua Eugène Delcourt, sans compassion. Ils devaient le manipuler avec précaution, un foulard sur le nez. »

Quelques jours plus tard, c'est une explosion dans un hangar qui alerta le châtelain. Une bougie allumée en était la cause. Le liquide, en effet, était très inflammable. Trois autres ouvriers en firent la triste expérience. L'un d'eux fut tué sur le coup, les deux autres grièvement brûlés.

« Je me demande si nous ne ferions pas mieux d'abandonner cette méthode, osa suggérer le régisseur. Les hommes ont peur.

— Je ne veux rien savoir. Qu'ils continuent ! Interdisez-leur de fumer au travail, ventilez les hangars, ne stockez pas une trop grande quantité de produit au même endroit. En redoublant de prudence, il ne devrait plus y avoir d'accidents. »

Le traitement était à peine terminé sur l'ensemble de la parcelle traitée que des souches commencèrent à péricliter.

« Mortes ! s'exclama Léon Dubreuil. Elles ont crevé plus vite encore que si l'on n'y avait rien fait.

— Mortes ! C'est impossible !

— Pas toutes, heureusement !

— Questionnez vos ouvriers. Tâchez de savoir. »

Les hommes du régisseur reconnurent que, parfois, ils avaient versé au pied des ceps les plus malades un peu plus de sulfure de carbone qu'au pied des autres.

« Ils ont cru bien faire, les défendit Léon Dubreuil. Ils n'ont pas l'expérience.

— Les imbéciles ! s'insurgea le châtelain. Ils ont brûlé les racines en versant trop de produit. Décidément je ne peux faire confiance à personne.

— Faut-il continuer ?

— Deux à trois fois par an, m'avez-vous dit vous-même !

— C'est exact.

— Alors dans deux mois vous reprendrez le traitement. En prenant toutes les précautions, cette fois. »

La lutte acharnée contre la maladie s'intensifiait partout. Celle-ci prenait l'allure d'une catastrophe. Galvanisés par les concours du ministère de l'Agriculture plusieurs années de suite, dont les prix ne cessèrent d'augmenter, les chercheurs proposèrent pas moins de cinq mille procédés pour venir à bout du terrible fléau. Jamais le prix ne fut attribué faute d'avoir trouvé le bon remède.

Au total, les trois quarts des vignes furent détruites. Mais en même temps, on avait commencé à replanter à grande échelle des espèces américaines qui, certes, avaient transmis la maladie quelques années plus tôt, mais restaient encore le meilleur moyen de tuer le mal par le mal.

Seuls les grands propriétaires résistaient à la crise. Néanmoins leurs quantités de vin mises sur le marché avaient diminué. Les prix se maintenant, ils éprouvaient plus de mal à le vendre. Mais, grâce à leurs réserves financières, ils pouvaient tenir plusieurs années, arc-boutés sur ce qui restait de leur vignoble dans l'attente des jours meilleurs, le temps que les premières replantations donnent de nouvelles récoltes.

Comme la plupart des gros viticulteurs du Languedoc, Eugène Delcourt perdit ainsi beaucoup d'argent. Il fut parfois tenté de tout abandonner et de retourner vers ses usines de filature à Tourcoing. Mais son orgueil eut vite raison de son désenchantement. Les banques étaient prêtes, d'ailleurs, à lui accorder de substantiels crédits, rassurées par la garantie qu'apportaient ses biens fonciers.

Quant aux petits propriétaires, tel Armand Vidal, la misère les attendait au croisement des chemins. Ceux qui avaient tardé à se lancer dans la replantation commençaient à être ruinés. Certains s'adonnaient déjà à d'autres activités. A Pompignan quelques-uns exploitaient leur sous-sol en extrayant de la pierre à bâtir. Ailleurs, dans la garrigue, d'autres se faisaient charbonniers et alimentaient les forges locales en charbon de bois. Beaucoup se résolurent à patienter en se privant de nourriture, se contentant de pommes de terre, de figues et d'olives. La viande à leur table devint un luxe, le souvenir d'une aisance passée. Ils attendaient patiemment des jours meilleurs.

Enfin, dans de nombreuses communes, les jeunes se décidèrent à partir. Un certain nombre, attirés par l'aventure coloniale, s'expatrièrent dans les terres lointaines, en Amérique du Sud, en Nouvelle-Calédonie, en Afrique du Nord.

« Je pars en Algérie, déclara un beau matin Petit Pierre, le plus âgé des deux apprentis d'Armand Vidal. Ici il n'y a plus aucun avenir.

— En Algérie ! Tu plaisantes. Je connais un jeune gars qui s'y trouve, en Algérie. Et, crois-moi, ce n'est pas pour son plaisir qu'il y reste ! Je suis sûr que, s'il pouvait, il reviendrait immédiatement. Que vas-tu faire en Algérie ?

— L'administration aide les colons à acquérir des terres. Ici je ne serai jamais propriétaire. Là-bas je planterai des vignes qui n'attraperont pas la maladie.

— Mais, bougre d'âne, les Arabes ne boivent pas de vin ! Ils sont musulmans, tout le monde sait cela !

— Le vin, nous l'exporterons vers la France. »

Petit Pierre était fermement décidé. Rien ne put l'empêcher d'aller au bout de ses rêves. D'autres, comme lui, prirent le même chemin, croyant laisser la misère derrière eux et aller à la rencontre de la bonne fortune. Ils ignoraient alors que, quelques années plus tard, quand leurs vignes seraient bien établies et le phylloxéra éradiqué, ils créeraient eux-mêmes la crise du vin après celle de la vigne.

* *
*

Trois ans s'étaient écoulés. Ce que Petit Pierre avait découvert dans les vignes d'Armand Vidal n'était autre que le mildiou. Celui-ci venait de faire son apparition aux portes de Saint-Martin. Adrien avait encore deux longues années à patienter avant de rentrer chez lui. Il ignorait tout de ce qui se passait en son absence. Il ne reçut aucune nouvelle de Frontillargue. Jamais, en effet, Camille ne put, dans cette période troublée, savoir où il avait été envoyé, Simon ayant perdu sa trace.

Dans le désespoir qui commençait à le gagner, il se mit en tête, lui aussi, l'idée de rester vivre dans cette colonie où il était parvenu à se faire quelques connaissances. L'absence, l'éloignement avaient raison de ses états d'âme. L'image même de Camille finissait par s'édulcorer dans ses rêves. Au reste, le silence de celle-ci n'était-il pas la preuve qu'elle l'avait oublié ?

Aussi, les soirs de grande solitude, tentait-il parfois de s'évader en traînant sur les quais du port d'Alger, où il avait été finalement muté après deux ans passés dans le djebel. Il s'abandonnait parfois dans les bras des filles à soldats dont les parfums capiteux l'enivraient plus que les plus forts alcools. Avec ces musulmanes à la peau cuivrée et au charme exotique, il cherchait à faire table rase d'un passé qui, malgré lui, s'accrochait toujours aux limbes de sa mémoire. Il se perdit dans les abîmes de l'amour vénal, de l'alcool, des paradis artificiels. En vain. Jamais il ne parvint à effacer totalement de son esprit traumatisé par les violences dont il était quotidiennement témoin l'image de sa douce Camille.

17

Renoncement

Camille s'installa à Uzès, dans une petite maison donnant sur la place aux Herbes. A l'ombre du château ducal, elle s'y sentit immédiatement en lieu sûr. Elle n'y connaissait personne, personne ne pouvait la reconnaître. La petite cité était animée d'une vie intense et connaissait une grande fébrilité. Le commerce du vin y prospérait depuis longtemps, les vignobles étant très étendus dans la campagne environnante. Des fortunes s'y étaient bâties. Les négociants y avaient pignon sur rue et ne semblaient pas trop souffrir de la crise profonde que traversait la région.

Les premiers mois qui suivirent son installation, elle ne chercha pas à établir de nouvelles relations. Prudente, elle se fondit dans la population pour mieux passer inaperçue. Elle ne tenait pas, en effet, à susciter les questions de son entourage. Aussi s'habillait-elle sobrement, sans aucune coquetterie, et restait-elle discrète. Elle évitait de sortir trop longtemps, tentait de se faire passer pour une de ces jeunes filles à qui la vie n'a pas fait de cadeaux et qui doit se débrouiller seule dans l'existence. La propriétaire de l'immeuble à qui elle louait son logement – un modeste deux-pièces situé sous les toits – lui proposa un jour des travaux de couture. Camille bénit le ciel d'avoir reçu dans son éducation bourgeoise des leçons de travaux domestiques. Elle accepta volontiers. Les maigres revenus que ceux-ci lui procureraient la mettraient à l'abri du besoin, pensa-t-elle, dès que ses réserves seraient épuisées.

Elle se doutait que son père devait battre la campagne pour la retrouver et qu'il avait dû alerter les autorités. Elle prit donc une autre identité, se faisant appeler Géraldine Saint-Alban. A sa logeuse, elle ne dévoila que le nécessaire pour ne pas éveiller ses soupçons. Elle s'évertua à mener une vie bien rangée, tranquille, afin que son entourage n'ait qu'à se louer de sa présence. A vrai dire, Camille ne savait pas comment elle s'y prendrait pour tenter de retrouver son enfant. Elle ne pouvait envisager de retourner au couvent des Ursulines, en Avignon, pour questionner les sœurs. Aucune ne lui avait témoigné de la sympathie ni la moindre parcelle de compassion chrétienne. Quant aux domestiques qui s'étaient chargés d'elle et de son enfant, ils lui étaient totalement inconnus. Son père avait dû les engager sur le moment pour exécuter ses ordres. Elle ignorait s'ils étaient toujours à son service.

Fort démunie, elle décida d'attendre. De vivre en se faisant oublier.

Les mois passèrent. Deux durs hivers succédèrent à des automnes d'une grande langueur. Son pécule avait complètement fondu. Elle ne vivait plus que des maigres ressources que lui procuraient ses travaux de couture. Une fois son loyer acquitté, la chandelle et le bois de chauffage payés, il ne lui restait presque plus rien pour acheter sa nourriture. Le soir, elle se privait souvent de repas et restait blottie au fond de son lit sous de minces couvertures. Elle ne se levait que pour effectuer le travail de confection que ses rares clientes lui commandaient. Les temps étaient rudes. Ses doigts, engourdis par le froid, refusaient de lui obéir. Bientôt elle n'eut plus assez d'argent pour acheter du bois. Elle vécut dans le froid glacial de son meublé, telle une fille misérable abandonnée de tous.

Un matin de février, alors que le givre dessinait sur ses carreaux des cristaux de glace, sa logeuse s'inquiéta. Camille ne donnait plus signe de vie depuis deux semaines. Elle se décida à grimper les trois étages de son immeuble pour aller aux nouvelles.

« Mlle Saint-Alban ! appela-t-elle en frappant fortement à sa porte. Mlle Saint-Alban, répondez ! C'est moi, Germaine Lecœur, votre logeuse… Tout va bien ? »

Camille, l'esprit complètement prisonnier de ses pensées douloureuses, ne répondit pas. Elle entendit, comme dans du coton, du bruit derrière sa porte, mais n'eut pas la force de bouger ni de répondre. Elle n'avait pas mangé depuis deux jours, ses provisions et sa réserve d'argent étant épuisées. Elle se laissait lentement sombrer dans une douce et profonde somnolence, transie, épuisée, l'esprit éthéré.

« Ouvrez-moi ! reprit la logeuse. Dites-moi quelque chose. »

Entendant le vacarme qu'elle faisait sur le palier, un voisin ouvrit sa porte.

« Que se passe-t-il ? demanda-t-il.

— C'est Mlle Saint-Alban, votre voisine. Elle ne répond pas. Je crains qu'il lui soit arrivé quelque chose.

— Ça fait longtemps, effectivement, que je ne l'ai pas vue. Elle a dû quitter l'immeuble.

— Impossible ! J'ai l'œil.

— Alors, elle est peut-être morte.

— Il faudrait forcer sa porte pour s'en assurer.

— Attendez, j'ai ce qu'il faut. »

L'homme rentra chez lui, revint quelques secondes plus tard, un trousseau de clés à la main.

« Il y en aura bien une qui viendra à bout de cette serrure », dit-il.

La logeuse parut surprise.

« Que faites-vous donc avec toutes ces clés ?

— Oh, rien ! répondit son locataire, évasif. Ça peut toujours servir. »

En un tournemain, il ouvrit la porte de l'appartement. Germaine Lecœur, le bousculant au passage, y pénétra la première, se précipita dans la chambre, trouva Camille inanimée.

« Mon Dieu ! s'exclama-t-elle. Elle est morte dans son lit. »

Le voisin s'approcha de Camille, lui tâta le front puis lui prit le pouls.

« Non, elle vit encore, fit-il. Mais elle est très faible. Il faudrait appeler un médecin.

— Un médecin ! Mais qui paiera ses honoraires ?

— La demoiselle doit avoir un peu d'argent dans ses affaires !

— Je l'ignore. Elle n'est pas très argentée. Mais vous avez raison. Vu son état, on ne peut la laisser sans soins. »

L'homme se mit à fouiller dans l'appartement pendant que la logeuse tentait de ranimer Camille en lui tapotant doucement les joues. Dans le tiroir d'une commode, il trouva un porte-documents. Surpris, il demanda à sa propriétaire :

« Comment s'appelle cette demoiselle, m'avez-vous dit ?

— Géraldine Saint-Alban.

— Je ne crois pas ! Regardez. »

Germaine Lecœur lui prit le dossier des mains et lut : « Camille Delcourt de Sumène – Frontillargue – Saint-Martin. »

« Delcourt de Sumène ! Je connais cette famille, fit le locataire. Il y a quelques années, j'ai travaillé pour Eugène Delcourt, un riche propriétaire dont le domaine s'étend entre Corconne et Quissac. Il est le mari de la marquise de Froissac, Eléonore de Sumène. Cette demoiselle est sans doute leur fille.

— Il faut les prévenir au plus vite, avant qu'il ne soit trop tard.

— Je peux m'en occuper, déclara l'homme, le regard soudain avivé d'une pensée secrète.

— Et le médecin ?

— Je m'en occupe également. Restez auprès d'elle. Si elle se réveille, tranquillisez-la. Je me charge de tout. »

Le voisin de Camille, un certain José Nogalès, était un ancien ouvrier agricole d'Eugène Delcourt. Il avait fait partie de ceux qui, quelques années auparavant, avaient été renvoyés sur ordre du châtelain quand celui-ci voulut épurer son personnel de ses éléments indésirables. Après avoir perdu son emploi, il avait traîné de village en village sans retrouver du travail. Ses fréquentations douteuses finirent par l'entraîner dans les bas-fonds d'Alais puis de Nîmes où il acquit la réputation d'un habile crocheteur de serrures parmi ses nouveaux amis de la cambriole. D'où le surnom qu'ils lui donnèrent très rapidement : « la Serrure ». Pour fuir la capitale gardoise où son identité n'était plus inconnue ni de la police ni de la maréchaussée, il s'était installé depuis peu à Uzès. Dans les ruelles de la cité ducale, il tâchait de se fondre dans la foule, se faisant passer pour un honnête ouvrier agricole.

Quand il comprit que la jeune fille inanimée gisant devant lui n'était autre que la fille du châtelain de Frontillargue, il eut immédiatement l'idée de tirer parti de la situation.

« Elle se dissimule sous un faux nom, révéla-t-il le jour même à l'un de ses complices, un autre malfrat du même acabit.

— Qu'est-ce qui te fait dire ça, la Serrure ? demanda ce dernier qui, lui, répondait au nom de la Fouine.

— Son vrai nom, je le connais : en réalité, elle s'appelle Camille Delcourt de Sumène. C'est la fille de mon ancien patron. Celui qui m'a flanqué à la porte comme un voleur il y a quatre ans. J'ai toujours juré de me venger.

— Alors c'est le moment.

— Toi aussi, tu sens la bonne affaire ?

— C'est certain. Ta charmante demoiselle cache quelque secret bien gardé. Sinon, pourquoi se ferait-elle passer pour quelqu'un d'autre ?

— Que ferais-tu à ma place, la Fouine ?

— Tu crochètes bien les serrures, mais tu ne vois pas plus loin que le bout de ta lorgnette ! Va voir ton châtelain. Essaie au passage d'en savoir davantage. Et révèle-lui que tu sais où se cache sa fille. Car elle se cache, c'est évident. Je sens une grosse histoire de famille là-dessous. »

La Serrure se mit en route sans perdre un instant. Le soir même, il se trouvait devant les grilles de Frontillargue. Il apostropha une jeune paysanne qui faisait route vers Saint-Martin, lui demanda :

« Connaissez-vous Mlle Camille Delcourt ?

— La fille du châtelain ? Pas personnellement. Ça fait plus de deux ans qu'elle a disparu, à ce qu'on dit. Le bruit court dans le village que son père a voulu la marier contre son gré et qu'ils se sont violemment disputés. Moi, pour ce que j'en sais... »

La paysanne, méfiante, n'en dit pas plus. Mais la Serrure en savait suffisamment pour deviner dans quel état d'esprit se trouvait son ancien patron.

Le lendemain, il se présenta au château et demanda à être présenté à Eugène Delcourt. D'abord réticent, celui-ci lui accorda cinq minutes d'entretien, croyant avoir affaire à un journalier en quête d'embauche. Quand la Serrure parut devant lui, il se cabra aussitôt, étonné :

« Nogalès ! Que faites-vous ici ? Je n'ai pas l'habitude de perdre mon temps avec le personnel que j'ai renvoyé.

— Je ne suis pas venu pour vous demander de me reprendre dans vos vignes, monsieur Delcourt.

— Alors que me voulez-vous ?

— Vous parler de votre fille.

— Ma fille ! Camille ?

— Parfaitement. Je sais où elle se trouve. Mais vous, je suppose que vous l'ignorez. »

Le châtelain amorça un pas vers son interlocuteur, menaçant.

« Parlez ! lui ordonna-t-il.

— Oh, pas si vite ! Ce serait trop facile. »

La Serrure s'installa confortablement dans un fauteuil sans y être invité, croisa les jambes, sortit de sa poche une tabatière.

« Je ne vous autorise pas à fumer dans ce bureau ! s'insurgea le châtelain. Pour qui vous prenez-vous ? Vous ignorez donc où vous vous trouvez ?

— Vous n'avez plus rien à m'interdire, monsieur Delcourt. Vous n'êtes plus rien pour moi. Grâce à la République nous sommes tous égaux, n'est-ce pas ? »

Eugène Delcourt fulminait.

« Finissons-en ! éructa-t-il. Que désirez-vous ? De l'argent pour me dire où vous séquestrez ma fille !

— Mais je ne séquestre pas votre fille, monsieur Delcourt. Je sais seulement où elle se trouve, comment elle se fait appeler et ce qu'elle fait pour gagner sa vie.

— Gagner sa vie ! Comment cela ? Il est impossible que ma fille travaille comme… comme…

— Comme une catin ? C'est à cela que vous songez, monsieur Delcourt ? Je vous rassure tout de suite : votre chère fille n'est pas encore devenue une fille des rues. Mais si cela continue, il se pourrait bien qu'elle le devienne. Après tout, cela m'arrangerait bien de tenir cette petite-bourgeoise sous ma coupe. Ce serait ma revanche ! La roue tourne, n'est-ce pas, monsieur le châtelain ?

— Je vais vous faire jeter à la porte, espèce de gredin !

— Gredin, soit ! Mes amis m'appellent la Serrure depuis que je fréquente le milieu de la cambriole. Mais je crois qu'il serait préférable de nous entendre. Appeler les gendarmes ne vous servirait à rien. Vous perdriez aussitôt la trace de votre fille. Vous la recherchez depuis si longtemps ! Ce serait dommage, non ? »

Abasourdi et décontenancé, Eugène Delcourt se retint et invita son détestable visiteur à s'expliquer.

« Je vous révèle l'adresse de votre fille, finit par proposer la Serrure, contre une somme de mille francs-or.

— Mille francs-or ! Mais vous n'y songez pas ! C'est impossible.

— C'est ça ou votre fille m'appartiendra et travaillera pour moi, si vous comprenez ce que cela signifie.

— Vous n'êtes qu'un criminel, un gibier de potence ! Vous n'aurez pas cette somme.

— Alors, tant pis pour vous... et pour Mlle Camille ! Une si jolie demoiselle ! Vous savez, quand elle sera passée dans toutes les mains, elle perdra vite son joli petit minois. Et c'est sans compter avec la petite vérole. Les filles de joie l'attrapent facilement.

— Taisez-vous ! Je vous l'ordonne.

— Il ne tient qu'à vous de lui sauver la vie. Votre fille vaut bien son pesant d'or, non ?

— Je vous ferai arrêter et vous irez mourir au bagne ou mieux sur l'échafaud. C'est le sort que vous méritez.

— En attendant, monsieur Delcourt, je vous laisse jusqu'à demain matin pour me donner votre réponse. Passé ce délai, je disparaîtrai et vous ne saurez jamais où se trouve votre fille. Vous l'aurez perdue pour toujours. »

Fou de rage et d'écœurement, le châtelain laissa repartir son ancien ouvrier agricole. Il ne dormit pas de la nuit et refusa de s'expliquer devant son épouse qui le trouva particulièrement irascible.

Au petit matin, la Serrure reparut. Le châtelain lui intima l'ordre de le suivre discrètement dans son bureau. Il lui remit avec mépris la somme qu'il avait exigée la veille en échange de l'adresse de Camille.

Aussitôt, José Nogalès disparut par un escalier de service et s'évanouit dans la nature.

Le soir même, Eugène Delcourt accourut à Uzès, à l'adresse que la Serrure lui avait indiquée. Il y trouva Camille alitée, seule au fond de sa chambre misérable. Trop affaiblie, c'est à peine si celle-ci réagit en le voyant devant elle. Il ordonna sur-le-champ au domestique qui l'accompagnait de transporter sa fille dans sa calèche en prenant toutes les précautions.

Une fois celle-ci installée, bien emmitouflée, il s'assit à ses côtés et lui dit sans aucune marque de commisération ni d'indulgence :

« Nous avons beaucoup de choses à régler, Camille, dès notre arrivée à Frontillargue. Nous allons les reprendre là où nous les avons laissées. Allez, cocher ! En route ! »

⋆ ⋆
⋆

Camille semblait vivre un cauchemar. Jamais les vignes de Frontillargue ne lui parurent aussi tristes qu'en ce début de printemps 1879. Encore tout immergées sous trente centimètres d'eau pour certaines, leur sol défoncé pour le traitement au sulfure de carbone pour les autres, c'était un véritable chantier qui s'offrait à ses yeux, un paysage de délabrement qui ne ressemblait plus en rien aux vignes qu'elle avait laissées avant sa fuite et qui avaient si bien abrité son amour pour Adrien.

« C'est le prix à payer pour assurer les vendanges ! lui expliqua son père qui tentait, pour la sortir de son apathie, de l'intéresser à ses affaires. Mais, parallèlement, je fais procéder à la replantation. D'ici quelques années, toutes nos vignes malades auront été remplacées. L'ère des plants américains est vraiment commencée. Personne n'y échappera, à moins de disparaître. »

La vigne n'intéressait plus Camille. Son esprit était ailleurs. Dans un ailleurs qui se heurtait à l'incertitude, à l'ignorance de ce que faisait Adrien, au désenchantement qu'elle éprouvait face à ce qu'elle-même allait devenir. La lutte acharnée contre le phylloxéra, la replantation qui s'étendait de plus en plus à grande échelle, la recherche scientifique pour laquelle, très jeune, elle s'était passionnée, tout cela lui paraissait dérisoire, étranger, maintenant qu'elle ne pouvait plus communiquer son engouement à Adrien.

De retour au château, elle ne chercha pas à savoir ce qui était arrivé à ce dernier. En outre, tous les domestiques avaient été renouvelés, y compris Anna, la gouvernante, afin que personne ne pût faire la moindre allusion à cette affligeante histoire que le châtelain comptait bien effacer complètement de la mémoire de Frontillargue.

Déprimée physiquement et moralement, elle se laissa sombrer dans le désespoir, n'ayant plus la force de résister aux volontés de son père qui, lui, n'avait pas désarmé et s'entêtait toujours à lui trouver un bon parti pour la marier au plus vite.

Le printemps passa, puis l'été. Les vendanges s'annonçaient encore aussi peu joyeuses que les années précédentes. La crise sévissait maintenant à tous les échelons car les nouveaux plants américains ne donnaient pas encore à plein rendement. De plus, beaucoup de viticulteurs s'en méfiaient et préféraient attendre. La production des régions les plus touchées baissait, mais cette pénurie était comblée par celle des régions où le puceron n'avait pas encore fait ses ravages. Si bien que le vin, globalement, était toujours en abondance sur le marché et son prix n'augmentait pas. Ce qui ne faisait pas l'affaire des petits producteurs.

« Nous avons de quoi tenir plusieurs années, expliquait le châtelain à sa fille pour lui changer les idées. Bientôt nous produirons autant qu'avant, et même davantage. D'autant que, par ton futur mariage, j'ai espoir de réaliser enfin ce que ton entêtement ne m'a pas permis de concrétiser, il y a deux ans.

— Décidément, père, vous vous obstinez !

— Non, ma fille ! Je pense simplement à ton avenir. N'oublie pas que tu es la seule héritière de Frontillargue. Je souhaite donc que tu n'épouses pas n'importe qui. J'ai renoncé à cet Etienne Legendre. J'avoue que son domaine me tentait, mais l'homme, il est vrai, n'était pas très... attirant, dirons-nous. Ta mère a su me convaincre. »

Camille ne s'opposa pas. Les propos de son père semblaient ne pas la concerner. Elle finit par renoncer :

« Je ferai ce que vous voudrez, père. Au point où j'en suis, rien ne peut plus m'affecter.

— Allons, Camille ! Ne sois pas si morose ! Chasse de ton esprit ces idées noires. Tu es jeune, tu as la vie devant toi. Tu es une riche héritière.

Tu ferais plus d'une envieuse ! Ce qui s'est passé, il faut l'oublier. Moi, je suis prêt à te pardonner. Que dis-je ? Je t'ai déjà pardonné. Maintenant, il faut te montrer raisonnable et digne de ton rang. Fais-moi donc confiance. C'est ta mère qui en serait soulagée. »

Camille se rendit à la raison. Les longs silences d'Adrien ne lui prouvaient-ils pas qu'il l'avait oubliée ? S'il avait vraiment tenu à elle, il aurait remué ciel et terre pour lui donner de ses nouvelles. L'armée n'est pas une prison d'où les soldats ne peuvent communiquer avec leurs proches ! Peut-être avait-il appris qu'elle attendait un enfant. Et cette nouvelle, loin de le réjouir, l'aurait effrayé, puis amené à renoncer à elle. Il ne serait pas le premier homme, hélas, à abandonner la femme de son cœur après l'avoir mise enceinte !

Elle avait beau chasser ces sombres pensées de son esprit, elle ne parvenait pas à trouver la sérénité. Ses nuits étaient agitées. Ses journées longues à en mourir. Plus rien ne semblait la concerner, ni le piano, ni la lecture de ses auteurs favoris, ni les discussions de boudoir avec les amies de sa mère, ni le sort de Frontillargue.

Elle ne réagit pas lorsque Eléonore, au printemps suivant, lui annonça :

« Ma chérie, je crois que ton père a enfin trouvé l'homme de ta vie. Tu verras, il ne ressemble en rien à cet affreux Etienne Legendre. C'est un homme plein de prestance, bien de sa personne, doté de beaucoup de charme et d'une grande affabilité. Un bel esprit dans un physique on ne peut plus attirant. Toutes les jeunes filles en sont folles et tombent amoureuses de lui dès qu'elles le rencontrent. Vraiment, je crois qu'il te plaira !

— Quelle est la valeur de son domaine ?

— Camille, voyons ! Pourquoi tant de cynisme ? Là n'est pas le plus important.

— Aux yeux de père, c'est ce qui compte le plus.

— Hubert de Vitrol – le baron de Vitrol – est propriétaire d'un grand chai dans l'arrière-pays de Frontignan. Son domaine s'étend sur de nombreux hectares et son manoir n'a rien à envier au nôtre. Tout cela est vrai. Mais l'essentiel n'est pas là. C'est ce qu'il est, non ce qu'il représente, qui doit compter à tes yeux.

— Quel âge a-t-il, ce baron de Vitrol ?

— Une petite trentaine d'années, selon mes sources. Tu vois, ce n'est pas un vieillard, mais un homme jeune et plein de qualités. Accepte de le rencontrer sans a priori.

— Je ferai ce que vous me direz de faire, mère. Si c'est aussi votre souhait.

— A la bonne heure, ma chérie ! Tu es revenue à de meilleurs sentiments envers ton père, n'est-ce pas ? Comme tu me fais plaisir ! »

Camille dissimulait son amertume. En réalité, peu lui importait, dorénavant, l'avenir que son père lui réservait. Sa vie n'appartenait qu'à elle. Même mariée contre son gré, elle ne serait jamais à l'homme que son cœur n'aurait pas choisi. Dût-elle lutter par tous les moyens pour ne pas avoir d'autres enfants.

Car elle n'avait pas renoncé, en tout cas, à retrouver un jour celui qui était le fruit de son amour avec Adrien.

18

Le mariage

Le mariage fut fixé à l'année suivante. Eléonore refusa de précipiter l'événement, voulant donner à Camille le temps de s'accoutumer à cette idée et à son nouveau destin. Eugène Delcourt n'y opposa aucune objection, d'autant plus que la gestion du domaine le préoccupait beaucoup. Ses comptes étaient en baisse, les rentrées d'argent procurées par les dernières vendanges n'avaient pas permis tous les investissements prévus. Il lui fallait donc recourir à l'emprunt. Cette alternative n'oblitérait nullement l'avenir de Frontillargue, mais, en ces temps incertains, il valait mieux pour lui rester prudent et ne pas montrer aux banquiers des goûts trop dispendieux.

Or le châtelain ne pouvait se contenter d'un demi-mariage. Le baron de Vitrol risquait de jeter son dévolu sur un autre parti tout aussi argenté s'il se mettait à soupçonner la moindre fissure dans la fortune de sa future belle-famille.

Certes, la beauté de Camille l'avait conquis, ainsi que sa jeunesse. Son ascendance maternelle l'avait conforté. La place tenue par son père dans le monde industriel et viticole l'avait rassuré. Tout le poussait donc à accepter le contrat de mariage qu'Eugène Delcourt lui avait proposé à l'occasion d'un banquet royaliste et bonapartiste où ils s'étaient rencontrés. De petite noblesse d'épée, le jeune baron venait de succéder à son père décédé récemment d'une crise cardiaque foudroyante. Soudainement placé à la tête d'un vaste domaine, muni d'un titre qui lui ouvrait maintenant plus d'une porte, il venait de renoncer à la carrière militaire qu'il avait choisie pour faire honneur à ses ancêtres, afin de gérer au plus près de ses intérêts l'héritage paternel. Sa mère, la baronne Elisabeth de Vitrol, l'avait introduit auprès du châtelain de Frontillargue. Celui-ci ne se privait pas de dévoiler dans ses conversations qu'il cherchait un bon parti pour sa fille.

La rencontre entre les deux futurs époux eut lieu à Frontillargue au cours de l'été. Comme convenu, Hubert de Vitrol vint accompagné de sa mère, encore tout éplorée de son récent veuvage. L'entrevue se déroula dans la bienséance qui convient à un repas entre gens de qualité. Camille, sans jamais esquisser le moindre sourire, fit honneur à son prétendant en lui tenant la conversation. Elle feignit de s'intéresser à sa carrière militaire, à ses goûts personnels en matière de littérature, de musique, à ses connaissances œnologiques. Sur ce point, le jeune baron dut reconnaître ses lacunes.

« Je n'ai pas eu l'occasion de suivre de près les vicissitudes qu'a connues la région ces derniers temps, depuis que sévit cette terrible crise du phylloxéra. J'avoue humblement que le fait militaire est plus de mon ressort que le destin de la vigne.

— Vous avez tort, baron ! répliqua sèchement Camille. En tant qu'héritier de feu monsieur votre père, votre devoir était aussi de vous tenir au courant de ce qui se passait sur vos terres.

— Dois-je prendre cela pour une leçon de morale ? demanda Hubert de Vitrol en posant délicatement sa main sur le bras de Camille. Vous-même, vous êtes-vous intéressée aux affaires de monsieur Delcourt ?

— Camille a toujours été attirée par les vignes de Frontillargue, coupa Eléonore. Elle le doit à son grand-père, le marquis de Froissac, qui la laissait se promener toute jeune dans les vignes au moment des vendanges.

— Ce n'est pas ce qu'il a fait de mieux ! ne put s'empêcher de répliquer Eugène Delcourt. J'avoue que la place d'une future châtelaine n'était pas aux côtés des domestiques en train de vendanger ! »

Ce premier repas fut suivi de plusieurs autres. Il fut décidé de la date du mariage au cours de celui du Nouvel An que le baron de Vitrol organisa chez lui, à Frontignan. Pour l'occasion, Eugène Delcourt, son épouse et Camille se déplacèrent accompagnés de trois laquais et de la nouvelle dame de compagnie que le châtelain avait imposée à sa fille pour mieux la surveiller. Lorsque Eléonore demandait à celle-ci son avis sur son nouveau prétendant, elle lui répondait évasivement :

« C'est effectivement un bel homme, avec beaucoup d'esprit. Vous ne m'aviez pas menti, mère.

— As-tu remarqué comme il a l'air amoureux de toi quand il te regarde ?

— Je n'ai rien remarqué de tel. Les hommes sont tous les mêmes quand ils se trouvent devant une jeune femme.

— Tu es méprisante, Camille ! Tu prêtes à Hubert de Vitrol des arrière-pensées qu'il n'a pas. Tu lui plais beaucoup. J'en suis persuadée.

— Alors cela fait au moins un heureux ! »

Si Camille se montrait résignée et obéissante, elle ne pouvait paraître consentante. Elle serait l'épouse du baron de Vitrol par devoir, non par amour.

« Je ne crois plus en l'amour ! » ajouta-t-elle.

* *
*

Tandis qu'à Frontillargue les préparatifs du mariage allaient bon train, en ce début d'été 1881, Adrien débarquait à Toulon, sur les quais de l'arsenal, d'un navire militaire en provenance d'Algérie.

Plus de cinq ans s'étaient écoulés. Cinq longs hivers qui, dans son cœur devenu glace, avaient duré chacun douze mois interminables. Une éternité ! Le soleil qui inondait les contreforts de la cité maritime lui parut bien pâle en regard du feu brûlant qui l'aveuglait au cours de ses expéditions dans le djebel. Il avait vite renoncé à son intention de rester dans la colonie, son temps terminé. Ce qu'il avait découvert du dur labeur qui attendait les colons désireux de fuir la métropole pour s'établir dans les plaines côtières avait eu raison de ses espérances. Certes, l'administration aidait les volontaires à s'établir et la Banque d'Algérie leur accordait des prêts facilement, mais tout était à faire : défricher, défoncer le sol, drainer ou irriguer selon l'endroit, planter et attendre plusieurs années avant que la première récolte donne suffisamment pour espérer s'en sortir et vivre décemment. L'Algérie n'était pas un pays de cocagne ! Et c'était sans compter avec l'hostilité des populations indigènes qui, à raison, se sentaient spoliées par ces étrangers qui s'emparaient de leurs terres, imposaient leur langue, les réduisaient à l'état d'esclaves, les chassaient de chez elles par le fer et le goupillon.

Non, Adrien ne se sentait pas l'âme d'un colon. Les faits d'armes auxquels, contraint, il avait participé l'avaient définitivement convaincu que sa place n'était pas en cette terre étrangère, conquise par la force, parfois avec brutalité, et où il ne croyait pas en l'avenir de la vigne.

Sur ce point il se trompait.

Sa place était auprès des siens, à Sainte-Croix ou à Saint-Martin, dans la terre qui l'avait vu naître et où il avait ses racines, ou celle où il avait travaillé durement. « Jamais, pensait-il en voyant s'éloigner les rivages d'Alger la blanche, jamais cette terre ne sera totalement nôtre. La République commet une grave erreur en poursuivant la politique de conquête des régimes précédents. Un jour viendra où nous devrons reconnaître nos torts ! »

Adrien laissa derrière lui, sans regrets, cette terre africaine en croyant que les viticulteurs n'y avaient aucun avenir. Lorsque la côte française fut en vue, il lui tourna définitivement le dos. Son regard embrassa l'horizon. Son émotion se lisait dans ses yeux. Il semblait heureux et inquiet à la fois. Qu'allait-il retrouver, en effet, en débarquant ? Dans quel état seraient les vignes qu'il avait laissées à son départ ? Son départ ! Il ne put s'empêcher de songer à Frontillargue et à Figueirol, le grand et le petit domaine où son destin s'était arrêté par un jour de malchance. Qui l'attendait là-bas ? Ses parents à Sainte-Croix, certes ! Il avait eu de leurs nouvelles de temps en temps, rarement, par les lettres que Simon lui avait envoyées. Les Vidal à Saint-Martin ? Ils avaient dû le remplacer par un autre vigneron. Nul n'est irremplaçable. Et Camille à Frontillargue ! Se souciait-elle encore de lui ? Cinq ans et demi d'absence avaient eu raison, sans doute, de sa patience, de sa détermination à l'attendre, malgré ce qu'elle lui avait promis lors de leurs derniers ébats. Ses parents l'avaient certainement remise sur le droit chemin en lui faisant comprendre où étaient sa place, son devoir, sa dignité.

Quand ils s'étaient quittés, elle n'avait pas dix-huit ans. Elle n'était qu'une toute jeune fille, presque une enfant. A présent, Camille devait être devenue une jeune femme accomplie qui tenait son rang et faisait honneur à sa famille. A bien y penser, Adrien se demandait comment lui, le petit paysan cévenol qui avait un jour débarqué à Frontillargue avec son père, avait pu oser aller au-devant de la propre petite-fille du marquis de Froissac, le seigneur des lieux ! Avec le recul, cela lui semblait maintenant tenir d'un conte pour enfants ; pire, d'un roman à quatre sous.

Lorsqu'il fut de retour chez lui, à Sainte-Croix, bien des événements avaient changé l'existence des siens. Il en avait été informé par Simon. Toutefois, comme il n'avait pas reçu de lettres depuis six mois, ayant été envoyé avec son bataillon en expédition aux confins du Sahara marocain, il ignorait que son aîné s'était marié en avril et qu'il s'était installé au Brûlement avec sa jeune épouse, Blanche, à la grande joie de ses parents. Marthe, la première, en avait été rassurée, étant donné l'état de santé d'Augustin. Celui-ci ne quittait plus son lit ou son fauteuil. Sa sciatique étant devenue paralysante, il ne pouvait plus marcher et devait sans cesse se faire aider pour regagner son fauteuil dans le *cantou*. A cinquante-trois ans, il en paraissait dix de plus, tant ses douleurs le faisaient atrocement souffrir. Amer, il se rongeait les sangs en se taisant, fou de rage de se sentir inutile. Seule la présence occasionnelle de ses quatre petits-enfants lui procurait un peu de bonheur. Amélie, la plus âgée de ses trois filles, s'était mariée un an après le départ d'Adrien et avait déjà deux enfants, un petit garçon, Lucien et une petite fille, Adeline. Elle avait suivi son mari à Saint-Germain-de-Calberte où ils élevaient un troupeau de chèvres et de brebis. Esther, la deuxième, avait suivi le même chemin. Mariée un an après sa sœur, elle avait aussi deux enfants, deux filles, Paulette et Roseline, et espérait avoir bientôt un garçon. Son mari étant de Sainte-Croix, elle rendait fréquemment visite au Brûlement où elle laissait parfois ses filles à la garde de ses parents. Seule Rachel, la plus jeune des sœurs d'Adrien, âgée de vingt-trois ans, n'avait pas encore convolé en justes noces. L'état de santé d'Augustin l'inquiétait beaucoup. Très sensible, très attachée à ses parents, elle donnait l'impression de sacrifier sa vie pour ne pas les abandonner. Simon avait beau être présent et affirmer qu'avec lui et son épouse le père ne risquait pas de se retrouver seul avec la mère, Rachel refusait d'envisager la vie que toute jeune fille à sa place aurait souhaitée depuis longtemps déjà.

« Elle finira vieille fille ! confia Simon à Adrien au cours de l'une de leurs premières conversations. J'aimerais tant la savoir mariée, elle aussi. Le mariage, la famille, les enfants, c'est la vie. Elle a tort d'y renoncer sous prétexte que père est devenu infirme.

— Le mariage ! lui répliqua Adrien avec quelques regrets dans le ton de sa voix. Je n'y songeais pas quand j'étais dans les bras de Camille. Ça ne nous empêchait pas de croire en la vie.

— A ce propos, je dois t'apprendre une nouvelle qui ne te fera pas plaisir. Es-tu prêt à l'entendre ?

— Vas-y, je t'écoute.

— Camille est sur le point de se marier.

— Camille, se marier ! Mais je croyais que tu ignorais où elle se trouvait.

— Je l'ai appris récemment par hasard, en rencontrant un ancien collègue de Frontillargue qui, lui, a échappé à la purge qui nous a valu d'être renvoyés. Il y travaille toujours. Bien des choses se sont passées en notre absence. Pierre, mon collègue, m'a raconté ce qu'il savait : la brouille de Camille avec son père juste après ton départ en Algérie, sa disparition, son retour, puis sa seconde disparition, et enfin l'annonce de son mariage avec le baron Hubert de Vitrol. »

Simon et son ami Pierre Escoudier ignoraient l'essentiel : la cause de tous ces événements précipités, puis retardés. La naissance de l'enfant de Camille n'avait jamais été inscrite sur aucun registre.

« Sais-tu quand aura lieu le mariage ? demanda Adrien, le cœur soudain pris dans un étau.

— Oui, c'est pour bientôt : la semaine prochaine, au château de Frontillargue. »

Adrien n'était pas rentré depuis plus de dix jours que, déjà, l'envie de revoir Camille jaillissait à nouveau en lui comme un sang jeune inoculé à un malade. Finie son amnésie volontaire ! Effacées ses idées noires qui l'avaient lentement empoisonné ! Il retrouvait tout à coup ses vingt ans, son cœur se remettait à battre, ses folles pensées à lui tourneboulér l'esprit.

« Je vais m'y rendre ! déclara-t-il en arborant un large sourire.

— Où donc ? s'inquiéta Simon.

— A Frontillargue ! Je l'empêcherai de commettre cette folie.

— Mais c'est complètement insensé, Adrien ! Sois raisonnable, au moins une fois dans ta vie ! Camille t'a oublié, elle s'est rangée aux idées de sa famille. Ignores-tu d'où nous sortons et qui nous sommes pour elle ? Tes amours de jeunesse te font perdre la tête.

— Tais-toi, Simon ! Il faut aller au bout de ses rêves. C'est toi-même qui me l'as appris. Souviens-toi d'Esméralda.

— Esméralda ! Il y a longtemps que je l'ai oubliée, et qu'elle m'a oublié aussi.

— Qui sait ? »

Simon ne parvint pas à convaincre son frère. A vingt-cinq ans, Adrien n'était plus un enfant, mais il avait gardé en lui la fougue, la déraison, l'impudence de la jeunesse.

« Je la retrouverai. Et je l'enlèverai !

— Pauvre Adrien ! Je crains que tu n'ailles, une fois encore, au-devant de sérieux problèmes. »

* *
*

Le grand jour était arrivé. Le châtelain avait invité de très nombreuses connaissances au mariage de sa fille. Pas moins de deux cent cinquante personnes se pressaient dans les travées de la belle église romane de Saint-Martin. Pour ce jour béni, il avait fait restaurer les orgues à ses frais, voulant éviter le vulgaire harmonium qui accompagnait habituellement l'abbé Tricart pendant la grand-messe dominicale. La population du village avait été conviée à la cérémonie religieuse, mais, faute de places dans l'église, la plupart des fidèles et des curieux durent assister au sacrement dehors, massés sur le parvis, les portes de l'édifice religieux ayant été laissées grandes ouvertes pour l'occasion.

Hubert de Vitrol arriva le premier vers 10 heures, dans une voiture tirée par quatre chevaux empanachés qui n'avait rien à envier aux carrosses des princes. Sa mère, la baronne Elisabeth, lui donnait le bras. Elle le conduisit, selon l'usage, jusqu'au-devant de l'autel où attendait l'abbé Tricart, les bras ouverts en signe d'accueil. Puis elle alla s'asseoir à sa gauche, sur la première rangée de chaises. Lorsque les orgues entamèrent la marche nuptiale, la foule retint son souffle. Tous, debout, se retournèrent sur Camille qui entra au bras de son père dans une robe de satin éblouissante dont la traîne en voile de Venise semblait se jouer de la pesanteur. Elle prit place à la droite de son futur époux, sans l'ombre d'un signe d'émotion sur le visage.

L'abbé Tricart invita l'assistance à s'asseoir et commença l'office religieux, accompagné par quatre enfants de chœur, eux aussi en grand apparat.

Camille exécutait les ordres de son père sans rechigner. A la fin de la cérémonie, elle serait l'épouse du baron de Vitrol. Son sort serait scellé, elle le savait. Certes, celui-ci avait un physique flatteur et beaucoup d'entregent en société. Il se montrait volontiers charmeur et savait en user. Dès la première entrevue, il avait montré à son égard une gentillesse et une correction parfaites. Ses avances, un peu plus pressantes à chaque rencontre, étaient restées d'une délicatesse qui dénotait une excellente éducation et conférait à chacun de ses gestes un discret parfum d'aristocratie.

Mais Camille, entêtée et toujours en rébellion au fond d'elle-même, n'y était pas sensible et refusait d'ouvrir son cœur à un homme qu'elle considérait comme un étranger ; pire, comme un conquérant.

Tandis que le prêtre était occupé à psalmodier ses versets en latin, elle se mit à rêver, à espérer qu'Adrien allait soudain paraître au fond de l'église pour interrompre l'intolérable cérémonie. Il allait fendre la foule, la prendre dans ses bras et l'emmener loin, au pays où les rêves sont réalité, où l'impossible est toujours réalisable, où aucune barrière ne peut séparer ceux qui s'aiment.

Au moment où l'abbé Tricart demanda le consentement des époux, Hubert de Vitrol ayant sorti les alliances de sa poche, elle hésita. Le prêtre dut prononcer une seconde fois la question d'usage :

« Mademoiselle Camille Delcourt de Sumène, acceptez-vous de prendre pour époux M. Hubert de Vitrol ici présent ? »

Camille, au lieu de regarder son fiancé et d'acquiescer, se retourna vers le fond de l'église, ignorant la foule qui l'admirait. Elle chercha vainement Adrien, hésita. Ses yeux se remplirent de larmes. L'assistance crut son émotion à son comble et s'en trouva transportée de joie.

« Mademoiselle Camille », reprit le prêtre.

Elle lui fit face, regarda droit devant elle, déclara d'une voix monocorde :

« Oui, je le veux. »

L'officiant déclara le baron Hubert de Vitrol et Camille Delcourt de Sumène unis par les liens du mariage et les invita à s'embrasser.

Au moment où le jeune baron approcha ses lèvres de celles de Camille, celle-ci détourna légèrement la tête. Le baron l'embrassa sur le coin de la bouche, tout étonné de la réaction de sa nouvelle épouse.

A l'instant même, Adrien arrivait à Saint-Martin par le coche du matin. Le village lui parut étrangement désert.

« C'est à cause du mariage de la jeune châtelaine, lui expliqua-t-on. Tout le monde est à l'église. »

⋆ ⋆
⋆

A la sortie de la messe nuptiale, Adrien se fondit dans la foule. Son cœur explosait de douleur et de déconvenue. Il était arrivé trop tard. Tout était accompli. Camille était-elle consentante ? se demanda-t-il dans un doute de désespoir. Certainement !

Il refusa de se résigner aussi vite. Il voulait en savoir davantage. Se doutant que la noce allait prendre maintenant le chemin du château, il décida de s'y rendre et de profiter du mouvement de foule, des va-et-vient des domestiques chargés du service, pour s'introduire dans le parc. Avec un peu de chance, il parviendrait à se faire passer pour l'un d'eux.

Connaissant parfaitement les passages discrets par lesquels il allait jadis rejoindre Camille, il n'éprouva aucune difficulté à mettre son plan en application. Il pénétra dans les communs du château sans se faire remarquer. Une armée de serviteurs, de jeunes mitrons, de cuisiniers, de domestiques de toutes sortes s'activait depuis l'aube à préparer le repas de noces que le châtelain avait souhaité organiser dans le parc, à l'ombre de ses ormeaux séculaires.

On le prit aussitôt pour un paysan venu prêter main-forte au personnel attitré.

« Ne reste pas là les bras ballants ! le commanda très vite le maître d'hôtel. Rends-toi utile, va chercher un tonneau de vin rouge à la cave, millésime 1860. Le châtelain désire offrir le meilleur cru de son chai. Celui-là date d'avant toutes les maladies. Ne te trompe pas ! Fais-toi aider et apporte la barrique directement à la cuisine. Nous remplirons les carafes au fur et à mesure. »

Adrien connaissait bien le chai. Il s'y rendit immédiatement en prenant garde de ne rencontrer personne de connaissance. Il s'aperçut que tout le personnel était nouveau. Il se sentit soulagé. Il s'exécuta sans perdre un instant. Au passage il eut le temps de percevoir la foule des convives qui commençait à affluer dans les allées du parc. Des musiciens avaient pris place sur une estrade, à l'écart des tables dressées sous les ormeaux. Ceux-ci étaient décorés de guirlandes multicolores, tels des sapins de Noël, et semblaient accrocher l'azur du ciel de leurs ramures endimanchées. A espaces réguliers, des lampadaires avaient été installés autour des tables ainsi qu'à la périphérie d'un vaste espace, où – il le devina – serait donné le bal, à la nuit tombante.

Des enfants s'ébattaient joyeusement dans les pelouses, les uns jouaient à saute-mouton, les autres à colin-maillard. Des couples demeuraient à l'écart, par timidité, ou pour intimité. Le châtelain et son épouse faisaient les présentations, rayonnants de bonheur.

On servit le champagne. Les convives commençaient à s'agiter, à parler fort. Le repas débuta dans l'euphorie. Les laquais, en habit Louis XV, formaient une noria ininterrompue entre les tables et les cuisines. Les plats se succédèrent, nombreux, variés ; les mets tous plus riches et plus fins les uns que les autres : aux multiples pâtés de gibier s'ajoutèrent les crustacés pêchés dans les mers chaudes, les saumons des mers froides, puis vint le tour des venaisons, poulardes et autres volailles de luxe. Quand arrivèrent les pièces montées, chacune portée par trois serviteurs, le châtelain réclama le silence, demanda aux jeunes mariés de bien vouloir se lever, se tenir la main, et se paya enfin d'un petit discours qui n'eut d'autre effet que d'exaspérer Camille.

Celle-ci, selon l'usage, ouvrit le bal. Le jour s'étiolait derrière le feuillage des arbres. Les lampions et les lampadaires illuminaient déjà la piste de danse. Les musiciens s'apprêtèrent à jouer. Hubert de Vitrol convia son épouse à le suivre au centre de l'aire, les invités se turent une seconde fois. L'orchestre entama une valse de Vienne. Le jeune baron était aussi bon danseur qu'émérite cavalier. Son habit de couleur aux épaulettes dorées comme des galons d'officier contrastait avec la blancheur immaculée de la robe de Camille. Celle-ci suivait son rythme avec aisance, mettant spontanément ses pas dans les siens, se tenant à distance raisonnable comme l'exigeait la bienséance.

Le champagne lui faisait chavirer la tête. La musique et les tournoiements de la valse finissaient de l'étourdir. Elle avait hâte d'en finir. Cette cérémonie lui paraissait si convenue, si artificielle, si fausse et entachée de mensonges et d'hypocrisie !

Tout en valsant, entourée maintenant des nombreux convives, elle ne cessait de scruter la foule, en quête de l'impossible. Quelque chose en elle s'était réveillé qu'elle croyait bien connaître. Elle s'en trouva toute bouleversée. Ses pas ne trouvaient plus la cadence ni le bon rythme et se heurtaient à ceux de son cavalier.

Son père l'invita à danser. Soudain, elle devint blanche comme un linceul. Il s'en aperçut.

« Te sens-tu mal, Camille ? » s'inquiéta-t-il.

Elle ne répondit pas. Son regard restait figé au-delà de la foule bruyante, sur une silhouette qu'elle crut tout à coup reconnaître : un domestique qui servait du vin à table. Celui-ci la regardait du même regard insistant, sans se soucier de ce qu'il faisait. Elle s'arrêta de danser. Ses jambes faillirent se dérober. Elle se sentit vaciller, s'évanouit.

Aussitôt Eugène Delcourt la retint et, la portant dans ses bras, l'amena à l'intérieur du château. La foule s'écarta devant eux. Hubert de Vitrol abandonna sa cavalière, ordonna à l'orchestre de continuer de jouer et se précipita au chevet de Camille.

Adrien avait assisté de loin à la scène.

Personne ne l'avait remarqué. Mais au milieu de tant de gens, il ne savait comment agir pour approcher la mariée, l'entraîner à l'écart et disparaître avec elle. Car telle était aussi son intention. Leurs regards s'étaient croisés. Il avait senti sur lui les yeux de sa bien-aimée. Son évanouissement était la preuve qu'elle l'avait reconnu et que son cœur avait chaviré.

Très vite il fut happé à nouveau par le maître d'hôtel qui, le voyant traîner de façon inconvenante parmi les invités, lui ordonna de regagner les cuisines et d'aider à la plonge.

« On ne te paie pas pour regarder le beau monde s'amuser ! lui reprocha-t-il. Qui est-ce qui m'a fourgué un emmanché pareil ? »

Adrien se reprit, obéit sur-le-champ. Il réalisa tout à coup combien sa tentative de reprendre Camille était folle, vouée à l'échec. Jamais il ne parviendrait à l'approcher. Son mari, sa famille faisaient corps autour d'elle. Et que pouvait-il espérer ? Elle était mariée maintenant ! Sa vie ne lui appartenait plus tout à fait. Au reste, voudrait-elle encore de lui ? Quelle existence pouvait-il lui offrir en échange de ce luxe, de tous ces ors qui étaient son quotidien ?

De voir Camille entourée de tant de richesses, de tant de gens différents de lui, porta un coup fatal à son espoir de la retrouver comme jadis, à l'époque où, insouciants, ils se moquaient des dangers, des qu'en-dira-t-on, des inconvenances. « Nous étions jeunes et inconscients, songea-t-il. Rien ne sera plus jamais comme avant. »

Découragé, mais les idées claires, il quitta le château alors que le bal s'enfonçait joyeusement dans une nuit d'amusements sous la lumière des lampions.

A minuit, alors que les feux d'artifice embrasaient la voûte céleste, Adrien se dirigea vers le mas d'Armand Vidal à qui il pensait redemander du travail.

Le lendemain, après une nuit courte et loin d'être idyllique, Camille, la mort dans l'âme, fit route pour Frontignan en compagnie de son mari.

Adrien attendit la pointe de l'aube pour frapper à la porte des Vidal. C'est Marie qui vint lui ouvrir. En l'apercevant sur le seuil, la jeune fille s'avança vers lui, lui sourit, l'embrassa sur la joue et dit simplement :

« Finissez d'entrer, Adrien. Nous vous attendions. Nous savions que vous reviendriez. Comme je suis heureuse ! »

19

Noces tragiques

Le retour d'Adrien au mas Figueirol fut fêté aussi joyeusement qu'au Brûlement, chez ses parents, deux semaines plus tôt. Les Vidal et leurs filles l'attendaient comme l'enfant prodigue. Armand ne s'était jamais consolé de son départ, son remplacement par les deux apprentis ne l'ayant jamais tout à fait satisfait. Il n'avait embauché personne après que Petit Pierre fut parti à son tour en Algérie. Aussi, ce fut avec grand soulagement qu'il le reprit à son service.

« La situation n'est plus la même qu'il y a cinq ans, prévint Armand dès le lendemain, tandis qu'ils se promenaient ensemble dans les vignes. Le phylloxéra nous a fait beaucoup de mal depuis ton départ. J'ai tout tenté pour le combattre, même l'inondation, comme à Frontillargue.

— J'ai vu ce que cela donne. On dirait une vraie désolation.

— Dans l'immédiat, c'est encore la meilleure méthode pour exterminer la Bête. Mais cela nécessite de gros moyens, que je n'ai pas. J'ai fait ce que j'ai pu en forant dans mes vignes d'en bas. Mais sur les coteaux, j'ai dû arracher et replanter. »

Armand se désolait car ses dépenses s'étaient considérablement accrues. Comme la plupart des petits viticulteurs, toutes ses économies passaient au fur et à mesure dans l'achat des nouveaux plants américains. Or ceux-ci nécessitaient plus de traitements que les plants anciens. Il fallait les soufrer et les sulfater plus fréquemment.

« Pour compenser mes dépenses supplémentaires, poursuivit-il en pointant du doigt un nouveau tènement totalement replanté, j'ai choisi des variétés à gros rendements, comme les jacquez. Ils ne donnent qu'un vin à dix ou onze degrés, mais ils font plus de profit. Les quantités produites sont plus importantes.

— Hum ! Je comprends, fit Adrien, l'air dubitatif.

— A quoi songes-tu ?

— Oh, à rien de bien méchant ! Si tout le monde se met à faire du vin en grande quantité, on finira par faire chuter les prix.

— Hélas, tu as raison ! Déjà que le prix de l'hecto n'augmente pas ! Mais que peut-on faire d'autre dans l'immédiat ? »

Adrien n'avait pas la solution.

Quand il se renseigna sur ce que devenaient les vignes de Frontillargue, il fut encore plus effaré. On lui expliqua qu'Eugène Delcourt s'était lancé à tous crins dans la replantation de ceps américains. Dès qu'un carré de vigne présentait des signes de contagion, il donnait l'ordre d'arracher et de replanter aussitôt. Ainsi, petit à petit, escomptait-il se passer d'inonder ses terres, ce qui lui coûtait trop cher et mobilisait trop de personnel. Ses premières vignes replantées avaient déjà donné des vendanges inespérées, une récolte bien plus abondante que celle qu'il obtenait auparavant. Ayant de sérieuses relations dans le monde des affaires, il n'éprouvait aucune difficulté à écouler le vin de son chai. Il en faisait même parvenir dans les villes industrielles du Nord où son frère l'aidait à trouver des débouchés.

« Les affaires du châtelain ne souffrent pas de la crise, ajouta Armand, dépité. Seuls les gros s'en sortent !

— Il faudrait que nous, les petits, nous nous serrions les coudes pour produire des vins de qualité et lutter contre ceux qui spéculent et accaparent le marché. »

Armand approuvait Adrien, mais il avait conscience que l'époque qui s'annonçait ne serait facile pour personne et que, isolés et mal organisés, les petits viticulteurs seraient à la merci des grands propriétaires.

« C'est eux qui feront la loi du marché, regretta-t-il. Nous, nous devrons la subir ! »

Armand ne pensait pas si bien dire. La vigne s'étendait partout où il était possible d'en planter, y compris dans la plaine littorale sableuse où le terroir la protégeait naturellement contre toute invasion des pucerons dévastateurs. Ailleurs les plants américains étaient systématiquement utilisés et commençaient à faire la force des plus nantis.

Adrien se mit alors en tête l'idée de sauver les vignes de Figueirol et de se dresser, coûte que coûte, contre l'arrogance du châtelain de Frontillargue. Il ne l'avoua pas à Armand, mais sa déconvenue vis-à-vis de Camille le renforçait dans sa rage de combattre son père. « A charge de revanche », se dit-il en son for intérieur, en adressant secrètement sa pensée à Camille.

* *
*

D'un automne à l'autre, la situation finit par se stabiliser. Les Vidal, comme bon nombre de viticulteurs de la région, croyaient le gros de la crise derrière eux. Ils portaient tous leurs espoirs sur les nouveaux plants importés qui donnaient plus de vin, mais moins alcoolisé et de moindre qualité. Un tournant était en train de s'opérer.

Deux ans s'écoulèrent. Certains cépages commençaient à donner des signes inquiétants de faiblesse. Des petits viticulteurs durent les remplacer par d'autres cépages recommandés par les agronomes. Une fois encore l'inquiétude envahit les esprits. La colère grondait.

« Et si tous nos efforts étaient voués à l'échec ! » se demandaient la plupart.

La déficience de certains cépages n'était pas due au phylloxéra. Comme en Amérique, le puceron s'attaquait aux racines mais sans gravité. Il ne détruisait pas les variétés importées. En réalité, celles-ci n'étaient pas toutes acclimatées au terroir dans lequel les vignerons les avaient transplantées.

Armand Vidal n'eut pas trop de perte parmi ses nouvelles vignes. Il fit contre mauvaise fortune bon cœur, face à la malchance de plusieurs de ses voisins dont les vignes avaient fini par périr, ayant fait le mauvais choix.

Aussi, quand Marie annonça à ses parents qu'Adrien lui avait demandé de devenir sa femme, la joie explosa chez les Vidal, comme au bon vieux temps où les vendanges apportaient leur content de bonheur.

Célestine fut la première avertie et à se réjouir. Armand, quant à lui, se lissa les moustaches, arrondit son ventre en s'étirant d'aise et laissa échapper, quand Adrien parut derrière Marie :

« Viens ici, mon gars, que je t'embrasse ! Y a tellement longtemps que j'attendais ce moment-là. Je commençais à croire que notre Marie te laissait indifférent. Voilà deux ans que tu es revenu parmi nous, et deux ans que tu tournes autour du pot. Je me disais : Peut-être bien qu'elle ne lui plaît pas, notre Marie ! Ah, que tu m'en vois heureux ! Et Célestine aussi. Vois comme elle pleure de joie ! »

Adrien prit Marie dans ses bras et avoua :

« C'est Marie qui m'a ouvert les yeux sur la vie. Je me suis longtemps retenu. Mais maintenant j'en suis sûr, il ne sert à rien de bâtir des châteaux en Espagne. Nous serons heureux, Marie et moi. Si vous voulez de moi comme gendre !

— Si je veux ? Quelle question ! »

Dans son fauteuil, Madeleine ne semblait pas participer à la joie de ses parents. La sœur cadette de Marie voyait dans cette déclaration tous ses rêves s'évanouir brutalement. Certes, elle n'ignorait pas qu'Adrien et Marie se retrouvaient souvent seuls, le soir ou les jours de moindre labeur. Elle avait deviné la nature de leurs relations. Mais elle continuait d'espérer qu'Adrien n'avait pas encore choisi entre elle et Marie. Pendant les deux ans qui venaient de s'écouler depuis le retour d'Adrien, elle n'avait vécu que pour ces doux moments qu'il lui consacrait, les soirs d'hiver au coin du feu, et sous la treille devant la porte, dès que les premières chaleurs du printemps permettaient de traîner dehors jusqu'à l'heure du coucher. La présence de Marie ne l'avait jamais empêchée de nourrir à son égard des sentiments de plus en plus forts. Au point qu'elle avait fini par se convaincre que c'était elle qu'il aimait et qu'il finirait un jour par se déclarer.

Sa déconvenue fut immense.

Dans les jours qui suivirent, elle se morfondit de désespoir, refusant de manger, de sortir de sa chambre, de prononcer la moindre parole. Ses parents s'inquiétèrent, la croyant atteinte d'une nouvelle maladie.

Adrien comprit aussitôt les raisons profondes de son renoncement à la vie. Il força sa porte, resta un long moment en tête à tête avec elle, lui parla sans s'apitoyer, sans essayer d'attendrir son cœur. Ce qu'il lui expliqua, jamais Madeleine ne s'en épancha devant personne. Ce fut leur secret. Dès cet instant, la jeune fille refit bonne figure, embrassa sa sœur chaleureusement et lui souhaita d'être très heureuse avec Adrien.

« A la bonne heure ! se réjouit Armand. Nous allons pouvoir célébrer les noces dans la joie. Je ne sais pas ce que tu lui as dit, mais tu fais des miracles, Adrien. Même le docteur n'est pas parvenu à la remettre d'aplomb. D'ailleurs, depuis que tu es revenu dans cette maison, tout va toujours pour le mieux.

— N'exagérez-vous pas, Armand ? Je ne vous ai pas empêché d'attraper le phylloxéra.

— Certes, mais nous nous en sortons plutôt bien, grâce à toi, à ta force de caractère et ton bon sens.

— Cessez de m'encenser, père Vidal ! Tout à l'heure, vous allez croire que je suis capable de changer l'eau en vin !

— Ce serait trop beau ! Allons, buvons à vos amours ! Que vous nous donniez de beaux enfants ! Et vite. »

* *
*

Le mariage eut lieu au printemps suivant, tandis qu'à Frontillargue les machines à vapeur venaient d'être rangées dans les hangars. Les ouvriers du châtelain, en grand nombre, labouraient la terre des vignes devenue lourde de toute l'eau qui l'avait inondée cinquante jours durant. Par endroits, un vrai cloaque s'offrait au regard, pitoyable, fangeux. L'eau s'écoulait parfois difficilement et stagnait au pied des souches en formant des marigots où d'autres larves proliféraient. L'humidité ambiante favorisant le développement des champignons, les hommes ne cessaient de soufrer entre deux labours, quand le mistral s'atténuait. Celui-ci accélérait l'assèchement en rinçant le ciel des brumes matinales, et chassait les hordes de nuages qui pointaient à l'horizon dès qu'il montrait des signes de faiblesse. Dans de telles conditions, les vignerons n'étaient pas à la fête. Beaucoup, parmi les moins chanceux et les moins nantis, renonçaient, la mort dans l'âme, à ce qui les avait fait vivre jusqu'à présent.

La fête s'annonçait belle et joyeuse, cependant, à Figueirol. La famille d'Adrien au grand complet fit le déplacement. Augustin se laissa convaincre par Simon qu'il pouvait voyager en charrette jusqu'à Saint-Etienne, puis par la malle-poste jusqu'à Anduze, enfin par le coche jusqu'à Saint-Martin.

« Je resterai auprès de toi avec mère, lui promit-il. Nous t'installerons confortablement. Tu seras comme un prince dans son carrosse !

— Comme un impotent, tu devrais dire ; pire, comme un roi fainéant sur son chariot ! » grommela-t-il.

Son caractère s'était beaucoup aigri. Mais il finit par accepter, non sans se faire prier, à une condition :

« Que Rachel reste auprès de moi ! » exigea-t-il.

Celle-ci lui servit donc de garde-malade, une fois de plus, et ne le quitta pas de tout le voyage. Ses autres sœurs et beaux-frères se rendirent à Saint-Martin par leurs propres moyens. Tous s'y retrouvèrent la veille des noces. Une grande table avait déjà été dressée dans la cour, juste en face de la cave d'Armand Vidal.

« On se croirait à la veille du Dieu-le-veut ! » exulta Augustin, retrouvant soudain sa joie de vivre.

Les présentations faites, les Vidal et les Mazel s'entraidèrent pour préparer le repas du lendemain où une quarantaine de personnes avaient été invitées.

Un mariage mixte, un *bigarrat*, avait été décidé d'un commun accord entre les deux familles, Marie étant catholique et Adrien protestant. Toutefois, après être passés à l'église, les mariés durent se rendre au temple, aucun des deux religieux n'ayant accepté de sacrifier son lieu de cérémonie au profit de l'autre.

« Qu'à cela ne tienne ! s'étonna Armand, le premier à se réjouir de ce contretemps. Vous serez deux fois mariés ! »

Une fois les cérémonies religieuses terminées, les invités se retrouvèrent à festoyer joyeusement autour des nombreux plats mitonnés par Célestine, Marthe et leurs filles.

Adrien ne put s'empêcher de penser au mariage de Camille, à la foule des convives, au luxe déployé par son père pour ébahir ses invités, aux robes somptueuses des dames et des demoiselles d'honneur, aux tenues de soirée des messieurs, à la fête pyrotechnique qui avait embrasé la nuit d'une pluie d'étoiles.

« Quelle différence ! » se dit-il, en éprouvant soudain un relent d'amertume mêlé à un fond de tristesse.

Il se reprit aussitôt en voyant Marie radieuse, rayonnante de bonheur, ravissante dans sa robe d'une grande simplicité mais d'une éclatante blancheur. Sa peau dorée de jeune paysanne habituée à travailler au soleil lui donnait un petit air de gitane qui lui seyait à merveille. Ses longs cheveux auburn, qu'elle avait déployés sur ses épaules une fois la cérémonie achevée, ondoyaient comme une étole de soie portée par un souffle magique. A table, elle n'avait d'yeux que pour Adrien, ne voyait personne d'autre que lui, n'écoutait que ses paroles, n'avait qu'une hâte : se réfugier dans ses bras. L'amour se lisait à livre ouvert dans son regard. Tous enviaient Adrien.

Dans son fauteuil, Madeleine feignait d'être heureuse. Mais au fond d'elle-même, la tristesse la submergeait. Elle savait maintenant que son sort était scellé, qu'Adrien ne pourrait plus jamais être à elle. Elle se sentit soudain délaissée, abandonnée par la vie qui, songeait-elle en s'apitoyant sur elle-même, ne lui avait rien épargné. A la fin du repas, elle demanda qu'on la raccompagnât dans sa chambre, prétextant une grosse fatigue. Célestine s'en chargea, aidée de Simon et de Blanche, son épouse.

« Laissez-moi dans mon fauteuil, près du lit, leur demanda-t-elle. Je ne désire pas encore me coucher. Allumez-moi une chandelle. La pénombre me reposera. »

La fête se poursuivit tard dans la nuit. Deux amis d'Armand avaient sorti leurs violons et faisaient danser les invités sur des airs de quadrille, de mazurka et de valse populaire bien connus de tous. Le vin coula à flots. Les plats copieux furent servis une seconde fois, « pour terminer les restes », dit Célestine qui ne mesurait pas ses pas entre la cuisine et la table des convives.

« Asseyez-vous donc, proposa Marthe, toujours prête à donner la main. Je vais faire le service. Vous devez être fatiguée !

— A ce propos, il faudrait que j'aille aider Madeleine à se mettre au lit. Elle aussi doit être fatiguée.

— Laissez, je peux m'en occuper. »

Célestine, exténuée, laissa Marthe prendre soin de sa fille. Quand la mère d'Adrien entra dans la chambre de Madeleine, elle fit un pas en arrière. Horrifiée, elle posa sa main sur sa bouche, se retint de crier.

« Oh, mon Dieu ! » laissa-t-elle échapper.

Madeleine était à moitié étendue sur le sol, un drap noué autour du cou, accroché à la tête du lit, son fauteuil renversé sur le côté.

« Mon Dieu, qu'a-t-elle fait ! »

Marthe se précipita au-dehors, appela Simon et Adrien sans éveiller l'attention des autres convives.

« Vite, venez !

— Que se passe-t-il, mère ?

— Madeleine… »

Marthe ne pouvait prononcer une parole.

Ses deux fils se précipitèrent dans la chambre où gisait Madeleine et ne purent que constater l'irrémédiable.

Adrien desserra le drap, souleva le corps inanimé de sa belle-sœur dans ses bras, sortit sur le seuil de la maison, annonça, Simon à ses côtés :

« La fête est terminée. »

* *
*

Le deuil et la consternation remplacèrent la joie sous le toit des Vidal.

Armand et Célestine étaient inconsolables, ne trouvant pas de mots assez durs à leur égard pour s'accuser de ne pas avoir vu le malheur arriver. Adrien avait beau leur expliquer qu'ils n'étaient pour rien dans ce drame, qu'il avait lui-même parlé à Madeleine et qu'elle lui avait semblé redevenue raisonnable et sereine après son épisode dépressif, rien ne parvenait à les convaincre.

Le jour des funérailles, leurs amis affluèrent en grand nombre dans la petite église de Saint-Martin, ainsi que des voisins venus témoigner de leur sympathie. L'abbé Tricart accepta de fermer les yeux sur les circonstances du décès de la malheureuse Madeleine, et ordonna une messe qui tira la larme à l'œil de plus d'un fidèle.

En tant que proche voisin et membre influent de la paroisse, Eugène Delcourt vint en personne aux obsèques, accompagné de son épouse. Assis discrètement à quelques rangées de chaises derrière la famille de la défunte, ils se levèrent à leur tour au moment des condoléances et passèrent gratifier Armand et Célestine Vidal de leur soutien en de si pénibles circonstances.

Quand Eugène Delcourt arriva au niveau d'Adrien, il s'arrêta net, la main en suspens. Leurs regards se croisèrent.

« Vous ! » ne put se retenir le châtelain.

Adrien blêmit. Il n'avait pas remarqué la présence d'Eugène Delcourt et de son épouse dans l'assistance. Son cœur s'arrêta de battre. Il serra les poings, refusant la poignée de main d'usage.

Eugène Delcourt passa devant son ancien domestique sans ajouter un mot. Avant de s'éloigner, il se retourna dans sa direction, très intrigué.

« Qu'y a-t-il, mon ami ? lui demanda Eléonore sur le parvis de l'église.

— Rien d'important. J'ai cru reconnaître un de nos anciens ouvriers agricoles parmi la famille de la défunte.

— Quoi d'étonnant à cela ?

— Absolument rien, si ce n'est qu'il s'agit de... »

Le châtelain s'arrêta, conscient qu'il venait de trop parler.

« Finissez donc votre phrase, mon cher !

— Je croyais qu'il s'agissait de ce vaurien dont s'était entichée Camille. Mais je dois me tromper. Depuis tant d'années... je dois confondre.

— Vous ne vous trompez pas, Eugène. Il s'agissait bien de lui, de cet Adrien Mazel qui travaillait chez nous il y a quelques années.

— Comment, vous le connaissiez ?

— Croyez-vous que j'ignore tout de ce qui se passe sur mes terres ? Frontillargue est mon domaine, vous semblez l'oublier ! Cet Adrien Mazel, bien sûr que je le connais ! Camille elle-même m'avait parlé de lui. Vous pensez bien que j'ai fait ma petite enquête et me suis empressée de le rencontrer... à son insu, bien évidemment.

— Pourquoi m'avez-vous caché tout cela ?

— A quoi bon remuer cette pénible histoire, puisque vous avez su prendre les bonnes décisions pour notre fille et que tout est rentré dans l'ordre depuis longtemps ?

— Je me demande ce que cet Adrien Mazel fait avec la famille Vidal.

— Si vous vous occupiez un peu plus de votre entourage, vous sauriez qu'il était le marié de ces noces tragiques qui se sont terminées lamentablement par la mort de cette malheureuse.

— Adrien Mazel, marié à une fille Vidal !

— Vous devriez vous en réjouir. Il a fini par renoncer à notre fille et par comprendre qu'on ne se mélange pas entre gens de milieux différents.

— Hum !... Certes. Mais le voilà de nouveau bien près de nos portes. Heureusement que Camille habite loin d'ici et que son mari n'est pas homme à se laisser berner par le premier venu !

— Vous prêtez à notre fille des intentions qu'elle n'a pas.

— A Camille, non. Mais à cet Adrien, oui. »

Adrien fut aussi surpris par cette rencontre malencontreuse qu'Eugène Delcourt lui-même. Le passé venait de ressurgir tout à coup devant ses yeux : le châtelain, arrogant, possessif, vaniteux, accusateur ; Camille aux mille sourires, aux baisers enivrants, à la joie de vivre étourdissante, à l'insouciance tellement contagieuse ; les rendez-vous secrets dans le mazet des vignes ; les bruits furtifs dans la nuit ; les pointes d'angoisse qui les rendaient encore plus complices et rapprochaient leurs corps, leurs lèvres et unissaient leurs souffles ; ce régisseur, le diable en personne, et Henri Colas, l'ami complice qui ne disait mot mais parvenait toujours à justifier ses absences !

Que de souvenirs ressortaient subitement de sa mémoire !

Il en fut bouleversé toute la journée. Marie mit sa mélancolie sur le compte de la tragédie qui venait de se produire et ne lui en fit aucune remarque, se contentant de le consoler par sa présence.

« Ne te reproche rien, mon chéri. Ce que Madeleine a fait, tu n'en es pas la cause. Elle a toujours été très affectée par son état. Elle ne pouvait pas concevoir de vivre toute sa vie dans un fauteuil. Elle me l'a souvent confié, sans jamais avouer avoir l'intention de mettre fin à ses jours. Notre mariage l'a déstabilisée. La perception du bonheur chez les autres ne fait qu'accroître la tristesse chez ceux qui se sentent rejetés, mis à l'écart ou, comme Madeleine, simplement malchanceux. Ma sœur portait une croix trop lourde pour ses frêles épaules. En décidant de s'éclipser, elle a voulu laisser à notre amour toute la place pour s'épanouir. Elle devait croire que sa présence lui ferait de l'ombre.

— Elle avait tort. Et nous n'avons pas su la convaincre du contraire. »

Adrien était morose. Son bonheur était déjà empêtré dans un voile opaque tout empoussiéré de cendre, son esprit entaché maintenant d'un remords indélébile. Il avait l'impression d'avoir commis une grave erreur, d'avoir menti, de s'être menti à lui-même, comme pour mieux fuir la vérité.

Quelle vérité ?

Il avait beau se révolter contre cette pensée qui le tourmentait chaque soir et l'empêchait de se donner totalement à sa jeune épouse, cette pensée qui le terrifiait et lui procurait cependant tellement de chaleur dans le cœur, il ne parvenait pas à la chasser de son esprit : il aimait encore Camille à en mourir.

Et il en souffrait.

20

Signes du destin

L'année suivante, Marie mit au monde son premier enfant. Fabien naquit peu avant Noël et combla de joie ses grands-parents. Armand ne cessait de clamer partout dans Saint-Martin que ses vignes n'étaient pas prêtes à tomber dans les mains d'*estrangers*.

« La relève est assurée ! » se complaisait-il à répéter.

Certes, le nom des Vidal ne se perpétuerait pas, mais le sang n'était-il pas plus important ?

« Mon petit-fils, après mon gendre, agrandira mon modeste domaine. Les gros n'ont qu'à bien se tenir ! »

Adrien, moins exubérant, n'en éprouvait pas moins de bonheur. Il aimait sincèrement Marie, que la mort de Madeleine avait beaucoup perturbée au point que, tôt pendant sa grossesse, les contractions de plus en plus fréquentes et rapprochées avaient fait craindre le pire. Le médecin avait mis son état sur le compte du trouble qu'elle éprouvait. Marie, en effet, croyait qu'Adrien se culpabilisait à cause de la mort de sa sœur. Le voyant se renfermer de plus en plus, elle finit par s'angoisser elle-même, ne sachant plus que faire pour lui changer les idées et lui redonner le goût des jours heureux. Quand elle lui apprit qu'elle attendait un enfant, il parut ne pas se réjouir. Alors Marie sombra peu à peu dans la grisaille et commença à penser qu'elle aurait dû savoir s'effacer devant Madeleine avant qu'il ne fût trop tard.

En réalité, Adrien luttait pour chasser de son esprit et de son cœur l'image de Camille.

Avec le temps, il finit par reconnaître qu'il faisait fausse route, que sa vie était toute tracée avec Marie et leur enfant qui allait naître. Il réagit, se montra plus prévenant, libéra son amour pour Marie, s'étourdit dans le travail.

« Cet enfant est le plus beau cadeau de Noël qu'on m'ait jamais offert, lui avoua-t-il le jour de la naissance de son fils. Je suis sûr qu'ensemble nous ferons de grandes choses. »

Adrien ne savait pas, alors, ce que le destin leur réserverait.

Cette année-là, le gouvernement de Jules Ferry, poursuivant sa politique de grandes réformes républicaines, fit voter une loi autorisant la constitution de syndicats professionnels. Après la loi scolaire et la loi sur l'élection des maires par les conseils municipaux, la gauche républicaine finissait de consolider le régime. Elle y ajouta une loi autorisant le sucrage des vins et la fabrication de vins artificiels qui, sur le moment, ne fit pas grand bruit.

Armand Vidal, penchant pour les opportunistes de Gambetta, le « commis voyageur de la République », estimait cette mesure dangereuse.

« C'est la porte ouverte à tous les abus, expliqua-t-il à Adrien qui, lui, sans hésiter, soutenait Clemenceau et la tendance radicale.

— Je comprends votre crainte. Voilà pourquoi il faudrait au gouvernement des gens plus à gauche.

— Tu es jeune, mon gendre. Je comprends que tu puisses pencher pour les radicaux. A ton âge, on veut tout, tout de suite. Mais, tu verras, avec le temps, tu apprendras à te modérer, à être patient. Tout arrive à ceux qui savent attendre. »

Le mot *attendre*, Adrien l'avait banni de son vocabulaire. Il avait déjà trop attendu dans sa courte existence, trop espéré. En vain. Il avait attendu fébrilement ses premières vendanges, attendu Camille dans l'angoisse de la perdre, attendu un signe du destin. Qu'avait-il récolté à ce jour ? Où en était-il ? A bientôt trente ans, il n'était que le gendre d'un petit vigneron, alors qu'il avait rêvé de devenir un grand maître de chai, voire un viticulteur propriétaire de son propre vignoble. D'ailleurs, dans le village, ne l'appelait-on pas : « le gendre Vidal » ? Il aspirait à devenir quelqu'un, or on ne l'appelait même pas par son nom, Adrien Mazel ! Aussi, très naturellement, comme la plupart des gens qu'il côtoyait, tous journaliers, saisonniers ou ouvriers agricoles, soutenait-il les thèses les plus à gauche des républicains qui se disputaient le pouvoir. Le « programme maximum » de Georges Clemenceau lui semblait être la garantie contre tout risque de retour en arrière. La présence et l'influence du châtelain de Frontillargue dans le village, voire dans le département, confirmaient ses craintes. Les conservateurs ne seraient-ils pas tentés un jour de s'allier avec leurs adversaires d'hier, bonapartistes et autres royalistes à la Mac-Mahon déguisés sous des apparences républicaines ?

« Pour aller de l'avant, répondait-il à son beau-père, il faut toujours exiger plus. En politique comme dans la vie de tous les jours. »

Malgré leur léger différend politique, Armand et Adrien s'entendaient à merveille. Leurs caractères se complétaient. Le premier tempérait le second, le second secouait le premier et l'empêchait de s'empêtrer dans l'acquis.

Ensemble ils luttaient de toutes leurs forces contre les vicissitudes de leur vie de viticulteur, dans une période troublée et incertaine. Autour d'eux, le phylloxéra poursuivant ses ravages, ils assistaient à la disparition des petits vignobles, ceux dont les propriétaires n'avaient pas entrepris à temps la replantation. Ils voyaient partir de plus en plus de jeunes vers les villes industrielles, les usines et les mines du bassin alaisien qui connaissaient un regain d'activité grâce au désenclavement de la région par les voies ferrées. Les nouveaux colons des terres lointaines donnaient déjà de leurs nouvelles à leurs familles et expliquaient que l'avenir était dans ces ailleurs exotiques où tout était à faire, où tout était possible, même la vigne – et sans le phylloxéra !

Parfois Adrien se montrait songeur. Il se souvenait de ces premiers pionniers qui tentaient de planter de la vigne en Algérie.

« Un jour, reconnut-il devant Armand avec un certain fatalisme, ils nous enverront leurs cargaisons de vin par la mer. Le port de Cette[1] verra ses quais encombrés de futailles. Et les négociants ne se gêneront pas pour nous mettre en concurrence et baisser les coûts.

— Voilà pourquoi, petit, tu avais raison de l'affirmer, il nous faudrait faire du vin de qualité. Peu mais bon. Pas de cette vinasse que certains fabriquent déjà en grande quantité avec les plants américains. Malheureusement, aujourd'hui, nous n'avons que cette solution pour sauver notre vignoble. L'inondation a ses limites. Seuls nos jacquez, herbemont et noah résistent au mal. Et je reconnais que le vin qu'on en tire n'est pas fameux.

— J'espère qu'on trouvera bientôt un vrai remède à cette catastrophe. »

En réalité, Adrien ignorait que les scientifiques y travaillaient. Mais son découragement prenait parfois le pas sur sa patience.

1. Aujourd'hui : Sète.

Dans l'attente de jours meilleurs, il n'avait de cesse de redresser la petite propriété de son beau-père. Les nouveaux plants commençaient à donner des récoltes appréciables, à défaut d'être de qualité. Les terres étaient bien entretenues, les vignes toujours traitées à temps.

Marie aimait se promener dans le vignoble en compagnie de son fils, quand Adrien et son père y travaillaient. Elle portait Fabien dans ses bras, bien emmailloté et emmitouflé, et lui parlait comme si l'enfant était déjà capable de comprendre ses paroles. Elle lui montrait son père en train de soufrer contre l'oïdium, de sulfater contre le mildiou, d'échauder contre la pyrale. Elle lui expliquait comment son grand-père taillait les sarments, et pourquoi il fallait labourer entre les vignes. Fabien répondait par de tendres gazouillis qui n'avaient d'autre raison que la faim qui le tiraillait plusieurs fois par jour.

Aidé de Marcellou, l'ancien apprenti qu'après plusieurs années Armand avait gardé à son service comme ouvrier agricole permanent, Adrien passait des journées entières à labourer la terre du vignoble. C'était un travail astreignant qu'il n'aimait pas accomplir, mais qu'il faisait par nécessité. Les plants américains, en effet, exigeaient quatre labours pendant la saison froide. Adrien pratiquait cinq passages croisés avec sa charrue vigneronne entre chaque rangée de vigne. Tandis qu'il ouvrait dans la terre meuble de larges sillons pour bien aérer les racines des ceps, Marcellou, lui, *débuttait* le pied des souches de sa houe à trois dents et coupait les sagates[1] inutiles. Ensemble ils formaient une équipe soudée, efficace, en qui Armand avait toute confiance. Lui se contentait du travail de la taille, tâche méticuleuse et longue, « une science », comme il aimait l'affirmer.

« Une vigne bien taillée, proclamait-il à la cantonade, est signée de la main du maître. De son coup de cisailles dépend la vitalité des jeunes pampres. »

Et les vignes d'Armand Vidal, effectivement, passaient dans la commune pour les mieux taillées de toutes.

Au printemps suivant, Marie tomba enceinte une seconde fois. Fabien n'avait pas six mois. Adrien finissait de mettre en bouteilles le vin jeune de l'année quand elle vint lui apprendre la nouvelle. Le chai était grand ouvert, exhalant une puissante odeur d'alcool. Armand, de son côté, terminait l'ouillage des tonneaux qui renfermaient les vins de garde avant l'arrivée des chaleurs et les plaçait bonde de côté.

Quand il aperçut son épouse dans le halo du portail, Adrien eut une hésitation. A contre-jour, il ne distingua pas les traits de Marie. Celle-ci lui apparut telle une silhouette dessinée à l'encre de Chine

1. Rejets.

sur une toile de lumière éblouissante. Il s'arrêta de surveiller son travail. Le vin s'écoulait lentement par la cannelle et finit par déborder de la bouteille qu'il tenait à la main.

« Camille ! » s'étonna-t-il en écarquillant les yeux.

Marie ne réagit pas. Elle fit un pas en avant, s'aperçut qu'Adrien laissait s'écouler le vin à ses pieds, ressentit un profond malaise, tomba évanouie.

« Camille ! » répéta Adrien, sans réaction, enivré par les vapeurs d'alcool.

Le vin formait une flaque pourpre autour de lui. Il crut voir une mare de sang. Choqué, il reprit ses esprits. Il obtura la cannelle, se précipita vers Marie, se rendit compte de son erreur.

« Marie, Marie » ! s'écria-t-il en lui tapotant les joues.

Il la redressa, lui essuya le front, souffla sur son visage pour la rafraîchir. La jeune femme revint à elle.

« Marie, tu m'as fait peur !

— C'est... c'est les vapeurs d'alcool... cette odeur de vin. J'ai le cœur tout retourné, mentit-elle.

— Viens, sortons prendre l'air. Tu es blanche à faire peur. Qu'avais-tu de si important à me dire ? Ça ne pouvait pas attendre ce soir ? »

Marie ne répondait pas. Elle avait entendu Adrien l'appeler Camille avant de s'évanouir. Elle comprit aussitôt qu'il ne l'avait jamais oubliée. Elle feignit de ne pas s'en émouvoir davantage, étouffa son indiscrétion, hésita à annoncer ce qu'elle venait apprendre avec joie à Adrien. Il l'entraîna sur le chemin de Saint-Martin, se sentant coupable de trahison.

« Eh bien, reprit-il, vas-tu enfin te décider à me parler ?

— Adrien, jure-moi de ne pas te mettre en colère.

— Me mettre en colère ! Mais pour quelle raison ?

— J'ai… j'ai comme l'impression que ce que j'ai à t'apprendre ne te rendra pas très heureux.

— Parle !

— Je suis à nouveau enceinte. »

Adrien fut soulagé. Il croyait que Marie allait lui reprocher de l'avoir appelée Camille.

« Un autre enfant ! Tu attends un autre enfant ! Mais c'est merveilleux, voyons. Et tu croyais que j'en serais fâché !

— C'est que… lorsque tu m'as vue entrer, tu… »

Marie s'arrêta de parler.

« Oui ?

— Non, ce n'est rien. J'ai dû mal entendre. »

L'accouchement faillit mal se dérouler. L'enfant tardait à venir au monde et Adrien craignit pour la vie de Marie. Celle-ci s'affaiblissait de jour en jour, mais trouvait encore le courage de plaisanter.

« Le bébé n'est pas pressé de sortir de son nid. Il se trouve sans doute trop bien là où il est. »

Les derniers jours furent les plus pénibles. Marie ne pouvait plus quitter son lit. Or elle ne sentait rien venir. Elle crut sur le moment que le bébé avait cessé de vivre en elle, qu'il avait renoncé à la vie. Courageusement, elle garda pour elle ses pensées funestes, ne voulant pas paraître de mauvais augure ni inquiéter davantage Adrien et ses parents. L'accoucheuse la convainquit qu'il valait mieux appeler le médecin ; elle ne se sentait pas de taille à affronter ce qu'elle craignait.

Enfin, quand Marie perdit les eaux, Adrien dépêcha son beau-père au village. Le docteur Chabrières, que l'âge rendait moins véloce qu'au temps de sa jeunesse, se précipita au chevet de la parturiente et exigea qu'Adrien sorte de la chambre et attende tranquillement derrière la porte.

Angeline naquit dans le silence. Ni elle ni sa mère ne poussèrent de cris à la vie.

* *
*

Pour les besoins du mas, et surtout de son chai, Armand se rendait plusieurs fois par an dans les foires des villes voisines. Quissac était la plus proche. Il y effectuait ses achats de douelles pour la réparation de ses tonneaux, de cisailles, de houes, de quincaillerie diverse. Selon la saison, il y menait deux ou trois agneaux à vendre, acquérait en échange jambons, saucissons et autres salaisons qu'il ne produisait pas. Le marché de Quissac était très animé, comme tous ceux de la région qui voyaient descendre les paysans de la montagne voisine venus rencontrer ceux de la plaine et du plateau languedociens. C'était le lieu privilégié des gavaches pour se faire embaucher aux prochaines vendanges, pour y trouver une colle où il manquait des cueilleurs ou des porteurs. Les négociants en vin venaient y rôder en quête d'une bonne affaire à réaliser, d'un vigneron prêt à céder sa récolte à bon prix car acculé par les créanciers. Tout un monde de producteurs, d'acheteurs, de spéculateurs s'y mêlait, brassant des affaires parfois peu scrupuleuses sur le dos des moins nantis, les plus vulnérables en ces temps de crise.

Adrien accompagnait souvent Armand lorsque celui-ci devait trouver acheteur pour son vin. Le printemps était la meilleure période de l'année pour écouler la dernière récolte et faire place nette dans les tonneaux pour l'automne suivant. Ils prenaient soin d'emporter avec eux un demi-muid de leur dernier cru ainsi que quelques bouteilles de vin de garde soigneusement étiquetées au nom pompeux de *Domaine de Figueirol*. Ils s'installaient au centre de la place où se tenait le marché, et haranguaient les passants en les invitant à déguster leur production. La concurrence était rude, car tous les petits viticulteurs des environs faisaient étalage de leur vin.

Le châtelain de Frontillargue dépêchait également deux ou trois ouvriers de sa cave. Leur étal était de loin le plus étendu et le plus remarqué. Plusieurs tonneaux, posés de chant, présentaient les différents crus disponibles au château. Des caisses de bouteilles scellées à la cire et aux étiquettes richement décorées attendaient les clients qui pouvaient goûter sans parcimonie les meilleurs millésimes. Eugène Delcourt n'avait aucune difficulté à écouler son vin. Les négociants n'attendaient pas les jours de grande foire pour signer avec lui leurs contrats. Ils se rendaient directement au château et, d'une année sur l'autre, renouvelaient leurs commandes.

Adrien évitait de côtoyer les hommes de Frontillargue. Ils lui rappelaient trop de souvenirs douloureux. Il préférait la compagnie des petits vignerons dont les inquiétudes et les soucis quotidiens étaient identiques aux siens.

A midi, tandis qu'Armand restait à surveiller sa marchandise, il les rejoignait dans un café. Ils mangeaient et buvaient ensemble en évoquant leurs difficultés face au phylloxéra, leur avenir incertain, leurs espoirs.

Ce jour-là, Armand s'était endormi sur son tabouret, adossé contre son tonneau. Les badauds s'étaient raréfiés. Il se retrouvait seul au milieu de son étalage. Un jeune garçon, pauvrement habillé, la chevelure hirsute, le regard noir, s'approcha de lui, hésitant. Son visage traduisait la vie dure qu'il devait mener chez lui. Il rôda un bon moment autour d'Armand, semblant guetter l'instant propice pour exécuter quelque rapine. Il avait repéré devant le vigneron endormi une grosse boîte en fer-blanc. Il s'inquiéta des allées et venues des rares passants autour de lui, bondit en direction d'Armand et, en un éclair, lui déroba sa boîte métallique.

De retour, Adrien l'aperçut. Tête baissée, l'enfant fonçait dans sa direction à brides abattues, dissimulant l'objet de son larcin sous sa cape de berger. Adrien fit deux pas de côté et n'eut que le temps de le happer au passage.

« Holà, petit ! Où cours-tu si vite ? »

L'enfant se débattait comme un animal rétif pris au piège.

« Lâchez-moi ! Lâchez-moi !

— Je te lâcherai si tu me montres ce que tu dissimules sous ta cape.

— Je n'ai rien, lâchez-moi ! »

Adrien, le tenant des deux mains, le secouait de toutes ses forces. La boîte qu'il tenait tomba à ses pieds.

« Et ça, ce n'est rien ? Je t'ai vu dérober cette boîte à ce monsieur qui dort là-bas contre son tonneau.

— C'est faux ! Cette boîte m'appartient.

— Tiens donc ! Ouvrons-la pour voir ce qu'elle contient. »

Le jeune garçon se calma, mais regarda Adrien l'air mauvais. Celui-ci eut une étrange impression. Il lui sembla tout à coup reconnaître l'enfant.

« Mon père me vengera. Il vous cassera la figure !

— Ton père, parlons-en ! Où est-il, que je lui annonce que son fils n'est qu'un petit voleur ?

Regarde cet argent dans cette boîte, il n'est pas à toi. Tu l'as volé, je t'ai vu. Je devrais te conduire chez les gendarmes.

— Laissez-moi partir !

— Pas avant que tu me dises où est ton père. Je suppose que tu n'es pas venu seul à la foire !

— Mon père, quand vous l'aurez vu, vous changerez d'avis. »

L'enfant pointa du doigt un homme de grande taille, affublé d'un large chapeau de feutre et d'une ample pèlerine de grosse laine. Celui-ci approchait l'air menaçant. Son visage était creusé de rides profondes qui lui donnaient l'aspect d'un être sorti d'une époque lointaine.

« Qu'est-ce que vous lui voulez à mon fils ? » éructa-t-il d'une voix caverneuse.

Devant le colosse qui s'avançait vers lui, Adrien garda son calme.

« Cet enfant est à vous ?

— Je viens de vous le dire.

— Vous devriez mieux le surveiller.

— Jean, qu'as-tu fait encore ? grommela l'homme en ôtant sa ceinture de son pantalon. Je t'avais pourtant dit de te tenir tranquille. »

Adrien comprit immédiatement ses intentions.

« Rien de bien grave, reprit-il en prenant la défense du jeune garçon. L'incident est réparé.

— Il n'y a pas de voleurs chez les Lescure ! La pauvreté n'excuse pas tout.

— Vous vous appelez Lescure ? Moi, c'est Adrien Mazel. Laissons cette histoire, voulez-vous. Votre fils en tirera bien une leçon, n'est-ce pas, Jean ?

— Je ne vous aime pas ! jeta l'enfant pour toute réponse à la face d'Adrien.

— Ne faites pas attention à ce petit morveux. C'est un vrai sauvage. Il n'a pas dix ans et c'est déjà une teigne ! Mais il ne perd rien à attendre ! On s'expliquera à la maison.

— Ne soyez pas trop dur avec lui. Les enfants ne savent pas toujours ce qu'ils font. Ni qui ils sont ! »

Le destin venait de mettre sur le chemin d'Adrien son propre fils. Et ce ne serait pas la dernière fois.

* *
*

L'automne amena bientôt sa palette de couleurs chaudes, poussant l'été dans ses derniers retranchements. Aux vendanges succédait le temps de la cuvaison pendant lequel Adrien devenait vraiment le maître de Figueirol, caviste à défaut d'être maître de chai. La cave d'Armand, en effet, paraissait bien modeste en regard de celle d'Eugène Delcourt. Avec seulement l'aide de Marcellou et de son apprenti, il venait facilement à bout des quatre cents hectolitres que produisaient alors les vignes d'Armand Vidal. Celui-ci se reposait de plus en plus sur son gendre en qui il voyait son successeur naturel. Aussi évitait-il de mettre les pieds dans sa cave quand Adrien préparait les assemblages ou procédait aux derniers soutirages avant de laisser le vin se reposer tout l'hiver et se bonifier.

Sous son toit régnait une profonde harmonie. Célestine ne quittait jamais ses fourneaux, trop heureuse de satisfaire ses « hommes », comme elle disait en parlant de son mari, de son gendre, de Marcellou et de Jeantet, l'apprenti. Marie s'occupait de Fabien et d'Angeline, et avait fort à faire toute la journée entre les biberons, les langes et les lessives. Les enfants apportaient des notes de gaieté dans cet univers fait de labeur et de persévérance face aux difficultés quotidiennes. Le souvenir de Madeleine était omniprésent et venait parfois obscurcir cette apparente sérénité. Quand l'un d'entre eux venait à évoquer son souvenir, les visages se refermaient aussitôt, les langues s'arrêtaient de s'épancher, la tristesse gagnait les cœurs. Il fallait qu'Adrien – souvent le premier – détourne la conversation pour que tous finissent par retrouver le goût du piment qui empêchait leur vie de s'engrisailler.

La pauvreté, en effet, se répandait. Beaucoup de journaliers, de tâcherons ne trouvaient plus d'embauche. Sans terre, sans vigne à exploiter, ils étaient les plus démunis, la proie de tous les profiteurs. Certains quémandaient l'aumône sur le parvis des églises à la sortie de la messe, d'autres erraient le long des routes, de ferme en ferme en quête d'un menu travail. Peu de vignerons les engageaient, la crise touchait aussi les petits propriétaires étranglés par les dettes, ainsi que les commerçants et les artisans qui perdaient chaque jour leurs clients. La replantation avait un coût que beaucoup d'entre eux ne pouvaient plus supporter.

Dans cette morosité ambiante, Armand ne trouvait de joie et de réconfort que dans sa famille qui s'agrandissait autour de lui, et dans l'acharnement d'Adrien à résister à l'adversité.

« Heureusement que tu es revenu et que tu as épousé Marie ! ne cessait-il de lui dire avec gratitude. Je ne sais pas ce que nous serions devenus sans toi.

— Un autre aurait frappé à votre porte et aurait fait le bonheur de votre fille. Les garçons honnêtes et courageux ne manquent pas !

— Psitt... psitt... ! C'est toi qui devais venir, pas un autre. C'était écrit.

— Seriez-vous devenu superstitieux, beau-père ?

— Absolument pas ! se défendit Armand. En attendant, donnez-nous encore, tous les deux, un beau petit-fils. Ainsi l'avenir sera vraiment assuré. Il faut deux garçons dans une famille. Crois-moi, je sais ce que j'affirme, moi qui n'ai su faire que deux filles à ma pauvre Célestine. »

Un an s'écoula. Marie n'était pas retombée enceinte, à son grand soulagement. La naissance d'Angeline ne lui avait pas laissé que de bons souvenirs. Elle n'en disait mot à personne, pas même à Adrien, ne désirant pas briser les élans d'amour qu'il lui montrait de plus en plus, comme si l'ombre de Madeleine – et de Camille aussi, elle n'en doutait pas – avait fini par se dissiper dans la lumière de leur foyer. A force de l'espérer, elle finit par croire qu'elle ne pourrait plus avoir d'enfants. Cela la réconfortait, non sans lui laisser au fond d'elle-même une petite crainte qu'un jour Adrien puisse lui reprocher d'être devenue stérile.

Le soir, dans l'intimité de leur chambre, elle se réfugiait contre lui, voulant profiter de sa chaleur et se réconforter dans ses bras. Mais elle évitait tout contact qui pût éveiller en lui des désirs charnels. Elle préférait s'endormir lentement en se sentant protégée, avec l'assurance que chaque matin serait une éclosion de bonheur. Elle n'éprouvait plus le besoin du plaisir comme au début de leur mariage, quand le feu la dévorait de l'intérieur et ne trouvait à s'éteindre qu'après avoir embrasé tout son corps. La présence, la prévenance, la gentillesse d'Adrien, la part qu'il prenait à l'éducation de leurs enfants étaient pour elle des marques d'amour aussi importantes, aussi fortes que les élans dont il la gratifiait et qu'elle lui refusait parfois, de crainte de tomber enceinte. Elle ne pouvait pas toujours le repousser. Au reste, lorsque cela lui arrivait, Adrien s'assombrissait et elle s'en trouvait contrariée toute la journée.

Deux ans après la naissance d'Angeline, malgré toutes les précautions qu'elle prenait – souvent à l'insu d'Adrien lui-même qui, lui, ne cessait de souhaiter comme Armand la venue d'un autre enfant –, Marie ne vit plus ses jours pour la troisième fois. Elle s'efforça de croire qu'il s'agissait d'un dérèglement passager, voulut ignorer son aménorrhée, cacha son angoisse à tout son entourage. Lorsque Adrien se montrait trop pressant, elle prétextait une grosse fatigue, une contrariété, lui tournait le dos dans le lit et, à regret, les yeux noyés de larmes, s'endormait seule de son côté, l'esprit complètement obscurci de sombres pensées.

Personne autour d'elle ne s'aperçut de son état. Elle-même niait ce qu'elle sentait en elle comme un corps étranger qui, par ailleurs, refusait de grossir. Effectivement, son ventre ne s'arrondissait pas, ses traits ne s'alourdissaient pas. Elle mangeait peu, n'éprouvait aucune sensation de faim. Son regard perdit bientôt toute expression, au point que sa mère, la première, finit par s'inquiéter et en parla à Adrien. Celui-ci la rassura, mais sentait que Marie lui cachait quelque chose. Ses refus systématiques devant ses avances lui paraissaient de plus en plus étranges.

Sept mois passèrent ainsi. Personne ne soupçonna l'état de Marie. Celle-ci refusait tellement sa grossesse qu'elle finissait par se persuader elle-même qu'elle n'était pas enceinte. Mais le huitième mois, les malaises qu'elle commençait à éprouver de plus en plus fréquemment mirent Célestine en alerte.

« N'attendrais-tu pas un enfant, Marie ? lui demanda-t-elle, quand les hommes furent partis dans les vignes.

— Un enfant ! Pas du tout. Pourquoi cette question, mère ?

— Ton état m'inquiète. »

Marie ne put cacher plus longtemps son secret. Quand les contractions la clouèrent au lit un beau matin et qu'elle perdit les eaux, elle s'efforça encore de ne pas appeler sa mère à l'aide. Mais la douleur fut la plus forte. Alertée par ses plaintes, Célestine pénétra dans sa chambre, toute retournée, aperçut le drap du lit souillé, comprit aussitôt.

« Mon Dieu ! fit-elle. Pourquoi ne m'as-tu rien dit plus tôt ? Comment vais-je faire à présent ? Je suis seule à la maison. Je ne peux pas te laisser dans cet état !

— Je vous en prie, mère, courez vite chercher l'accoucheuse ! »

Célestine hésita quelques secondes, puis se précipita au village avertir le docteur Bontemps qui remplaçait le vieux docteur Chabrières depuis un an. Elle ne le trouva pas à son cabinet. Il était parti visiter ses malades. Elle patienta plus d'une heure sans cesser de se ronger les sangs.

Quand le médecin rentra de sa tournée, elle ne lui laissa pas le temps de déposer sa sacoche :

« Vite, docteur, ma fille est en train d'accoucher !

— En train d'accoucher ! Mais c'est impossible, voyons ! Je l'ai vue il n'y a pas trois jours au village ; elle n'était pas enceinte, que je sache !

— Nous non plus nous ne savions pas. Nous n'avons rien vu venir. Elle nous l'a caché.

— Par tous les saints, comment cela est-il possible ? » s'étonna le jeune médecin.

Il fit monter Célestine dans sa carriole et fouetta sa jument qui prit le galop jusqu'à Figueirol.

Quand ils pénétrèrent dans la chambre, Marie gisait sur son lit, sans vie, son enfant dans une flaque de sang, encore attaché par le cordon ombilical mais vivant.

Le destin venait de donner à Adrien son quatrième enfant, mais le laissait à nouveau seul dans la vie.

21

Retrouvailles

En cette fin de décennie, le spectre de la surproduction commençait à poindre. Les années 1890, qui s'annonçaient, semblaient marquer un tournant dans la crise que connaissait le vignoble français. Certains prédisaient avant l'heure qu'après la crise de la vigne on s'acheminait à petits pas, mais inexorablement, vers la crise du vin.

Comme l'avait craint Adrien, le port de Cette importait déjà quantité de vins algériens. Une nouvelle activité centrée sur le commerce viticole s'y développait et donnait à ce modeste port de pêche une arrogance que les Marseillais commençaient à jalouser. Certes, l'extension du mildiou et son traitement par la bouillie bordelaise, mis au point par les chimistes Millardet et Gayon en 1885, avaient renchéri pendant quelques années le prix de revient de l'hectolitre, d'autant plus que la nouvelle sulfateuse Vermorel, indispensable pour traiter de grandes quantités de vignes, coûtait cher. Mais dans l'Hérault et dans le Gard, les premiers touchés par le phylloxéra, les viticulteurs avaient procédé plus tôt à la replantation et commençaient à obtenir des rendements plus élevés qu'avant le fléau. Or la demande en vin avait tendance à stagner. Le danger de surproduction commençait à se profiler et à inquiéter certains producteurs, pas toujours ceux qui écrasaient déjà le marché, à l'instar du châtelain de Frontillargue.

Des petits viticulteurs, surtout ceux qui souffraient de ne pas pouvoir produire autant qu'avant, profitaient de la loi sur le sucrage pour augmenter leur production. Acculés, devant l'impossibilité de vendre leur insuffisante récolte à bon prix, ils n'hésitaient pas à additionner d'eau leur vin de première presse pour en augmenter la quantité et à sucrer le mélange pour en augmenter le degré d'alcool. L'opération était parfaitement licite, mais elle ne faisait qu'accroître le risque de rendre un jour la production pléthorique.

Eugène Delcourt connaissait bien les lois. Sans l'ombre d'une hésitation, il tira parti de la nouvelle législation afin d'asseoir davantage encore sa position de plus grand viticulteur de la région. Il estimait que, dans le monde de la viticulture comme dans celui de l'industrie, il n'y avait plus de place, dans l'avenir, pour les petits producteurs. Pour lui, seuls les grands vignobles, à l'image des grandes industries, survivraient dans un monde où les frontières s'ouvriraient et où la lutte acharnée pour la conquête de nouveaux marchés ne permettrait plus aux petits de survivre.

« Le libéralisme économique, voilà l'avenir ! proclamait-il quand il avait l'occasion de s'exprimer en public. Depuis le second Empire, les lois sur le libre-échange ont transformé le monde moderne. A chacun de nous de s'adapter ou de disparaître ! »

Le châtelain, déjà conseiller municipal, avait posé sa candidature aux premières élections où les maires devaient être élus par leurs conseillers. Il avait emporté l'enjeu politique avec une écrasante majorité, bien que passant pour un républicain très conservateur de dernière heure. Nul n'ignorait, en effet, ses antécédents et ses penchants pour l'autoritarisme. Mais sa position à Saint-Martin, son influence auprès des autorités préfectorales, les gratifications dont il savait habilement faire profiter tous ceux qui avaient besoin d'une aide administrative ou judiciaire avaient joué en sa faveur.

Armand Vidal avait poussé Adrien à se présenter sur une liste adverse. Mais celui-ci avait refusé, prétextant qu'il ne souhaitait pas affronter son ancien patron. Alors il s'était décidé à le faire à sa place. A son grand étonnement, il avait gagné en nombre suffisant les suffrages de ses partisans – tous petits propriétaires, journaliers et ouvriers agricoles –, et avait été élu. Il se retrouvait donc conseiller d'opposition à la municipalité de Saint-Martin.

« Vous défendrez les intérêts des petits, Armand, l'avait félicité Adrien le soir des élections. Je sais qu'ils peuvent compter sur votre soutien.

— Je crains, hélas, qu'à la place qu'il occupe, le châtelain ne nous laisse pas beaucoup de choix ! »

Les deux hommes n'ignoraient pas qu'Eugène Delcourt pratiquait sans vergogne le sucrage et le mouillage de son vin. Au reste, il ne se cachait pas d'importer par chemin de fer jusqu'à Alais, puis par la route jusqu'à Frontillargue, de grandes quantités de sucre que son frère lui faisait parvenir du nord de la France. Il avait gardé un réseau influent de connaissances parmi les industriels des Flandres, les betteraviers n'étant pas les dernières de ses relations. Avec les vignobles en faillite qu'il avait rachetés les uns après les autres, à Saint-Martin d'abord, puis dans les communes limitrophes jusqu'aux contreforts du pic Saint-Loup, le châtelain de Frontillargue était, à l'orée de la nouvelle décennie, à la tête d'une propriété viticole de plus de deux cents hectares. Celle-ci le mettait à égalité avec tous les gros propriétaires, châtelains et autres barons qui constituaient l'aristocratie du vignoble languedocien. Un certain nombre d'entre eux déléguaient leurs pouvoirs à leurs régisseurs, préférant résider en ville plutôt qu'au milieu de leurs vignes, à Nîmes ou à Montpellier, quelques-uns à Paris. Eugène Delcourt, lui, estimait qu'un grand propriétaire, tel un capitaine d'industrie qu'il se considérait être encore, se devait de vivre au cœur même de ses terres, parmi ses gens, sa domesticité, prêt à affronter la tempête quand soufflait le vent de la révolte ou quand, par inertie, le navire avait tendance à ne plus progresser, toutes voiles dehors cependant.

Armand Vidal reprochait à la loi de 1884 de profiter surtout aux gros viticulteurs. Certes, les petits ne se privaient pas non plus de sucrer leur vin – et ce n'était qu'un début ! –, mais le danger venait selon lui de la mévente qu'une telle méthode finirait par engendrer. Il craignait à juste titre que cette mesure ne se retournât finalement contre ceux qui la pratiquaient et qui ne détenaient ni les moyens colossaux ni les relations que possédaient les châtelains et les barons du terroir. Lui, en tout cas, refusait de tels procédés.

« Jamais à Figueirol, je ne mettrai de l'eau dans mon vin ! » aimait-il affirmer pendant les séances du conseil municipal ou quand il levait son verre à table pour tenter d'oublier les malheurs qui l'accablaient.

Depuis le décès de Marie, Armand avait tendance à noyer son chagrin dans le vin. Plus d'une fois Adrien dut l'aider à regagner sa chambre et à se déshabiller, la pauvre Célestine étant au désespoir. Le spectacle qu'il imposait à ses petits-enfants l'affligeait. Rien ne semblait remettre Armand dans le droit chemin. Adrien avait beau le distraire, le faire parler des dernières délibérations du conseil, il ne trouvait aucun remède au chagrin de son beau-père.

« N'avoir que deux filles et les voir disparaître l'une après l'autre dans la fleur de l'âge, se plaignait-il en sanglotant, tu ne peux pas savoir ce que cela fait, Adrien. Je ne te souhaite pas de connaître un tel malheur.

— Tu oublies que Marie était son épouse, Armand ! le rabrouait Célestine. Son chagrin vaut bien le nôtre. Tu n'as pas le droit de parler ainsi ! Tu devrais penser à tes petits-enfants, toi qui étais si fier d'avoir deux petits-fils ! »

Fabien, Angeline et Maxence, le dernier-né, emplissaient le mas des Vidal de leurs cris joyeux, sans se rendre compte du chagrin de leur père et de leurs grands-parents. Les enfants ont cette grande faculté d'occulter le malheur en attirant vers eux la lumière du jour.

Loin de se laisser abattre, Adrien trouvait dans son travail la seule échappatoire au tragique destin qui semblait s'acharner sur lui. Parfois il se laissait envahir par la mélancolie et plongeait dans le doute. « Qu'ai-je fait au ciel pour mériter un tel sort ? » songeait-il alors. Mais ses enfants le ramenaient très vite à la vie et il reprenait avec ardeur le chemin de ses vignes.

* *
*

Loin de Saint-Martin et de Frontillargue, Camille ne l'avait pas oublié. Depuis son mariage avec Hubert de Vitrol, elle menait grand train de vie dans le château de son mari, au milieu d'un immense domaine entièrement consacré à la vigne et qui n'avait rien à envier à celui de son père. A Frontignan, comme partout ailleurs, le phylloxéra avait décimé les anciens cépages et la replantation poursuivait son cours.

Le baron de Vitrol avait introduit dans son vignoble des espèces de plants hybrides issus d'un minutieux croisement d'un plant américain et d'un plant français. Il croyait en effet que c'était la seule solution pour allier la robustesse des souches importées et la qualité des vieilles vignes traditionnelles. Les premiers essais en production directe semblaient prometteurs. De nombreux viticulteurs tentaient l'expérience un peu partout. Au cours d'une visite de son beau-père, il lui fit part de ses résultats encourageants. Eugène Delcourt décida aussitôt de l'imiter et d'arracher toutes ses vignes dont le rendement était médiocre pour les remplacer par des hybrides.

Camille ne pouvait s'empêcher de suivre attentivement l'évolution des événements qui touchaient à la vigne. Elle se tenait au courant, comme naguère dans sa jeunesse, de toutes les innovations. Elle avait appris, par les relations qu'elle entretenait dans le milieu de la faculté de pharmacie de Montpellier, que l'on cherchait aussi à mettre au point un procédé de greffage. Pour l'instant, les résultats n'étaient pas encore probants, mais l'expérience suivait son cours.

Loin de Frontillargue, elle s'était affirmée dans l'entourage de son mari. Depuis les premières années de leur mariage, elle donnait l'impression de former avec lui un couple exemplaire. Mais ce n'était qu'une façade. Camille n'avait pas encore donné d'héritier au baron de Vitrol. Celui-ci le regrettait vivement et commençait à la rendre responsable d'un tel manquement. Un jour de grande dispute, il lui reprocha ouvertement :

« Votre stérilité, madame, met en péril ma descendance ! »

A quoi, sans se départir de son calme, Camille répliqua :

« Rien ne prouve, monsieur, que la stérilité se trouve de mon côté ! Il vous est peut-être impossible de procréer. »

Le baron, blessé au plus haut degré dans sa fierté, faillit gifler son épouse. Mais Camille redressa effrontément la tête, le fixa dans les yeux, lui jeta au visage :

« Osez, monsieur ! Et vous ne me reverrez plus jamais. »

En réalité, le couple ne montrait qu'une apparence d'harmonie. Jamais Camille n'avait accepté son mariage forcé. Et si elle savait composer devant les amis de son mari et devant ses propres parents quand ils lui rendaient visite, elle poursuivait néanmoins, inlassablement depuis le jour où elle avait quitté Frontillargue, une lutte intestine contre tout ce qu'elle abhorrait : ce qui lui était imposé et qu'elle n'avait pas choisi.

Ainsi, en elle-même, refusait-elle d'avoir un enfant de son mari, bien qu'elle ne pût se refuser à lui. Elle rejetait l'idée même de pouvoir mettre au monde un enfant d'un homme qu'elle n'aimait pas ; en souvenir d'Adrien, de son amour, des liens qui, malgré tout, l'unissaient encore à lui.

Hubert de Vitrol en prenait grief. Son comportement à l'égard de son épouse devenait de plus en plus violent. Il parvenait mal à étouffer la hargne et la rancœur qui l'animaient. Les disputes du couple se multipliaient, froides mais tranchantes et irréparables. Camille finit par se refuser à son mari. Mais il forçait la porte de sa chambre et la prenait violemment, sans son consentement.

« Vous finirez bien par me donner ce fils que vous me refusez ! » s'écriait-il en la pénétrant à la hussarde, sans même se déshabiller.

Camille fermait les yeux, tentait d'occulter le mal qu'il lui faisait en la forçant, et mettait toute sa détermination et sa volonté à ne pas se laisser féconder. Et elle croyait y parvenir.

La violence d'Hubert de Vitrol commençait à déteindre sur son comportement quotidien. Il se montrait de plus en plus autoritaire avec son personnel, de plus en plus hargneux et belliqueux avec ses propres amis quand ceux-ci osaient le contredire. Il parcourait son domaine au galop comme un vrai cosaque à la poursuite d'un ennemi, traversait sans vergogne les terres cultivées de ses métayers sans se préoccuper des ravages qu'il occasionnait, ne se souciait pas des accidents qu'il pouvait provoquer en traversant comme un fou un hameau habité ou un village. Il trompait Camille avec des filles de ferme à qui il faisait mille promesses, sans s'inquiéter de les engrosser. A Béziers, où il fréquentait tous les tripots malfamés de la ville, il dépensait sans compter, invitait à sa table filles de joie, amis d'un jour, profiteurs de tout bord. Lui qui, avant son mariage, passait chez ses amis pour un aristocrate bien né et de bonne éducation finissait par devenir la honte de sa famille, un monstre d'orgueil, de vanité et de brutalité.

Ses disputes avec son entourage devinrent notoires. Il se complaisait à narguer ceux qui osaient s'opposer à lui. Il les défiait verbalement, en venait parfois aux mains ou les menaçait de leur envoyer ses témoins.

Un soir, à Carcassonne, alors qu'avec des amis de beuverie il avait ingurgité plus de vin que de coutume, il défia un jeune bourgeois qui ne cachait pas ses idées républicaines et critiquait les monarchistes. La discussion devint très vite houleuse et dépassa les bornes de la bienséance. Fou de rage et ivre d'alcool, Hubert de Vitrol se précipita au-devant de son interlocuteur et, le giflant devant toute l'assistance, lui dit, les yeux exorbités :

« Monsieur, je vous enverrai mes témoins. Soyez demain à l'aube au pied des remparts ! »

Ses amis le retinrent. Le baron ne se contenait plus. Le jeune offensé releva le défi et lui signifia qu'il ne se défilerait pas.

Le lendemain, dès potron-minet, ils se retrouvèrent au pied de la citadelle, derrière une poterne du château, chacun accompagné de trois témoins. Ceux-ci procédèrent à l'ultime tentative de réconciliation d'usage, puis sortirent de leurs écrins les pistolets du duel. Les deux hommes se défièrent une dernière fois du regard, prirent chacun leur arme, se retournèrent dos à dos et s'éloignèrent jusqu'à bonne distance. L'offensé tira le premier. Le baron, pourtant placé de profil, s'écroula aussitôt sans avoir eu le temps de faire feu.

Le destin venait de rendre à Camille sa liberté.

* *
*

Eugène Delcourt ne tenait pas à ce que sa fille revînt vivre à Frontillargue. Leurs affrontements, s'ils s'étaient atténués depuis son mariage, restaient encore en sa mémoire. Avec son veuvage et sa liberté retrouvée, Camille ne risquait-elle pas de renouer avec ses anciens penchants pour la rébellion familiale ? Il n'avait pas besoin que quelqu'un – surtout sa fille – vînt lui dresser des obstacles dans la bonne marche de ses affaires. Or, il en était persuadé, Camille critiquerait ses méthodes, ses relations, son enrichissement sur le dos des petits qu'il mettait tant d'acharnement à éliminer sur son chemin afin de devenir le seul grand maître viticulteur de toute la région.

Mais Camille ne put demeurer dans le château de son défunt mari. La mère de celui-ci, seule héritière du domaine des barons de Vitrol, lui signifia avec dédain que sa présence n'était plus souhaitable, étant donné qu'elle n'avait pas su assurer la descendance de son fils regretté. La noble douairière n'avait jamais apprécié les disputes violentes dont elle était parfois témoin. Elle pardonnait tout à son fils et tenait sa belle-fille pour responsable de sa mort tragique.

« Vous l'avez tellement déçu, lui reprocha-t-elle le jour même de ses funérailles, qu'il s'est mis à boire et qu'il n'a trouvé d'autre exutoire à ses tourments que de se laisser abattre sous le feu du premier venu sans tenter d'esquiver. C'est vous qui l'avez poussé au suicide.

— Madame, je ne vous permets pas ! se rebiffa Camille. Vous déraisonnez. Votre fils se comportait avec moi comme avec une de ses servantes. Vous n'ignorez pas, je suppose, qu'aucune d'elles ne lui a échappé. Vous attendiez une descendance ! Cherchez parmi vos domestiques ou vos filles de ferme. Vous la trouverez sans aucun doute. Pour ma part, je ne resterai pas une seconde de plus dans cette maudite demeure. »

Le lendemain des obsèques, Camille fit préparer ses coffres à bagages et, sans avertir, prit la route de Frontillargue où personne ne l'attendait.

Sa mère fut la première à l'accueillir. Elle se réjouit sincèrement de sa venue. L'annonce de la mort tragique de son gendre l'avait profondément bouleversée.

« Pas moi ! avoua Camille sans cacher sa pensée.

— Comment oses-tu affirmer une chose pareille, ma fille ? Te voilà veuve à trente-deux ans, sans enfant ; c'est tout l'effet que cela te fait !

— Le mari que vous m'aviez choisi, mère, n'était pas un homme de cœur. Il était loin d'avoir toutes les qualités que vous lui prêtiez.

— Je suis au courant du différend qui vous opposait. Au cours de nos visites à Frontignan, sa mère m'en entretenait à demi-mot. Tu pouvais bien comprendre sa déception !

— Ne pas avoir eu d'enfant de moi ne prouvait pas ma stérilité et n'excusait nullement son comportement à mon égard. Savez-vous qu'il m'a violée ?

— Oh ! que dis-tu là, Camille ? Ce mot… dans ta bouche !

— C'est la vérité, mère. Comment appelez-vous cet acte monstrueux quand un homme prend une femme par la force, sans son consentement ?

— Il ne peut s'agir d'un viol, voyons ! Tu étais son épouse.

— Ah, pour vous aussi, les hommes ont donc tous les droits !

— Ma chérie, je crois qu'il vaudrait mieux taire ces choses-là devant ton père. Tu le connais… je ne veux pas que votre guerre larvée reprenne de plus belle, maintenant que tu es revenue parmi nous. »

Eugène Delcourt était absent de Frontillargue. Il était parti à Tourcoing rendre visite à son frère pour s'occuper de la bonne marche de leurs usines et pour rencontrer ses principaux clients. A son retour, il ne cacha pas sa surprise devant la présence de sa fille. Celle-ci lui annonça son intention de revenir vivre à Frontillargue et lui promit de ne pas se mêler de ses affaires.

« J'ai seulement besoin d'un peu de repos, le rassura-t-elle. Père, faisons la paix, voulez-vous ? Aujourd'hui, je ne suis plus une enfant et je n'ai plus rien à prouver. Je désire simplement vivre en toute sérénité avec les miens et avec moi-même. »

Le châtelain était fatigué. Ses traits se creusaient sur son visage. Il parut prématurément vieilli aux yeux de Camille qui ne l'avait pas vu depuis plusieurs mois.

« Le voyage m'a épuisé, expliqua-t-il à son épouse qui s'inquiétait de sa santé. A mon âge, il me faudrait peut-être en rabattre un peu. Si seulement j'avais un petit-fils pour prendre la relève ! »

Camille ne releva pas la remarque de son père. En son for intérieur, elle pensa qu'il n'avait guère changé. Elle feignit de ne pas avoir entendu, lui demanda aussitôt des nouvelles de son vignoble, lui fit part des informations qu'elle détenait à propos des avancées du greffage. Il lui répondit calmement, mais, au ton de sa voix, Camille comprit qu'il se méfiait encore d'elle. « Il ne m'a pas tout à fait pardonné », songea-t-elle.

⋆ ⋆
⋆

Plusieurs semaines s'écoulèrent. Le printemps peignait les vignes d'émeraude et éclaboussait les coteaux de lumière. Partout ce n'étaient que jaillissement de couleurs, éclosion de parfums, renaissance à la vie. Au loin, le vert puissant des chênes moutonnait sur les crêtes, tandis que sur la plaine le pic Saint-Loup dressait sa blanche citadelle de calcaire. L'air palpitait en longs frissons et jouait dans les ramures des arbres de douces mélodies. Le ciel déversait ses douceurs, rincé par le vent de ses dernières traînes de brume. La terre exhalait encore une forte odeur d'humus et de fumier exacerbée par la rosée du matin, tandis que les collines se remplissaient de pépiements d'oiseaux.

Camille reprit très vite ses habitudes d'antan d'aller se promener dans les rangées de vigne. Encore toute vêtue de deuil, pour ne pas froisser la susceptibilité de sa mère qui tenait aux usages et aux bonnes convenances, elle n'en avait pas moins l'esprit ailleurs. A chaque pas, elle retrouvait un souvenir de jeunesse, une image heureuse, une seconde de bonheur accrochée à sa mémoire comme une perle de rosée éphémère. Il ne lui en fallait pas davantage pour rendre son âme sereine, pour la conforter dans l'idée que sa vie, loin d'être finie, allait reprendre à l'endroit même où elle l'avait interrompue quinze ans plus tôt.

Elle ne pouvait chasser de son esprit l'image d'Adrien. Instinctivement, elle revint rôder autour du mazet de leurs premières amours. Un jour, elle osa y pénétrer et fut surprise de le trouver dans le même état que jadis. Elle ramassa quelques brindilles sèches et alluma un petit feu à l'emplacement même où Adrien avait allumé le sien pour se sécher tous les deux, un soir d'orage. Tout ce qu'elle avait vécu de drames depuis ce jour-là s'effaça subitement de sa mémoire. Elle ne revit que les moments de bonheur qu'elle avait passés dans ses bras et se mit à souhaiter qu'il vînt, un jour, à sa rencontre.

Le printemps passa, puis l'été. Les vendanges avaient déjà commencé. Dans les vignes, les colles rivalisaient entre elles sous l'œil autoritaire de Léon Dubreuil. Le régisseur avait vieilli, lui aussi. Mais il n'avait pas perdu de son arrogance. Devant Camille, il se montrait maintenant d'une courtoisie exagérée, d'une prévenance grotesque. Il se faisait accompagner d'un garçon à l'allure frêle, qui paraissait plus jeune que son âge, un petit paysan à qui le châtelain donnait du travail par compassion, lui expliqua-t-il un jour qu'elle lui demanda de lui présenter le personnel.

« Il s'appelle Jean Lescure, fit le régisseur. C'est le fils d'un métayer que votre père a fait venir de l'Hérault. (Puis se retournant vers l'adolescent :) Enlève ta casquette devant la dame ! ordonna-t-il sèchement au jeune garçon... Ne faites pas attention à lui. Il est un peu sauvage. Je me demande bien pourquoi monsieur votre père me l'a flanqué à mon service !

— Pour vous soulager dans votre tâche, monsieur Dubreuil. Peut-être veut-il faire de lui votre successeur !

— Lui ! Ça m'étonnerait. Il est tout juste bon à garder les moutons de son père. »

Camille oublia vite cette rencontre et poursuivit inlassablement ses promenades dans les vignes, attentive à la qualité des raisins des nouvelles souches. Elle ignorait que son père mouillait et sucrait son vin en grandes quantités. Au reste, elle n'entrait jamais dans le chai.

Un soir, alors que les vendanges se terminaient par le traditionnel Dieu-le-veut, elle ressentit le besoin d'aller se réfugier dans le mazet. Une force intérieure l'y poussait. Tous les vendangeurs étaient attablés dans la grande cour, face au chai, et les domestiques s'empressaient de leur servir à table force victuailles et pichets de vin. L'atmosphère était à la liesse. Le châtelain en personne, selon son habitude, avait pris place parmi son personnel et se laissait aller à rire des plaisanteries parfois grivoises que les hommes ne se privaient pas de raconter tout haut.

Camille s'approcha discrètement du mazet. Autour d'elle, le crépuscule atténuait les formes, l'ombre des arbres s'allongeait dans les terres sous la lune rayonnante. Elle sentit l'odeur d'un feu de bois. Son regard se porta sur le toit du cabanon. Des volutes de fumée sortaient de la cheminée et s'alanguissaient au-dessus des vignes.

« Quelqu'un se trouve à l'intérieur ! » songea-t-elle, déçue.

Elle ralentit le pas, hésita à poursuivre son chemin.

« Un vagabond, peut-être ! Il vaudrait mieux m'en retourner. »

Elle pivota des talons, puis se reprit. Quelque chose l'attirait malgré elle vers le mazet. Sans réfléchir, elle se dirigea à nouveau dans sa direction, le cœur battant.

Quand elle parvint à deux pas du seuil de la maisonnette, dans l'ombre, une silhouette se détacha de l'embrasure de la porte. Surprise, elle s'arrêta sur-le-champ.

« Je t'attendais », entendit-elle sans percevoir les traits de l'inconnu qui se dressait devant elle.

Elle s'approcha, bondit de joie.

« Adrien ! »

22

Une nouvelle vie

Leurs retrouvailles paraissaient inespérées. Pourtant, chacun de son côté avait ressenti la présence de l'autre. Un même élan, un même pressentiment les avaient conduits vers le lieu de leurs premiers ébats, celui où leur amour s'était consolidé, ancré dans leur chair autant que dans leur cœur.

Camille était folle de joie. Elle ne pouvait se contenir. Son bonheur se lisait à livre ouvert sur son visage. Au point que sa mère finit par se demander si son esprit n'était pas un peu perturbé par les tragiques événements qu'elle venait de traverser à Frontignan.

Adrien, plus tempéré, commençait à revivre. Son veuvage, contrairement à Camille, l'avait profondément touché. C'était un homme encore marqué par le deuil que Camille avait retrouvé. Il ne lui cacha pas les sentiments sincères qu'il avait éprouvés pour Marie, même s'il reconnut néanmoins :

« Je crois qu'elle m'aimait plus que je ne l'aimais. J'étais tout pour elle. Elle se serait même sacrifiée pour sa sœur, si celle-ci le lui avait demandé. Nos enfants sont le fruit de notre amour, la preuve qu'elle m'aimait par-dessus tout.

— Je ne suis pas jalouse d'elle, lui avoua Camille. Je comprends très bien ce que tu peux ressentir encore. Jamais je ne te demanderai de la remplacer dans ton cœur.

— Tu ne pourras jamais la remplacer ! Tu étais la première. »

Adrien demanda du temps à Camille pour se retrouver lui-même, pour tenter de renouer le fil interrompu de leur existence commune, de leur amour.

« M'aimes-tu encore ? lui demandait-elle à chacune de leurs retrouvailles.

— Peux-tu en douter une seule seconde ? Si nos chemins se sont séparés contre notre volonté, maintenant qu'ils se sont rejoints, nous allons nous aimer au grand jour. Ce que nous avons vécu durant ces dernières années ne doit pas être un obstacle à notre amour qui n'a jamais cessé de brûler en nous. Il n'y a que deux petits problèmes.

— Lesquels ?

— Tes parents… et mes enfants.

— Pour moi, il n'y a pas de problèmes. Je saurai mettre mes parents devant le fait accompli. J'ai l'âge, maintenant, de décider seule de ma vie.

— Ils te renieront.

— Tant pis ! De toute façon, je n'avais pas l'intention de m'installer à demeure à Frontillargue.

Nous vivrons ensemble, Adrien, là où tu voudras de moi.

— Et mes enfants ?

— Tes enfants seront les miens. Et nous leur donnerons très vite d'autres frères et sœurs, n'est-ce pas ? »

Camille retrouvait l'air espiègle de sa jeunesse. Toujours aussi déterminée, elle riait de nouveau à la vie en se moquant des obstacles qui ne manqueraient pas de se dresser encore devant elle. Mais elle avait maintenant l'assurance d'une jeune femme mûre, que la vie n'avait pas épargnée et qui savait ce qu'elle voulait.

Aussi était-elle décidée à ne plus se laisser dicter sa conduite par personne.

Les mois de l'hiver passèrent sans que nul, ni à Frontillargue ni à Figueirol, ne se doutât de rien. Comme jadis, ils prenaient les mêmes précautions pour ne pas se démasquer, se rencontraient souvent à la nuit tombante dans le mazet des vignes, se donnaient l'un à l'autre avec une fougue que leur longue séparation n'avait fait qu'exacerber.

Camille rentrait au château au petit matin sans un mot d'explication, le visage radieux, mais, souvent, les cheveux défaits, car Adrien aimait qu'elle se donnât à lui sans apparat. Elle avait abandonné ses habits de deuil, au grand désespoir de sa mère, et arborait en plein hiver des toilettes colorées qui lui moulaient le corps, comme en portaient les jeunes gitanes.

Eléonore de Sumène s'inquiétait. Sa fille semblait avoir perdu la raison, le sens de la mesure. Elle la surprenait parfois à chanter dans sa chambre alors qu'il y avait tout juste un an que son mari était décédé. Camille lui tenait des propos qui laissaient supposer qu'elle aspirait déjà à se remarier – mais, cette fois, avec l'homme de son choix.

Eugène Delcourt se taisait, contenant mal les reproches qui le faisaient bouillir de l'intérieur chaque fois que sa fille lui annonçait ses intentions. Entre eux s'était instaurée une sorte de paix armée, chacun campant sur ses positions sans jamais tout à fait se découvrir. Trop préoccupé par le développement de son vignoble, surtout depuis qu'il s'était lancé dans les plants hybrides, il ne tenait pas à rajouter à ses soucis les problèmes posés par le comportement de sa fille. Résigné, il avait pris conscience qu'il ne pourrait plus l'empêcher d'agir à sa guise. Son mariage ne lui avait rien apporté d'autre que la honte et le déshonneur. Il ne tenait pas à poursuivre ce combat qu'il savait perdu d'avance.

« Camille a su défaire habilement ce que j'avais échafaudé patiemment pour nous tous par son mariage. Maintenant, qu'elle se débrouille ! ne cessait-il de grommeler devant son épouse.

— Vous aussi, vous la rendez responsable de la mort de son mari ?

— Si elle ne s'était pas refusée à lui, elle aurait eu des enfants et le malheureux baron n'en serait pas arrivé à de telles extrémités.

— Vous n'avez pas le droit de condamner ainsi notre fille !

— *Votre fille*, madame, ne mérite pas le nom qu'elle porte.

— C'est une de Sumène avant tout, mon cher ! Il est vrai qu'elle ne tient pas des Delcourt. Dans notre famille, on a toujours su où était l'honneur, le vrai. Jamais les hommes de notre lignée n'ont bafoué leurs épouses. Celles-ci ont toujours été des femmes de caractère, justes, droites et déterminées, ne vous en déplaise !

— Camille est bien à votre image. Elle a de qui tenir !

— Je ne m'en plaindrai pas, Eugène. »

La situation dans laquelle Camille mettait à nouveau ses parents par sa seule présence sous leur toit devint rapidement malsaine et insupportable. A tout moment, elle sentait poindre la dispute avec son père. Il ne lui reprochait rien, feignait de ne pas remarquer ses absences nocturnes, ses retours au petit matin, la gaieté qu'elle portait sur elle, alors qu'elle aurait dû avoir la décence de se contenir.

« Qu'a-t-elle donc ? finit-il par s'inquiéter auprès de son épouse.

— Ce qu'elle a ?... Mais elle est heureuse de vivre, mon cher, tout simplement ! De vivre enfin libre.

— Vivre libre, allons donc ! Qu'est-ce que le mot *liberté* signifie pour une femme à notre époque ? Une femme sans mari et sans enfants, qui plus est ! Si c'est être une femme libre que de traîner la nuit je ne sais où, comme elle le fait depuis qu'elle est revenue, je vous dis, moi, qu'il y a dans son comportement quelque chose que je qualifierais de pernicieux.

— Demandez-lui où elle passe ses nuits ! Peut-être vous répondra-t-elle sans détours. Camille a besoin de se griser l'esprit après ce qu'elle a vécu. Si elle a un amant dans les environs… après tout, ce ne sont plus nos affaires. Elle n'est plus une petite fille !

— Non, mais elle vit sous notre toit !

— Plus pour longtemps, père ! » coupa Camille qui venait de prendre au vol la conversation de ses parents.

Interloqués, ceux-ci ne dirent mot devant son intervention. Camille, comme certains matins, venait de rentrer de son escapade nocturne avec Adrien. Elle se décida enfin à parler franchement.

« Je dois vous avouer que, depuis plusieurs mois maintenant, je revois Adrien Mazel. Vous vous souvenez de lui, je suppose ?

— Adrien Mazel ! reprit Eugène Delcourt, furibond.

— Ce jeune homme qui était éperdument amoureux de toi quand tu étais jeune fille ! ajouta Eléonore.

— Parfaitement ! Ne faites pas semblant de ne pas vous souvenir. Adrien est le père du seul enfant que j'ai eu. Celui dont vous me cachez l'existence. Bien des événements se sont passés depuis cette lointaine époque. Mais rien n'a jamais pu altérer notre amour l'un pour l'autre. Même la longue séparation que vous nous avez infligée. Vous m'avez soustrait mon enfant, vous m'avez mariée de force. De son côté, me croyant à jamais perdue pour lui, Adrien a finalement épousé une fille très dévouée.

— Marie Vidal, nous sommes au courant, coupa sèchement le châtelain.

— Elle lui a donné trois beaux enfants. Mais la malheureuse est morte des suites de son dernier accouchement.

— Cela aussi nous le savons. Où veux-tu en venir ? Que vas-tu encore nous annoncer ?

— Seulement ceci : Adrien et moi, nous nous aimons toujours. Nous sommes libres à présent tous les deux. Nous avons décidé de nous unir et de vivre ensemble au grand jour.

— Cela ne se peut pas ! s'écria Eugène Delcourt, rouge du sang qui lui montait à la tête. Et ne se fera pas.

— Mon ami, calmez-vous ! fit Eléonore. Il y a bien un moyen de s'entendre.

— Jamais ce vaurien ne viendra vivre sous mon toit, dût-il devenir mon gendre contre ma volonté !

— Mais nous ne désirons pas vous demander l'hospitalité, père. Je saurai m'habituer à la vie qu'Adrien pourra m'offrir.

— Tu vivras donc comme une misérable paysanne !

— S'il le faut, oui. Comme une paysanne, certes, mais pas misérable. Armand Vidal a fait d'Adrien son héritier. Ensemble nous saurons faire fructifier son vignoble.

— Je le ruinerai, et je te déshériterai !

— Je n'attends plus rien de vous, père ! Mais vous oubliez que Frontillargue est la propriété des Sumène et que vous n'en êtes pas le détenteur. Seulement l'usufruitier, n'est-ce pas, mère ? »

Eléonore semblait se liquéfier.

« Parfaitement, Camille. Tu as entièrement raison. Les terres des marquis de Froissac m'appartiennent. Seuls les tènements acquis par ton père sont à son nom. Tu es et tu resteras toujours, quoi qu'il advienne, la dernière héritière du domaine de nos aïeux.

— Je vous revaudrai cela ! » s'insurgea, outré, Eugène Delcourt en fusillant son épouse du regard.

* *
*

Les deux amants s'installèrent provisoirement dans une remise qu'Armand Vidal possédait à l'écart de son mas. Sans rien lui dissimuler, Adrien lui expliqua la situation dans laquelle ils étaient, lui et Camille, et qui remontait à l'origine de sa présence à Figueirol, à l'époque où il lui avait demandé de l'embauche pour se rapprocher de celle qu'il aimait. Ses mésaventures émurent beaucoup Célestine qui, la larme à l'œil, ne perdait aucune de ses paroles. Adrien sut habilement leur dévoiler les sentiments qu'il avait toujours éprouvés pour Camille, ce qui ne l'avait pas empêché, leur affirma-t-il, d'aimer sincèrement leur fille.

« Lorsque nous avons eu notre premier enfant, j'ai définitivement tourné la page sur mon passé. Je savais que Camille avait rejoint le monde dont elle était issue et je croyais que nos routes s'étaient écartées pour toujours.

— On ne peut jamais jurer de rien, coupa Célestine, pleine de compréhension.

— Tu as rendu Marie heureuse, c'est l'essentiel, ajouta Armand. Tu t'es comporté en bon mari et en bon père pour tes enfants. Pour nous, tu resteras toujours notre gendre. Quoi que tu décides à présent, je ne changerai rien à ma décision. Ce mas et ce modeste domaine seront tiens à ma mort. Et tu les transmettras à mes petits-enfants quand le moment sera venu.

— Aux enfants de Marie, je vous le promets, Armand, précisa Adrien.

— Tu peux conserver la remise le temps que tu voudras. Je t'aiderai à l'aménager en une confortable maison. Tu comprendras que nous ne tenons pas, Célestine et moi, à ce que tu viennes t'installer ici, sous notre toit, avec Camille. D'autant que vous n'êtes pas mariés.

— Je le comprends très bien, Armand. Mais pour ce qui est du mariage, nous avons l'intention de passer devant monsieur le maire.

— Tu n'y songes pas, fils !

— Pourquoi donc ?

— Tu oublies que le maire est le père de Camille !

— Alors il dépêchera son adjoint. »

Installés succinctement dans une petite construction de pierre au milieu des vignes, non loin du mas des Vidal, Camille et Adrien se mirent tous deux à la tâche pour donner à celle-ci l'allure d'une vraie maison. De la grande pièce unique qui servait de dépendance, ils firent quatre espaces de vie : une vaste cuisine et trois chambres. Le fenil de l'étage fut dépoussiéré, modifié et aménagé en vue des enfants à venir. Car Camille voulait donner de beaux enfants à Adrien – ne pouvant s'empêcher de songer à celui qui leur avait été volé et qu'elle avait renoncé à rechercher. Elle se transforma sans scrupule et sans honte en femme de la campagne, troqua ses belles robes de satin pour des habits de paysanne en coton et en lin, plus pratiques, mais qu'elle portait toujours avec grande élégance. Elle prit sous son aile maternelle les enfants d'Adrien, qui l'adoptèrent immédiatement. Fabien, âgé de six ans, se montra le plus hésitant à considérer Camille comme la nouvelle épouse de son père. Le petit garçon se souvenait encore trop précisément de sa mère pour oublier la place qu'elle tenait dans son cœur. Angeline, d'un an plus jeune, vit en elle une amie. Elle l'appela immédiatement « Camille », ce qui permit aussi à ses frères de gommer la difficulté de dire « mère » à une femme qui leur était étrangère. Seul, le petit Maxence, du haut de ses trois ans, adopta la nouvelle compagne de son père sans difficultés. Il n'avait pas connu sa mère et n'avait qu'une envie : donner son amour à celle qui voudrait bien la remplacer.

Le mariage fut célébré dans l'intimité, sans grande cérémonie. Eugène Delcourt refusa de consacrer les époux et voulut même ne pas publier les bans. Mais Armand, en tant que conseiller, veilla à ce que la loi fût appliquée et exigea de rendre publique l'annonce du remariage de son gendre.

Eléonore de Sumène vint discrètement à la bénédiction du pasteur. Elle resta au fond du temple sans se montrer et ne put retenir une larme lorsque Camille, passant devant elle, s'arrêta, lui sourit et lui dit en toute simplicité :

« Merci, mère. Je n'oublierai jamais. »

* *
*

Le temps s'écoula. La décennie était déjà bien entamée. D'autres vendanges avaient succédé à des étés de canicule, d'autres printemps avaient vu reculer petit à petit le mal qui sévissait dans les vignobles depuis près de trente ans. Ceux-ci s'étaient reconstitués à plus de quatre-vingt-dix pour cent. Mais les propriétés s'étaient profondément modifiées. Beaucoup de petits vignerons avaient disparu. Les grandes unités s'étaient multipliées.

Le greffage, suggéré depuis plusieurs années par Louis Bazille à Saint-Aunès, semblait opérer des miracles. On avait enfin trouvé le bon remède. Un peu partout, les vignerons ne gardaient des plants américains que les racines et le pied de souche en porte-greffe ; puis ils implantaient dessus un greffon de cépage traditionnel de bonne variété. L'opération était délicate. Il fallait des doigts experts pour la réussir. Beaucoup durent apprendre à greffer. Tous n'y parvenant pas, des écoles de greffeurs de vigne virent le jour. Très vite, afin d'augmenter leur production, la plupart des vignerons cherchèrent à greffer des variétés très productives : gamay, carignan, et surtout aramon. Ce dernier cépage devint en quelques années le roi du vignoble languedocien. Avec l'utilisation des hybrides en porte-greffe, on résolut le problème de la mauvaise adaptation de certains cépages aux terrains calcaires, majoritaires dans la région. Ainsi la plaine finissait-elle de se couvrir de vignes ; les coteaux commençaient à être délaissés. Seuls y subsistaient des vignerons acharnés, aimant leurs vignes par-dessus tout, qui ne voulaient pas sacrifier sur l'autel de la modernité, ou de la facilité.

Armand Vidal était de ceux-là. Et Adrien l'encourageait à tenir tête au châtelain de Frontillargue.

Celui-ci avait complètement transformé son vignoble. Il s'était lancé sans hésitation dans la production de masse. Ses hybrides, greffés en carignan et en aramon, donnaient des rendements déjà très prometteurs. Mais ces nouvelles variétés ne donnaient pas des vins très alcoolisés. Par mouillage et chaptalisation, il en augmentait sans scrupule les quantités. Dans ses terres, une armée de tâcherons, de journaliers, de saisonniers s'activait en toutes saisons, taillant, labourant, désherbant, traitant tout au long de l'année. Ses machines à pomper l'eau, devenues inutiles, se couvraient de rouille, abandonnées à leur triste sort, vestige d'une période de lutte acharnée contre un fléau qu'on avait un peu vite attribué à la main divine.

« Vous voyez bien que vous aviez tort, mon père ! pérorait le châtelain devant l'abbé Tricart. Vos sermons, jadis, en appelaient à Dieu et à diable. Vous ne faisiez qu'apeurer nos pauvres gens. Pas plus que l'oïdium ou le mildiou, ce phylloxéra n'était un châtiment de Dieu. Une catastrophe naturelle, voilà tout ! Et nous sommes en train d'y remédier. Les vignes renaissent, plus belles que jamais, plus vigoureuses, plus prometteuses.

— Malgré leur impiété, Dieu a sans doute eu pitié des malheureux vignerons et leur a donné l'absolution, et la solution.

— En ce domaine, je crois plutôt que c'est la science qui s'est montrée la plus déterminante ;

Dieu me pardonne ! Gardez vos explications pour vos prêches dominicaux afin de remettre vos paroissiens dans le droit chemin.

— Vous pensez à Camille ? intervint Eléonore.

— Je ne peux m'ôter de l'esprit, en effet, que notre fille vit dans le péché avec ce misérable Adrien Mazel.

— Ils sont mariés !

— Pas à l'église. Monsieur le curé n'a pas eu l'honneur de leur visite.

— Je le déplore autant que vous, ajouta l'abbé Tricart. En tant que veufs, tous les deux, ils pouvaient me demander de consacrer leur union. Je leur aurais accordé volontiers ma bénédiction.

— J'espère bien que non ! » s'insurgea le châtelain.

Adrien et Camille coulaient des jours heureux, enfin réunis dans la vie. Chaque aurore était pour eux comme un nouveau matin de la Création. Ils se connaissaient depuis longtemps, s'aimaient depuis toujours, mais ils se découvraient encore tous les jours un peu plus. Camille rendait souvent visite à Célestine à qui elle confiait ses petits-enfants pour ne pas rompre le lien tissé entre eux à l'époque de leur mère. Les deux femmes s'appréciaient, tandis que leurs maris s'entraidaient dans les vignes.

Armand avait cessé de noyer son chagrin dans le vin et semblait reprendre goût à la vie depuis qu'Adrien avait épousé Camille. Il considérait la jeune femme comme sa belle-fille, et appréciait sa simplicité et sa gentillesse à son égard.

Un événement vint toutefois troubler cette douce harmonie. Le père d'Adrien, Augustin, s'était éteint la veille des vendanges. Simon, en personne, vint avertir son frère.

« Si tu veux arriver à temps pour l'enterrement, Adrien, il faut se mettre en route immédiatement.

— Va, petit ! lui dit Armand. Nous nous occuperons de Camille et de tes enfants. »

A son arrivée à Sainte-Croix, le Brûlement était plongé dans la consternation. Marthe, tout éplorée, se jeta dans les bras de son fils, entourée de ses filles.

« Il souffrait tellement, ces derniers temps ! soupira-t-elle. Il en avait assez de vivre. Depuis plusieurs semaines, il ne voulait plus qu'on le transporte dans son fauteuil et ne s'alimentait presque plus. Son cœur était très fatigué. »

Le mas avait pris les couleurs du deuil : la pendule arrêtée, les miroirs recouverts d'une étoffe sombre, les volets mi-clos. Les amis de la famille vinrent nombreux rendre un dernier hommage à l'homme honnête et courageux qu'était pour tous Augustin Mazel. Pendant trois jours, ils défilèrent devant le défunt qui reposait sur son lit, dans ses plus beaux habits, le visage glabre et de marbre, mais les traits enfin reposés. Selon l'usage chez les protestants, Augustin fut enseveli dans le petit cimetière familial, entre les tombes de son père et de sa mère, au milieu de ses terres, au pied d'un cyprès.

Adrien demeura auprès des siens pendant trois semaines. Il aida Simon à terminer les vendanges, tout en songeant aux siennes qu'Armand et ses saisonniers devaient achever en son absence. Puis, à regret, il reprit la route de Saint-Martin.

Sa vie n'était plus à Sainte-Croix, même s'il conservait dans son cœur, et pour toujours, cette racine cévenole qui ne le quitterait jamais.

A son retour à Figueirol, Camille l'attendait sur le seuil de leur maison, l'air attendri, ses trois enfants autour d'elle comme si elle était leur propre mère.

« J'ai une grande nouvelle à t'annoncer », lui confia-t-elle, sans lui laisser le temps de rentrer et de déposer son bissac de voyage.

Sur le moment, Adrien craignit le pire.

« Je suis enceinte », avoua-t-elle, tout sourire.

Une nouvelle vie commençait pour Camille et Adrien.

Troisième partie

FABIEN
LA RÉVOLTE DES GUEUX

23

Le fils maudit

Les temps de crise semblaient révolus. Le phylloxéra avait fini ses ravages et n'était plus qu'un mauvais souvenir. Il avait dévasté tous les vignobles du vieux continent, modifié les structures agraires de la viticulture, transformé les mentalités et les comportements.

A quelques années du nouveau siècle, certains propriétaires affichaient sans vergogne leur rapide et spectaculaire enrichissement, comme en témoignaient les vastes demeures qu'ils s'étaient fait construire au beau milieu de leurs vignes. Eugène Delcourt les méprisait, lui dont la fortune était ancienne, de source industrielle, et qui n'avait fait que valoriser, se défendait-il, la propriété des marquis de Froissac, n'en déplût à son épouse.

Avec le nouvel essor de la vigne, beaucoup de viticulteurs avaient agrandi leurs caves pour y construire des cuves nouvelles, géométriques, en béton armé et ferraillé. Leurs foudres de chêne ou de châtaignier avaient pris des dimensions colossales, et il devenait de plus en plus périlleux pour les ouvriers d'y descendre après les vendanges afin de les vider et de les nettoyer. Les accidents dus aux émanations de gaz carbonique se multipliaient chaque année.

Les gavaches affluaient à nouveau en grand nombre, car les nouvelles vignes exigeaient beaucoup de main-d'œuvre à l'époque des vendanges. Le travail était intense, mais les salaires assurés. Le soir, après les longues journées de ramassage, l'esprit festif animait comme jadis les villages viticoles. Les vendanges avaient retrouvé leurs couleurs ensoleillées d'automne.

A Figueirol, Adrien avait pris la direction de la propriété. Son beau-père, estimant son temps terminé, lui avait laissé toute liberté d'agir au mieux selon ses désirs.

« Je me retire, lui avait-il déclaré le soir de ses soixante-cinq ans. Je te passe la main, mon gendre. C'est toi, désormais, le maître de Figueirol. Oh ! je sais bien que ce n'est pas Frontillargue. Mais nous pouvons être fiers tous les deux d'avoir résisté, depuis toutes ces années, à ces tempêtes successives qui ont mis à mal notre vignoble. Je t'observerai de loin et te soutiendrai chaque fois que tu en auras besoin. Continue de faire du bon vin, du vrai, dans l'art du métier. Ne te laisse jamais tenter par les sirènes de la fraude. »

Adrien venait de fêter ses quarante ans. Autour de lui, sa famille était sa plus grande fierté. Aux trois enfants de Marie, âgés de onze, dix et huit ans, s'étaient ajoutés les deux enfants qu'il avait eus avec Camille : Clément qui allait sur ses trois ans, et Justine qui, à deux ans, montrait déjà beaucoup d'acharnement et d'espièglerie à s'esquiver dans les vignes quand elle échappait à la surveillance de sa mère ou de Célestine.

Camille avait parfaitement endossé son nouveau rôle d'épouse de viticulteur et remplissait à merveille celui de mère de cinq enfants. Seul un regret venait parfois obscurcir ses pensées : qu'était-il advenu de son premier enfant, celui qu'elle avait eu dans sa jeunesse avec Adrien et dont elle lui cachait toujours l'existence pour ne pas assombrir le bonheur qu'il avait si longuement et si patiemment édifié ? En lui révélant la vérité, elle craignait, en effet, qu'il aille remuer chez ses parents cette vieille querelle dont elle avait tant souffert, et qu'il n'ait de cesse de retrouver l'enfant qu'on leur avait soustrait. Il lui arrivait parfois de prier pour demander à Dieu de mettre un jour sur son chemin cet enfant de l'amour, disparu dans de mystérieuses conditions, et de le préserver du malheur.

Camille ignorait que son fils, en réalité, vivait très près de chez elle.

Jean Lescure venait d'avoir vingt ans. Il n'était pas parti à l'armée, grâce aux relations du châtelain.

Le couple qui l'avait élevé ne s'était jamais soucié de son éducation. Sans autres enfants, il l'avait toujours considéré comme un étranger, un domestique de ferme, utile à accomplir les basses besognes. Le père adoptif, Paul Lescure, un colosse au front bas et aux sourcils ténébreux, ne se privait pas de le corriger de nombreux coups de ceinturon lorsque l'enfant lui manquait de considération, car Jean lui répondait souvent effrontément. Son épouse, Clotilde, dépourvue d'élan maternel, ne prit jamais sa défense et abandonna le pauvre garçon à son triste sort.

Depuis sa naissance, le couple de métayers reçut chaque année une somme d'argent de la part d'un inconnu afin de pourvoir aux frais que Jean leur occasionnait. Le domestique dépêché par l'homme de l'ombre ne leur révéla jamais qu'il s'agissait du châtelain de Frontillargue. Celui-ci, de son côté, ne chercha jamais à savoir ce qu'était devenu son petit-fils.

Lorsque l'enfant atteignit l'âge de l'adolescence, il commença néanmoins à s'en soucier. Prenant conscience, un peu tardivement, que sa succession n'était pas assurée, il décida de le prendre à son service à Frontillargue. Sans plus d'explications, il fit savoir aux Lescure que leur maître désirait embaucher leur fils sur son domaine, leur fit remettre une somme d'argent supplémentaire en dédommagement, et leur enleva le jeune garçon de la même manière qu'il le leur avait confié quinze ans plus tôt.

Appâté par le gain, le couple n'opposa aucune réticence et laissa partir son fils adoptif sans regrets.

Le châtelain confia aussitôt l'adolescent aux bons soins de son régisseur, Léon Dubreuil.

« Vous le ferez travailler dur ! lui ordonna-t-il, sans lui révéler le secret de la naissance de Jean. Ce jeune garçon a été mal éduqué par ses parents. Vous lui apprendrez les règles de la vie. Faites de lui un homme travailleur et obéissant ! »

Le régisseur logea le garçon dans un coin de remise avec d'autres ouvriers permanents du domaine, et le mit immédiatement à la tâche. Sur ordre du châtelain, il le prit sous sa coupe pour lui montrer en quoi consistait son travail de régisseur.

Ainsi, au fil des années, Jean Lescure devint-il le second de Léon Dubreuil.

Eduqué sans amour et sans véritable lien familial, le jeune homme était un être endurci par la vie, sans cœur, incapable de se lier d'amitié avec ses collègues de travail. Toujours prêt à dénoncer ceux qu'il surprenait à manquer à leur poste, il n'hésitait pas à tenir son mentor au courant afin que le châtelain sévisse, ce dont il semblait toujours se réjouir. Léon Dubreuil lui-même jugeait inquiétante l'attitude de son apprenti. « On dirait qu'il a une revanche à prendre sur la vie ! » songeait-il parfois en le voyant agir.

Le régisseur régnait sur Frontillargue depuis quarante ans, depuis que le marquis de Froissac l'avait engagé à son service. A soixante-trois ans passés, veuf depuis longtemps, il commençait à donner des signes de lassitude. Aussi, tandis que les vendanges s'achevaient, ne fut-il pas surpris quand le châtelain lui déclara :

« Mon cher Dubreuil, je crois que ce sont là vos dernières vendanges. A votre âge, et vu toutes les années que vous avez passées à Frontillargue, vous avez bien mérité de prendre du repos. J'ai donc décidé de vous remplacer par le jeune Lescure. Vous avez fait de lui une excellente relève, je vous en sais gré. Je vous ai réservé Chanterelle, le petit mas qui se trouve en bordure du domaine. C'est très modeste, mais vous y serez très bien pour finir votre vie. Et vous aurez quelques pieds de vigne pour vous occuper. Je vous concède cette terre en remerciement de vos bons et loyaux services. »

Léon Dubreuil se sentit congédié. Il n'avait pas envisagé une mise à la retraite aussi rapide. A son âge, il espérait bien tenir encore quatre ou cinq ans de plus. Certes, la maison et la petite vigne attenante lui permettraient de vivre décemment, et il pourrait toujours puiser dans ses économies. Mais, sur le coup, son amour-propre s'en trouva profondément affecté.

Attristé, il ne participa pas à son dernier Dieu-le-veut et emménagea sans tarder dans ce qui allait à présent devenir son quotidien.

* *
*

Eugène Delcourt n'avait dévoilé ses secrètes manigances à personne, ni à son épouse ni à Jean Lescure lui-même. En faisant de ce dernier le nouveau régisseur de Frontillargue, il espérait qu'à sa mort les terres qu'il avait acquises en son nom propre resteraient ainsi dans les mains du seul descendant qu'il avait l'intention, un jour, de reconnaître, fût-il le fils naturel de Camille et d'Adrien Mazel. Les deux autres enfants que ceux-ci avaient eus, Clément et Justine, dont il avait appris la naissance immédiatement, il les méconnaissait. Jean était l'aîné, et Camille, du moins jusqu'au moment où il le déciderait, devrait ignorer qu'il était le fruit de ses premières amours avec Adrien, l'homme qu'il rendait responsable de tous ses malheurs et qu'il exécrait le plus.

Jean Lescure, dans ses mains, serait l'instrument de sa vengeance !

« Nous verrons bien qui aura le dernier mot, entre elle et moi ! se disait-il en ressassant sa rancœur en lui-même. Dieu me pardonne ! Mais, moi, je ne peux pardonner à ma fille le déshonneur et la honte dont elle m'a éclaboussé. »

Après avoir mené une guerre ouverte contre Camille pendant des années, Eugène Delcourt s'apprêtait à lui déclarer une guerre larvée dont les coups s'annonçaient aussi impitoyables, car octroyés à son insu. Il espérait acculer sa fille à la repentance en ruinant les efforts de son mari à maintenir sa petite propriété. Celle-ci semblait narguer le domaine de Frontillargue. Jean Lescure aurait donc toute liberté pour réduire à néant son misérable concurrent. La vengeance serait complète lorsque Adrien Mazel apprendrait – car il fallait qu'il l'apprenne un jour – qu'il devrait sa chute à son propre fils, au fils maudit de Camille.

Jean Lescure prit ses fonctions le jour de ses vingt et un ans. Le châtelain fit en sa compagnie le tour de son domaine, nomma par leurs noms toutes les vignes qu'il exploitait, sans faire la distinction entre celles de son épouse et celles qui lui appartenaient en propre. Le jeune régisseur, imbu de sa supériorité qu'il croyait avoir acquise par son seul savoir-faire, montrait déjà plein d'arrogance et de fatuité à l'égard de ses anciens collègues. Il les regardait avec mépris, semblait déjà oublier qu'il avait peiné, mangé, dormi parmi eux dans la plus grande simplicité. Les domestiques du château ne l'avaient d'ailleurs jamais apprécié. Rustre et bagarreur, le jeune Lescure était à leurs yeux « de la mauvaise graine », comme certains l'affirmaient. Personne ne comprenait pourquoi le châtelain s'était entiché d'un tel individu, au point de lui donner la place si convoitée de Léon Dubreuil.

Les affaires d'Eugène Delcourt, à l'époque, connaissaient un certain ralentissement. La mévente de 1893 pesait encore lourd dans ses finances. Les deux années suivantes, il avait dû se résigner – comme d'autres dans la région – à vider dans les ruisseaux de son domaine des cuves entières de vin qui n'avaient pas trouvé acheteur. A force d'abuser du mouillage et du sucrage – même de son vin de deuxième presse auquel il ordonnait d'ajouter des colorants pour le rendre plus convenable –, le châtelain finissait par se heurter lui-même au mur de la surproduction. Aussi, pour ne pas devoir reconnaître les faits dont il se rendait coupable, ordonnait-il de se débarrasser de son vin pléthorique la nuit, à l'insu des autres vignerons de la commune. Comme il n'était pas le seul à abuser de ces méthodes frauduleuses, il ne parvenait plus systématiquement à trouver acquéreur pour sa dernière récolte. Pourtant la loi du 14 août 1889 avait tenté de rectifier les abus issus de celle de 1884 en définissant le vin comme « le seul produit de la fermentation de raisins frais ». Elle excluait donc les produits de vinage obtenus par addition d'alcool aux piquettes ou aux vins doux mis à fermenter sur des raisins secs.

A l'époque, certains viticulteurs n'hésitaient pas à fabriquer des vins artificiels. Les raisins secs, importés de Grèce et de Turquie, étaient mis à tremper dans de l'eau, additionnés de glucose, le tout coloré à la fuchsine ; ce qui donnait un breuvage à sept ou huit degrés, vendu à bas prix. On vit même des ensembles à préparer à base d'arsenic, d'acide citrique, sulfurique, voire d'acide chlorhydrique mis sur le marché de la fraude et dont chacun pouvait se procurer la recette. Tout était bon pour fabriquer du vin, du moins une apparence de vin !

Le marché était donc complètement désorganisé. Déjà en 1893, Henri Marès avait dénoncé tous ces procédés frauduleux et affirmé qu'il fallait assainir le marché en luttant contre les fraudeurs et les falsificateurs.

Eugène Delcourt ne s'encombrait pas de tant de scrupules. Ses vignes avaient retrouvé de bons rendements. Mais il voulait toujours plus. Aussi, sans s'en vanter, participait-il à cette fraude catastrophique en fournissant à ses négociants les moins regardants des produits douteux qui n'avaient de vin que le nom.

Adrien, ainsi que de nombreux viticulteurs, souffrait de cette concurrence déloyale. Les négociants ne faisaient pas la différence. Les cours baissaient pour les vrais vins – les vins naturels – comme pour les mauvais issus de la fraude. Eux-mêmes encourageaient la surproduction en achetant leur vin naturel aux cours les plus bas et en le trafiquant dans leurs entrepôts pour en augmenter la quantité et assurer aux consommateurs des prix sans cesse à la baisse.

La crise du vin succédait bien à celle de la vigne, comme certains, visionnaires à l'époque de la replantation, l'avaient déjà prédit.

Adrien se démenait pour faire face. Son vin, de qualité, était pourtant reconnu. Il avait regroupé autour de lui une demi-douzaine de viticulteurs honnêtes qui connaissaient tous les mêmes difficultés. Il les avait convaincus de se regrouper afin de partager les coûts de production et accroître leur force de vente. La loi sur les associations de 1884 les y autorisait. L'idée fit son chemin. Mais, par esprit individualiste, certains hésitèrent, craignant de perdre leur liberté, leur pouvoir de décision dans leur propre propriété. Finalement Adrien ne parvint pas à créer la coopérative qu'il appelait de ses vœux.

« Ne baisse pas les bras, fils ! l'encouragea Armand, toujours de bon conseil. Un jour viendra où les esprits seront mûrs pour un tel mouvement. Dans les usines, les ouvriers ont créé des syndicats professionnels. Les vignerons y viendront à leur tour. Mais tu sais aussi bien que moi que le monde paysan est moins… comme dirais-je ?… moins révolutionnaire que celui des villes. La propriété est sacrée chez nous. Tout ce qui touche à la terre – les outils, les méthodes de travail – l'est aussi. D'ici peu tu créeras, avec tes fils j'espère, la première coopérative viticole de Saint-Martin. Et le châtelain de Frontillargue n'aura qu'à bien se tenir ! »

Armand Vidal, comme au moment de la replantation, envisageait l'avenir sans se tromper. Mais il ignorait alors que ce serait à Maraussan, quelques années plus tard, que la première cave coopérative verrait le jour.

* *
*

L'avant-dernière année du siècle connut une nouvelle mévente du vin. La situation semblait à nouveau redevenue catastrophique. Le mécontentement s'amplifiait. Les petits producteurs accusaient les grands négociants ainsi que les grands propriétaires d'être à l'origine de leurs difficultés. Or bon nombre d'entre eux s'étaient encore endettés pour acheter des terres et augmenter leur surface de production. La plupart manquaient de moyens de stockage, leurs caves n'étant pas assez grandes pour conserver plusieurs récoltes consécutives. Il leur fallait donc écouler à tout prix la dernière vendange, de crainte d'être contraints à faire ce que le châtelain de Frontillargue ordonnait à ses ouvriers quand il y avait pléthore dans ses cuves. Adrien résistait tant bien que mal à cette crise du vin. Le chai qu'il avait patiemment mis sur pied avec l'aide de Camille, toujours prête à travailler à ses côtés, n'avait rien à envier à celui de Frontillargue, hormis la dimension des cuves et le nombre de fûts. Tout y était rangé avec soin, jamais rien ne traînait. Barriques, foudres, tonneaux étaient nettoyés, réparés, traités toujours à temps, bien avant le ban des vendanges. Quand ils n'étaient pas en classe, ses cinq enfants venaient l'aider à de menus travaux. Fabien, âgé maintenant de quinze ans, se montrait déjà très intéressé par la science du vin. Il savait apprécier le goût, la robe, la rondeur d'un nectar, et mettait un point d'honneur à ne jamais avaler la moindre goutte de l'échantillon que son père lui donnait à déguster.

« Pas avant que je sois un homme ! » le rassurait-il.

Angeline et Maxence aidaient Camille à coller les étiquettes sur les bouteilles. Adrien avait délégué cette tâche à son épouse pour mieux s'occuper lui-même des commandes à livrer en fûts aux négociants de la région, choisis pour leur probité. Camille s'acquittait très bien de cette fonction. C'est elle qui avait cherché et trouvé le seul imprimeur capable de lui confectionner de véritables œuvres d'art pour ses bouteilles. C'est elle encore qui veillait à commander celles-ci dans une usine de la vallée rhodanienne, ainsi que les bouchons et la cire à cacheter.

Quand, dans l'atelier jouxtant la cave, les bruits de tonnellerie se répercutaient en échos sur les murs de pierre, elle se laissait parfois aller à rêver qu'elle possédait le château de son grand-père, que les vignes de Frontillargue lui appartenaient, qu'Adrien et ses enfants, devenus grands, les faisaient prospérer, que toutes les ombres qui obscurcissaient encore sa vie malgré elle s'étaient dissipées par un beau matin éblouissant de lumière, tandis que l'aube blanchissait au-dessus des collines. Entourée de sa nombreuse famille, Camille vivait heureuse en dépit des difficultés que tous les viticulteurs rencontraient en ce siècle finissant. Fabien, Angeline et Maxence poursuivaient leurs études au lycée d'Alais – elle avait insisté auprès d'Adrien pour qu'ils fassent des études secondaires –, et s'entendaient à merveille avec elle. Quant à Clément et à Justine, ils représentaient à ses yeux l'image permanente et vivante de l'amour d'Adrien ; ses deux enfants leur ressemblaient, Clément davantage à son père, avec son caractère doux et tempéré, Justine davantage à sa mère, avec son espièglerie et sa détermination déjà bien marquée. Tous deux fréquentaient l'école publique du village – Adrien, cette fois, y avait tenu. Ils s'y montraient déjà bons élèves et promettaient de suivre le même chemin que leurs aînés.

Parfois, Adrien semblait craindre que l'école n'écartât ses fils du travail de la vigne.

« J'aimerais tellement que l'un d'eux, au moins, suive le même chemin que moi, avouait-il à Camille en jetant un œil attendri sur Clément, son plus jeune fils.

— L'école, puis le lycée ne les détourneront pas du terreau dont tu les as pétris, le rassurait Camille. J'en suis un bon exemple. L'éducation que m'a donnée mon grand-père n'a fait que renforcer mon attachement à la terre de Frontillargue.

— Malheureusement ton père t'empêche toujours d'y retrouver tes racines !

— Mes racines sont comme celles de la vigne : vivaces et profondes. Personne, pas même mon père, ne pourra jamais me les couper. »

Camille semblait deviner l'avenir. Mais elle ignorait comment il lui serait possible, un jour, de revenir aux sources de son passé.

Pour le moment Jean Lescure avait pris en main la direction de Frontillargue. Sous l'œil vigilant du châtelain, son maître, il obéissait scrupuleusement à ses ordres. Il en rajoutait même parfois quand il s'agissait de réprimander un domestique ou un journalier en lui défalquant une partie de son salaire, soi-disant pour faute ou manquement professionnel.

Tous le craignaient. Personne ne l'aimait. Il se montrait souvent odieux avec les plus zélés des serviteurs du château et s'était mis à les suspecter de vouloir prendre sa place.

Eugène Delcourt en réalité le façonnait à l'image qu'il voulait donner de lui. Il en faisait habilement l'outil de sa revanche. Il ne mit pas longtemps à le dresser contre les petits viticulteurs des environs, ceux qui osaient lui tenir tête et décriaient publiquement l'attitude des fraudeurs. Adrien et Camille étaient du nombre. Et Jean Lescure avait promis de leur nuire par tous les moyens, y compris en cherchant à détourner d'eux les négociants en qui ils avaient placé toute leur confiance.

Ce fils maudit, ignorant ses origines, fruit de la haine de son grand-père, avait juré la perte de ses propres parents.

24

La révélation

Le nouveau siècle commençait dans la grisaille pour les viticulteurs. Le cours du vin ne cessait de baisser. Ayant atteint trente-deux francs l'hectolitre en 1860 avant la crise, il était descendu à dix-neuf francs en 1899, onze francs en 1900, puis à cinq francs en 1901. Les courtiers, redoutables personnages dans le monde viticole, étranglaient les petits producteurs en leur proposant toujours les prix les plus bas.

« Il y a trop de vin sur le marché, prétextaient-ils. Réduisez vos quantités et les cours remonteront. »

Ce discours n'atteignait pas les fraudeurs de toute espèce qui spéculaient à la baisse pour écouler leurs productions excessives. Seuls les gros propriétaires, une fois de plus, résistaient à ce vent de folie et pouvaient laisser les prix s'effondrer, car ils compensaient par les quantités qu'ils mettaient sur le marché.

« Les petits producteurs seront toujours victimes du système ! s'insurgeait Adrien. Il faudrait que le marché soit régulé par un règlement strict. Seule une loi peut y mettre bon ordre. »

Depuis 1899 le gouvernement était aux mains du Bloc des gauches, soudé autour des radicaux. Mais le problème majeur qui occupait alors tous les esprits était la question cléricale à propos des rapports de l'Eglise et de l'Etat. Déjà enlisée dans l'affaire Dreyfus, la France ne se souciait guère des problèmes des viticulteurs du Midi.

Or la fraude persistait, et la concurrence des vins espagnols et algériens – ces derniers n'étant pas taxés de droits de douane (l'Algérie c'était la France) – accroissait le malaise.

« Honnêtement, reconnaissait Adrien, jamais je n'aurais cru, quand j'étais soldat en Algérie, qu'un jour celle-ci nous porterait autant préjudice. Dire que j'ai hésité moi aussi, un bref moment, à m'y installer définitivement pour y planter des vignes !

— Tu ne pensais plus à moi ? feignit de se vexer Camille.

— J'ignorais où tu étais et ce que tu étais devenue. Je n'avais aucune nouvelle de toi. Je croyais que tu m'avais oublié. »

Cela leur paraissait bien lointain. Pourtant, quand ils y réfléchissaient ensemble, force leur était de constater que tous leurs problèmes n'avaient pas été réglés depuis cette époque.

Ils pâtissaient comme tous les petits viticulteurs d'une baisse importante de leurs revenus. Ils avaient dû, avec regret, se passer de l'un de leurs deux ouvriers agricoles permanents. Ils n'avaient conservé que Marcellou mais avaient été contraints de réduire ses gages.

« Sinon, nous ne pourrons pas nous en sortir, lui avaient-ils expliqué, la mort dans l'âme. Nous comprendrions que tu veuilles nous quitter pour tenter ta chance ailleurs.

— Ailleurs ! Mais c'est partout le même tableau, avait reconnu Marcellou. On n'embauche nulle part. Le chômage ne fait que s'étendre. Je connais des journaliers, avec leur famille, qui ne font plus qu'un seul repas par jour. Ils se privent de tout, même de nourriture ! Alors, vous pensez bien que je ne peux pas faire le difficile. Je reste. Je comprends aussi votre situation. Nous sommes tous dans le même pétrin. »

En effet, comme à l'époque maudite du phylloxéra, dans les villages viticoles, toute la population subissait la crise : petits propriétaires, ouvriers agricoles, journaliers, mais aussi charrons, bourreliers, maréchaux-ferrants, merciers, épiciers. Le marasme affectait toutes les catégories sociales.

Le peuple viticole du Languedoc sentait monter la colère.

Depuis plusieurs années, les vendanges étaient exceptionnelles. Ce qui aurait pu être considéré comme une manne du ciel se transformait en catastrophe, car on ne savait plus que faire de tout ce vin languedocien. Depuis l'époque de la replantation, l'Hérault avait planté 200 000 hectares de vignes nouvelles, le Gard quasiment autant.

« C'était une erreur d'avoir fait descendre la vigne des coteaux et des garrigues vers les plaines, reconnaissait Armand Vidal. Aujourd'hui, les cultures céréalières et les prairies ont disparu, la vigne a tout envahi. Je l'avais prédit à l'époque. Moi, j'ai toujours refusé de trop m'étendre dans la plaine, quand il fallait à tout prix trouver de nouvelles terres et replanter.

— Une autre erreur a été de favoriser l'essor des vins de basse qualité, ajouta Adrien. Quand je pense que des négociants les coupent avec le vin très alcoolisé importé d'Algérie ! Tous les moyens leur sont bons pour noyer le marché et abreuver les consommateurs de mauvais vins. Le monde marche sur la tête ! »

Ils avaient beau se plaindre, Adrien et Armand ne pouvaient que subir les méfaits de la surproduction. En ce domaine, ils le reconnaissaient avec fierté, leur honnêteté n'était pas cher payée.

« Un jour viendra où tous les fraudeurs seront punis par la loi ! » disait Armand, sans trop de conviction.

* *
*

Jean Lescure, l'homme de l'ombre du châtelain, ne s'embarrassait d'aucun scrupule pour tenter d'éliminer la concurrence des petits propriétaires. Persuadé que ceux-ci nuisaient à la bonne marche de Frontillargue, il s'était mis à démarcher les négociants auxquels Adrien et Camille fournissaient leurs récoltes chaque année. Il leur proposait des prix encore plus bas pour des quantités équivalentes, les appâtait avec le renom de l'étiquette *Château de Frontillargue* que le châtelain avait réussi à imposer, acceptait en son nom des dessous-de-table pour échapper à l'impôt. Enfin, il diffamait Adrien et son beau-père en affirmant à tous ceux qui voulaient l'entendre qu'ils étaient tous deux des graines de révolutionnaires, des rouges notoires et dangereux.

« Passez donc à Saint-Martin ! leur conseillait-il. Vous verrez, par exemple, quel café ils fréquentent. Je vous le dis, ce sont de dangereux extrémistes, partisans de la gauche la plus radicale. Tenez, j'ai appris que Mazel a tenté d'entraîner avec lui plusieurs vignerons pour créer ensemble une coopérative. Savez-vous pourquoi ? »

Les négociants, hommes d'affaires avant tout, étaient tout ouïe.

« Non, pourquoi ?

— Devinez donc ! Pour mieux être en mesure de vous imposer leurs prix de vente. Dans l'histoire, c'est contre vous qu'ils agissent ! Si un tel mouvement venait à s'étendre, vous, les négociants, vous serez bientôt pieds et mains liés face à ces syndicats révolutionnaires. C'en sera fini de votre liberté. La libre concurrence aura vécu et vous ne pourrez plus faire jouer le jeu de l'offre et de la demande. Ils vous imposeront leurs prix. Et, croyez-moi, ceux-ci iront à la hausse. Le vent aura tourné pour vous. Et pas dans le sens de vos affaires ! »

Jean Lescure avait parfaitement appris sa leçon de la bouche même de son maître. Eugène Delcourt, en effet, ne cessait de lui répéter ce qu'il devait colporter partout à la ronde. Aussi le jeune régisseur croyait-il que les Mazel et les Vidal étaient de dangereux voisins et qu'il fallait absolument les rayer du monde viticole.

Craignant pour leurs intérêts, les négociants d'Adrien et de Camille commencèrent à se détourner d'eux. Certains ne leur accordèrent plus aucune faveur et refusèrent dorénavant de prendre leur récolte au-dessus du cours moyen, malgré la qualité de leurs vins qu'ils ne pouvaient nier. D'autres refusèrent catégoriquement de reconduire leurs contrats signés avec eux.

« Je ne traite pas avec les rouges ! leur opposa l'un des plus méfiants d'entre eux, quand Adrien vint au printemps 1902 lui proposer, comme chaque année, une partie de sa dernière récolte.

— Voyons, qu'est-ce que mes opinions viennent faire dans nos affaires ? s'insurgea Adrien. Et pourquoi ce brutal revirement à mon égard ? D'abord, qu'est-ce qui vous permet d'affirmer que je suis un rouge ?

— Le bruit court et j'ai mes renseignements. On vous prête l'intention de vouloir rassembler autour de vous tous les mécontents et de fomenter la révolte contre nous, les négociants. Si nous n'étions pas là, comment écouleriez-vous votre vin sur un marché de plus en plus pléthorique et complexe ?

— Vos renseignements sont faux, même s'il est vrai que le mécontentement va grandissant. Nos intérêts sont aussi les vôtres. Notre ruine ne vous enrichira pas ! »

Adrien ne soupçonnait pas de qui venait la calomnie. Il vit avec peine et beaucoup de rancœur s'écarter de lui la moitié de ses clients. Ses revenus chutèrent à nouveau. Il se résigna à produire moins et décida d'aller en personne démarcher de nouveaux négociants.

« Je m'occuperai du chai avec Camille, proposa Fabien. Pendant que tu seras sur les routes, nous veillerons au bon déroulement de la vinification. »

Adrien pouvait compter sur son fils aîné. Maintenant âgé de dix-huit ans, doté d'un baccalauréat tout récemment obtenu avec brio, Fabien avait déclaré à ses parents son intention de travailler au chai avec eux.

« Je ne souhaite pas poursuivre plus longtemps mes études, leur avait-il expliqué, une fois le diplôme acquis. Seule la vigne m'intéresse. Papa, si tu veux de moi à tes côtés, je serai ravi d'être ton second, comme tu l'as été toi-même auprès de grand-père. »

Armand était fier de son petit-fils. Il représentait à ses yeux sa plus belle réussite.

« C'est ta mère, mon petit, qui aurait été fière de toi ! lui confia-t-il le soir des résultats de l'examen. Et moi, je suis le plus heureux des grands-pères. Avec ton père, Figueirol se trouve dans de bonnes mains. Vous arriverez à redresser la situation, comme je l'ai fait avec lui à l'époque du phylloxéra. La vie, vois-tu, est un éternel combat. »

Adrien ne put refuser à son fils le destin auquel il rêvait. Lui-même n'avait-il pas souhaité devant Camille qu'un de ses fils lui succède un jour ? A l'époque il avait placé ses espoirs dans le plus jeune, Clément, le fruit de leur amour retrouvé.

« Peu importe que ce soit Fabien, Maxence ou Clément qui vienne te seconder et, plus tard, te succéder, lui expliqua Camille. Tous les trois sont *nos* enfants. Moi, je ne fais aucune différence.

— Ce n'est pas ce que je voulais dire. Je croyais seulement que cela t'aurait fait davantage plaisir si Clément avait pris un jour cette décision.

— Clément n'a que dix ans. C'est peut-être aussi ce qu'il décidera ! En attendant, il est temps qu'un autre de tes fils te seconde.

— Me trouverais-tu déjà vieux au point d'avoir besoin de l'aide de mes fils ? » plaisanta Adrien.

A quarante-six ans, celui-ci ne laissait pas sa part de travail aux autres. Contrairement à son malheureux père, Augustin, atteint précocement d'une maladie dégénérative, Adrien se montrait en parfaite santé et s'apprêtait à prendre son bâton de pèlerin pour aller chercher d'autres négociants dans les villes du Gard et de l'Hérault.

« J'irai même en Avignon, s'il le faut, dans le fief des papes. Je ne crains pas la comparaison avec leurs vins », affirma-t-il en plaisantant.

Camille sursauta. Avignon lui rappelait de trop mauvais souvenirs. Sur le coup, elle crut Adrien capable de mettre son défi en application. « S'il allait démarcher les sœurs du couvent des Ursulines ! » songea-t-elle avec crainte. Elle prit peur, blêmit. Adrien s'en aperçut.

« Que se passe-t-il ? » lui demanda-t-il, surpris par sa réaction.

Camille hésita. Il y avait trop longtemps qu'elle se taisait. Toutes ces années passées à tenter d'oublier n'étaient pas parvenues à lui faire admettre la réalité : quelque part, son premier enfant vivait sans connaître ses parents.

Elle se reprit. Il était temps de parler à Adrien. Plus de vingt-cinq ans s'étaient écoulés depuis. Elle n'avait pas le droit de lui mentir plus longtemps par omission, de lui cacher la terrible vérité. « Tant pis s'il reprend son combat contre mon père, pensa-t-elle. Après tout, celui-ci n'a jamais rien tenté pour réparer le crime dont il s'est rendu coupable à mon égard. »

Camille avait, depuis longtemps, étouffé ses ressentiments envers son père. Quand elle se rendait au château de ses parents, c'était à sa mère qu'elle rendait d'abord visite.

Eléonore de Sumène souffrait au plus profond de sa chair de cette guerre froide, impitoyable, que se livraient son époux et sa fille. Sans prendre parti, elle tentait parfois de les rapprocher. En vain. Ce jour-là, Camille s'ouvrit donc à Adrien :

« J'ai une confession à te faire ! lui dit-elle à mi-voix.

— Bigre, une confession ! Est-ce parce que j'ai parlé de me rendre au pays des papes que tu désires te confesser ? plaisanta Adrien.

— Je suis sérieuse, Adrien. Il y a trop longtemps que je porte seule ce lourd fardeau. Il est temps que je t'avoue une terrible vérité. »

Adrien commençait à craindre le pire.

« Parle, voyons. Je t'écoute. »

Camille ouvrit son âme et ne put retenir le flot de larmes qui la noyait de l'intérieur. Elle se revit à l'époque où, toute frêle jeune fille encore, elle avait été contrainte d'obéir à son père. Elle se souvint, le cœur brisé, de la sévérité des Ursulines du couvent à son égard et des conditions dans lesquelles elle avait mis au monde son enfant. Elle ne parvint pas à expliquer ce qu'elle avait ressenti lorsque, à peine remise des douleurs de l'accouchement, elle avait vu une sœur lui enlever son bébé et le remettre à un inconnu. Oh ! combien sa peine avait été incommensurable lorsque la même religieuse l'avait avertie, sans aucune compassion dans le ton de sa voix, que l'enfant avait été confié à une famille de paysans choisie par son père, et qu'il ne lui faudrait jamais chercher à le retrouver ! Elle reconnut avec tristesse, et une certaine honte, qu'elle avait abandonné un peu rapidement ses recherches, et qu'elle s'était découragée, après avoir été contrainte à se marier avec le baron de Vitrol.

« Mais pourquoi as-tu tant attendu pour me dire tout cela ? s'étonna vivement Adrien. Tu n'as rien à te reprocher, ajouta-t-il, plein d'attention et de tendresse à son égard. Tu étais si jeune à l'époque ! Ne te sens pas responsable ! Seul ton père a commis un acte monstrueux en t'enlevant notre enfant.

— Jure-moi de ne pas essayer de te venger !

— Je te le promets, répondit Adrien en embrassant Camille sur le front. Si telle est la volonté de Dieu, un jour, peut-être, nous mettra-t-Il tous les trois sur le même chemin. »

Camille fut soulagée. Mais en elle-même quelque chose lui disait que cette vieille histoire, enfouie depuis si longtemps au fond de son cœur et, sans doute, dans la mémoire de son père, ressurgirait un jour.

* *
*

L'année 1902 atteignait son terme. L'hiver tissait lentement sa toile de froidure au-dessus des vignes de Frontillargue et de Figueirol, comme si, par une main mystérieuse et invisible, la main d'un destin que nul ne pouvait contrôler, celles-ci ne faisaient plus qu'un seul et même domaine. Situées non loin les unes des autres, elles se touchaient presque, séparées seulement par une étroite bande de terre sur laquelle se trouvait Chanterelle, le petit mas loué par le châtelain à son ancien régisseur. Celui-ci y entretenait les quelques arpents de vigne qui l'entouraient ainsi que quelques acres de cultures vivrières. Léon Dubreuil se contentait de peu. Après avoir vécu toute sa vie à l'ombre du château de Frontillargue et de ses fastes, il menait une existence des plus modestes. Il avait rabattu sa superbe, ayant perdu la fonction qui faisait de lui, à l'époque, le personnage le plus craint et le plus envié du domaine. Peu d'amis lui rendaient visite. Ses anciens collègues de travail, se souvenant de son autorité souvent abusive, ne le portaient pas dans leur cœur. Aussi vivait-il en solitaire, l'œil toujours rivé sur les vignes de Frontillargue, mais aussi sur celles, voisines, de Figueirol.

Dans un pesant silence, où l'hiver demeurait tout imprégné d'automne, Adrien contemplait ce ruissellement de sarments encore entremêlés de rouille. Dans la débâcle du ciel, alors que le mistral gonflait la robe vert sombre des yeuses et dispersait vers le sommet des collines une myriade de feuilles d'or et de pourpre, il observait ses vignes. Celles-ci, en rangs serrés et réguliers, alignées au cordeau, tuteurées à l'aide de pieux en bois de châtaignier, lui procuraient une immense fierté. Prenant souvent son fils Fabien par les épaules, il lui avouait cependant combien il avait peiné pour redresser la tête dans les tempêtes successives qu'il avait subies. Au-delà de la terre de Chanterelle, il lui montrait du doigt Frontillargue, dans toute son arrogance, lui parlait de son travail dans le chai à l'époque de son ami Henri Colas et du marquis de Froissac.

« Je rêvais de devenir comme lui un grand maître de chai, lui expliquait-il, une pointe de regret dans la voix.

— Tu es devenu un bon vigneron, lui répliquait Fabien, fier que son père n'ait jamais succombé aux sirènes de la fraude.

— Nos affaires ne sont pas brillantes. J'ai peine à trouver de nouveaux clients. Si cela continue, il va falloir que je me passe des services de Marcellou.

— Papa, tu ne peux pas le renvoyer. Que fera-t-il ? Dans un an, je partirai à l'armée. Ça te soulagera un peu. Et d'ici mon retour la situation se sera améliorée. »

Adrien sombrait de plus en plus dans la morosité. Les agissements de Jean Lescure portaient leurs fruits. Le régisseur de Frontillargue s'en réjouissait, car il savait que Figueirol commençait à vaciller. Quand il rendait son rapport à Eugène Delcourt, celui-ci se délectait de l'entendre parler, mais évitait de lui montrer qu'il s'intéressait de près au sort d'Adrien et de Camille.

« Bon travail, Lescure. Vous vous montrez digne de votre prédécesseur. Vous le surpassez même dans certains domaines ! »

Le châtelain ne précisait pas sa pensée. Jean ne comprenait pas les allusions de son grand-père.

Un jour, après s'être entretenu avec lui en présence d'Eléonore, celle-ci lui fit une remarque qui le désorienta.

« Ne trouvez-vous pas, mon ami, que ce Jean Lescure a quelque chose dans le regard qui le fait ressembler à Camille ?

— A Camille ! reprit aussitôt le châtelain, stupéfait.

— Je sais que ce que je dis peut paraître idiot, mais cela m'est apparu lorsque nos regards se sont croisés. J'ai cru soudain voir les yeux de Camille.

— Vous déraisonnez, Eléonore !

— Après tout, êtes-vous certain des origines de votre régisseur ?

— Absolument ! Il est le fils de... des... enfin d'une famille de paysans qui m'avaient été signalés pour leur pauvreté. »

Eléonore ne fit aucune autre remarque, mais nota combien son mari s'était embrouillé au moment de s'expliquer.

« Depuis quelque temps, vous me semblez perturbé, Eugène, ajouta-t-elle. Vous devriez prendre du repos. Votre santé m'inquiète.

— Vous vous souciez de ma santé, à présent !

— Je vous ai plusieurs fois surpris à parler seul dans votre bureau.

— Vous vous trompez !

— Je ne crois pas. Je vous le conseille à nouveau : reposez-vous ! Et tâchez de faire la paix avec notre fille.

— Jamais ! s'époumona le châtelain. Pas tant qu'elle ne viendra pas ici, devant moi, en repentance. »

La colère l'étouffa subitement. Son visage devint cramoisi, sa respiration haletante. Il fustigea Eléonore de ses yeux exorbités, bredouilla des mots inaudibles et, portant ses mains à sa poitrine, tomba inanimé.

« Eugène ! Qu'avez-vous ? s'écria aussitôt Eléonore. Vite, vite ! fit-elle en appelant l'aide d'un domestique. Monsieur a un malaise. »

Eugène Delcourt sombra dans le coma, victime d'une commotion cérébrale.

« Il a sans doute été très contrarié, suggéra le médecin, appelé en urgence. Quand il reprendra connaissance, surtout veillez à ne pas l'effrayer. Dites-lui qu'il n'a eu qu'un petit malaise sans gravité. »

Eugène Delcourt resta inconscient toute la nuit, laissant pendant ce temps son épouse dans la plus grande perplexité. Celle-ci, interdite, s'interrogeait sur la raison profonde qui l'avait à ce point bouleversé. Elle mit sa commotion sur le compte de la colère qui, une fois encore, l'avait envahi quand elle lui avait parlé de Camille.

A son réveil, le châtelain resta paralysé et dans l'incapacité de prononcer la moindre parole, le visage barré d'une horrible grimace.

Eléonore rappela le médecin et fit aussitôt prévenir Camille. Celle-ci se rendit au château, accompagnée de Clément et de Justine.

« Votre grand-père est très malade », leur dit-elle pour seule explication.

Lorsque Eugène Delcourt vit paraître devant lui sa fille en compagnie de ses enfants, il étouffa de rage, mais ne put le montrer. Dans son regard se lisait toute la profondeur de sa haine. Devant son impossibilité de s'exprimer et d'esquisser le moindre mouvement, il abandonna la lutte. Il ferma les yeux, feignit de s'endormir.

« Le docteur m'a affirmé qu'il pourrait retrouver l'usage de ses membres supérieurs, expliqua Eléonore. Mais il ne marchera plus jamais et il risque fort de ne plus être capable de parler. Le cerveau est très atteint. »

Camille observa son père. Son regard s'attendrit. Elle eut pitié de lui.

« Allez embrasser votre grand-père, ordonna-t-elle à ses enfants. Faites doucement, ne le réveillez pas, il s'est endormi. »

Camille venait de pardonner à son père l'immense chagrin qu'il lui avait occasionné en lui enlevant son premier enfant.

Lui pardonnerait-elle encore quand elle apprendrait ce qu'il avait fait de cet enfant ?

25

Liaison dangereuse

Les aléas du temps se jouaient des hommes. Après des années de baisse continue des cours, ceux-ci remontaient aussi vite qu'ils avaient chuté. A la suite des mauvaises vendanges de 1902 dues à de fortes gelées hivernales, les cours s'étaient mis à grimper jusqu'à dix francs l'hectolitre.

Adrien vit ses réserves financières se combler légèrement.

L'année suivante, la récolte fut de nouveau déficitaire. Les cours poursuivirent leur ascension pour atteindre rapidement vingt francs l'hectolitre et même vingt-cinq pour les vins de garrigue.

« Si cela pouvait continuer ! espérait Fabien. Dans un mois, je serai sous les drapeaux. Je partirai rassuré.

— Que cela ne t'inquiète pas ! le tranquillisa Adrien. Avec Camille et ton grand-père, nous en avons vu d'autres. Mais il ne faut pas trop vite se réjouir. Rien n'est jamais acquis dans la viticulture. »

Adrien ignorait, en tenant ces propos prudents, que les députés étaient en train de voter à l'Assemblée une loi sur la détaxe du sucre. Celle-ci, en supprimant la taxe sur cette denrée, faisait la joie des betteraviers du Nord et semblait légaliser la fraude en encourageant la fabrication des vins de sucre.

Quand il l'apprit, Adrien ne put contenir sa colère.

« Le pouvoir est aux mains des fraudeurs ! s'insurgea-t-il. L'Assemblée est tout acquise aux députés betteraviers. C'est un scandale ! »

Armand avait de plus en plus de mal à contenir l'ire de son gendre. Il comprenait très bien sa déception, alors qu'il avait mis toute sa confiance dans le gouvernement radical d'Emile Combes. Mais celui-ci était trop préoccupé par sa politique anticléricale et ne sentait pas monter le mécontentement populaire chez les viticulteurs du Languedoc.

En août 1903 cependant, à Argelliers dans l'Aude, un cafetier-viticulteur, au nom de Marcelin Albert, tenant réunion dans un théâtre, exhortait les pouvoirs publics à suspendre la loi sur les bouilleurs de cru qui rendait impossible depuis peu la distillation des stocks de vin et aggravait encore plus la mévente. Il exigeait également l'annulation de la loi qui autorisait la chaptalisation et supprimait la taxe sucrière.

Maxence, le second fils d'Adrien, n'avait que dix-sept ans cette année-là. Mais il suivait déjà de près toutes les manifestations vigneronnes et se montrait fervent partisan des plus virulents dans leur lutte contre les pouvoirs publics. Son frère Fabien étant parti au service militaire, il le remplaçait dans le chai et dans les vignes de son père et de son grand-père. Lui non plus n'avait pas souhaité poursuivre plus longtemps ses études au lycée. Un peu malgré elle, Camille avait accepté sa décision, faisant contre mauvaise fortune bon cœur.

« Heureusement qu'Angeline a su m'écouter ! Elle, au moins, se destine à un autre avenir que celui de la vigne ! J'espère que Clément et Justine suivront le même chemin. »

Angeline, en effet, poursuivait à Montpellier des études de pharmacie. A la faculté, où de célèbres scientifiques avaient travaillé sur les remèdes aux grands maux de la vigne, elle n'était pas la dernière à se tenir informée du mouvement de colère des viticulteurs que les journaux ne manquaient pas de relayer dans leurs unes quotidiennes. C'est elle qui rapporta la première à son frère et à son père l'initiative de Marcelin Albert que ses amis appelaient familièrement « *Lou Cigal* » ou encore Marceau, tout simplement.

« Des pétitions circulent, annonça-t-elle à son père, tout exaltée. Je crois que les petits viticulteurs sont en train de prendre conscience de leur intérêt à se grouper.

— Ton idée de créer une coopérative, il y a quelques années, était finalement en avance sur son temps, papa, reconnut Maxence. Il faudrait relancer ton initiative. »

Camille, que l'âge n'avait nullement vieillie, encourageait ses enfants et reconnaissait volontiers :

« Angeline me ressemble ! On dirait que je suis sa mère.

— Mais tu es ma mère ! corrigea la jeune fille. Ma seconde mère. Et si je te ressemble, j'en suis très fière. »

Et Armand d'avoir sans cesse la larme à l'œil quand il voyait les enfants de Marie aussi épanouis.

« Je suis sûr que, de là où elle est, elle vous voit et se réjouit de vous savoir si unis ! »

Les pétitions s'amoncelaient sur le bureau des préfets et sous-préfets, tant dans le Gard que dans l'Hérault. Des grèves d'ouvriers agricoles éclatèrent à l'automne, en pleines vendanges, réclamant deux ou trois sous d'augmentation et un litre de vin par jour.

Le châtelain de Frontillargue, étant hors d'état de prendre toute décision importante, s'en était remis à Jean Lescure, qui venait lui rendre compte chaque soir dans son bureau de l'évolution de la situation. Eugène Delcourt ne quittait plus son fauteuil roulant, mais, pouvant écrire – péniblement – à défaut de pouvoir parler, il donnait encore ses ordres.

« Ne lâchez rien ! s'acharnait-il. Ils n'auront pas un sou de plus. »

Il écrivait furieusement ses directives d'une main tremblante, en termes presque illisibles. A ses côtés,

Jean Lescure commençait à douter de ses capacités à diriger encore le domaine. Il lui avoua :

« Ils ont obtenu satisfaction partout. Si nous ne leur concédons rien, je ne réponds plus d'eux. Ils finiront par se révolter. Déjà beaucoup d'entre eux ont rejoint les syndicats ouvriers. »

Le climat devenait tendu dans certaines communes, à Saint-Martin comme ailleurs. Et Frontillargue n'échappait pas au vent de révolte qui commençait à souffler sur le Languedoc. Celui-ci était plus virulent dans l'Aude où sévissaient Marcelin Albert et ses amis. Mais les prémices d'une violente tempête se faisaient également sentir dans le Gard et dans l'Hérault.

* *
*

Angeline était devenue une jeune fille ravissante. Elle avait les yeux pervenche et le sourire de sa mère, et le regard doux mais volontaire d'Adrien. D'un naturel très romantique, comme beaucoup de jeunes filles de son âge, elle se sentait proche de Camille qui l'avait élevée comme sa propre fille et en qui elle voyait le parfait exemple de la femme libre et accomplie.

« Comme j'aimerais te ressembler ! lui confiait-elle souvent quand elle n'était encore qu'une adolescente. Tu es si belle ! Et tu sais tellement redresser la tête quand tu te sens offensée !

— C'est la vie, ma chérie, qui forge nos caractères. Je ne serais pas devenue ce que je suis aujourd'hui si je n'avais pas connu à la fois le bonheur auprès de mon grand-père quand j'avais ton âge, et quelques revers ensuite quand j'ai dû affronter la vie avec ton père.

— A cause de ton propre père ?

— Hélas oui ! Mon père et moi, nous ne nous sommes jamais entendus.

— Heureusement qu'autour de papa nous sommes tous très unis !

— Vois-tu, Angeline, ton père est un homme merveilleux. Sais-tu que nous nous aimons depuis le premier jour où nous nous sommes rencontrés ? Il avait treize ans et moi onze.

— Tu exagères !

— Pas du tout. Nous n'étions que des enfants, mais nous savions que nos destins allaient s'unir pour toujours.

— Pourtant vous avez été longtemps séparés.

— Cette séparation a renforcé l'amour qui nous liait l'un à l'autre. C'est dans l'épreuve que nous forgeons notre caractère et que nous devenons forts. »

Angeline admirait sa belle-mère. Secrètement, elle espérait connaître, comme elle, une grande et belle histoire d'amour qui l'aurait transportée au pays de Cythère. Malgré des études scientifiques, elle n'en était pas moins attirée par la lecture des grands romans du siècle précédent où les sentiments, exacerbés par la passion, transcendaient les héros en êtres d'exception. Elle espérait qu'un jour elle aussi verrait arriver le prince charmant.

Elle ne connaissait pas Jean Lescure. Ce dernier, sous des apparences autoritaires, était plutôt bel homme. Agé maintenant de vingt-sept ans, d'une prestance remarquée acquise grâce au châtelain, il avait comblé son manque d'éducation et perdu les défauts de sa jeunesse, de cette période sombre où il avait été élevé tel un domestique par des parents – il le croyait encore – qui aimaient peu leur seul enfant. Depuis qu'Eugène Delcourt l'avait pris sous sa tutelle, il ne mettait plus les pieds dans la métairie de ses parents adoptifs. Au reste, il les méprisait, maintenant qu'il était parvenu au grade de régisseur du domaine de Frontillargue, comme si lui aussi prenait maintenant sa revanche sur la vie.

Ni Adrien ni Camille n'avaient soupçonné jusqu'alors qu'il était en partie responsable de leurs difficultés. Ils savaient que Léon Dubreuil avait pris sa retraite à Chanterelle et avait été remplacé par un homme beaucoup plus jeune que lui, mais ils ignoraient qui se cachait derrière le visage de son successeur.

Lors de ses retours de Montpellier, Angeline aimait se plonger dans la tranquillité des vignes. Au moment de la floraison, tandis que la taille de mars avait dépouillé les souches des vieux sarments pétrifiés par l'hiver et qu'éclosaient les premiers bourgeons dans un jaillissement de senteurs printanières, elle se laissait volontiers entraîner par ses songes, et, un livre à la main, lisait à haute voix des passages de *Madame Bovary* ou de *La Chartreuse de Parme*, ses romans préférés. Croyant se trouver seule au milieu des vignes, elle n'éprouvait aucune honte à être entendue.

Depuis quelques semaines, ses pas l'emmenaient insensiblement vers Chanterelle. Le petit mas de Léon Dubreuil, niché au milieu d'un carré de vignes bien entretenues, avait attiré son attention. Par un bel après-midi tout en lumière dorée, alors qu'à Figueirol et à Frontillargue les hommes s'activaient à traiter les nouveaux sarments, elle osa franchir la limite de la propriété de son père et poussa jusqu'à la vigne de l'ancien régisseur.

Quand celui-ci la vit arriver, il se redressa, s'appuya sur le manche de son luchet, fronça les sourcils.

« Qui es-tu, petite ? lui demanda-t-il.

— Angeline Mazel.

— Mazel ! Que viens-tu faire ici ?

— Je me promenais dans les vignes de mon père et, sans m'en apercevoir, je suis entrée dans votre propriété.

— Oh ! ce n'est pas ma propriété. Cette terre ne m'appartient pas. Elle est toujours au châtelain de Frontillargue. Il me la prête pour y finir ma vie. »

Le vieux Léon Dubreuil, trop heureux d'avoir une visite, fit bon accueil à la fille de son ancien ouvrier agricole. Toutefois il évita de lui parler d'un passé qui aurait sans aucun doute noirci immédiatement le tableau qu'il tentait de lui dépeindre. Tout ouïe, Angeline l'écouta et se laissa confondre par sa version des faits qui était loin de la réalité.

« J'ai bien connu ton père quand il travaillait sur le domaine.

— Il regrette parfois cette époque, mais il n'en garde pas que de bons souvenirs. Il a été très déçu de ne pas pouvoir devenir maître de chai et d'avoir été renvoyé.

— C'est une vieille histoire. Je ne me souviens plus très bien pourquoi ça ne s'est pas fait. C'était à l'époque du mal blanc, je crois. »

Angeline finit par gagner la sympathie du vieil homme. Elle revint plusieurs fois lui rendre visite. Elle appréciait son hospitalité. En réalité, elle avait un peu pitié de lui et le plaignait de le savoir seul dans la vie.

« Vous n'avez aucune famille ? lui demanda-t-elle un jour.

— Je suis veuf depuis longtemps, reconnut-il. Et mon seul enfant est mort en bas âge. C'est là tout mon malheur ! Depuis, j'ai vécu en égoïste, je le reconnais. Et je le paie à présent. Heureusement, pendant mes dernières années à Frontillargue, je me suis occupé d'un jeune garçon que le châtelain avait sorti de je ne sais où. Je dois avouer qu'au début ce garnement ne m'inspirait pas confiance, tellement il avait de mauvaises manières. Un rustre ! Oui, c'était un rustre. Mais, avec moi, il a bien changé. Je l'ai dressé. Oh ! il a conservé quelques petits défauts de jeunesse. Mais je reconnais qu'à mon égard, il n'est pas ingrat. Depuis ma mise à la retraite, il ne m'a jamais abandonné. Il est bien le seul à venir me voir régulièrement. Avec un peu de chance, tu le rencontreras peut-être un jour. Tu verras, ce n'est pas un mauvais garçon. Et il est bel homme ! Je ne sais pas d'où il sort – lui-même ne me l'a jamais dit –, mais pour un fils de rien, il a de qui tenir ! »

Angeline écoutait Léon Dubreuil d'une oreille attentive. Elle ignorait ce qui s'était passé à Frontillargue depuis le retour de Camille. Elle savait seulement qu'Eugène Delcourt, le châtelain, était un personnage peu aimable, très craint, le père de Camille, le grand-père de Clément et de Justine. Elle n'ignorait pas qu'il était paralysé et qu'il finirait ses jours dans un fauteuil roulant. Tout cela ne l'effaroucha pas. Et elle se mit à espérer de rencontrer un jour prochain le beau Jean Lescure, le mystérieux régisseur de Frontillargue.

« Quelle histoire ! » songea-t-elle, quand Léon Dubreuil eut terminé de lui raconter ce qu'il voulait bien qu'elle entende.

A la fin du printemps, alors que les vendanges s'annonçaient magnifiques, elle le rencontra enfin pour la première fois. Il se trouvait chez son ancien maître d'apprentissage, quand elle arriva aux abords de Chanterelle tout hésitante. Elle avait aperçu de loin son cheval attaché à un pieu planté dans le sol juste devant la porte du mas, s'était arrêtée, avait tourné les talons puis, au dernier moment, s'était ravisée. « J'y vais ! » se dit-elle. Léon Dubreuil lui présenta Jean Lescure sans arrière-pensées.

Quand il annonça qu'elle était la fille d'Adrien Mazel, le jeune homme écarquilla les yeux de surprise. Devant lui, Angeline semblait subjuguée. « C'est bien vrai qu'il est beau ! » pensa-t-elle quand il s'approcha pour la saluer.

« Monsieur Dubreuil m'a beaucoup parlé de vous, lui dit-elle, intimidée.

— En bien, j'espère ! »

Angeline rougit.

Léon Dubreuil les invita à s'asseoir autour de sa table et leur proposa une collation.

« Je n'ai guère le temps de m'attarder, Léon. Ce soir, j'ai rendez-vous avec nos négociants.

— Des ennuis ?

— Oui, ça recommence. La seule perspective d'une bonne récolte fait de nouveau chuter les cours du vin. Certains de nos clients n'achètent plus. Or nous n'avons plus de place dans nos cuves pour les prochaines vendanges. »

Et Jean Lescure d'expliquer devant Angeline que les traitements chimiques avaient terrassé toutes les maladies et que les pluies de printemps, abondantes, seraient bénéfiques au raisin.

« Si je comprends bien, remarqua Angeline d'un air espiègle, quand les vignes sont malades, vous craignez le pire, et quand tout va bien, vous craignez aussi le pire car vous ne savez que faire de votre vin ! Mais pourquoi produire autant ? Chez moi, à Figueirol, nous produisons peu mais nous ne faisons que du bon vin ! »

Jean Lescure faillit répondre vertement. Il se reprit de justesse, feignit d'abonder dans le sens d'Angeline, reconnut sans vergogne qu'elle n'avait pas tout à fait tort.

Ce soir-là, il sut se faire passer pour un employé du châtelain comme les autres et fit croire à la jeune fille, en la dévorant des yeux tant il la trouvait belle, qu'il ne pouvait qu'obéir à des ordres avec lesquels il n'était pas toujours d'accord. Il osa même reconnaître que, s'il ne tenait qu'à lui, il mettrait bon ordre dans la politique agricole de son patron.

La flagornerie n'étouffait pas Jean Lescure. Et Angeline commençait à se laisser prendre dans ses rets.

* *
*

Comme c'était à prévoir, les vendanges furent magnifiques et les cours du vin chutèrent à nouveau, pour atteindre leur niveau le plus bas jamais enregistré : trois francs l'hectolitre. La crise rebondissait, plus forte encore.

Adrien était au désespoir.

Pendant ce temps, Angeline était tombée amoureuse de Jean Lescure et n'attendait qu'une chose à chacun de ses retours de Montpellier : qu'il lui déclarât enfin sa flamme.

Leur liaison était encore très platonique. Ils se rencontraient chez Léon Dubreuil qui commençait à les considérer un peu comme les petits-enfants qu'il n'avait pas eus. Il leur arrivait parfois de s'éloigner du mas. Jean savait paraître sous un jour que nul ne lui connaissait. Angeline, quant à elle, se montrait d'un grand angélisme et d'une dangereuse naïveté.

Petit à petit il se prit à son propre jeu et laissa son cœur s'emballer. Et Angeline n'avait nulle envie de rompre le charme. Les deux jeunes gens ne prenaient pas beaucoup de précautions pour passer inaperçus. Au reste, ils n'avaient nul besoin de se cacher ! Angeline n'avait-elle pas l'âge de tomber amoureuse, et Jean n'était-il pas, pour des yeux non avertis, un homme à l'avenir assuré et, au demeurant, très envié de par la place qu'il occupait ?

Adrien trouvait sa fille particulièrement enjouée lorsqu'elle revenait de ses promenades dans les vignes. Le visage d'Angeline rayonnait de bonheur. Elle lui rappelait Camille à l'époque où ils se rencontraient dans leur mazet. Elle avait le même air radieux, les mêmes yeux pétillants, le même sourire. Il s'en réjouit, heureux à son tour de deviner ce qui se passait dans le cœur de sa fille.

Un jour il lui dit gentiment :

« Ne serais-tu pas amoureuse, Angeline ? »

La jeune fille rougit de confusion et ne dit mot.

« Tu sais, ajouta Adrien en prenant Camille à témoin, nous ne sommes pas de ces parents qui imposent à leurs filles le mari qu'ils ont choisi pour elles.

— Nous en avons trop souffert nous-mêmes, ajouta Camille.

— Peut-on en savoir un peu plus sur ce qui te rend si heureuse, si ce n'est pas indiscret ? »

Angeline s'approcha de Camille et tomba dans ses bras.

« Je ne sais pas si je suis vraiment amoureuse, lui confia-t-elle. Mais chaque fois que nous nous rencontrons, je me sens toute… enfin je ne suis plus la même.

— Nous connaissons tous ce sentiment qui nous dévore de l'intérieur et nous trouble au point que plus rien autour de nous n'a d'importance.

— Je sais qu'en ces temps difficiles mon bonheur peut paraître inconvenant, mais… je n'y peux rien !

— Tu n'as pas à te culpabiliser, ma chérie. Tout cela n'a rien à voir.

— Et peut-on savoir de qui il s'agit ? demanda Adrien, curieux. Serait-ce un bel étudiant en pharmacie ? »

Angeline hésita.

« Il est trop tôt pour l'instant. Entre nous, il ne s'est encore rien passé. Je ne suis pas sûre que ses sentiments à mon égard soient les mêmes que les miens. Je préfère attendre avant de vous parler de lui. »

Camille comprit la première qu'Angeline ne tenait pas à s'ouvrir davantage. Par pudeur, pensa-t-elle. Elle coupa court à la conversation qui mettait mal à l'aise sa belle-fille.

« Nous en reparlerons plus tard, si tu veux. Rien ne presse, en effet. Après tout, tu as bien le droit, toi aussi, de cultiver ton jardin secret. N'est-ce pas, Adrien ?

— Euh... oui, bien sûr. Seulement, fais bien attention de ne pas te tromper », ajouta-t-il à l'adresse de sa fille.

Les jours passèrent. Angeline n'avait plus l'esprit à ses études. Durant les semaines qu'elle passait à Montpellier, son cœur battait la chamade et la transportait au-dessus des vignes de Frontillargue. Elle imaginait son beau régisseur parcourant les rangées de vigne sur son cheval, la tête coiffée d'un large chapeau de feutre à la manière d'un aventurier, serrant les flancs de sa monture entre ses jambes bottées de cuir. Il avait fière allure, en effet, le successeur de Léon Dubreuil ! Et si l'amour d'Angeline transperçait la carapace sous laquelle il se protégeait, pour autant il n'en rabattait pas sa superbe ni son immense orgueil d'être devenu quasiment le maître de Frontillargue.

Eugène Delcourt n'était plus capable de prendre lui-même de grandes décisions. Or, par ces temps troublés, les affaires de son domaine exigeaient que quelqu'un tienne fermement la barre. Eléonore, ayant toujours négligé de s'occuper personnellement de son propre héritage, se sentait bien en peine de remplacer son mari au pied levé. Aussi était-ce avec soulagement qu'elle s'en remettait, elle aussi, aux mains de Jean Lescure pour la seconder, voire pour décider à sa place.

« Je vous sais gré, monsieur Lescure, de prendre autant de soin de mon mari et de Frontillargue, lui avoua-t-elle au cœur de l'hiver, alors qu'on rapportait que la colère des viticulteurs s'amplifiait partout.

— Monsieur le châtelain a fait de moi ce que je suis devenu aujourd'hui, madame la marquise. Je lui dois tout. Je lui serai éternellement reconnaissant.

— Dites-moi, Jean – vous permettez que je vous appelle Jean, n'est-ce pas ? Vous êtes un garçon charmant, vous avez une place que beaucoup doivent vous envier, or vous me paraissez bien solitaire dans la vie ! Je vous observe depuis quelque temps ; vous me semblez trop attaché à vos responsabilités. Vous devriez prendre un peu de bon temps pour vous-même. Amusez-vous ! Sortez de Frontillargue ! Les vignes ne doivent pas être votre seul horizon. Et mon mari ne doit pas vous empêcher de prendre la vie du bon côté. »

Jean sentit la confusion l'envahir. C'était bien la première fois que quelqu'un s'inquiétait de lui. La marquise lui parlait comme une mère attentionnée, comme jamais sa propre mère – du moins celle qu'il croyait être sa mère – ne lui avait parlé. Il s'en émut, bredouilla :

« Je vous remercie, madame. Mais je ne suis pas à plaindre.

— Ce n'était pas mon intention, voyons ! Mais, à votre âge, il faut profiter de la vie. Celle-ci passe si vite ! N'avez-vous pas... une bonne amie parmi les jeunes filles qui travaillent au château ? »

Jean se raidit. La question était sans détour. Brusquement il eut honte de devoir avouer qu'à son âge il n'était jamais tombé amoureux de personne et qu'il n'avait encore serré aucune fille dans ses bras. Il porta son regard par la fenêtre pour échapper à celui de la marquise de Froissac et fit mine d'observer les ouvriers qui s'activaient dans les vignes.

Devant l'insistance d'Eléonore, il avoua :

« J'aime une jeune fille. Mais je ne lui ai encore rien dit.

— Ah ! vous me tranquillisez, Jean. Et puis-je savoir qui est l'heureuse élue ?

— Elle ne travaille pas au château, madame. Son père est un de ces viticulteurs que votre mari m'a chargé de combattre parce que c'est un rouge, un dangereux contestataire. »

Eléonore s'assombrit.

« Qui donc ? reprit-elle, intriguée.

— Adrien Mazel. Sa fille s'appelle Angeline.

— Vous êtes donc amoureux de la fille de votre ennemi ! Vous aimez les situations cornéliennes, Jean ! Vous feriez mieux de jeter votre dévolu sur quelqu'un d'autre. Je ne crois pas que le père de cette jeune fille autorise celle-ci à vous fréquenter longtemps ! »

La discussion en resta là. Eléonore trouva étrange que Jean Lescure se fût amouraché de la jeune Angeline Mazel en sachant pertinemment qui elle était.

En fait, la marquise de Froissac ignorait que son régisseur n'était pas vraiment amoureux de la jeune fille et que ses intentions à son égard n'étaient pas aussi honnêtes qu'il le laissait entrevoir. Il se jouait d'elle en profitant de la situation.

« Je ne sais pas comment cela finira ! songea-t-elle. Mais je vois dans cette liaison quelque chose de dangereux pour cette jeune fille. »

Le soir même, dans la conversation qu'elle tenait seule avec son mari, elle fit part à celui-ci de son entretien avec Jean Lescure.

« Savez-vous, mon ami, que votre régisseur est amoureux ? Et vous ne devineriez jamais de qui ! »

Eugène Delcourt, impotent et muet, suivait son épouse d'un regard noir et interrogateur.

« Ne soyez pas impatient, je vais vous dire de qui il s'agit dans un instant. Quand vous le saurez, vous trouverez sans doute, comme moi, que votre protégé s'adonne à des liaisons dangereuses. Tomber amoureux de la fille de votre ennemi, celui que vous voulez réduire à néant ! Je dois avouer que la situation est plutôt cocasse. »

Le châtelain fulminait, mourant d'impatience d'entendre le nom de cette fille maudite. Car elle devait être maudite pour avoir jeté ses filets empoisonnés sur son régisseur ! Et lui, le grand nigaud ! Quel imbécile est-il, pensait-il en se rongeant de l'intérieur, de se laisser endormir ainsi par cette sainte nitouche !

« Eh bien, il s'agit d'Angeline Mazel. La fille d'Adrien Mazel. Je ne sais pas où en sont leurs relations, mais je suppose qu'elles sont déjà bien avancées. »

Eugène Delcourt fit un bond dans son fauteuil. Ses yeux se révulsèrent, son visage se tuméfia. Il étouffait, essayant à tout prix de prononcer une parole qui refusait de sortir de sa bouche.

« Calmez-vous, mon ami ! lui conseilla Eléonore. Pourquoi vous mettre dans un tel état ? »

Eugène Delcourt montra du doigt son écritoire. Eléonore comprit qu'il voulait lui répondre par quelques mots. Elle avança l'écritoire et une plume, le cala dans son fauteuil à l'aide d'un coussin, le calma d'une caresse de la main sur son front.

« Allons, mon ami, reprenez-vous ! »

Le châtelain, encore rouge sang, écrivit lentement :

« Il faut empêcher cette liaison. Cela est impossible. »

Il s'arrêta. Eléonore poursuivit :

« Mais pourquoi donc ? Laissons faire ces jeunes gens. Après tout, si l'amour peut les unir, au point où nous en sommes, je ne vois pas en quoi cela pourrait nuire à vos affaires. Au contraire, c'est peut-être un moyen de mettre cet Adrien Mazel de votre côté. »

Le châtelain reprit son écritoire. Il hésita un long moment. La sueur perlait sur son front. Sa main tremblait. Eléonore crut qu'il subissait une nouvelle attaque. Elle voulut lui enlever la plume de la main. Mais il se rebiffa et, nerveusement, d'une écriture hachée, indiqua :

« Jean Lescure est le demi-frère d'Angeline Mazel. »

La marquise décrypta les mots péniblement. Sur le coup, elle ne comprit pas la mise en garde de son mari. Elle s'étonna :

« Son demi-frère ! Mais voyons, c'est impossible ! »

Le châtelain la fixait d'un regard plein de folie. Eléonore comprit alors l'effroi de son mari.

« Adrien Mazel aurait eu un autre enfant ! Un enfant d'un autre lit ! Un enfant dont il ignore l'existence ! »

Subitement tout devint clair dans son esprit. Elle regarda son mari droit dans les yeux, avec une frayeur mal contenue.

Celui-ci pleurait. C'était la première fois.

Ensemble ils venaient d'appréhender l'horreur de la situation.

26

Conseil de famille

Eléonore de Sumène était bien en peine de savoir ce qu'il convenait de décider. Or son mari ne pouvait lui être d'aucun secours. Comprenant, mais un peu tardivement, ce que celui-ci avait manigancé depuis que Camille avait accouché de son premier enfant, elle ne voyait aucun moyen de sortir de l'imbroglio dans lequel tous étaient mêlés maintenant. Car comment annoncer à sa fille la terrifiante vérité ? Comment lui expliquer qu'elle n'était au courant de rien jusqu'à cette date, que tout avait été orchestré par son mari ? Quelles étaient les véritables intentions de ce dernier en faisant de ce petit-fils jamais reconnu le régisseur de son domaine ?

A toutes ces questions, elle ne trouvait aucune réponse cohérente. « Mon mari est devenu démoniaque ! pensait-elle en le regardant assis dans son fauteuil, le visage déchiré de rictus qui le défiguraient. Je ne peux pas dissimuler la vérité plus longtemps. Je dois parler à Camille. Il faut absolument arrêter ces deux jeunes gens avant qu'ils ne commettent un acte... » Le mot déchira sa pensée comme un buisson d'épines et lui fit prendre conscience, soudain, de l'horreur de la situation. « ... Incestueux ! Oui, songea-t-elle, avant qu'ils ne commettent un inceste ! »

Elle entrevit immédiatement le désespoir dans lequel tomberait la jeune Angeline quand elle saurait la vérité. Elle ne parvint pas à imaginer la colère de Camille quand elle apprendrait ce que son père lui cachait depuis tant d'années, ni quelle serait la réaction d'Adrien quand il verrait deux de ses enfants victimes de la vengeance machiavélique de son mari.

« Quel gâchis ! » ne put-elle retenir en regardant Eugène Delcourt, effondré dans son fauteuil roulant. Lui aussi semblait dépassé par la monstruosité de son comportement.

« Il faut faire cesser cette situation immédiatement ! s'exprima Eléonore de Sumène en se plantant devant son mari. Cette tragédie a suffisamment duré. Je vais moi-même y mettre bon ordre. Que cela vous plaise ou non, mon cher ! Dès demain, je vais convoquer un conseil de famille et nous déballerons tout ce que nous avons dissimulé. Il va sans dire qu'Adrien Mazel et les trois enfants qu'il a eus avec Camille seront présents. Je ne veux plus rien cacher à personne. »

Le châtelain esquissa un sourire sardonique qui semblait trahir ses pensées secrètes. Se réjouissait-il d'être parvenu au faîte de sa vengeance ? La guerre qu'il menait contre Camille était-elle enfin parvenue à son terme ?

Eléonore de Sumène dépêcha un domestique à Figueirol. Camille et Adrien travaillaient dans le chai quand ils le virent arriver en calèche, tout de noir vêtu.

« Bigre ! fit Adrien. On dirait un porteur de mauvaises nouvelles ! »

Le messager lui présenta le pli qu'il était chargé de lui remettre et ne bougea pas.

« Madame la marquise attend une réponse de votre part, monsieur. »

Adrien décacheta la lettre et la tendit à Camille.

« C'est ta mère qui t'écrit. Lis toi-même.

— Non, vas-y, j'ai les mains occupées. Tout ce qui me concerne te concerne aussi. »

Adrien parcourut rapidement le pli.

« C'est très bref. Ta mère désire nous voir demain au château de Frontillargue, en présence de Clément et de Justine.

— Avec les enfants ! s'étonna Camille. Mais pourquoi donc ? C'est étrange !

— Elle a peut-être envie de voir ses petits-enfants. Il est vrai qu'ils ne vont pas souvent lui rendre visite.

— Dans ce cas, elle ne te demanderait pas de nous accompagner. »

Le domestique attendait toujours une réponse.

« Que dois-je dire à madame la marquise, monsieur ?

— Vous lui direz que nous y serons demain à 3 heures de l'après-midi. »

Le lendemain, Eléonore de Sumène attendit sa fille avec anxiété. Elle craignait sa réaction, ainsi que celle d'Adrien. Elle se demandait aussi comment réagirait Jean Lescure quand il apprendrait de qui il était le fils.

Eugène Delcourt signifia son refus d'assister à la réunion de famille. Mais Eléonore ne lui laissa pas le choix. D'autorité elle poussa son fauteuil roulant dans le grand salon contre sa volonté.

« Vous ne pouvez pas vous défiler, mon ami. Il est temps maintenant que vous assumiez vos responsabilités. J'en partage certaines avec vous, mais vous n'avez pas le droit de me laisser seule supporter le poids de votre folle machination ! »

Adrien, Camille et leurs deux enfants arrivèrent les premiers. Eléonore leur fit bon accueil et les convia à entrer dans le salon où Eugène Delcourt était déjà installé près de la cheminée, une couverture de laine lui couvrant les jambes.

« Bonjour, père, lui dit sèchement Camille. (Puis à ses enfants :) Allez embrasser votre grand-père. »

Clément et Justine s'exécutèrent timidement. Le châtelain ne leur adressa aucun regard et resta stoïque devant eux. Adrien, lui, ne bougea pas, attendant que la marquise lui annonçât l'objet de sa requête.

« Nous attendons une dernière personne, déclara-t-elle, pour que notre petit conseil de famille soit au complet.

— Un conseil de famille ! s'étonna Camille. Mais dans quel but, mère ? De plus, nous quatre étant présents, je ne vois pas qui d'autre peut encore manquer !

— Ne sois pas impatiente, ma chérie ! Et surtout promets-moi de garder ton calme. Cette réunion est très importante pour nous tous. »

Dans son coin, Adrien s'impatientait.

« Pourrions-nous enfin savoir pour quelles raisons vous nous avez convoqués ? Ce n'est pas pour voir vos petits-enfants, je suppose ! Il serait temps de vous en soucier. Et votre mari n'a pas l'air d'apprécier notre présence. Je ne vois vraiment pas ce que nous faisons ici !

— Calme-toi, Adrien ! intervint Camille.

— Ma fille a raison. Ne vous énervez pas ! Il est de la plus haute importance que nous gardions chacun notre sang-froid.

— Mais qu'attendons-nous pour commencer ? Le travail, lui, m'attend, madame ! »

Un domestique entra dans la pièce.

« Monsieur le régisseur est arrivé, madame la marquise.

— Ah ! faites-le donc entrer. »

Camille et Adrien se regardèrent, incrédules.

« Je ne vous présente pas monsieur Jean Lescure, notre régisseur », fit Eléonore.

Celui-ci demeurait en retrait, le chapeau à la main, apparemment intimidé.

« Avancez donc, Jean. Ne restez pas à l'écart. Je vous invite à vous asseoir tous autour de cette table. Vous aussi, les enfants », ajouta la châtelaine à l'adresse de Clément et de Justine.

Elle alla chercher son mari et l'installa à côté de Camille, puis prit place en tête de table pour présider la séance.

« Voilà, dit-elle. Je vous ai, à tous, demandé de venir afin que notre famille soit au complet.

— Mère ! coupa Camille en regardant le régisseur.

— Une seconde, ma fille ! Laisse-moi parler. »

Les yeux de Camille et d'Adrien se croisèrent. Ensemble ils regardèrent le châtelain, puis Jean Lescure.

La marquise poursuivit :

« Il est temps de mettre au clair certaines zones d'ombre qui ont occulté des pans entiers de nos existences depuis de nombreuses années. Dans tout ce que je vais vous révéler, nous avons tous notre part de responsabilité – sauf ces adorables enfants bien sûr, à qui j'ai demandé d'être présents parce qu'ils doivent connaître la vérité, eux aussi. Je suis leur grand-mère et je ne dois rien leur cacher.

— Au fait, mère ! Au fait !

— J'y viens. Vous avez sans doute trouvé curieux, sinon étrange, que j'aie demandé à monsieur Lescure d'assister à notre conseil de famille.

— En effet !

— Pas si étrange que cela. Voici de nombreuses années, Camille, tu mettais au monde un enfant... comment dirais-je... naturel, que tu avais eu de celui qui devait devenir bien des années plus tard ton second mari, monsieur Mazel, ici présent.

— Ce n'est pas pour narrer l'histoire de notre vie que vous nous avez convoqués ! s'étonna Adrien d'un ton agacé. En outre, je crois qu'il nous revient le droit d'expliquer nous-mêmes à nos enfants les dessous de cette histoire qui ne concerne que nous. Et j'avoue que la présence d'un étranger à cette affaire me semble tout à fait déplacée.

— Vous vous trompez, monsieur Mazel, hélas ! Camille a longtemps cherché ce que mon mari, dans sa colère, avait fait de votre enfant. Il me l'a caché à moi aussi. Personne jusqu'à aujourd'hui n'a jamais rien su, et n'aurait sans doute jamais connu la vérité si le destin ne s'en était mêlé.

— Parlez, mère ! Je vous en conjure. Vous n'allez quand même pas nous apprendre que vous avez retrouvé la trace de notre enfant !

— Si, Camille. Je l'ai retrouvée. »

Tous se turent. L'atmosphère devint lourde subitement, la situation dramatique. Dans son fauteuil, le châtelain tentait de se faire oublier. En face de lui, Jean Lescure gardait le silence, ne comprenant pas un seul mot des révélations en demi-teinte de la marquise. Apparemment il ne se sentait pas concerné.

« Aujourd'hui, Camille, cet enfant est un homme de vingt-huit ans. Il a quelque chose dans le regard qui ne permet pas de douter un seul instant qu'il soit ton fils. Et sa démarche est assurément celle de son père. Cet homme... c'est... vous, Jean Lescure ! »

Le silence s'abattit brutalement dans la pièce. Tous restèrent abasourdis par les dernières paroles de la marquise de Froissac. Les regards se portèrent sur le régisseur. Celui-ci, se sentant au centre de tous ces démêlés familiaux, eut une réaction instinctive de recul. Il ne prit pas immédiatement conscience de la portée des révélations de la châtelaine.

Camille la première rompit le silence.

« Votre régisseur ! Cet homme qui... C'est impossible, voyons, mère ! Vous déraisonnez. Vous vous trompez !

— Absolument pas, Camille. Ton père te le confirmera.

— Il ne peut plus parler ! corrigea Adrien, complètement désorienté.

— Je vais vous en fournir la preuve », ajouta Eléonore.

La marquise se leva, se dirigea vers le bureau situé à l'autre extrémité de la pièce, ramena l'écritoire de son mari où se trouvait encore la feuille de papier sur laquelle il avait déposé sa révélation.

« Lisez ! dit Eléonore. Ces quelques mots sont de la main de mon mari. Et cela date d'hier. En apprenant que Jean Lescure fréquentait votre fille Angeline, la honte l'a étouffé, et il s'est enfin décidé à me dévoiler son terrible secret.

— Angeline et votre régisseur ! s'exclama Adrien en bondissant de sa chaise.

— Et votre fils, oui, monsieur Mazel. Ne vous en déplaise ! Votre fille est amoureuse de son propre demi-frère.

— Mais c'est monstrueux, mère ! s'écria Camille. Et vous ! ajouta-t-elle en foudroyant Jean Lescure du regard. Comment avez-vous osé ?

— Jean ne sait rien de toutes nos histoires, précisa Eléonore. Il a été manipulé par ton père, ma chérie. »

Camille s'effondra, incapable de regarder Jean Lescure comme le fils qu'elle avait si souvent souhaité retrouver. « Non, se dit-elle, ce n'est pas possible ! Cet homme ne peut être mon fils. »

Adrien, de son côté, restait muré dans l'incompréhension : sa fille avec cet homme, son demi-frère ; le fils perdu qu'il avait eu avec Camille !

Jean Lescure demeurait muet. Devant tant de révélations incompréhensibles, il ne savait plus quel comportement adopter.

« Madame, puis-je me retirer ? demanda-t-il.

— Absolument pas ! répondit Eléonore. Vous voici en présence de vos parents, de vos vrais parents, Jean. Vous n'allez pas vous défiler ! Etes-vous conscient que le châtelain et moi-même nous sommes de ce fait vos grands-parents ? »

C'en était trop. Le régisseur ne pouvait plus soutenir une telle situation. Cela devenait grotesque à ses yeux. Il finit par éclater de rire.

« J'espère que tout cela n'est qu'une mauvaise plaisanterie ! dit-il d'un ton peu convaincu. Je serais donc le petit-fils de monsieur le châtelain ! Et, depuis des années, j'aurais agi sur ses ordres contre mon propre père sans le savoir, afin d'assouvir la haine qu'il éprouve contre sa fille depuis ma naissance, la naissance d'un... d'un bâtard ! C'est vraiment trop drôle !

— Vous avez tout compris, Jean. Votre grand-père vous a sorti de l'ombre pour faire de vous l'instrument de sa vengeance. »

Tout était dit. Tout était révélé.

Sauf le fait qu'Eugène Delcourt avait déposé en secret chez son notaire un testament qui faisait de Jean Lescure le seul et unique héritier des terres de Frontillargue dont il était propriétaire et qui s'étendaient sur plusieurs centaines d'hectares.

* *
*

A Figueirol, Camille et Adrien restèrent longtemps emmurés dans le doute. Cette nouvelle, loin de les réjouir, les laissait sans réaction. Ils ne savaient plus que penser, que dire ni que faire. Eléonore de Sumène avait ajouté avant de les quitter :

« Je vous laisserai le soin d'avertir votre fille Angeline. Il vous appartient de la mettre en garde avec beaucoup de précautions, si ce n'est pas déjà trop tard.

— Votre mari, cette fois, a été trop loin, avait répliqué Adrien, fou de rage. Je ne lui pardonnerai jamais. »

Angeline était à cent lieues de se douter de ce qui s'était passé au château de Frontillargue. Quand Adrien et Camille s'apprêtèrent à lui parler, elle les trouva si étranges qu'elle pressentit aussitôt une catastrophe.

« Nous avons une nouvelle à t'apprendre, ma chérie, commença Camille, la première.

— A vous voir, ce n'est pas une bonne nouvelle !

— Hélas non !

— Je vous écoute. »

Adrien prit la parole et, en cherchant les mots les plus justes, les moins percutants, mit sa fille en garde et lui conseilla vivement de mettre un terme à sa relation avec Jean Lescure.

Angeline fut atterrée. Le monde autour d'elle s'écroulait, tandis que son corps, révulsé, s'abandonnait au néant dans de violentes convulsions.

Camille, craignant le pire, insista à demi-mot :

« Ma chérie, est-ce que Jean Lescure t'a… enfin, tu me comprends. Est-ce que vous vous êtes donnés l'un à l'autre ?

— Non, Camille. C'est tout juste s'il m'a embrassée. Mais je dois reconnaître que, s'il me l'avait demandé, j'aurais été à lui. Oh ! quelle horreur. Mon frère ! Ce n'est pas possible !

— L'horreur eût été de le savoir ! Tu n'as rien à te reprocher. Lui-même ignorait quel lien vous unissait. Sinon, il ne t'aurait pas courtisée. Tout va rentrer dans l'ordre à présent. »

Les conseils de Camille, l'attention d'Adrien ne suffirent pas à réconforter la jeune fille. Celle-ci se sentait trompée par celui qu'elle aimait, abandonnée comme une orpheline délaissée par ses propres parents au bord du chemin. Elle éprouvait une grande solitude au plus profond d'elle-même. Une chape de glace emprisonnait son cœur et la paralysait de l'intérieur.

Elle ne trouva de consolation à son immense chagrin qu'en se réfugiant dans les bras de son frère, Maxence. Celui-ci, furieux, lui promit d'aller donner au régisseur la correction qu'il méritait, tout demi-frère qu'il fût également pour lui.

« Quand Fabien apprendra cela, sûr qu'il ira lui casser la figure, à ce margoulin, si je ne l'ai pas fait avant lui !

— Gardons notre calme et notre raison, les enfants ! s'interposa Adrien. Je crois que nous avons tous besoin de recul pour reconsidérer ce qui vient de nous être révélé. »

Armand et Célestine Vidal, informés des faits, n'osèrent intervenir tant cette histoire leur paraissait incroyable. Célestine pourtant sortit la première de sa réserve et, s'adressant à Camille, expliqua :

« Vous avez tellement souhaité que le destin mette un jour sur votre chemin votre enfant perdu, maintenant que vous vous êtes retrouvés, vous ne devez pas le renier. S'il n'est pas celui que vous attendiez, ne vous montrez pas dédaigneuse ou déçue à son égard. Vous ne feriez que creuser davantage le fossé qui vous sépare de lui. Ce jeune homme n'a pas eu la chance de connaître ses parents. Les hasards de l'existence ont fait de lui ce qu'il est devenu. Ne le rejetez pas, tendez-lui la main. »

Camille et Adrien avaient besoin de temps pour réaliser ce qui venait de leur arriver. En réalité, ils avaient fait leur deuil de leur premier enfant et avaient porté tout leur amour sur ceux qu'ils avaient eus ensuite. Jean, en réapparaissant, venait perturber l'ordre qu'ils avaient donné à leur vie, la sérénité qu'ils avaient fini par trouver ensemble après des années d'avanies.

* *
*

Sur le moment, ils se remirent au travail, refusant de rencontrer Jean Lescure. Celui-ci mit fin à sa relation avec Angeline dès l'instant où il réalisa dans quel pétrin il s'était engouffré. Seul le vieux Léon Dubreuil, non informé, regretta cette rupture d'une liaison à peine amorcée et qu'il appelait de ses vœux.

Les nouvelles qui parvenaient à Saint-Martin étaient loin de calmer les esprits de plus en plus échauffés. Jean Lescure était trop occupé à tenir ses troupes pour s'apitoyer sur le sort d'Angeline ou pour réagir face à ses nouveaux liens parentaux. Au reste, son cœur ignorait ce qu'était l'amour filial. A ses yeux, Camille et Adrien demeuraient des étrangers. Il avait seulement conscience maintenant que, dans leurs veines, coulait le même sang que le sien. Cela faisait-il de lui leur fils ?

A Saint-Martin, l'atmosphère était houleuse. L'école privée, tenue par des religieuses, venait d'être fermée de force par les gendarmes. La loi de 1904 interdisait, en effet, tout enseignement aux membres des congrégations même autorisées. Une partie de la population, Eléonore de Sumène en tête, était venue manifester sur place pour tenter d'empêcher l'acte d'autorité légal. En vain. Face à cette opposition, les partisans de la laïcité, les plus nombreux, défilèrent dans les rues du village, jusqu'aux abords du château de Frontillargue, brandissant des slogans dignes des grandes heures de la Révolution. Les petits viticulteurs et les journaliers, au coude à coude, en profitèrent pour scander à leur tour les mots de la mobilisation viticole. « A bas les fraudeurs ! Vive le vin naturel ! » pouvait-on lire sur leurs pancartes. Maxence était parmi eux, en tête du cortège.

Dans la commune régnait la plus grande confusion.

L'année nouvelle annonçait de grands changements. Partout on sentait monter le vent de la révolte. Angeline qui, pour oublier ses malheurs, avait repris assidûment le chemin de la faculté, revenait de Montpellier toujours plus exaltée. Elle prenait à peine le temps d'arriver à Figueirol qu'elle accaparait son frère Maxence et lui faisait le récit des derniers événements dont elle avait eu connaissance.

« Marcelin Albert a lancé une pétition au gouvernement », lui apprit-elle en lui montrant un tract qui reprenait les mots exacts des doléances des vignerons.

Adrien les surprit en train de comploter.

« Que se passe-t-il ? demanda-t-il.

— Ecoute, papa. (Maxence lut à haute voix :) “Les soussignés décident de poursuivre leurs justes revendications jusqu'au bout, de se mettre en grève contre l'impôt, de demander la démission de tous les corps élus et engagent toutes les communes du Midi et de l'Algérie à suivre leur exemple aux cris de : Vive le vin naturel ! A bas les empoisonneurs !” Et c'est signé par quatre cents protestataires.

— La grève de l'impôt et la démission des élus ! Bigre, ils y vont fort, tes amis !

— C'est la seule solution pour se faire entendre.

— Marcelin Albert tient déjà des réunions un peu partout, ajouta Angeline. Il y a un monde fou qui vient pour l'écouter. Le mouvement est en marche. Plus rien ne pourra l'arrêter. »

A dix-huit ans, de tous les enfants d'Adrien, Maxence se montrait le plus acharné à défendre la cause de la viticulture et des petits vignerons. Il avait été peu affecté par les révélations familiales de la marquise de Froissac. A ses yeux tout cela n'était qu'une tentative pour récupérer les Mazel du côté des gros propriétaires. Lui s'en défendait et le proclamait sans détour.

« Nous devons rester unis autour de la cause des petits. Le château de Frontillargue, voilà l'ennemi !

— Avec ta sœur, vous faites une belle paire de révolutionnaires ! ne put s'empêcher de plaisanter Armand, toujours aussi fier des enfants de sa fille. Avec vous, la République ne craint rien ! »

Pourtant, dans l'Hérault et surtout dans le Gard, le mouvement viticole était loin de plaire au gouvernement du Bloc républicain au pouvoir. Celui-ci voyait d'un mauvais œil le soutien de la droite royaliste aux contestataires. Maxence s'en défendait.

« S'ils nous appuient, expliquait-il à son grand-père, pressé d'être le premier informé, c'est pour se venger des lois anticléricales. La loi de séparation de l'Eglise et de l'Etat leur a porté un coup fatal. Mais nous nous méfions de leur soutien. »

Néanmoins, pour le gouvernement, les viticulteurs, par leur action subversive, ne sapaient-ils pas les bases de la République ? D'ailleurs le journal royaliste, *L'Eclair*, annonçait dans l'un de ses derniers numéros : « Les populations du Midi commencent à comprendre que la République n'est qu'un leurre et, en fait de fraude, la plus monstrueuse des falsifications. »

Maxence s'insurgeait contre une telle récupération et regrettait vivement que les socialistes gardois montrent autant de méfiance vis-à-vis du mouvement coopératif qui commençait à s'étendre dans les départements languedociens.

« Ce qui heurte le plus le gouvernement, lui opposa Adrien, qui voulait user de sa sagesse pour contenir les élans de son fils, c'est de voir de plus en plus de grands propriétaires se joindre aux manifestants à côté des ouvriers agricoles.

— C'est la preuve que le mécontentement est général. Le gouvernement ne pourra pas faire l'économie d'une grande réforme dans le monde viticole.

— Je crains que les socialistes ne passent complètement dans l'opposition. La coalition actuelle me paraît bien vacillante. Et dans ce cas, la droite aura beau jeu de revenir en force au pouvoir ! »

Quelques semaines plus tôt, en effet, les socialistes avaient formé un parti unifié[1] et quitté le gouvernement. Au ministère Combes, renversé dès janvier à la suite de l'Affaire des fiches, avait succédé le ministère Rouvier. La scène politique semblait occulter la question sociale, pourtant de plus en plus explosive dans tous les secteurs. Un homme, au gouvernement, s'en inquiétait : Georges Clemenceau, ministre de l'Intérieur. Il allait bientôt marquer de son empreinte la révolte des vignerons.

1. La SFIO, le 26 avril 1906.

27

Un vent de tempête

Le mécontentement allait grandissant dans tout le Languedoc. Déjà le 15 juillet 1905, quinze mille manifestants s'étaient rassemblés dans les arènes de Béziers, sous la direction d'un comité régional de défense créé par l'avocat Antoine Palazy. D'autres comités se constituaient dans la plupart des communes viticoles. Le Midi commençait à bouger.

Maxence se réjouissait. A Saint-Martin, il avait pris la tête du comité de défense et s'était mis en relation avec Marcelin Albert à Argelliers. De temps en temps, il recevait de son bureau une lettre d'encouragement ou des directives qu'il transmettait aussitôt à ses collègues vignerons.

Adrien tentait de tempérer ses ardeurs, craignant que son fils, par sa fougue et sa jeunesse, ne se laisse entraîner dans l'illégalité.

« Deux municipalités seulement ont accepté de démissionner après l'appel à la grève des élus ! lui fit-il remarquer.

— Ce n'est qu'un début. Bientôt le Midi tout entier sera derrière Marcelin Albert. Lou Cigal convaincra même les plus récalcitrants. Il s'y connaît. Il sait parler aux foules.

— A propos, sais-tu pourquoi ses amis l'appellent "Lou Cigal" ?

— Je l'ignore. Peut-être parce qu'on lui prête l'esprit fantasque et insouciant, ou parce qu'il a l'habitude de se percher dans les arbres, comme les cigales, pour s'adresser aux gens. C'est un théâtreux ! Il aime les mises en scène. Je crois savoir qu'il animait une petite troupe de théâtre dans sa commune.

— Ce qui me gêne le plus chez ton ami…

— Marcelin Albert n'est pas mon ami ! coupa Maxence. Je ne l'ai encore jamais rencontré.

— Ce qui me gêne chez Marcelin Albert, c'est son entourage. Il a pour amis des hommes très importants, pas des vignerons comme nous.

— Mais il est lui-même issu du peuple ! Il est cafetier et petit viticulteur. Il connaît parfaitement nos problèmes.

— Et pourquoi se méfie-t-il autant des politiques ? Le gouvernement est à gauche. Il faut faire attention de ne pas creuser le lit de la droite revancharde en le mettant en difficulté.

— Ne t'inquiète pas, papa ! Marcelin sait ce qu'il fait. »

Dans cette effervescence, Angeline finissait par oublier ses malheurs. A la faculté de pharmacie, où elle avait passé brillamment ses examens, elle animait elle-même un comité de soutien aux vignerons en colère. Autour d'elle, peu de fils de viticulteurs – les enfants de paysans ne fréquentaient pas l'université –, mais beaucoup de fils de médecins, de pharmaciens, d'avocats et de notaires qui soutenaient le mouvement de contestation. Parfois des heurts éclataient avec des étudiants royalistes galvanisés par le journal montpelliérain *L'Eclair*. Etudiants républicains et monarchistes s'affrontaient dans des joutes verbales au cours d'assemblées qu'ils tenaient au profit des ouvriers agricoles grévistes, chaque groupe y trouvant son propre intérêt. Les journaliers, les plus menacés par la crise, réclamaient un salaire de deux francs par jour et plus de liberté syndicale. Or les gros propriétaires refusaient, pour la plupart, de céder à leurs revendications.

Les vendanges de 1905 furent à nouveau excellentes. Le vin regorgea dans les cuves. Les cours ne dépassèrent pas cinq francs l'hectolitre.

« Encore une année comme celle-là, se plaignait Adrien, et nous aussi nous serons obligés de déverser notre vin dans les ruisseaux !

— Ne nous plaignons pas, lui opposait Camille. Il y a plus malheureux que nous !

— Je me demande bien comment Jean Lescure s'en sort à Frontillargue ?

— Notre fils ? » insista Camille.

Adrien semblait réfléchir.

« Notre fils, si tu veux !

— Il l'est ! Il faudra bien t'y habituer. Ne crois-tu pas qu'il serait temps d'aller vers lui et d'avoir ensemble une grande discussion ?

— Je ne l'envisageais pas. Pas encore.

— Cela fait bientôt un an maintenant que nous savons qu'il est notre fils. Nous n'avons rien fait depuis envers lui.

— Lui non plus ! Il sait pourtant que nous sommes ses parents.

— En tout cas, nos clients se montrent plus aimables avec nous depuis quelque temps. L'as-tu remarqué ? Et certains, qui s'étaient volatilisés, sont revenus vers nous pour signer à nouveau leurs contrats.

— Crois-tu que Jean Lescure… enfin… je veux dire que Jean ait renoncé à nous nuire ?

— Il a avoué lui-même qu'il avait agi sur les ordres de mon père. A une époque où il ignorait qui nous étions pour lui.

— Il est à l'origine de certains de nos gros tracas !

— S'il fait amende honorable, il faut lui pardonner. C'est notre fils, Adrien ! »

Adrien devait se faire violence pour considérer le régisseur de Frontillargue comme son fils. Il voyait toujours en lui l'homme de l'ombre du châtelain, sa main vengeresse, celui qui, pendant des années, s'était mis en travers de sa route.

« Décidément, reconnut-il, j'aurais toujours du mal à accepter les régisseurs de Frontillargue. Jeune déjà, je me méfiais de Léon Dubreuil qui s'est toujours dressé devant nous. Souviens-toi !

— Oh ! j'ai les souvenirs tenaces. Mais, vois-tu, Léon Dubreuil est bien vieux à présent. Lui aussi a agi sur les ordres de mon père.

— Cela ne l'excuse pas. Comme cela n'excuse pas Jean.

— Lui était très jeune quand mon père l'a pris en main. Et il n'avait aucun horizon devant lui. Alors que si nous avions été présents au cours de son enfance, il ne serait pas devenu l'homme que mon père a fait de lui. C'est lui le seul responsable.

— Tu as raison ! Mais je crains qu'il soit trop tard à présent pour tenter de réparer le mal.

— Il n'est jamais trop tard, Adrien. »

* *
*

L'hiver tentait de résister et marquait encore avril de son empreinte glaciale. Les jeunes pousses avaient du mal à bourgeonner. La sève, engourdie par le froid, semblait renoncer à monter dans les sarments taillés de frais. Déjà les hommes s'activaient et traitaient sans relâche contre les maladies. Dès que celles-ci apparaissaient, elles étaient systématiquement terrassées à coups de soufrage et de sulfatage. Certes, l'oïdium, le mildiou, le phylloxéra et autres rots brun ou rouge n'avaient pas disparu, mais on savait maintenant les combattre, prévenir avant de devoir guérir. Les vignes n'étaient plus malades à en périr. Elles s'étendaient partout avec vigueur.

A l'horizon, le pic Saint-Loup semblait s'enorgueillir et dressait son piton calcaire dans l'azur du ciel, tel un sémaphore au-dessus d'un océan de vignes, point de mire de tous les naufragés de la viticulture.

La tempête, en effet, soufflait de plus en plus fort, et commençait à faire sombrer les plus frêles esquifs dans les profondeurs océanes.

La récolte pléthorique de 1905 ne trouvait pas d'acheteurs. Les cuves étaient pleines, le vin invendu et les cours à nouveau en baisse.

« C'est la catastrophe ! se plaignait Adrien. Cette fois, je ne sais pas si nous nous en sortirons. »

Angeline ramenait de Montpellier des nouvelles peu encourageantes :

« Sais-tu, papa, ce que j'ai lu dans le journal ? A Baixas, dans les Pyrénées-Orientales, quatre cents saisies d'huissier ont été opérées par le fisc sur les biens de viticulteurs endettés. C'est la première fois que l'Administration ordonne des saisies pour dettes impayées. Ces pauvres gens sont complètement ruinés !

— J'enrage ! coupa Maxence. Dans moins d'un mois, je ne serai plus là pour poursuivre la lutte, juste au moment où le mouvement a besoin de tous ses effectifs.

— Où seras-tu donc ?

— Regarde, sœurette. J'ai reçu ma feuille d'incorporation. Le service militaire m'attend. Je n'y échappe pas !

— J'avais oublié. Et sais-tu où tu es affecté ?

— A Béziers, au 17ᵉ régiment d'infanterie. Heureusement ce n'est pas trop loin ! Pour les permissions, je serai vite de retour. Fabien me remplacera au comité. Il me l'a promis. Il a bientôt fini son temps ; dans deux mois, il sera de retour. »

Fabien revint en effet quelques semaines plus tard, Maxence ayant déjà rejoint son régiment d'infanterie. Pendant toute la durée de son service militaire, accompli dans l'est de la France, face à la nouvelle frontière qui séparait ce qui restait de la Lorraine française de l'Allemagne bismarckienne, il avait été peu informé de ce qui se passait dans les vignobles du Midi languedocien. Les soldats qui, comme lui, provenaient de cette région déjà jugée très belliqueuse par les autorités militaires faisaient l'objet d'une surveillance accrue. A la moindre tentative de collusion de leur part avec des camarades vignerons d'autres régiments, la sanction ne se faisait pas attendre. La presse méridionale ne circulant pas si loin de chez lui, Fabien ignorait donc l'ampleur que commençait à prendre le souffle de la révolte.

Le temps était aux grandes convulsions. Le monde – pas seulement celui des vignerons – était en ébullition. 1906 annonçait de profonds changements. En Russie, les conseils ouvriers et paysans se multipliaient, prémices du « grand jour ». En France, le parti socialiste obtint en janvier ses deux premiers sénateurs, élus dans le Midi, puis le radical Armand Fallières fut élu président de la République par le Parlement. Mars fut endeuillé par la terrible catastrophe minière de Courrières faisant mille deux cents victimes, tandis qu'un mois plus tard San Francisco était détruite par un terrifiant séisme. Mai vit la victoire de la gauche française aux élections législatives, créant ainsi un grand espoir dans le cœur des plus démunis. En juillet, les tribunaux réhabilitèrent le capitaine Dreyfus, alors qu'au même moment, en Russie encore, les mutineries se multipliaient, annonçant les futures fraternisations entre l'armée et le peuple.

Adrien examinait tous ces événements avec circonspection. A cinquante ans, il n'avait plus la fougue de sa jeunesse. Les obstacles qu'il avait surmontés depuis quarante ans, depuis le premier jour où son père l'avait autorisé à faire ses premières vendanges, l'avaient rendu d'une grande prudence vis-à-vis des soubresauts de l'histoire.

« Dans la vie de notre pays comme dans notre propre vie, aimait-il expliquer aux plus jeunes de ses enfants, la sagesse doit guider la raison. Rien ne sert de vouloir s'opposer à l'inéluctable, ni de ruser. Les faits s'imposent toujours d'eux-mêmes, comme si notre chemin était tracé par la main de Dieu.

— Tu es bien un protestant ! » lui répliquait gentiment Camille, moins fataliste et toujours prête à donner un coup de pouce au destin.

Clément et Justine, âgés de quatorze et treize ans, admiraient leur père. Ils connaissaient tous les détails de sa vie, les difficultés de sa jeunesse, son amour contrarié pour leur mère, leur lutte acharnée pour braver Frontillargue, leur opposition à leur grand-père, le châtelain. Ils ne portaient guère dans leur cœur leurs grands-parents auxquels ils rendaient visite par politesse, seulement parce que leur mère le leur demandait. Ni l'un ni l'autre n'ignoraient le rôle qu'ils avaient joué dans le drame qui avait marqué la jeunesse de leurs parents. Ils savaient que leur frère aîné, Jean, au patronyme différent du leur, était au centre de leurs tourments. Ils ne l'avaient plus rencontré depuis le jour du conseil de famille à Frontillargue, un an plus tôt, et ils ne le souhaitaient pas. En outre, leur grande différence d'âge les empêchait de prendre réellement conscience que leurs parents avaient pu avoir avant eux un autre enfant. A leurs yeux d'adolescents, Jean demeurait un inconnu, pire un étranger. Seuls comptaient pour eux Fabien, Angeline et Maxence, les enfants de Marie, qu'ils considéraient comme leurs vrais frères et sœur.

Cette situation chagrinait plus Camille qu'Adrien. Celui-ci, préoccupé par l'agitation du monde viticole, avait l'esprit au travail et aux affaires et non aux démêlés familiaux. Aussi, sans le lui dire, par un petit matin de septembre, tandis que les vendanges battaient leur plein dans les rangées de vigne, Camille décida de se rendre seule à Frontillargue. Adrien vendangeait également dans ses vignes, aidé de son fidèle Marcellou et de cinq saisonniers, tous issus de son village natal de Sainte-Croix et recommandés par son frère Simon.

Elle pensait trouver Jean parmi les colles qui opéraient sur le domaine, comme jadis Léon Dubreuil surveillait les siennes. Elle ne passa pas par le château de ses parents afin d'éviter son père et d'échapper à l'accueil toujours chaleureux mais trop pressant de sa mère. Elle se rendit directement dans les vignes. Il y avait longtemps qu'elle n'avait pas foulé la terre de Frontillargue au moment des vendanges.

Tout à coup, son passé lui revint en mémoire. L'odeur des raisins gorgés de soleil dans les comportes, les vapeurs de moût et d'alcool s'échappant du chai, le parfum de la terre piétinée auquel la rosée du matin à peine léchée par les premiers rayons du soleil apportait des notes de fraîcheur venues de la garrigue toute proche, les fragrances épicées des chênes et des pins sur les collines se mêlèrent en elle, tel un bouquet de senteurs dans lequel baigne l'âme dans l'éternité. Elle se sentit soulevée, emportée au pays de son enfance, l'esprit enfin libéré des noirceurs qui l'endeuillaient, le corps impondérable. Elle eut envie de prendre une poignée de cette terre de Frontillargue qui était sienne, celle de son grand-père, celle de ses ancêtres. Ses racines se réveillaient en elle après des décennies de dormance. Plus que jamais, elle éprouva pour cette terre un sentiment d'appartenance, d'osmose, un sentiment d'amour.

Elle se pencha, en ramassa une poignée, ferma les yeux, respira profondément. « Jamais je ne t'abandonnerai, Frontillargue ! » pensa-t-elle. Les larmes glissaient sur ses joues rosies par la fraîcheur matinale, perles de cristal éphémères sur un écrin de nacre.

Elle se reprit. « Jean est notre fils ! se dit-elle. Qu'il le veuille ou non, c'est un de Sumène. Il faut que je le ramène dans le droit chemin. Je saurai décider Adrien et casser le maléfice de mon père. »

Camille retrouvait sa fougue d'antan. Elle avait un autre combat à mener, un autre défi à relever. Elle n'était elle-même que dans les moments de turbulence, lorsqu'elle se battait contre l'adversité. Avec Adrien, n'avait-elle pas réussi à se faire femme de viticulteur, elle la petite-fille du marquis de Froissac ? N'avait-elle pas su le retrouver et l'épouser alors que sa vie avait pris une direction opposée ? N'avait-elle pas eu avec lui les enfants dont ils avaient rêvé tous les deux quand ils n'avaient que vingt ans ?

Elle marcha droit devant elle, d'un pas décidé et, aux premiers ouvriers qu'elle rencontra, demanda à voir le régisseur. Une jeune vendangeuse au teint mat et aux longs cheveux de jais lui dit :

« Demandez donc à ma mère, elle doit savoir.

— Comment s'appelle ta mère ?

— Esméralda, répondit la jeune fille aux allures de gitane.

— Esméralda ! s'étonna Camille.

— Oui. Pourquoi ?

— Non… pour rien ! Merci. »

Camille se souvint tout à coup de cette histoire qu'Adrien lui avait racontée à propos des premières amours de son frère Simon. « Impossible ! » se dit-elle.

La maman de la jeune fille ramassait le raisin quelques rangées plus loin. Elle pouvait avoir son âge et portait encore fièrement une beauté que les années n'avaient pas entamée.

« Mon Dieu que cette femme est belle ! songea Camille. Sûr, c'est une gitane. »

La vendangeuse, qui répondait effectivement au nom d'Esméralda, lui dit avoir vu le régisseur filer une heure plus tôt en direction de la vigne de la Gravette où des journaliers avaient cessé le travail.

« Ils se sont mis en grève, précisa-t-elle.

— En grève !

— Oui, ça gronde dans certaines colles. Les hommes du bas pays sont les plus déchaînés. Ils réclament deux sous d'augmentation par jour. Ils estiment qu'ils sont mal payés. Ils ont arrêté le travail ce matin.

— Merci, Esméralda.

— Vous connaissez mon nom ?

— J'ai rencontré votre fille il y a un instant. Et vous, connaissez-vous un certain Simon ? Simon Mazel », osa Camille à tout hasard.

La vendangeuse réfléchit, fit non de la tête, puis se ravisa.

« Simon Mazel ! Ce nom-là me dit quelque chose… Mais c'est impossible, c'est trop loin. Non, je ne vois pas. »

Camille en fut certaine. Il s'agissait bien de cette Esméralda, la gitane dont Simon était tombé amoureux, il y avait plus de quarante ans.

« Quand je disais que le destin était inscrit ! lui fit remarquer Adrien lorsqu'elle lui raconta sa rencontre fortuite du matin. Je ne manquerai pas de faire part de ta découverte à mon frère dès que nous nous reverrons.

— Penses-tu que ce soit une bonne chose ? Il y a si longtemps ! Il a dû oublier cette histoire de jeunesse. Il est marié à présent et il a de grands enfants. Pour lui comme pour nous, la roue a tourné.

— Je ne crois pas au hasard, insista Adrien. Si cette femme est vraiment Esméralda, celle qu'il a recherchée avec tant de persévérance, nous n'avons pas le droit de nous taire. Il doit savoir. Qui sait pourquoi elle est revenue travailler sur la terre de

Frontillargue ? Sais-tu, toi, depuis quand elle y est embauchée ?

— Comment le saurais-je ?

— Il se cache peut-être là-dessous une vérité qui ne demande qu'à être dévoilée !

— Tu aimes trop les mystères, mon chéri !

— Sans doute. En attendant, raconte-moi comment s'est passée ton entrevue avec notre... avec Jean.

— Avec notre fils, Adrien ! Il faut t'y faire ! Mais comment sais-tu que je suis allée le voir ?

— Les nouvelles vont vite à Saint-Martin. Un ouvrier agricole du château, que je connais bien, vous a vus ensemble.

— On ne peut rien te cacher !

— Alors ? »

Camille se mit à raconter.

Jean Lescure se montra méfiant quand il vit arriver Camille. Il avait beau savoir qu'elle était sa mère, il n'avait pas encore accepté ce lien de parenté. D'ailleurs, pourquoi n'était-elle pas venue le voir plus tôt, pensa-t-il lorsqu'elle fut repartie. Il hésita à descendre de son cheval. Du haut de sa monture, il pouvait mieux observer ses ouvriers, et cette posture lui donnait un air supérieur qu'en l'occurrence il voulait imposer à celle qui le suppliait de l'écouter.

« Nous avons tant de choses à nous dire, Jean. Je vous en prie, descendez de cheval et marchons tranquillement tous les deux. Je voudrais mieux vous connaître.

— Il est un peu tard, madame !

— Ne soyez pas sur vos gardes ! Et d'abord ne m'appelez plus "madame". Je suis votre mère !

— Vous ne voudriez pas que je vous appelle "maman" !

— Appelez-moi Camille, en toute simplicité. Je reconnais que la situation est embarrassante pour vous.

— Qu'attendez-vous de moi ? »

Devant tant de froideur et de distance de la part de son fils, Camille fut déconcertée et ne trouva pas tout de suite les mots justes pour lui dire ce qu'elle désirait et ce qu'elle ressentait au fond de son cœur de mère meurtrie.

« Je voudrais d'abord faire la paix avec vous, vivre en bons termes. Nous n'avons nulle raison de nous en vouloir l'un l'autre. Si la vie nous a séparés, nous n'en sommes pas responsables. Nous ne sommes que les victimes de mon père.

— Monsieur le châtelain s'est bien occupé de moi !

— Votre grand-père, Jean, vous a enlevé vos parents au moment où vous aviez le plus besoin d'eux. Il vous a déshérité. Il a fait de vous un orphelin, placé chez des gens misérables qui ont abusé de vous, alors que vous auriez dû être élevé comme votre père et moi avons élevé vos frères et sœurs, dans l'amour d'une famille, sous un vrai toit, avec de vraies valeurs.

— Depuis que… mon grand-père s'est occupé de moi, je n'ai pas été malheureux ! Il a fait de moi son régisseur. Regardez, je monte à cheval toute la journée, je parcours à mon gré tout le domaine de Frontillargue, je commande aux hommes. Je suis presque devenu le maître de Frontillargue depuis que le châtelain est paralysé. Il me laisse toute liberté d'agir à ma guise.

— Etes-vous certain que, sous sa gouverne, vous n'avez fait que de bonnes choses ? Vous n'auriez pas pu agir autrement ? »

Camille réussit peu à peu à transpercer l'armure d'orgueil et de vanité derrière laquelle son fils se protégeait. Elle avait conscience que cette armure, en réalité, n'était de sa part qu'une manière de se défendre contre la vie ; une vie qui n'avait pas toujours souri au jeune Jean Lescure.

A force de lui parler de ce qu'aurait pu être son existence et de ce qu'elle pourrait être si, dorénavant, il essayait de mettre un peu d'ordre dans son esprit et dans son cœur assoiffés de revanche, elle parvint à lui faire admettre l'existence de sa vraie famille.

« Vous voudriez que je me considère comme votre fils et celui de monsieur Mazel, après tant d'années !

— D'Adrien, Jean, d'Adrien !

— Il me faudra du temps, beaucoup de temps.

— Le temps ne compte pas. C'est le désir qui compte. Si vous désirez effacer toutes ces années noires, le temps vous rattrapera et vous vous retrouverez vite sur le chemin que vous aurez choisi de prendre et qui vous ramènera vers nous, vos parents. »

Camille ne pouvait retenir ses larmes. Elle avait une envie folle. Une envie de mère : lui tendre les bras. Jean, troublé comme il ne l'avait jamais été, s'aperçut de son chagrin. Il comprit soudain les sentiments qui habitaient la femme qui se trouvait devant lui, une femme de bonne naissance et qui, pourtant, avait abandonné sa fierté, ses convenances, pour lui signifier simplement qu'elle se réjouissait d'être sa mère.

Il ne sut que lui répondre. Il dit d'un ton attendri :

« Vous devriez commencer par me tutoyer... mère ! »

Le cœur de Camille exulta dans sa poitrine. Elle fondit en larmes et, se jetant dans ses bras, ne put retenir les paroles qui lui brûlaient les lèvres :

« Jean, mon fils ! »

28

La revanche

Adrien, comme beaucoup de vignerons, se résignait à grand-peine à l'irrémédiable. Si sa récolte n'avait été que très moyenne, bien que de bonne qualité, il n'avait plus de place dans ses foudres ni dans ses cuves pour l'accueillir. La mort dans l'âme, pour la première fois de sa vie, il s'apprêtait à déverser dans les ruisseaux le trop-plein de l'année précédente.

« Je préfère conserver le cru de cette année qui est de bien meilleure qualité et me débarrasser de celui de l'an dernier », expliqua-t-il à Camille et à Fabien.

Celui-ci enrageait de se voir contraint à de telles pratiques.

« On agit de la même manière que les gros propriétaires à l'époque de la fraude ! s'insurgeait-il. Tout cela ne serait pas arrivé s'ils n'avaient pas étendu inconsciemment leurs surfaces de production pour ne faire que du mauvais vin. »

Camille vit dans cette tragédie un moyen de réconcilier Adrien et son fils aîné. Elle ne connaissait pas la capacité exacte des cuves de Frontillargue, mais elle se doutait de leur énorme contenance.

Depuis son entrevue avec Jean, deux semaines s'étaient écoulées. Les vendanges étaient partout terminées. L'heure était à la vinification. Adrien n'avait toujours pas fait un pas vers son fils. Qu'attendait-il ? se demandait Camille.

De son côté Jean n'avait pas bougé, occupé sans doute à sa lourde tâche de régisseur, pensait-elle pour le disculper. Elle lui rendit une seconde visite, un soir, dans le logement qu'il occupait dans une aile du château et qui était jadis celui de Léon Dubreuil.

Lorsque Jean entendit arriver son attelage dans la pénombre du soir, il sortit sur le seuil de sa porte. Sur le coup il ne devina pas qui lui rendait visite. Camille était emmitouflée dans une pèlerine de laine et se dissimulait le visage. Elle attacha la bride de son cheval à un anneau scellé dans le mur, fit quelques pas en soulevant les pans de sa robe, se découvrit.

« C'est vous ! s'étonna Jean. Je ne m'attendais pas à votre visite. Pas si vite !

— Vous permettez que je rentre un instant ?

— Je croyais vous avoir demandé de me tutoyer, mère.

— Tu as raison, Jean. Je suis impardonnable. »

Le jeune homme avait perdu son air altier. Son regard s'était adouci et ses manières exprimaient son désir de paraître plus chaleureux, moins distant.

« Qu'est-ce qui me vaut l'honneur de votre visite ? »

Camille hésitait. Jean s'en aperçut.

« Voulez-vous un petit verre de vin de noix ? Cela vous réchauffera. Je le fabrique moi-même avec le meilleur de nos vins. »

Camille accepta l'offre de son fils et vint s'installer près de la cheminée où il la convia à s'asseoir.

« Il ne fait pas encore très froid en cette saison, ajouta-t-il comme pour meubler la conversation, mais j'aime passer mes soirées au coin d'un bon feu. Alors, vous ne m'avez toujours pas répondu !

— Je suis venue te demander un petit service, Jean.

— Que puis-je pour vous ?

— Voilà... »

Et Camille d'expliquer ce qui rongeait Adrien.

« Si j'ai encore de la place dans mes cuves ? J'avoue que non, mère, pas dans mes cuves. Le maître de chai m'a annoncé aujourd'hui même que tout était plein et que, si nous ne vendons pas l'équivalent de la vendange de cette année, il nous faudra aussi nous débarrasser de l'excédent. Nous ne pouvons plus distiller comme avant, hélas ! Vous le savez comme moi. »

Jean s'aperçut de l'embarras de sa mère.

« Mais j'ai peut-être une solution », poursuivit-il.

Camille sentit en elle un trouble bien étrange. Un lien était en train de se renouer dans sa chair, entre elle et ce fils qu'elle croyait avoir perdu.

Jean poursuivit :

« Je vous ai fait beaucoup de mal par le passé. Je voudrais le réparer maintenant, s'il est encore temps. Mais votre père, le châtelain, ne devra rien savoir !

— Tu le crains donc tant que cela !

— Je lui dois ma place.

— C'est une façon d'envisager les choses ! Quelle est donc cette solution ?

— Nous avons dans nos caves quelques vieux foudres que nous n'utilisons plus depuis que nous avons fait construire des cuves en béton armé. Avec une bonne équipe de tonneliers, en une semaine ils pourraient reprendre du service. Je pourrais vous les faire apporter jusqu'à Figueirol et vous les restaureriez sur place.

— Ils ne te manqueront pas ?

— Si nous sommes obligés de sacrifier quelques centaines d'hectolitres, cela ne sera pas une grande perte. Je reconnais que nous produisons trop et que nous n'avons pas toujours adopté les bons moyens pour enrayer la surproduction. Mais à l'époque où votre père était encore valide, il trouvait toujours à écouler toute sa récolte. La qualité lui importait peu. Il préférait la quantité, même à bas prix. Il affirmait que nous faisions le vin pour le peuple et que celui-ci ne pouvait s'offrir le luxe des grands crus.

— Ce point de vue a des limites. Nous payons tous aujourd'hui les conséquences des abus des fraudeurs et des falsificateurs. »

Au fil de la conversation, Jean se rendait de plus en plus à l'évidence. Même s'il se défendait encore d'avoir lui-même encouragé son grand-père à la fraude, il reconnaissait qu'il fallait à tout prix cesser de telles pratiques afin de sauver la viticulture.

« Je vous enverrai tous les foudres et les vieux tonneaux remisés dans nos hangars dès demain matin, conclut-il en reversant un peu de vin de noix dans le verre de sa mère.

— J'aimerais que tu m'accordes une dernière faveur, ajouta Camille, qui commençait à sentir les vapeurs de l'alcool lui monter à la tête.

— Laquelle ?

— Que tu accompagnes tes hommes jusqu'à Figueirol pour proposer toi-même tes futailles à ton père. »

Pris de court, Jean hésita. S'il s'était laissé apprivoiser par sa mère, il n'éprouvait aucune envie de faire acte de contrition devant Adrien. Son amour-propre l'en empêchait. Camille comprit aussitôt ses réticences.

« N'aie crainte ! Tu sais, il est comme toi. Il attend que tu fasses le premier pas. Adrien est un homme généreux, il est la bonté même. Il ne sait pas comment s'y prendre pour revenir sur ce passé qui nous a séparés pendant si longtemps. Aide-le en allant vers lui. Tu es son fils ! »

Une fois de plus Camille venait de trouver les mots justes. Jean se laissa convaincre.

« Je viendrai demain, mère. Promis ! »

* *
*

Au petit matin, alors que les coqs réveillaient à peine les basses-cours, Adrien fut réveillé par des bruits de tombereaux sur le chemin de Figueirol. Toute la maison dormait encore. Dans le lit, à ses côtés, Camille ne bougea pas puis, faisant mine de s'étonner, dit :

« Que se passe-t-il, Adrien ?

— Tu n'entends pas ce remue-ménage dans la cour ? »

Il enfila rapidement son pantalon et sa chemise, descendit les escaliers en maugréant. « Qui cela peut-il être à une heure si matinale ? »

Quand il pointa son nez dehors, les hommes de Jean débarquaient déjà leur chargement de futailles.

« Mais qu'est-ce que vous faites ? leur demanda-t-il, surpris.

— Nous ne faisons qu'obéir aux ordres, monsieur Mazel.

— Je vous reconnais, vous venez de Frontillargue ! Pouvez-vous m'expliquer ? »

Les domestiques du château poursuivirent leur besogne sans répondre à Adrien. Celui-ci n'avait pas aperçu le conducteur du tombereau, resté assis à l'avant du chargement.

Jean descendit de son siège et s'avança vers son père.

« C'est moi qui ai ordonné à mes hommes d'apporter ici ces tonneaux. »

Adrien se retourna, l'air incrédule.

« Jean ! C'est vous, Jean !

— Tutoyez-moi, père, comme le fait Camille.

— Camille vous..., toi... vous vous tutoyez !

— Elle me tutoie, elle est ma mère ! »

Passé la première surprise, Adrien reprit ses esprits, non sans une certaine retenue qui l'empêchait de briser la glace qui le séparait de son fils.

« J'ai proposé à Camille de vous faire profiter de ces vieux foudres et de ces tonneaux qui ne nous servent plus à rien. J'ai appris que vous manquiez de place pour votre dernière récolte. Alors, plutôt que de tout déverser dans les ruisseaux, vous pourriez ainsi temporiser.

— Qui t'a raconté que je ne savais plus que faire de mon vin ?

— Camille. Mais il n'y a pas de honte ! Les acheteurs boudent le vin cette année. Nous aussi, nous en sommes réduits à stocker. »

Adrien faillit répondre que les mauvaises pratiques étaient la cause de la mévente générale et que les falsificateurs payaient eux-mêmes le fruit de leur malhonnêteté. Il se retint. Quelque chose, en lui, le poussait à se montrer conciliant et courtois. Il poursuivit :

« Camille ne t'a pas menti.

— Alors, acceptez mon offre. Mes hommes vous aideront à remettre ces tonneaux en état. Et dans moins d'une semaine vous pourrez stocker une partie au moins de votre récolte. »

Adrien hésitait. C'était la première fois qu'il discutait avec son fils sans animosité. Jean n'était plus, devant lui, l'être fier et arrogant qu'il rencontrait parfois au hasard de ses sorties à Saint-Martin. Il chassa de son esprit l'idée qu'il pût agir avec de sombres arrière-pensées et finit par accepter sa proposition.

« Eugène Delcourt... commença-t-il.

— Votre beau-père n'en saura rien. Mon grand-père ne peut plus prendre aucune décision importante, et j'ai toute la confiance de son épouse.

— De ta grand-mère !

— De ma grand-mère, c'est exact. J'ai encore quelques difficultés à me faire à cette nouvelle situation. D'autant plus qu'aux yeux du châtelain, je ne suis toujours que son régisseur. Je ne crois pas qu'il me considère comme son petit-fils. Ni même la châtelaine qui, pourtant, se montre à mon égard beaucoup plus bienveillante. »

A son tour Adrien commençait à s'apprivoiser devant ce fils qu'il avait remisé au fond de ses oublis pour éviter de renouer avec un passé douloureux.

« Je crois qu'il est temps de rattraper le temps perdu, ajouta-t-il pour prouver sa bonne volonté. Ta mère et moi-même avons beaucoup de choses à te raconter pour faire toute la lumière sur les secrets de ta naissance et sur ce qui s'est passé ensuite. Ainsi tu sauras vraiment qui tu es, Jean.

— Je sais, en tout cas, que je ne suis pas Jean Lescure. »

Pendant huit jours les bruits de tonnellerie emplirent la cour de Figueirol. Quatre ouvriers tonneliers désossèrent les foudres et les barriques, remplacèrent une par une les douves et les douelles endommagées par des pièces neuves taillées dans le meilleur merrain. Du matin au soir on entendait leurs maillets de bois cogner avec force sur les cercles métalliques qui refusaient de lâcher leur emprise sur le vieux bois entartré. Les hommes du château s'y connaissaient pour cercler les fûts et cheviller la barre.

Armand les regardait faire, d'un air amusé, assis sur un banc de pierre, comme un chat curieux qui se dore au soleil. Parfois il les apostrophait :

« Hé les gars, si vous pouviez retaper mes vieux os comme vos vieux tonneaux, je repartirais pour un tour, moi aussi !

— A coups de maillet, papet, vous y tenez vraiment ? »

A soixante-douze ans Armand Vidal avait encore bon pied bon œil. Il bêchait toujours son jardin et participait aux vendanges, refusant de vivre aux crochets de son gendre sans prendre part aux travaux quotidiens.

L'activité à laquelle il assistait sans perdre un détail lui rappelait sa jeunesse, l'époque où, peu argenté, il fabriquait et réparait lui-même sa tonnellerie.

« Vous avez l'air de vous y connaître, papet ! lui disaient les hommes de Jean, amusés par les conseils du vieil homme. On dirait que vous avez fait ça toute votre vie ! »

Armand souriait sans répondre, fier de pouvoir encore en montrer aux jeunes qui, assurément, ne travaillaient pas selon les mêmes méthodes que les siennes.

Quand toutes les pièces furent fin prêtes, Jean proposa à Adrien de les mettre en place dans son chai. Ce fut l'occasion pour ce dernier de lui faire goûter ses meilleurs crus et de dévoiler ses petits secrets. Quand ils sortirent de la cave à la nuit tombante, la tête dans les brumes d'avoir abusé des douceurs de Bacchus, toute barrière entre eux était tombée.

« Viens, proposa Adrien. Il est temps qu'avec ta mère nous ayons cette discussion. Camille nous a préparé un bon repas. Nous allons enfin nous retrouver et effacer trente ans d'obscurité entre nous. »

* *
*

La situation dans la région se dégradait. Si le soleil illuminait maintenant le cœur d'Adrien et de Camille, car ils avaient retrouvé leur fils perdu, la nuit semblait de plus en plus obscurcir le ciel des viticulteurs.

L'année nouvelle s'annonçait sous de mauvais présages. L'agitation sociale touchait tous les secteurs. On s'attendait à de violentes manifestations ouvrières sous l'impulsion des syndicats révolutionnaires. Les plus virulents d'entre eux appelaient à la généralisation des grèves. Les pouvoirs publics, cependant, commençaient à peine à prendre au sérieux les problèmes des vignerons du Midi.

Fabien, qui avait remplacé son frère à la direction de son comité de défense viticole, ne savait plus où donner de la tête. En janvier il annonça à ses parents, l'air victorieux :

« Ecoutez ce que je viens de lire dans *Le Petit Méridional* : “A l'Assemblée les députés ont débattu de la crise viticole.” Il était temps ! Et ils ont créé une commission d'enquête.

— Une commission d'enquête ! s'étonna Adrien. A quoi bon ? Pourquoi enquêter sur ce qui saute aux yeux ? A-t-on besoin d'une enquête de ces messieurs de Paris pour s'apercevoir de la misère qui règne dans nos campagnes ?

— Ce n'est qu'un début, papa ! Quand ces gens-là se déplaceront dans notre région – et il est question qu'ils viennent à Nîmes et à Montpellier –, ils ne pourront éviter de rencontrer les représentants des vignerons en colère et de les écouter. De plus, celui qui préside la commission connaît bien les problèmes de la vigne : il s'agit de M. Cazeaux-Cazalet, le député de la Gironde. Et Jules Razimbaud, le député de Saint-Pons, en fait partie. »

Fabien se montrait enthousiaste. Pour lui, le gouvernement avait enfin pris au sérieux la situation sinistrée de la viticulture languedocienne.

Quelques jours plus tard, en effet, toutes les organisations viticoles de France recevaient un questionnaire détaillé pour aider la commission dans son enquête.

Fabien fit partie du Congrès viticole régional de Nîmes. Il s'absentait souvent de Figueirol et lorsqu'il revenait, aussi exalté que Maxence avant lui, il ne pouvait s'empêcher de tenir ses parents informés des moindres détails qui alimentaient l'actualité de ce début d'année 1907.

« Le 17 janvier prochain se réunit à Paris le Congrès viticole national, leur annonça-t-il. Des représentants de tous les congrès régionaux rencontreront des membres du gouvernement. Notre mouvement est enfin reconnu !

— Je me méfie de tous ces hommes politiques. Que savent-ils au juste de nos misères ? objecta Adrien. Ce sont des gens qui vivent dans les salons dorés de la République et qui ne sont jamais venus se crotter les pieds dans la boue de nos campagnes. Ton frère lui-même s'était insurgé contre les députés betteraviers qui ont fait le bonheur des sucriers du Nord. »

Adrien l'ignorait mais pensait juste. Les viticulteurs du Midi contestèrent très vite les relations de travail établies entre le Comité permanent national d'alliance de la viticulture et du commerce des vins et spiritueux et les représentants des producteurs betteraviers et des industriels du sucre. Quand Fabien en fut informé, son enthousiasme des premiers jours retomba.

« Je dois absolument voir Marcelin Albert, annonça-t-il aux siens. La colère monte de plus en plus dans l'Aude. Or ici dans le Gard, nos hommes politiques semblent très timorés.

— Tu vas te rendre à Argelliers ? lui demanda Camille.

— J'en ai l'intention.

— Alors, en passant, tu pourrais t'arrêter à Béziers pour aller voir Maxence.

— Si j'ai le temps », ajouta Fabien.

Quelques jours plus tard, celui-ci se rendit dans la petite commune de l'Aude et rencontra Marcelin Albert en personne. L'homme au visage émacié et à la barbe noire le reçut gentiment dans les locaux de son bureau. Il lui fit l'effet d'un prédicateur, le geste théâtral, le verbe tantôt incantatoire tantôt incisif. Le teint mat, le regard perçant, vêtu d'une redingote sombre, toujours cravaté de blanc et le chapeau haut-de-forme vissé sur la tête, le héraut de la cause vigneronne étonna Fabien par son apparence bourgeoise. Le « Rédempteur », comme ses amis devaient bientôt l'appeler, lui tendit le texte d'un télégramme qu'il s'apprêtait à envoyer au président du Conseil, Georges Clemenceau lui-même, qui était en même temps ministre de l'Intérieur.

« Tenez, lisez, Mazel ! Dites-moi ce que vous en pensez. »

Fabien, intimidé et surpris par la confiance que Marcelin Albert lui témoignait sans le connaître vraiment, lut à haute voix :

« *Midi se meurt ! Au nom de tous : ouvriers, commerçants, viticulteurs, maris sans espoir, mères prêtes au déshonneur, enfants sans pain, preuve étant faite, abrogez loi 1903. Voilà l'honnêteté. Devoir gouvernement empêcher choc. S'il se produit, clés ouvriront portes des prisons pourront jamais ouvrir portes des tombeaux ! – Marcelin Albert – Argelliers.*

— Alors ?

— Vous traduisez parfaitement ce que les vignerons éprouvent, monsieur Albert, répondit Fabien. Je pense qu'un tel texte ne pourra pas rester lettre morte.

— Hum ! Je me méfie des hommes politiques. Ma propre expérience comme conseiller municipal ici même à Argelliers m'a appris à ne pas trop compter sur ces gens. D'ailleurs, même le Dr Ferroul, le maire socialiste de Narbonne, pourtant fervent partisan de notre cause, me tient pour un illuminé. Entre la classe politique et moi, il y aura toujours un fossé. »

L'entretien qu'eut Fabien avec le chef du mouvement viticole fut de courte durée. Il en ressortit avec la conviction qu'en aucun cas il ne fallait baisser les bras et qu'il devait s'apprêter à joindre ses troupes à des manifestations de grande ampleur.

Lorsqu'il reçut le télégramme de Marcelin Albert, le président du Conseil n'y prêta guère attention. Pourtant le vent de la révolte ne cessait de s'amplifier comme le prouva quelques jours plus tard, à Montpellier, l'attentat perpétré contre M. Leroy-Beaulieu au cours de sa campagne électorale. Le candidat aux législatives soutenait ouvertement les revendications de Marcelin Albert. Blessé au bras, il fut néanmoins élu le 3 mars avec une écrasante majorité. Mais le soir même des heurts violents éclatèrent à Montpellier, opposant partisans et adversaires du nouveau député.

« C'est lamentable ! s'indigna Camille lorsque Angeline lui fit le récit des événements relatés dans *Le Petit Méridional* et dont elle avait été témoin, se trouvant dans la foule qui manifestait place de la Comédie.

— J'ai peur que tout cela ne dégénère, hélas ! reconnut Angeline. Les esprits sont tellement échauffés ! Maintenant que les hommes politiques prennent parti, il faut craindre la remontée de l'esprit revanchard.

— Clemenceau va avoir du pain sur la planche, ajouta Adrien. Mais, *vaï*, ce n'est pas au moment où nous nous trouvons au bord de la rivière qu'il faut hésiter à se jeter à l'eau.

— Tu me fais plaisir, papa ! exulta Fabien. Tu as retrouvé la fougue de ta jeunesse.

— Je vous en montrerai encore, à toi et à ta sœur. A mon âge j'ai toujours envie de me battre ! »

En prononçant ces paroles, Adrien ne put s'empêcher de penser à sa lutte contre Frontillargue et à ce qu'il venait de gagner : les retrouvailles de son fils aîné. Avec Jean, en effet, depuis que celui-ci l'avait dépanné en lui proposant ses vieux tonneaux, il entretenait des relations plus franches, à défaut d'être devenues tout à fait affectueuses. Avec l'aide de Camille, il avait su franchir le premier pas, se laisser convaincre que Jean n'était pas son pire ennemi, mais au contraire un homme déchiré par la vie.

Le décès d'Eugène Delcourt, au début du mois de mars, finit de les rapprocher tous les deux. Jean n'avait plus à obéir dans l'ombre à un mentor assoiffé de haine envers sa fille. Il se trouvait tout à coup libre d'agir à sa guise, Eléonore de Sumène lui ayant signifié qu'elle le gardait à son service en tant que régisseur du domaine de son grand-père.

Camille ne fut pas très affectée par la mort de son père. Seul le chagrin de sa mère l'attrista. Lorsqu'elles furent convoquées toutes les deux par le notaire de famille en présence de Jean Lescure, elles comprirent que le châtelain leur avait encore réservé quelque mauvaise surprise avant de disparaître.

Le notaire fit lecture des dernières volontés du défunt sans oser croiser le regard de Camille. Celle-ci s'attendait à ce qu'il allait dévoiler.

« Je lègue tous mes biens, terres et immeubles que j'ai acquis de mon vivant, ainsi que tous mes avoirs fiduciaires gérés par ma banque, le Crédit Lyonnais, à monsieur Jean Lescure que j'ai reconnu officiellement comme étant mon petit-fils. De sorte que… »

Le notaire acheva la lecture de l'acte et demanda aux parties présentes si elles reconnaissaient la valeur du testament de son client. Puis il félicita Jean Lescure par quelques paroles de convenance.

« Vous voilà donc le nouveau maître de Frontillargue ! ajouta-t-il un peu rapidement.

— Maître ! s'insurgea Eléonore. Vous semblez oublier que le château et les terres de Frontillargue restent la propriété des Froissac léguée à moi-même par feu mon père, le marquis de Froissac ! »

Eléonore de Sumène retrouva subitement ses accents de noblesse. Elle regarda Camille, puis Jean, et ajouta :

« A ma mort Frontillargue reviendra à ma fille, l'enfant unique que j'ai eu avec mon défunt mari. Mais pour l'instant, si Jean Lescure le désire, en même temps qu'il prendra possession de son héritage, il pourra demeurer le régisseur de mes terres. »

Une fois encore, Jean se trouvait mêlé aux affaires de sa nouvelle famille. Peu à l'aise dans ce genre de situation, il consulta Camille du regard. Celle-ci lui sourit et déclara :

« Je crois que Jean avait une revanche à prendre sur la vie. Cela est chose faite. Et j'en suis heureuse pour lui… parce que je suis sa mère. »

29

Les premiers rassemblements

Le printemps jaillissait dans toute sa splendeur et éclaboussait précocement les vignes de mille couleurs. L'air n'avait jamais été aussi limpide, purifié par le mistral qui secouait le branchage des arbres encore dépouillés de feuilles. Les premiers bourgeons éclataient, noisettes aux reflets argentés sur un ciel d'azur émaillé de rose. La terre exhalait encore des parfums d'humus et de fumier mêlés aux fragrances des premières floraisons. La rivière s'écoulait, paisible, en miroirs de cristal que des griffes délicates venaient briser en rides fugaces. La rosée du matin nimbait les ramures des chênes et exacerbait les accents épicés du thym, du romarin et des cistes de la garrigue toute proche. Dans l'ombre naissante, le moindre bruit lézardait le silence que la nuit, fraîche encore, imposait jusqu'au cœur du vignoble. Lorsque le soleil venait lécher les jeunes frondaisons tout emperlées d'humidité, les hommes, un à un, prenaient possession de leurs terres. L'activité démarrait et s'accélérait au fur et à mesure que les dos et les membres se dérouillaient et que la chaleur pénétrait la terre encore engourdie.

A Saint-Martin comme dans toutes les communes viticoles du Languedoc, les esprits étaient en alerte. Tous sentaient monter le vent de tempête qui, parti de l'Aude, balayait la plaine depuis la mer jusqu'aux contreforts cévenols. Les grands propriétaires faisaient le gros dos, qui se sentaient pour beaucoup responsables de la colère des petits. Certains, pourtant, mêlaient leur mécontentement au leur, la crise touchant l'ensemble des catégories sociales. Le malaise était général et rien ne semblait plus pouvoir endiguer le flot de colère qui menaçait de déferler. Le 11 mars, Fabien et quelques-uns de ses compagnons du Comité viticole de Saint-Martin décidèrent de se rendre dans l'Aude pour rencontrer d'autres vignerons au cœur de la tourmente. Ils prirent le train à Nîmes et arrivèrent en gare de Narbonne, tandis que la ville était en pleine effervescence. Ce jour-là, au moment même où ils débarquèrent du train vers 10 heures et demie, la délégation parlementaire venue de Montpellier sortait également de la gare. Dehors un comité de quatre-vingt-sept viticulteurs d'Argelliers, mené par Marcelin Albert lui-même, attendait, tambour, clairon et drapeau en tête, pour remettre aux députés leurs doléances et la pétition des quatre cents signatures de 1905.

Peu après, Marcelin Albert, entouré de Marius Cathala, Elie et François Richard, le pharmacien

Louis Blanc et le docteur Santy, fut reçu à la sous-préfecture où siégeait la commission d'enquête présidée par le député de la Gironde, Cazeaux-Cazalet. Dehors la foule acclamait le comité des quatre-vingt-sept dans l'espoir que leur maire, le socialiste Ernest Ferroul, ferait pencher la balance en faveur des viticulteurs. Personne n'avait entendu le maire s'exclamer en voyant arriver le comité tambour battant et clairon sonnant : « Ah ! ça ne m'étonne pas, ce sont ces fous d'Argelliers et cet imbécile d'Albert. »

En relatant aux siens l'événement dont il avait été témoin, Fabien débordait d'enthousiasme.

« Vous auriez vu cela ! Oh, il n'y avait pas grande foule ! Mais jamais je n'ai ressenti l'adhésion de tant de gens à la même cause. C'est peu de dire que tous étaient poussés par un même élan de solidarité et de fraternité. Lorsque Marcelin Albert et ses compagnons sont sortis de la sous-préfecture, la foule a entamé d'une seule voix *La Vigneronne*. Dans les rues de la ville montaient ces paroles :

"Jadis tout n'était qu'allégresse ;
Aux vignerons point de soucis,
Hélas ! aujourd'hui la tristesse
Règne partout dans ce pays ;
On n'entend qu'un cri de colère,
Un cri de rage et de douleur..."

— Tu connais par cœur tous les couplets ? s'étonna Angeline.

— Presque. Pendant tout le défilé, la foule n'a cessé de les scander en chœur. »

Dans les jours qui suivirent – Fabien devait l'apprendre un peu plus tard –, les compagnons de Marcelin Albert, déterminés à poursuivre la lutte jusqu'au vote des lois contre la fraude, créèrent le Comité d'initiative de défense viticole dont ils attribuèrent la présidence à leur chef. Celui-ci avait reçu de M. Cazeaux-Cazalet l'assurance d'avoir été écouté et qu'il ferait tout ce qui était en son pouvoir pour lui donner satisfaction.

Toutefois, malgré le succès de la marche des « 87 », le gouvernement resta indifférent et ne donna aucune suite. Alors Albert et son comité décidèrent de créer un journal, *Le Tocsin*, et d'organiser chaque dimanche des rassemblements dans toutes les grandes villes du Midi afin de mobiliser l'ensemble des vignerons et des ouvriers plongés dans les grandes grèves les années précédentes.

Quand Fabien reçut le premier numéro du *Tocsin*, daté du 21 avril, il prit rapidement conscience que plus rien ne pourrait arrêter le mouvement. Ce n'était pas un vent de folie qui soufflait dans la tête de quelques agitateurs, comme l'avait laissé entendre le docteur Ferroul, mais un feu de révolte qui commençait à embraser tout le Midi viticole.

« Regardez cette première page du *Tocsin*, s'extasia Fabien en déployant l'hebdomadaire sur la table de la cuisine. La lutte a commencé contre les pouvoirs publics. Cette fois-ci, rien ne pourra nous faire reculer !

— Es-tu sûr que tout cela soit bien légal ? s'inquiéta Camille.

— Il n'y a rien d'illégal de clamer que les pauvres ont faim et qu'ils veulent seulement être entendus. »

Adrien parcourut la une du journal où l'on pouvait lire des titres assurément provocateurs : *« Qui sommes-nous ? »* disait l'un d'eux. Et l'article de poursuivre : *« Nous sommes ceux qui travaillent et qui n'ont plus le sou. Nous sommes les proprios décavés ou ruinés, les ouvriers sans travail ou peu s'en faut, les commerçants dans la purée et aux abois. Nous sommes ceux qui crèvent de faim ! »* L'éditorial titrait à son tour : *« C'est le tocsin ! A l'aide, paysans ! A l'aide, vignerons ! Il faut défendre votre existence, et le tocsin sonne au rassemblement ! »*

« Tout cela ressemble fort à une déclaration de guerre ! s'étonna Adrien. Mais Dieu que les mots sonnent juste ! »

La lecture de ces premiers articles mit du baume au cœur d'Adrien. Tout à coup il se revit à vingt ans, au moment où, en pleine tourmente contre le phylloxéra et contre l'arrogance d'Eugène Delcourt, lui, le petit vigneron, devait lutter à mains nues contre l'adversité pour devenir quelqu'un et faire triompher son amour pour Camille. Quel chemin parcouru depuis cette lointaine époque ! A cinquante-deux ans, il sentait encore plein d'ardeur animer son corps et n'avait nulle envie de laisser agir les autres sans prendre part lui-même au combat final qui lui semblait être celui de la dernière chance.

« Non seulement je te soutiens dans ta lutte, Fabien, mais je désire participer avec toi aux grandes batailles qui s'annoncent.

— Est-ce bien raisonnable ? s'inquiéta Camille. A ton âge tu n'as plus rien à prouver. Tes fils ont pris la relève sans que tu aies eu besoin de le leur demander.

— L'armée retient Maxence. C'est en son nom que je me lancerai, s'il le faut, dans la bataille qui sera certainement la dernière que je mènerai.

— Alors, papa, poursuivit Fabien, il nous faudra envisager de faire quelques petits voyages dans la région. »

Le comité d'Argelliers avait déjà organisé des réunions dans des villages de l'Aude. Ils étaient seulement quelques centaines de participants à Sallèles-d'Aude, le 24 mars ; six cents à Bize le 31. Puis de semaine en semaine les manifestants étaient venus plus nombreux chaque fois. Ils furent mille à Ouveillan le 7 avril, cinq mille à Coursan le 14 avril. Le mouvement faisait tache d'huile. A Capestang dans l'Hérault, le 21 avril, dix à quinze mille personnes se rassemblèrent pour écouter le Rédempteur. La semaine suivante vingt mille l'acclamaient à Lézignan. Mais c'est à Narbonne, ville où le feu de la révolte avait débuté, que la foule revint submerger la place de l'hôtel de ville.

Marcelin Albert avait promis au maire, Ernest Ferroul, d'y ramener cent mille manifestants dans les semaines suivantes ; le 5 mai, il tenait sa parole à la tête d'une manifestation forte de plus de quatre-vingt mille personnes.

Fabien, Adrien et Angeline s'étaient rendus à Narbonne en ce jour mémorable. Pris dans le nombre, ils faillirent se perdre, chacun poussé dans des directions contraires. Les manifestants défilèrent en bon ordre, précédés de tambours et de clairons. Au-dessus des têtes, des pancartes, brandies à bout de bras, invitaient à crier en chœur des slogans qui exprimaient toute la misère d'un peuple en détresse : *Mort aux fraudeurs !*, *Vivre ou mourir !*, *Chassons la misère !* pouvait-on lire.

Ils se retrouvèrent sur la place de l'hôtel de ville. La foule exultait malgré la pluie battante.

« Approchons-nous, proposa Fabien. Le Prophète va prononcer un discours. »

Du balcon de la mairie où il avait pris place, Marcelin Albert accompagné d'Ernest Ferroul harangua le peuple en liesse, proclamant : « Monsieur le maire, j'ai promis de vous amener cent mille hommes, les voici ! »

Des hourras fusaient de la foule enthousiaste. Des femmes en habit de paysanne pleuraient de joie ; certaines portaient dans leurs bras leurs enfants en bas âge ; d'autres, âgées, s'étaient fait accompagner et tentaient d'entendre les paroles salvatrices du Rédempteur. On se bousculait pour le voir, jouant des coudes et, parfois, de coups de parapluie. Les forces de l'ordre se faisaient discrètes, mais étaient prêtes à intervenir en cas de débordement.

« Albert est l'apôtre de la vigne, proclama Ernest Ferroul, en prenant Marcelin Albert par les épaules, et je ne suis que son lieutenant !... Je salue les promoteurs de cet admirable élan populaire où vibre l'âme du Midi viticole qui clame sa misère à la face des pouvoirs publics. »

Pour clore le *meeting*, Albert s'adressa une dernière fois à la foule en invitant tous les comités à se rassembler en une Fédération des vignerons. Il brandit dans la main un document :

« Voici une motion, s'écria-t-il, qui sera notre serment du Jeu de paume. »

Le serment des Fédérés affirmait l'apolitisme du mouvement et invitait tous les membres de la nouvelle fédération à s'unir dans la lutte pour la défense de la viticulture.

Devant l'ampleur des événements, le maire de Narbonne décida aussitôt de rallier le Comité de défense et de politiser la lutte malgré la volonté d'Albert de se tenir à l'écart de tout engagement politique.

* *
*

Fabien était décidé à ne manquer aucun rassemblement où se produirait le chantre de la viticulture languedocienne. A vingt-trois ans il refusait de voir son avenir sans lendemain. Plus il s'impliquait dans l'action, plus il était convaincu que seule la lutte permettrait au Midi de s'en sortir. Comme son père – et comme Marcelin Albert –, il ne pensait pas que le combat politique pût à lui seul résoudre tous les problèmes. Arrivés à ce stade, les conflits sociaux ne pouvaient être résolus que par un vaste mouvement de la base, du peuple lui-même qui obligerait les pouvoirs publics à écouter ses doléances.

« Il faut se garder de la récupération politique, affirmait-il. Les hommes de pouvoir savent trop bien tirer à leur profit les avantages d'une vague de mécontentement. »

Angeline ne pouvait que l'approuver.

« A Montpellier les monarchistes ne cachent pas leur soutien au mouvement des vignerons. Ils se retrouvent du même côté de la barrière que les socialistes. Pourtant ils se détestent les uns les autres.

— Dans cette histoire, regretta Adrien, c'est la République qui risque de souffrir. Elle ne peut que sortir affaiblie d'un tel mouvement de mécontentement. Il suffirait que l'un de ces rassemblements tourne à l'émeute, les forces de l'ordre ne pourront pas s'abstenir d'intervenir. S'il y a des blessés, pire des morts, Clemenceau et la République avec lui auront du sang sur les mains. Le discrédit sera jeté sur le régime. »

Camille évitait de prendre parti dans les discussions politiques qui animaient Figueirol chaque fois que tous se retrouvaient réunis autour de la table. Dans leur coin, Célestine et Armand écoutaient silencieusement « leurs enfants », comme ils les considéraient tous, et savouraient d'être si chaleureusement entourés. Parfois Armand mettait en garde son petit-fils.

« Fais bien attention, Fabien, de ne pas te laisser entraîner. Dans les foules exaltées, il y a toujours des éléments incontrôlables, prêts à tout. Evite-les !

— Et des mouchards, ajouta Angeline, qui poussent les autres à commettre le premier acte de violence, celui qui déchaînera ensuite les passions et provoquera la répression. »

Pour l'heure, les manifestations s'étaient déroulées dans le calme. Aucun incident notoire n'avait été signalé.

« Je vais à Béziers dimanche prochain, annonça Fabien, plus déterminé que jamais.

— Tu rendras visite à Maxence ? demanda Adrien. La dernière fois, tu ne l'as pas fait.

— Je ne sais pas. Tu sais, en ce moment, les soldats doivent être consignés dans leurs casernes. J'espère seulement que tout se passera bien et que je ne me retrouverai pas face à face avec mon frère au cours d'une manifestation !

— Tu me parais bien empressé et jubilatoire ! remarqua Angeline. C'est l'effet du printemps ou celui des foules en liesse ?

— Peut-être les deux ! »

Angeline esquissa un sourire en coin et regarda Camille d'un air complice.

« N'y aurait-il pas une jolie petite graine de révolutionnaire qui t'attendrait à Béziers ? »

Fabien, surpris, bredouilla :

« Une jolie graine de révolutionnaire ! Que veux-tu dire ?

— Oh ! ne fais pas l'innocent. Je t'ai vu en galante compagnie à Narbonne. La foule nous avait séparés, mais j'ai remarqué que tu as mis très longtemps à nous rejoindre.

— Je ne peux rien te cacher, sœurette ! »

Et Fabien de raconter comment, lors de la première manifestation à laquelle il avait participé, il avait rencontré Louise, une jeune Nîmoise, fille d'un petit viticulteur, qui comme lui ne manquait pas une seule rencontre avec le Rédempteur.

« On s'est rencontrés à la marche des "87", le 11 mars. On s'est peu vus depuis, mais entre nous il s'est passé quelque chose d'extraordinaire. J'ai l'impression qu'on se connaît depuis longtemps.

— C'est le coup de foudre ! Tu es amoureux, coupa Angeline d'un ton malicieux. C'est pour ça que tu cours si vite à Béziers dimanche prochain ?

— Pas seulement. »

Camille et Adrien se tenaient par la main. Voir Fabien nager dans le bonheur leur rappelait de si tendres souvenirs.

« Et toi, ma chérie ? fit Camille à l'adresse d'Angeline. Tu n'as pas un petit amoureux ? »

La fille d'Adrien rougit.

« Pas encore, avoua-t-elle. Mes études et ces manifestations m'accaparent trop. Je n'ai pas le temps de penser à ça.

— Je suis sûre que tu ne dis pas tout à fait la vérité, s'interposa Justine qui, à quatorze ans, commençait à percer les petits secrets de la vie.

— Comment peux-tu être aussi affirmative ? demanda Angeline, tout sourire.

— Ça se voit à ton air chaque fois que tu rentres de Montpellier. Tu as le regard d'une jeune femme amoureuse.

— Tiens donc ! Mais on dirait que tu en connais un bout en ce domaine ! »

Le bonheur rayonnait sur les visages et dans les cœurs. Jamais Adrien et Camille ne s'étaient sentis aussi pleinement heureux qu'en ce printemps 1907, entourés de leurs six enfants, Jean ayant enfin retrouvé le chemin de sa famille.

Le dimanche 12 mai, Fabien se rendit à Béziers par la route, avec la voiture d'un ami, Pierre Monteiller. Deux autres délégués les accompagnaient, représentant la municipalité de Saint-Martin. Dans de nombreuses communes, les conseils municipaux avaient décidé de nommer une délégation officielle pour assister aux grandes manifestations.

C'était la première fois que Fabien montait dans une automobile. Son cœur battait d'allégresse.

« Tu verras, lui dit Pierre, on a une impression de vitesse incroyable quand on file sur la route. C'est grisant ! »

Au cours de la traversée des villages et des villes de l'Hérault, ils rencontrèrent de nombreuses personnes qui prenaient la direction de Béziers. Beaucoup s'y rendaient par le train, certains en charrette. Tous chantaient *La Vigneronne* pour se donner du courage et se montrer solidaires. Paysans, commerçants, artisans, bourgeois faisaient cause commune et n'avaient qu'un mot à la bouche : « Vive l'Apôtre ! Vive le Rédempteur ! »

Béziers, capitale de la viticulture languedocienne, était particulièrement touchée par la crise. La misère y était plus grande qu'ailleurs. La délégation de Saint-Martin se trouva vite noyée dans une foule gigantesque. Plus de cent vingt mille manifestants défilèrent ce jour-là sur les allées Paul-Riquet et sur le Champ de Mars.

Vers midi, Fabien quitta ses amis.

« Je vous retrouverai ce soir après la manifestation. »

Il ne donna pas la raison de son absence, ne voulant pas avouer qu'il avait rendez-vous avec Louise devant un café. Il se fraya difficilement un chemin à travers la foule en liesse et finit par la retrouver. A côté d'elle un homme brandissait une pancarte qui allait bientôt faire la une de *L'Illustration* et sur laquelle on pouvait lire : « *Abéré tant de boun bi et pas pourré mangea de pan !*[1] »

La jeune fille tomba dans les bras de Fabien. Bousculés par les manifestants, les deux amoureux s'embrassèrent comme s'ils étaient seuls au monde, n'entendant que leur cœur battre d'allégresse, ne voyant que leur amour se refléter dans la prunelle de leurs yeux.

Ensemble ils se fondirent dans la foule et défilèrent main dans la main sans jamais se lâcher.

Au terme de la manifestation, Ernest Ferroul, arrivé à Béziers avant même Marcelin Albert et perché sur une autre estrade, lança un ultimatum au gouvernement : le sabotage de l'Administration et de l'impôt par la démission en masse des municipalités, si d'ici le 11 juin aucune mesure concrète n'était prise pour relever les cours du vin.

Devancé, Marcelin Albert ne put que regretter une telle initiative prise sans consultation et qui politisait totalement le mouvement.

« Sais-tu ce qu'on vient de me raconter ? demanda Louise à Fabien. Des incidents ont éclaté à Marcorignan ce matin.

— Graves ?

— Des viticulteurs excédés ont bloqué la voie ferrée et arrêté le train qui emmenait les officiels des comités à Béziers. Ils avaient acheté mille places de voyageurs et étaient furieux de ne pas pouvoir

1. Avoir tant de bon vin et pas pouvoir manger de pain.

monter dans le train. Le sous-préfet a dû faire dégager la voie en envoyant un peloton de gendarmerie. Tout a été dévasté. Mais heureusement il n'y a pas eu de blessés !

— C'est de plus en plus chaud ! Je crains qu'un jour des incidents plus graves n'éclatent. »

Le soir même, Fabien quittait Louise, non sans lui avoir donné rendez-vous huit jours plus tard à Perpignan.

« Je t'attendrai devant la gare de Nîmes, lui promit-elle. Nous ferons le voyage ensemble. »

* *
*

Les dimanches se succédaient et se ressemblaient. Sauf que d'une semaine à l'autre le flot des manifestants ne cessait de grossir telles les premières vagues d'un cyclone qui annoncent l'arrivée prochaine d'un grand déferlement.

Le 19 mai, ils furent cent soixante-dix mille à défiler dans la capitale catalane. Cette fois des trains spéciaux furent mis en place par la Compagnie des chemins de fer du Midi. Mais des campagnes environnantes, les paysans vinrent aussi à pied, très nombreux.

Fabien et Louise furent à nouveau emportés par la foule dans un défilé de sept kilomètres de long, une vraie marée humaine avec tambours, clairons, pancartes, bannières et oriflammes. Tout se passa sans le moindre incident. Toutefois, sur demande du préfet Dautresme, qui craignait des désordres, une section du 17e régiment de dragons avait été dépêchée sur les lieux. Ceux-ci, encasernés, reçurent la consigne de n'intervenir qu'en cas d'absolue nécessité.

Lorsque Fabien apprit cette nouvelle par des manifestants qui avaient rencontré le détachement de soldats faisant route vers la ville, il ne put retenir :

« Hum ! Ça sent la poudre ! »

30

Le déferlement

Au fur et à mesure que les jours passaient, l'exaspération des viticulteurs grandissait. Pourtant le gouvernement avait répondu à l'ultimatum d'Ernest Ferroul en avançant lui-même la date au 10 juin. Sous les lambris de son ministère, Clemenceau semblait se jouer de la patience des vignerons. En bon tacticien, rompu à l'épreuve des affrontements sociaux, il savait que le temps jouait en sa faveur. Devant la crainte des préfets que les manifestations ne dégénèrent, il leur conseillait calmement de laisser faire et de ne pas intervenir tant que cela n'était pas absolument nécessaire. Pourtant à Béziers, le 16 mai, des manifestants mécontents de l'attitude du maire, M. Suchon, à qui ils reprochaient de ne pas avoir fait pavoiser l'hôtel de ville lors du défilé du 12 mai, assaillirent la mairie, mirent le feu au portail et poussèrent l'édile à la démission. L'ordre ne fut rétabli qu'au prix de l'intervention d'un escadron du 13e régiment de chasseurs et d'une compagnie du 17e régiment d'infanterie dont Maxence faisait partie.

C'était la première fois que ce dernier se trouvait confronté aux manifestations. Jusqu'à présent, tenu à l'écart dans sa caserne, il n'était au courant de rien ou presque. Lorsqu'il découvrit la foule enragée et triomphante, il comprit, à son tour, que « la révolte des gueux », comme on ne tarderait pas à l'appeler, était commencée.

Sur le moment, il obéit aux ordres, mais ne se montra pas très zélé pour menacer les manifestants de la pointe de son fusil. Autour de lui, ses camarades semblaient dans le même état d'esprit. Beaucoup d'entre eux étaient des enfants du pays. L'intervention se termina sans incident. Mais Maxence en sortit contrarié. « Si un jour on me demande de tirer sur la foule, pensa-t-il, je ne pourrai jamais obéir aux ordres. »

La tristesse et la colère se mêlèrent en lui. Il se sentit soudain pris dans une souricière. « Si seulement, comme Fabien, j'avais été affecté dans l'Est ! » regrettait-il.

Le soir même à la caserne, avec ses camarades de chambrée, il discuta de ce qu'il avait vu ce jour-là. Beaucoup réagirent comme lui et ne cachèrent pas leur soutien à la cause des vignerons.

« Jamais nous ne pourrons tirer sur nos frères et nos pères ! » s'insurgeaient-ils.

Déjà un vent de sédition commençait à s'infiltrer dans les rangs du régiment.

De leur côté, les hommes politiques, le docteur Ferroul en tête, ne faisaient rien pour refroidir les braises. Le maire de Narbonne n'avait-il pas déclaré : « Le gouvernement a reçu l'ultimatum des populations méridionales… si satisfaction n'était pas accordée, l'action succédera aux paroles. »

A Frontillargue, Jean tenait ses hommes comme il pouvait. La plupart se rendaient les dimanches aux grands rassemblements pour écouter les hérauts du mouvement. Comme dans de nombreuses communes, la municipalité de Saint-Martin, tout acquise à la cause vigneronne, avait voté des subsides pour permettre aux plus pauvres de se rendre, tous frais payés, dans les villes où l'histoire était en train de s'écrire à l'encre rouge de la colère.

Eprouvant toujours une certaine méfiance vis-à-vis des agitateurs, Jean évitait de donner son opinion, conscient que son action passée et le rôle qu'il avait tenu du vivant du châtelain ne plaidaient pas en sa faveur. Il tenait toujours Eléonore de Sumène informée des dernières rumeurs et des derniers événements, dans le secret espoir que ni sur ses terres ni sur celles qu'il gérait au nom de la châtelaine, encore réunies sous son égide, rien ne viendrait perturber l'ordre qu'il y faisait régner.

Régulièrement il passait voir Adrien et Camille à Figueirol, entrait en discussion, prudemment, avec son demi-frère Fabien qui lui témoignait encore beaucoup de méfiance, tentait de faire oublier l'homme qu'il avait été. Malgré l'importance et les responsabilités qu'il avait maintenant en tant que propriétaire et régisseur, il savait garder la tête froide et, contrairement à ce qu'il avait été jadis, à l'époque où il n'était que le domestique d'Eugène Delcourt, il faisait preuve d'une grande et sincère humilité.

« Comme il a changé ! » ne cessait de s'étonner Camille après chacune de ses visites.

Un jour, Jean reconnut même devant sa mère :

« Toutes les terres que j'ai héritées, mère, vous reviennent de droit. Je ne les mérite pas. Il faudrait que j'annule les volontés de votre père.

— Tu es son petit-fils et l'aîné de mes enfants, Jean. Tu n'as pas à rougir de la situation que ton grand-père t'a léguée, fût-ce pour mieux me nuire.

— Comme j'aimerais faire la paix avec tous les enfants de mon père ! ajouta-t-il. A commencer avec Angeline avec qui je me suis conduit comme le dernier des mécréants, puis avec Fabien qui me tient toujours une certaine rancune.

— Propose-leur de les accompagner un jour à une manifestation. C'est dans le feu de l'action que l'on se fait de vrais amis. Je leur parlerai si tu veux. »

Le soir même, Camille discuta de Jean avec son beau-fils et réussit à le convaincre de tenter de faire la paix définitive avec lui.

« Qu'il m'accompagne ! fit Fabien. Après tout, il ne sera pas le seul gros propriétaire à se joindre aux mécontents. Et si cela peut le rapprocher d'Angeline, tant mieux ! »

Le 26 mai, Jean accompagna donc la délégation de Saint-Martin à Carcassonne. Pour la seconde fois, ils prirent la route afin d'éviter les changements de trains. Le spectacle était le même que les semaines précédentes. Mais il sembla à Fabien que les visages des manifestants s'étaient durcis, refermés. La joie avait fait place à l'impatience et à l'irritation. Dans les bouches et sur les pancartes, les slogans se faisaient plus violents : « Du pain ou du sang ! » proclamaient certains. D'autres réclamaient la démission du gouvernement et s'en prenaient aux traîtres.

« Le ton est monté d'un cran ! remarqua Pierre Monteiller, en s'adressant à Jean qu'il connaissait à peine. C'est la première fois que tu nous accompagnes, camarade, je crois que tu ne seras pas déçu ! »

Dans son bureau de l'hôtel de ville, le maire Jules Sauzède, ami de Clemenceau, s'opposait à son adjoint, le Montpelliérain Faucilhon. Il refusait de recevoir la délégation emmenée par Marcelin Albert.

Dans les rues de la cité médiévale, l'atmosphère était très orageuse, la foule plus excitée que jamais.

« Regarde devant nous, fit remarquer Fabien à Louise qu'il avait retrouvée comme chaque dimanche : un arc de triomphe en bois.

— C'est Faucilhon qui l'a fait dresser pour nous ! » s'écria un manifestant perché sur les épaules d'un de ses camarades.

Sur le fronton on pouvait lire : « Salut à nos frères de misère. » Pour son premier bain de foule, Jean n'assista à aucun débordement. Mais il comprit à son tour que l'engrenage de la violence venait de se mettre en route. Le préfet de l'Aude, d'ailleurs, avait le jour même alerté le président du Conseil de l'exaspération grandissante de la population et demandé à Paris des renforts de police.

Ce jour-là, deux cent cinquante mille personnes envahirent les rues de Carcassonne, quatre-vingt-dix trains spéciaux s'étaient succédé entre minuit et 13 h 30 pour amener hommes, femmes et enfants de toute la région.

Cette fois plus rien ne semblait pouvoir arrêter la lame de fond qui menaçait de tout détruire sur son passage.

* *
*

La date fatidique approchait. Les esprits étaient plus qu'échauffés. Pourtant, tous croyaient encore que le gouvernement finirait par plier.

Albert fixa sa prochaine manifestation à Nîmes le dimanche 2 juin.

« Ça y est ! exulta Fabien. Notre tour est arrivé d'accueillir le Rédempteur. Nîmes, le Gard adhèrent enfin pleinement au mouvement. Viendras-tu avec nous, Camille ?

— Non. Je n'ai pas envie de me mêler à un bain de foule. Excuse-moi, Fabien, mais je suis de tout cœur avec toi. Fasse le Ciel que tout se passe sans heurts et dans le calme ! »

Tôt le matin, en ce 2 juin 1907, toutes les routes du Gard convergeant vers Nîmes furent encombrées d'automobiles, de charrettes, de chars à bancs tirés par des chevaux. Sur les bas-côtés, des cortèges de piétons bon enfant et de cyclistes s'étiraient à n'en plus finir. De toutes les gares de la région affluèrent plusieurs dizaines de trains une fois encore affrétés spécialement par la Compagnie des chemins de fer du Midi. De nombreux manifestants étaient arrivés la veille et les hôtels affichaient tous complet. Toute la nuit, la ville connut une effervescence sans pareille, les cafés et les restaurants restèrent ouverts dans une ambiance de fête votive comme en connaissait la ville au moment des grandes *ferias*. Faute de places d'hébergement suffisantes, des milliers d'hommes et de femmes dormirent à la belle étoile, sous les ponts, sur le parvis du théâtre, sous le péristyle de la Maison carrée, dans les jardins de la Fontaine, aux abords des arènes. Les boulevards périphériques et les ruelles de la vieille ville grouillaient de monde. Jamais la cité antique n'avait connu pareille marée humaine.

Adrien, Fabien, Jean et de nombreux habitants de Saint-Martin arrivèrent tôt le matin par le train d'Alais. L'avenue Feuchère était déjà noire de monde. Ils se sentirent tout à coup oppressés, happés par le flot humain qui remontait en direction des arènes. Inquiet de ne pas apercevoir Louise, Fabien décida de rester seul en arrière, mais la multitude l'entraîna malgré lui, tel un courant contre lequel le plus émérite des nageurs reste impuissant. Quand il fut à cinquante mètres du perron de la gare, il entendit crier derrière lui :

« Fabien ! Fabien ! »

Louise, prise à son tour dans le tourbillon de folie, s'époumonait en brandissant son foulard rouge à la main.

« Louise, je suis là ! » s'écria Fabien.

Mais le vacarme de la foule en liesse couvrit sa voix. Il ne pouvait arrêter le mouvement qui l'entraînait toujours plus loin, inexorablement vers les arènes et l'éloignait de Louise.

Jean vit la jeune fille disparaître tout à coup dans la foule. Un dernier appel lui parvint aux oreilles : « Fabien ! Fabien ! Viens ! »

Il comprit que son demi-frère ne pouvait pas lutter contre le flot qui l'emmenait toujours plus loin. Alors, usant de sa force, il se fraya un passage à contre-courant, bousculant les manifestants, jouant des coudes, des épaules, parfois des poings sans ménagement. Quand il parvint auprès de Louise, celle-ci gisait au sol, le visage tuméfié, le corps recroquevillé, piétiné. La jeune fille était au bord de l'évanouissement. Jean la saisit dans ses bras et, s'arc-boutant au-dessus d'elle pour la protéger, lui dit :

« Ne craignez rien, mademoiselle. Je suis le frère de Fabien. Nous allons le rejoindre. »

Louise se laissa conduire à travers la foule, sous l'œil vigilant de Jean qui, de temps en temps, devait empêcher violemment les inconscients de la mettre en danger.

Quand ils rattrapèrent Fabien et Adrien aux portes des arènes, Louise sauta au cou de son sauveur.

« Vous m'avez sauvé la vie ! » lui dit-elle.

Fabien s'avança vers Jean et, le prenant à son tour dans ses bras, l'embrassa.

« Je n'oublierai jamais », lui souffla-t-il dans l'oreille. Et d'ajouter : « Vieux frère ! »

Dans la gare, les trains ne cessaient de déverser leurs fournées humaines. Les manifestants venaient de tout le département et des départements voisins, y compris l'Ardèche, les Bouches-du-Rhône et le Vaucluse. Plus de deux cent quatre-vingt mille personnes prirent la direction de l'hôtel de ville, au centre de la vieille cité.

Fabien avait reçu la consigne de se rendre avec sa délégation avenue de la République[1], lieu de ralliement de tous les Gardois depuis la rue Dhuoda. Chaque département avait ordre de se regrouper, canton par canton, en un point précis de la ville, afin

1. Actuelle avenue Jean-Jaurès.

qu'à 1 heure le défilé puisse se mettre en marche en convergeant vers le centre-ville. Le service d'ordre assuré par les fédérations départementales était sur le qui-vive. Etant donné l'ampleur sans précédent de la manifestation, il fallait absolument éviter tout débordement.

Entraîné par la foule en délire, tenant Louise par la main et ne perdant pas de vue son père que Jean avait accroché par le bras, Fabien commença sa longue marche à travers les rues de la ville. A la tête du défilé, Marcelin Albert était accompagné du comité d'Argelliers et du maire, le docteur Crouzet. Le cortège suivit un itinéraire bien défini, passant par les quais de la Fontaine, le boulevard Gambetta, l'Esplanade, le tour des arènes, le boulevard Victor-Hugo. Lorsque, vers 3 heures et demie, les manifestants rejoignirent l'avenue de la République, point de départ et d'arrivée, la queue du cortège n'avait pas encore démarré.

« Heureusement, nous sommes parmi les premiers ! remarqua Fabien. Nous serons bien placés pour entendre les discours. »

La foule finit de se masser autour de l'estrade dressée à cet effet au milieu de la longue avenue. Tous les manifestants arboraient un air digne, grave. Nul slogan provocateur n'avait été prononcé contre les pouvoirs publics. Seul le maire, partisan de Clemenceau, contraint de défiler aux côtés de Marcelin Albert dans sa voiture décapotable, fut hué par la foule quand, prononçant son discours, il se déclara partisan de l'ordre et de la légalité. Ernest Ferroul, prenant la parole après lui, souleva l'enthousiasme et se fit acclamer.

« Si Marcelin est un bon orateur, reconnut Adrien, il faut avouer que Ferroul l'est aussi et qu'il n'a pas sa langue dans sa poche. Ce n'est pas le Tigre qui l'intimide ! »

Adrien ignorait, en prononçant ces paroles, qu'à Paris, à l'hôtel Matignon, Clemenceau se montrait toujours aussi inflexible et refusait d'entendre les suppliques de son ministre Albert Sarraut, favorable à des mesures immédiates d'apaisement.

Ce jour-là, à Nîmes, la raison l'emporta sur la colère. La foule se disloqua dans le calme en fin d'après-midi.

« Quelle journée ! s'exclama Adrien dès qu'il fut rentré à Figueirol. J'aimerais bien que tu nous accompagnes à Montpellier la semaine prochaine, ajouta-t-il en prenant Camille dans ses bras.

— Si Célestine s'occupe de Justine et de Clément, et rien que pour voir Angeline, je veux bien.

— Tu me fais plaisir. Mais Justine et Clément n'ont plus besoin qu'on les garde. Ils sont grands à présent. Ils peuvent nous suivre ! Nous serons donc sept de Figueirol à défiler dans les rues de la capitale héraultaise.

— On dirait que tu prends goût aux manifestations ! plaisanta Camille en s'accrochant au cou de son mari. Cela te rendrait-il ta jeunesse ?

— Je ne suis pas vieux ! Pas encore. Et puis, ces manifestations rassemblent notre famille. Alors… ! »

* *
*

Le rassemblement de Montpellier, fixé au dimanche 9 juin, devait être le point d'orgue des manifestations. Prévu pour la veille de la date d'échéance de l'ultimatum lancé au gouvernement, il s'annonçait dans une atmosphère orageuse.

La veille, en effet, des échauffourées avaient éclaté à Perpignan où des vignerons avaient réclamé des billets de transport pour se rendre à Montpellier le lendemain. Devant le refus qu'ils se virent opposer, ils saccagèrent la gare. Alerté, le préfet envoya des soldats du 24e régiment colonial qui finirent par disperser les émeutiers. Seul un lieutenant avait été blessé sans gravité par un jet de pierre.

Accompagné de tous les siens, Adrien se mêla à la foule qui, déjà en gare d'Alais, se pressait sur les quais pour se rendre à Montpellier en ce dimanche matin. Le spectacle était identique à celui de la semaine précédente. Mais la marée humaine s'annonçait plus énorme encore. Même des curés accompagnaient leurs paroissiens en colère contre le gouvernement ! C'était la cohue depuis la veille. Partout, sur toutes les routes, sur tous les chemins, des rivières de fifres, de tambourins et de fanfares convergeaient vers la capitale héraultaise, pour ne plus former qu'un fleuve unique, puissant, tumultueux, qu'aucun barrage ne pourrait plus contenir. Des Cévennes à la mer, les cloches des églises résonnaient dans l'azur du ciel, comme par un grand jour d'armistice.

De même qu'à Nîmes, beaucoup passèrent la nuit dehors, dans la fraîcheur du jardin des plantes ou du Peyrou, sur l'Esplanade ou au pied des Arceaux. Les habitants leur ouvrirent gentiment les portes de leurs maisons, tandis que le maire ordonnait d'accueillir les manifestants dans les écoles de la ville. Le cardinal royaliste lui-même, Mgr de Cabrières, fit ouvrir toutes les églises ainsi que la cathédrale Saint-Jean.

Trois cents trains affrétés par la Compagnie des chemins de fer furent littéralement pris d'assaut dans toute la région et débarquèrent plusieurs milliers de voyageurs sur les quais de la gare Chaptal.

Au total pas moins de huit cent mille manifestants envahirent ce dimanche-là les rues de la capitale languedocienne, aux cris de : « Vive le vin naturel ! A bas les fraudeurs ! Vive le vin ! A bas les pots-de-vin ! »

« Quelle chaleur ! se plaignit le jeune Clément, une fois que les Mazel eurent tous débarqué du train.

— La chaleur est dans les cœurs autant que dans le ciel ! répliqua Fabien, enthousiasmé par le spectacle qui, une fois de plus, se déroulait sous ses yeux.

— Dis-moi, s'interposa Justine, peu intéressée par les slogans, tu nous présenteras Louise ? Nous ne la connaissons pas, maman et moi !

— Promis ! répliqua Fabien. Et cette fois, j'espère qu'elle n'aura pas besoin de Jean pour nous retrouver. »

Les regards fusèrent vers l'aîné des Mazel.

« Il est vrai, je ne vous ai pas expliqué.

— Moi, je sais, coupa Camille. Ton père m'a tout raconté. »

Camille prit Jean et Fabien par la main.

« Je suis heureuse que vous soyez réconciliés.

— Nous n'étions pas fâchés, objecta Fabien. Juste un peu éloignés. Mais plus rien ne nous sépare à présent. N'est-ce pas, Jean ?

— Plus grand-chose », fit celui-ci.

Ni Fabien ni Adrien ne prêtèrent attention à la remarque de Jean. Seule Camille comprit son allusion. Elle ne lui en fut que plus reconnaissante.

Quelques jours plus tôt, en effet, Jean lui avait promis de renoncer à son héritage, dès que tous les événements seraient terminés, afin de lui transmettre, comme cela lui paraissait légitime, les vignes léguées par son grand-père. Il avait reconnu :

« Je ne peux plus accepter que ma mère demeure déshéritée par son propre père. Avec Adrien, mon père, vous saurez aussi bien que moi faire fructifier le nouveau domaine de Frontillargue, auquel se joindront maintenant les vignes de Figueirol.

— Mais nous ne serons pas trop de toute la famille pour le faire prospérer ! Ensemble, les Mazel au complet, nous ferons de Frontillargue le plus beau domaine viticole du Languedoc », avait ajouté Camille en se jetant dans les bras de son fils.

Vu le nombre de manifestants, le défilé ne fut pas organisé comme celui de Nîmes, le service d'ordre ayant été vite débordé. Adrien et les siens parvinrent avec difficulté sur la place de la Comédie où il était prévu que passe Marcelin Albert avec les membres de son comité. Celui-ci se trouvait en tête de ses troupes au jardin du Peyrou. Sur l'arc de triomphe flottait un drapeau tricolore barré d'un crêpe noir, signifiant que la République était en deuil de sa viticulture. Brassard rouge autour du bras, les membres du comité d'Argelliers étaient les seuls à pouvoir circuler, se frayant péniblement un passage parmi les milliers d'exaltés qui les accueillaient aux cris de : « Vive Marcelin Albert ! Vive notre Rédempteur ! Vive le sauveur du Midi ! »

Toutes les fenêtres de la rue de la Loge étaient pavoisées. Des milliers de banderoles et de bannières flottaient dans la brise venant de la mer toute proche.

« On dirait une fête gigantesque ! s'écria Justine aux oreilles de son frère Clément.

— Faites attention de ne pas vous perdre ! » conseilla Camille qui veillait sur ses ouailles comme une mère poule.

A vrai dire, celle-ci ne se sentait pas très rassurée dans une foule aussi oppressante. Heureusement la présence de Louise, qui les avait rejoints à la gare, la soulageait. La jeune fille s'occupait des deux adolescents et leur traduisait les slogans inscrits en occitan sur certaines pancartes.

Bientôt Fabien remarqua un cordon de sécurité constitué d'étudiants des facultés de la ville. Angeline était parmi eux. Il la héla au passage.

« Angeline ! Angeline ! Nous sommes ici.

— Ne restez pas là, s'écria-t-elle. Rendez-vous sur l'Esplanade. C'est là qu'auront lieu les discours. »

A 2 heures le cortège des officiels parvint effectivement sur l'Esplanade où une tribune avait été installée. Fabien et Jean avaient perdu le reste de leur famille, poussés dans des directions opposées.

« Ce n'est pas grave, fit Jean. Nous les retrouverons ce soir à la gare. »

Ils attendirent tous deux au pied de l'estrade.

« Le voilà ! s'écria Fabien le premier. Le Rédempteur ! »

Porté sur leurs épaules par des étudiants et des ouvriers, Albert parvint difficilement jusqu'à l'estrade. Mais à ce moment-là, le cordon de sécurité se rompit. Fabien et Jean se retrouvèrent propulsés en avant. Albert grimpa dans un platane pour saluer la foule et, après avoir temporisé quelques instants, finit par en redescendre pour se hisser sur l'estrade, Jean et Fabien lui formant un bouclier de protection. Leurs regards se croisèrent. Albert dit à Fabien :

« On se connaît, n'est-ce pas ? Saint-Martin ! Vous êtes de Saint-Martin dans le Gard.

— Fabien Mazel, monsieur Albert. Du comité de Saint-Martin, effectivement.

— Merci de votre aide, jeune homme. Je crois que sans vous et votre ami…

— Mon frère, monsieur.

— Sans vous et votre frère, cette foule en délire m'aurait dévoré par excès de passion ! »

Personne n'entendit ces paroles adressées par le sauveur de la viticulture au jeune Fabien Mazel. Lui, en revanche, devait les garder gravées dans sa mémoire jusqu'à son dernier jour.

Marcelin Albert commença à haranguer la foule :

« Il y a trois mois à peine, j'étais seul. Seul, entendez-vous bien, à n'attendre notre salut que d'un soulèvement général de la conscience méridionale. J'étais seul à rêver d'un Midi qui se lèverait comme un seul homme pour dire à la France entière : nous ne sommes pas des parias, il faut que ça finisse… »

La foule applaudit à tout rompre.

Puis le docteur Ferroul prit à son tour la parole :

« Citoyens, aux actes maintenant ! Demain à 8 heures, je fermerai mon hôtel de ville de Narbonne après y avoir fait arborer le drapeau noir et, au son du tocsin de la misère, je jetterai mon écharpe à la face du gouvernement. »

Immédiatement après, Faucilhon, l'adjoint au maire de Carcassonne, donna l'exemple le premier en jetant à la foule son écharpe tricolore.

« Ça y est ! fit Fabien en prenant Jean par les épaules. Cette fois la lutte politique est vraiment engagée. La rupture avec l'Etat est consommée. Nous allons droit à la grève de l'impôt et à la démission des municipalités. Clemenceau devra capituler.

— Ou il enverra la troupe pour rétablir l'ordre !

— Puisses-tu te tromper, Jean ! Mais j'ai peur que tu aies raison. »

Marcelin Albert termina les discours en appelant au calme :

« Camarades, pas de luttes fratricides ! Restez calmes ! Rentrez chez vous avec la satisfaction du devoir accompli. Songez que nous sommes assez forts maintenant pour ne pas avoir besoin de recourir à la violence. »

La dislocation du rassemblement se déroula dignement, dans le bon ordre.

Mais des incidents éclatèrent peu après. Des manifestants entraînés par quelques irréductibles se rendirent à la préfecture aux cris de « Démission », puis à l'hôtel de ville et au domicile du maire, M. Briol, rue Saint-Guilhem. Il fallut l'intervention d'un peloton de gendarmerie pour les disperser.

Le soir, tard, Fabien et Jean retrouvèrent leur famille sur les quais de la gare. Louise, la plus inquiète, fut la première à aller à leur rencontre.

« J'ai eu si peur, Fabien, qu'il ne te soit arrivé quelque chose !

— Je ne risquais rien, j'étais avec Jean. Juste au pied de l'estrade.

— Nous, nous n'avons rien entendu, nous étions trop loin.

— Alors, fiston, demanda Adrien. Peux-tu nous raconter en deux mots ? »

Tandis que Fabien et Jean faisaient le récit des discours qu'ils avaient entendus, Angeline les rejoignit.

« Si vous voulez, leur proposa-t-elle, je peux vous héberger pour la nuit. Il est tard. Cela vous éviterait de rentrer ce soir à Saint-Martin. La journée a été fatigante. On se serrera un peu. Avec Amandine, une amie de palier, je parviendrai bien à tous vous caser.

— Oh oui ! On reste ! exulta Justine. Dis, maman, on reste chez Angeline ?

— C'est que nous sommes sept avec Louise !

— Quatre chez moi, trois autres chez Amandine, ça ira.

— Alors, on reste. N'est-ce pas, Adrien ? »

Adrien ne dit mot mais, à son sourire, Camille comprit qu'il acceptait l'offre de sa fille, trop heureux de voir sa famille entièrement réunie.

Le lendemain, avant de reprendre le train, ils furent les témoins d'incidents regrettables qui devaient préfigurer la violence dont serait bientôt entachée la sereine victoire acquise à Montpellier en ce dimanche 9 juin.

Une foule de jeunes gens déchaînés, aux chants de *La Carmagnole* et de *L'Internationale*, contraignit la municipalité à démissionner sous la pression. Ils saccagèrent ensuite les cafés de la place de la Comédie ainsi que les hôtels *Le Riche* et *La Métropole*.

En même temps des incidents se produisirent à la caserne du 100e régiment de ligne de Narbonne où des soldats, mécontents d'être consignés depuis cinq longues semaines à cause des événements, montrèrent leur solidarité avec les manifestants.

Le 12 juin, tandis que les débats à l'Assemblée s'enlisaient, Clemenceau enjoignait aux maires démissionnaires de reprendre leurs fonctions, proclamant dans une lettre circulaire : « Quoi qu'il arrive, force restera à la loi. »

Quelques jours plus tard, le président du Conseil donnait l'ordre d'envoyer la troupe. Soixante mille soldats issus d'une vingtaine de régiments convergèrent vers les villes du Languedoc et du Roussillon.

31

L'embrasement

Camille s'inquiétait. L'énorme manifestation à laquelle elle avait assisté à Montpellier lui faisait craindre le pire. Le vent de révolte n'allait pas se calmer de lui-même, pensait-elle. Les viticulteurs, galvanisés par les discours des hommes politiques, n'abandonneraient pas la lutte avant d'avoir fait plier le gouvernement. Un bras de fer s'était engagé.

Certes, elle soutenait les vignerons, mais elle comprenait trop, pour avoir affronté elle-même son père dans sa jeunesse, combien une guerre, même justifiée, pouvait se révéler dévastatrice pour tout le monde.

Quand elle voyait partir Fabien vers ses amis du comité ou vers sa sœur à Montpellier, elle ne pouvait s'empêcher d'espérer que rien ne leur arrive. Elle se rapprochait de Clément et de Justine, les maternait davantage encore, comme pour mieux les préserver de l'envie de s'impliquer eux aussi dans cette cause, juste à ses yeux, mais ô combien dangereuse, maintenant que les hostilités avaient été ouvertement déclarées par le maire de Narbonne. A l'âge de l'adolescence, elle-même s'était enflammée pour défendre le faible contre le puissant, le pauvre contre le nanti, l'oppressé contre l'oppresseur. Et, en dépit de son rang social, elle n'avait jamais hésité à exprimer des idées contraires à celles que défendaient ceux de sa condition. Elle se reconnaissait donc dans ses enfants qui, à leur tour, prenaient la défense des « gueux » du Midi.

Adrien la tranquillisait, se montrant toujours autant attentionné à son égard. Il lui prouvait chaque jour, depuis plus de quinze ans maintenant, combien son amour ne s'était nullement altéré, combien, au contraire, il s'était renforcé à travers toutes les épreuves qu'ils avaient traversées ensemble. Dans un sens, ce combat des viticulteurs pour leur survie était aussi le leur, celui d'hommes et de femmes jamais reconnus et toujours bafoués, celui de ceux qui devaient lutter pour exister, celui du cœur et de la raison contre la tyrannie et l'entêtement des puissants.

Adrien avait gardé de sa jeunesse le goût de se battre, de ne jamais se résigner, de croire que tout est toujours possible pour ceux qui espèrent en l'avenir.

« Même si la vie prend parfois de longs détours, aimait-il souvent disserter devant ses enfants, l'essentiel est de croire en son destin. Ce qui fait avancer l'histoire, ce ne sont pas les faits, mais les hommes. Il en est de même pour nos propres vies.

Nous en sommes seuls maîtres, à condition de ne jamais baisser les bras. »

Ces paroles de sagesse étaient un encouragement implicite pour tous ses enfants à toujours aller de l'avant, à ne jamais renoncer devant l'adversité, à relever la tête chaque fois que le destin semblait s'acharner sur eux.

Clément et Justine étaient fiers de leurs parents, car ils n'ignoraient pas ce qu'ils avaient vécu pour se retrouver. Ils admiraient leur mère d'avoir su renoncer au luxe et à la grande vie pour épouser un paysan. Ils adulaient leur père pour n'avoir jamais tenté de nuire à leur grand-père, en dépit de l'acharnement de celui-ci à son égard.

« Comment avez-vous pu vivre avec autant de sérénité dans un contexte familial si hostile ? leur demandaient-ils parfois.

— L'amour, mes chéris ! leur répondait Camille, inlassablement. Seul l'amour que nous avons l'un pour l'autre nous a permis de gommer toutes les affres de la vie et de considérer les autres avec un regard différent. Si nous n'avions eu que la haine pour unique sentiment, nos cœurs se seraient endurcis et nous n'aurions pas pu continuer à nous aimer. L'amour ne peut se nourrir de la haine d'autrui.

— Vous avez donc pardonné à grand-père ce qu'il vous a fait endurer ?

— Disons que nous évitions de le condamner. Et aujourd'hui je lui pardonne. Il a payé pour ses fautes passées. Le fait que nous ayons retrouvé

Jean sur le chemin de notre vie, si longtemps après l'avoir perdu, prouve que nous avions raison de croire que tout est toujours possible. »

Camille consultait Adrien du regard. Celui-ci lui souriait. Entre eux régnaient la même complicité, la même fébrilité qu'ils avaient à l'âge de leurs enfants.

* *
*

« Il faut que j'aille à Argelliers pour me rendre compte sur place de ce qui se passe, déclara Fabien. Le comité de Marcelin Albert est menacé d'arrestation par la police. J'ai reçu ce matin un télégramme des camarades de l'Aude.

— Pourquoi courir devant le danger ? s'inquiéta Camille. Tu ne pourras pas t'opposer à une décision de justice.

— Camille a raison, ajouta Adrien. Je l'approuve. Tu ne devrais pas t'en mêler. Ta place est ici, à Saint-Martin. Chacun doit rester vigilant dans sa commune. Là-bas ils n'ont pas besoin de toi.

— L'atmosphère est vraiment tendue, j'ai peur pour toi, Fabien. Attends que tout se calme. Ce ne sont certainement que des rumeurs.

— S'ils arrêtent Marcelin Albert, ce sera la révolution ! Il faut que j'y aille. »

Aucun argument ne put convaincre Fabien de rester à Figueirol.

La situation, en effet, empirait de jour en jour. Depuis la manifestation de Montpellier, les débats à l'Assemblée s'enlisaient. Les députés avaient ouvert les discussions et commencé l'étude d'un projet de loi sur la réglementation du sucrage des vins. Mais l'ordre de grève de l'impôt et les premières démissions de municipalités envenimaient les débats. Clemenceau avait lui-même déclaré devant la Chambre son intention de mettre fin à la jacquerie vigneronne en faisant arrêter les principaux responsables. Parmi les opposants les plus virulents, le député socialiste Jean Jaurès ne cessait de prendre la défense des révoltés et proposait la nationalisation de la viticulture. De son côté, l'ancien député de Lézignan, Albert Sarraut, sous-secrétaire d'Etat à l'Intérieur auprès de Clemenceau, tentait en vain de convaincre Ernest Ferroul de faire un geste d'apaisement.

« Pas de concession, répondit Ferroul, nous irons jusqu'au bout ! Si c'est la révolution, tant pis. »

Devant l'échec de sa mission de conciliation, le sous-secrétaire d'Etat à l'Intérieur donna sa démission au gouvernement. Rien ne pouvait plus arrêter la machine de répression. Et tandis que les régiments convergeaient vers le sud, les journalistes commençaient à affluer pour couvrir les événements qui s'annonçaient gravissimes.

Le régiment de Maxence était sur le qui-vive. Les soldats sentaient leurs chefs particulièrement fébriles. Les murs des casernes n'étant pas étanches, certains savaient qu'à l'extérieur la révolte grondait.

« Faites votre paquetage ! ordonna le caporal-chef à la section de Maxence. On déménage. »

Les sapeurs du caporal Joseph Fondecave[1], réveillés en pleine nuit, émirent des grognements de mécontentement.

« Pourquoi ce chambardement, chef ? demandèrent les plus grincheux.

— Pas de rouspétances. Les ordres sont les ordres. On doit se replier sur Agde. Ordre du commandant Vilarem[2].

— Qu'est-ce qu'ils nous veulent encore ? s'interrogea Maxence. Vivement la quille ! J'ai peur qu'on serve de forces de répression contre nos frères viticulteurs. »

Maxence ignorait les raisons de l'éloignement de son régiment alors que d'autres, venus de diverses régions de France, prenaient position dans les villes du Midi. Le bruit courait qu'il serait envoyé dans les Vosges pour éviter tout risque d'insubordination.

---

1. Caporal sapeur instigateur de la mutinerie du 17e RI de Béziers. Tous les éléments relatés dans ce chapitre et dans les suivants concernant ce personnage sont tirés d'un cahier manuscrit d'un caporal sapeur rédigé à Gafsa en Tunisie, attribué à Joseph Fondecave (1884-1957) et cité par Jean Clavel (voir site-blog de ce dernier). Des libertés ont toutefois été prises par l'auteur pour les besoins de son roman (NDLA).

2. Louis Vilarem, commandant au 17e RI de Béziers.

Dehors, accourus vers la caserne Saint-Jacques pour s'opposer au transfert, des civils incitaient déjà les soldats à se rallier à eux. Les autorités militaires craignaient la fraternisation entre la troupe et les vignerons. Beaucoup de soldats du 17e RI de Béziers, en effet, étaient des enfants du pays. Cent vingt gendarmes durent dégager la caserne par la force.

« A Agde, nous serons loin des hostilités, si ça pète ! » expliqua le caporal à ses hommes.

Dans la nuit du 18 juin, à 2 heures du matin, deux bataillons du 17e RI se mirent donc en route sans délai. Le long du chemin, des manifestants les exhortaient à mettre crosse en l'air et à désobéir aux ordres.

« Rejoignez-nous, camarades soldats ! Nous sommes vos frères et vos pères. »

A la tête de ses hommes, le commandant Vilarem restait stoïque, mais avait hâte d'arriver à Agde.

Pendant ce temps, ignorant ce que craignait son frère, Fabien et son ami Pierre Monteiller faisaient route vers Narbonne, accompagnés de Louise qu'ils avaient récupérée à Nîmes. Partis en pleine nuit en automobile, ils pensaient s'arrêter dans la sous-préfecture de l'Aude pour rencontrer des responsables du mouvement, avant de se rendre à Argelliers.

Quand ils arrivèrent, à l'aube, la ville était déjà en pleine effervescence.

« Que se passe-t-il ? s'enquit Fabien à un passant qui, avec beaucoup d'autres, se précipitait vers le centre-ville.

— Ils vont arrêter Ferroul !

— Le docteur Ferroul, le maire ?

— Oui, Ernest Ferroul, les policiers vont l'arrêter ce matin. »

Partout dans les rues, les soldats bivouaquaient déjà sur les trottoirs, sac sur le dos, mais fusil à proximité, canon en l'air. Des hommes, des femmes, de plus en plus nombreux, les suppliaient de ne pas faire usage de leurs armes. Beaucoup d'entre eux, surpris par l'atmosphère électrique qui régnait dans la ville, leur souriaient du coin des lèvres, apparemment peu informés de ce qui était en train de se dérouler.

« Filons à l'hôtel de ville, proposa Pierre.

— Est-ce bien raisonnable ? objecta Louise. S'il y a du grabuge, mieux vaut ne pas se trouver au milieu. Tous ces soldats en armes ne me disent rien de bon.

— Ils ne tireront pas. Nous ne sommes pas leurs ennemis, fit Fabien. Nous sommes tous français. »

Quand ils parvinrent sur la place de la mairie, des manifestants leur dirent de se rendre rue de la sous-préfecture.

« C'est là qu'habite Ferroul ! » leur expliqua-t-on.

Pierre décida d'abandonner sa voiture contre un trottoir et de s'y rendre à pied.

« Suivons la foule ! proposa-t-il. Nous récupérerons la voiture plus tard. »

De son balcon, le maire de Narbonne, habillé de frais, la barbe au vent, incitait ses concitoyens à ne pas s'opposer aux forces de l'ordre. Pressé par la foule, mais protégé par les gendarmes, le commissaire Camus invita le docteur Ferroul à se rendre à son injonction sans provoquer d'incidents. Aussitôt celui-ci fut conduit à la gare de Villedaine où les autres personnalités arrêtées devaient aussi être amenées sous bonne escorte.

« C'est lamentable ! lâcha Fabien. Ferroul est arrêté comme un voleur. »

Dans la ville l'exaspération était à son comble. Loin de calmer les esprits, l'arrestation d'Ernest Ferroul ne fit qu'attiser le vent de révolte.

« Nous ferions mieux de nous en aller pendant qu'il est encore temps, proposa Louise qui commençait à craindre le pire.

— Pas avant que nous soyons rassurés sur le sort de Ferroul. »

Dans le courant de la journée, ils apprirent que le commissaire Camus avait vainement envoyé ses hommes à Argelliers pour arrêter Marcelin Albert. Dix mille manifestants avaient alors convergé vers la commune pour accueillir la troupe et l'empêcher de mettre la main sur leur sauveur. Celui-ci, alerté de son arrestation imminente, avait lancé un appel au calme et avait pris la fuite avec trois membres de son comité. Les policiers et les gendarmes avaient perquisitionné au siège de ce dernier et arrêté trois autres de ses membres.

« Seuls le docteur Santy, Just Cabannes et Edouard Bourges ont été arrêtés, révéla à Fabien un membre du comité de Narbonne qu'il rencontra dans la foule. Albert a disparu. Il se planque. »

Amenés sous bonne escorte jusqu'à la gare de Villedaine, les trois membres arrêtés à Argelliers furent aussitôt transférés avec Ernest Ferroul vers la prison de Montpellier.

Dans la soirée, Fabien et ses amis se rendirent à la sous-préfecture. Celle-ci était gardée de l'intérieur par la troupe qui n'avait reçu aucune consigne particulière. Des hommes, particulièrement excités, s'acharnaient à en défoncer les portes à coups de bélier. Fabien, Pierre et Louise se retrouvèrent pris dans le tumulte.

« Il faut chasser la troupe de là-dedans ! s'écriaient les insurgés. A bas Clemenceau ! Vive Ferroul ! »

Les soldats, sur le qui-vive, attendaient les ordres. On apprit par la suite que leurs chefs étaient en train de manger en ville. Quand les portes de l'édifice cédèrent, ils tirèrent en l'air pour repousser les assaillants. Mais ceux-ci ne s'avouèrent pas vaincus. Alors la fusillade éclata. Un début d'incendie ravagea les locaux, tandis que l'on déplorait déjà des dizaines de blessés.

« Ne restons pas là ! s'écria Fabien en prenant Louise sous sa protection. Suivez-moi. »

Ils se frayèrent difficilement un passage parmi les émeutiers, reprenant haleine dans l'obscurité des alcôves. Quand ils parvinrent sur le cours Gambetta, ils furent arrêtés par une barricade. Les manifestants avaient barré le boulevard pour empêcher la troupe de passer.

« Dispersez-vous ! s'époumona un jeune garçon aux allures de gavroche. Ils vont charger. »

A quelques centaines de mètres de là, un peloton de cuirassiers à cheval s'avançait lentement, sabre au clair. Les casques empanachés lançaient des éclairs d'argent. Les chevaux, excités par les jets de pierres et les cris des insurgés, hennissaient, prêts à bondir. Tout à coup, le chef du bataillon donna l'ordre à ses troupes de charger. Les cuirassiers se ruèrent sur la barricade, poursuivirent les émeutiers dans les rues adjacentes. Le boulevard Gambetta se transforma en une bataille de rue sanglante. Les commerçants avaient baissé leurs rideaux de fer, les riverains fermé leurs volets. De nombreux manifestants se retrouvèrent pris au piège entre les cavaliers et la barricade, et se réfugièrent dans les cours des hôtels, à l'intérieur des cafés, sous les porches. Certains frappèrent aux portes pour qu'on leur ouvrît. C'était la débandade. De leurs fenêtres, les habitants submergeaient les assaillants sous un déluge de projectiles. L'un d'eux atteignit Louise à l'épaule. Sur le coup, elle trébucha.

« Ce n'est rien, dit-elle pour rassurer Fabien. Ça va aller, ce n'est qu'une égratignure. »

Fabien l'aida à se relever et dit :

« Allons nous réfugier dans ce café, là-bas. Il semble encore ouvert. »

Autour d'eux, les soldats, furieux, tiraient dans toutes les directions.

Une vingtaine de personnes avaient trouvé refuge dans le bar Le Méridional. Les balles fusaient de toute part. Louise, Fabien et Pierre eurent à peine le temps d'entrer qu'une salve ravagea l'intérieur. Une jeune fille s'écroula devant Fabien et Louise, blessée à la tête. Trois hommes tombèrent à leur tour, puis un quatrième : celui-ci, ensanglanté, sortit du café en titubant et, défiant une dernière fois les soldats, vint s'effondrer devant eux aux pieds de leurs chevaux. Les tirs cessèrent. La troupe se replia, non sans tirer une dernière fois dans les fenêtres d'un immeuble voisin.

Dans le bar, Fabien retenait dans ses bras la jeune fille blessée à la tête. A ses côtés gisait un certain Louis Ramon, l'ancien secrétaire de la Bourse du travail, tué sur le coup. C'était le père de la jeune fille.

« Quel carnage ! » déplora Fabien, écœuré de voir le sang de ses frères couler à ses pieds.

Peu après les cuirassiers chargèrent à nouveau dans la foule et firent encore six nouveaux blessés, dont un enfant de quatorze ans, grièvement atteint dans le dos. De partout dans la ville montaient les mêmes cris de haine contre les cuirassiers :

« Assassins ! Mort aux gendarmes. A bas les cuirassiers ! »

Dans le même temps, à Montpellier, Angeline assistait à un drame identique. Des heurts violents éclatèrent entre manifestants venus protester contre l'arrestation de Ferroul et les forces de l'ordre. Des barricades avaient été dressées près de la préfecture, constituées du matériel arraché aux halles voisines. Jamais la jeune Mazel n'eut aussi peur de sa vie. Agressés par une foule en furie, les gendarmes déplorèrent ce jour-là vingt-quatre blessés et procédèrent à vingt-six arrestations.

⋆ ⋆
⋆

Tandis que Marcelin Albert demeurait introuvable, Clemenceau acceptait de retirer de Narbonne les bataillons de cuirassiers devenus trop impopulaires, et de les remplacer par des bataillons d'infanterie.

« On dirait que ça se calme », remarqua Louise, en se réveillant le lendemain dans les bras de Fabien.

Les trois jeunes gens avaient passé la nuit dans la voiture de Pierre. Mais au petit matin, encore tout courbaturés, ils découvrirent une ville en état de siège. La circulation dans les rues était limitée, les habitants restaient cloîtrés dans leurs appartements, les magasins demeuraient fermés. Partout les soldats avaient pris possession des édifices publics et des points stratégiques de la ville. Des barricades s'étaient reconstituées, où s'amoncelaient pavés arrachés aux chaussées, vieilles poutres descendues des charpentes en démolition, vieux meubles sortis des greniers, objets hétéroclites dont les habitants étaient trop heureux de se débarrasser pour une juste cause. Les cœurs ne manquaient pas d'enthousiasme et les esprits fraternisaient. Royalistes, socialistes, anarchistes, syndicalistes, républicains de tous bords, se retrouvaient unis dans un même élan de solidarité envers les vignerons.

La révolte des gueux prenait peu à peu des accents de révolution, et l'on entendait, entre deux *Vigneronne*, scander du fond des barricades les refrains de *La Marseillaise* et crier les mots emblématiques de la République : Liberté, Egalité, Fraternité.

« Jusqu'où ira cette colère ? s'inquiétait Pierre Monteiller. Qu'est-ce qui unit vraiment les royalistes et les républicains dans cette triste histoire ? Je crains que la juste colère des viticulteurs ne soit un prétexte pour beaucoup à s'attaquer aux piliers de la République.

— Clemenceau, par son intransigeance, est le seul responsable de tous ces désordres », répondit Fabien, moins visionnaire que son ami.

A ses côtés, Louise ne disait mot depuis de longues minutes. Son teint était blême. De sombres cernes alourdissaient ses yeux. Fabien s'en aperçut.

« Ça ne va pas ? s'inquiéta-t-il.

— Ce n'est rien. La fatigue de la nuit. »

Sous la manche de sa veste, le sang coulait lentement.

« Montre-moi ta blessure.

— Ce n'est rien, je t'assure », insista Louise.

Fabien l'obligea à ôter son vêtement et lui découvrit le bras jusqu'à l'épaule.

« Louise, tu ne peux pas rester dans cet état ! Ton épaule est toute bleue et gonflée. La blessure saigne. Il faut aller voir un médecin.

— Ça ira, je te dis. »

Louise vacilla et faillit s'évanouir.

« Il faut lui trouver à manger et la soigner sans tarder », conseilla Pierre.

Ils se rendirent immédiatement à l'adresse d'un médecin qu'un manifestant leur fournit.

« Il faut vous reposer, mademoiselle, lui conseilla ce dernier. Je vais vous soigner provisoirement, mais vous feriez mieux d'aller ensuite à l'hôpital. Votre blessure, je ne vous le cache pas, n'est pas belle à voir ! Vu ce qui se passe dans les rues, vous pouvez rester chez moi pour la journée et vous reposer. D'ici ce soir, vos amis auront trouvé une solution. Je ne pourrai malheureusement pas vous garder plus longtemps.

— Je m'en occupe, fit Fabien. Toi, Pierre, reste ici avec Louise pour lui tenir compagnie. »

Fabien ignorait ce qu'il advenait de Marcelin Albert. Pris dans le tourbillon des événements, il en avait oublié l'objet de son voyage.

En réalité l'Apôtre des viticulteurs, après son escapade, revint à Argelliers et, sur les conseils de sa cousine Lucie Marty, renonça à se livrer à la police. Il demanda l'hospitalité à l'abbé Tournier et resta caché toute la journée du 19 dans le clocher de son église. Puis au cours de la nuit, dans le plus grand incognito, il se rendit en voiture avec un ami à Castelnaudary, en passant témérairement les barrages de gendarmerie, et prit le train pour Bordeaux. Le lendemain, il débarqua à Paris avec la ferme intention de rencontrer Clemenceau en personne.

Trop préoccupé par l'état de Louise, Fabien ne se souciait plus du sort du Rédempteur. Il commençait même à regretter de s'être laissé entraîner par le vent de folie qui soufflait à présent sans retenue sur la ville. Celle-ci était en pleine ébullition.

« C'est de la dynamite ! songeait-il en observant les manifestants côtoyer la troupe en état d'alerte. Un rien déclenchera l'explosion. »

Il lui fallait retrouver l'automobile de Pierre et la ramener chez le médecin afin d'embarquer Louise au plus vite.

« Pas question de rester dans cette ville une nuit de plus ! avait-il affirmé à son amie avant de la quitter. Je ramène la voiture et on file sur Montpellier pour te soigner. »

En passant devant l'hôtel de ville, il fut de nouveau happé par la foule. De celle-ci montaient des cris menaçants : « C'est lui ! C'est un mouchard.

Qu'on le pende ! » L'ambiance était au lynchage. Sur les visages la haine se lisait à livre ouvert.

« Que se passe-t-il encore ? s'enquit Fabien.

— C'est un des flics qui ont arrêté Ferroul ! Il se cachait dans la foule. C'est un sale mouchard. »

Clemenceau, en effet, avait demandé à être informé des derniers événements et avait donné mission à quatre inspecteurs de police en civil d'aller aux renseignements. Reconnu, l'un d'eux avait été pourchassé, rattrapé et molesté par la foule en délire.

« Il s'échappe ! » s'écria un exalté.

Une scène rocambolesque s'ensuivit sous les yeux effarés de Fabien. L'inspecteur Grossot réussit à grimper sur le toit d'un immeuble en chantier. Repris in extremis, il fut traîné sans ménagement dans les rues adjacentes jusqu'à la promenade des Barques.

Fabien suivit l'attroupement. Tout à coup il prit conscience qu'on allait lyncher sous ses yeux un représentant des forces de l'ordre. Il joua des coudes, remonta le flot des manifestants qui insultaient le policier et le malmenaient. Quand il parvint sur le pont du canal, il était déjà trop tard : les enragés avaient précipité leur victime par-dessus la rambarde. L'inspecteur, blessé, était en train de se noyer.

Fabien bouscula le monde qui se pressait au spectacle, courut vers la berge. Mais des personnes bien intentionnées l'avaient devancé et sortaient de l'eau le policier. Celui-ci suffoquait mais était vivant. Malgré les invectives des poursuivants, elles le transportèrent jusqu'à l'hôtel de ville, sous les menaces et les quolibets. Les soldats du 139e RI, qui gardaient les lieux, leur firent un passage. Haranguées par la foule, les jeunes recrues furent prises de panique. Un coup de feu éclata, puis deux salves lourdes de fusils. En quelques secondes une vingtaine de blessés s'abattirent sur le sol.

On déplora cinq morts, ce 20 juin 1907 à Narbonne.

Fabien était de plus en plus consterné. C'était la seconde fusillade à laquelle il assistait en deux jours.

« Quel gâchis ! » ne put-il retenir entre ses lèvres.

Peu après, apprenant la tuerie de Narbonne, Perpignan s'enflammait à son tour. La foule envahit la préfecture des Pyrénées-Orientales, incendia le grand salon. La troupe intervint à 10 heures du soir ; trop tard. Excédés, les soldats tirèrent sans sommation et firent six morts.

Dans la nuit, ce fut le tour de Montpellier où l'on dénombra à nouveau plusieurs blessés et trente-huit arrestations.

Le même soir, à Agde, la tension montait parmi les soldats du 17e RI. Certains avaient appris ce qui se passait à Narbonne et craignaient déjà que des événements similaires ne se produisent à Béziers où beaucoup d'entre eux avaient de la famille.

« Ils tirent sur nos parents, s'insurgeaient des fils de vignerons. Nous ne pouvons pas les laisser se faire massacrer. Il faut intervenir. »

Le caporal Joseph Fondecave était de tous le plus déterminé. Il incita ses compagnons à désobéir aux ordres et à marcher sur Béziers.

Maxence était en tout point d'accord avec ses arguments.

« Nous ne pouvons pas rester passifs dans nos casernes tandis que nos parents se font massacrer, appuya-t-il devant ses compagnons. Ce n'est pas seulement la viticulture qui est en danger de mort, ce sont nos familles, c'est la République, camarades !

— A Béziers ! A Béziers ! » s'écrièrent-ils d'une seule voix.

Tout à coup Maxence retrouvait le goût de la lutte, celui qui l'avait animé avant son départ à l'armée. Trop longtemps encaserné, il n'avait plus qu'une envie : briser ses chaînes et recouvrer le chemin de la liberté.

Avec six cents de ses compagnons, il décida de suivre son caporal. Personne ne put retenir les mutins. Au passage, une partie d'entre eux alla piller la cartoucherie d'Agde, puis, ensemble ils prirent la direction de Béziers, armés jusqu'aux dents. Maxence exultait. Sur le moment il ne pensa pas aux conséquences de son acte de rébellion, ni aux soucis que les siens se feraient quand ils l'apprendraient.

La confrontation avec un escadron de gendarmes faillit tourner au drame.

« On assassine nos parents ! Nous allons les protéger. Inutile d'insister ! » alléguèrent-ils devant l'autorité.

Le caporal sapeur se tenait en tête de ses troupes, arborant son grand tablier de cuir. A ses côtés Maxence, en première ligne, ne le quittait pas des yeux, accompagné des porteurs de tambours et de clairons. Dans la nuit, ils franchirent successivement trois barrages du 81e régiment de ligne qui tenta de leur barrer la route. Au quatrième barrage, Joseph Fondecave s'arrêta devant une baïonnette pointée sur sa poitrine. Mais très vite le barrage céda. Quelques coups de crosses furent échangés, des coups de fusils tirés en l'air. Le général Lacroizade essaya désespérément de s'interposer et, s'adressant au chef des mutins, déclara :

« Caporal sapeur, au nom de la République, je vous somme de vous arrêter.

— Mon général, nous sommes décidés à aller à Béziers et nous irons. »

Devant la détermination des mutins, le général n'insista pas, refusant de provoquer un bain de sang. Les six cents reprirent leur marche en bon ordre, tambours et clairons en tête comme en campagne, mais crosses en l'air.

A 6 heures du matin, ils entrèrent dans Béziers. La ville était agitée mais gardait son sang-froid. Des photographes, installés sur les trottoirs, prenaient des clichés des soldats qui défilaient sous les hourras de la foule enthousiaste. Bientôt les rues de la ville se transformèrent en camp retranché. Sur les allées Paul-Riquet, la population assurait le ravitaillement des mutins dans une atmosphère bon enfant et les encourageait.

« Allons libérer Ferroul ! Tous ensemble à Montpellier ! » entendait-on.

La fraternisation entre civils et militaires se cimentait d'heure en heure. On était loin de l'atmosphère de guerre civile de Narbonne. Maxence n'en croyait pas ses yeux. Tout semblait se dérouler sans heurts.

« Ils vont nous écouter, ne pouvait-il s'empêcher de déclarer à ses camarades. Notre cause est juste. Ils ne peuvent pas aller à l'encontre du mouvement populaire. »

Inconscient, le jeune Mazel croyait en la clémence du gouvernement.

« Ensemble, civils et militaires, nous obtiendrons gain de cause », poursuivait-il.

En fin d'après-midi, le général Bailloud vint donner l'ordre aux mutins de rentrer immédiatement dans leur caserne.

« Je vous donne cinq minutes pour vous rendre, leur dit-il, si dans cinq minutes vous n'êtes pas rentrés dans la caserne, je vous fais fusiller. »

Entendant ces paroles menaçantes, Maxence pâlit. Fusillé ! C'était la première fois qu'il prenait conscience de la gravité de son acte. Se pourrait-il que des Français fusillent d'autres Français ? songea-t-il avec effroi.

Le caporal Joseph Fondecave répondit :

« C'est bien simple, nous rentrons mais nous ne voulons pas de punition individuelle. »

La situation semblait bloquée. Déjà dans les rangs des insurgés, la crainte de la répression se faisait sentir.

« Ce n'est pas le moment de flancher, déclara Maxence à ses plus proches compagnons. Nous n'avons pas fait tout ce chemin pour nous dégonfler. Ils n'oseront pas nous fusiller ! »

Peu après, le député Antoine Palazy apporta au général Bailloud un faux télégramme de Clemenceau assurant les mutins qu'ils ne seraient pas punis s'ils rentraient dans le rang. Fort de cette assurance, le général obtint dans la soirée la reddition des mutins. Ceux-ci, tranquillisés, regagnèrent Agde le lendemain matin par le train.

La mutinerie n'avait duré que vingt-quatre heures. Elle ne fit aucune victime. Les soldats du 17e RI ne furent pas sanctionnés. Mais quelques jours plus tard, ils furent transférés au camp de Gap avant d'être embarqués à Villefranche sur deux croiseurs de la Marine nationale pour une destination tenue secrète.

* *
*

Pierre Monteiller rentra à Saint-Martin dès le lendemain des émeutes de Narbonne. Au passage il laissa ses amis à Montpellier où Fabien emmena Louise se faire soigner à l'hôpital Saint-Eloi. La jeune fille y resta une semaine, le temps que la plaie se refermât et que tout danger d'infection fût complètement écarté. Fabien logea chez Angeline, ravie de retrouver son frère sain et sauf. Mais les deux aînés des Mazel étaient soucieux. Ils avaient appris que leur frère Maxence avait fait partie des mutins de Béziers et qu'il avait été envoyé à Gap.

« Dire qu'il avait bientôt fini son temps ! reconnut tristement Fabien. Il aurait mieux fait de ne pas bouger.

— C'est un Mazel, comme nous ! N'étions-nous pas nous-mêmes dans le feu de l'action ?

— Je crains que Clemenceau ne réserve quelque mauvaise surprise à ces pauvres bougres.

— Rien ne sert de se mettre martel en tête ! En attendant, tu es ici. Tu vas pouvoir cajoler ta petite chérie. Et moi, je vais pouvoir m'occuper de toi. »

Angeline, qui venait de passer avec succès ses examens de quatrième année de pharmacie, redécouvrait les petites joies de la famille après des semaines de forte tension.

« Dès que Louise sera remise, nous rentrerons ensemble à Saint-Martin, proposa-t-elle à son frère.

— Et à la prochaine permission de Maxence, nous nous marierons. Je te donne en primeur cette bonne nouvelle.

— Vous allez vous marier ! Mais c'est merveilleux, Fabien !

— J'espère que ce sera possible pour le début des vendanges. D'ici là, tout sera rentré dans l'ordre. Je garde l'espoir que le gouvernement va prendre les bonnes mesures pour apaiser la situation et résoudre nos problèmes.

— Ça, c'est moins sûr ! » rétorqua Angeline, moins optimiste que son frère.

Quand Louise fut hors de danger, ils reprirent le train pour Alais, laissèrent Louise à Nîmes pour qu'elle retrouve au plus vite ses parents, et regagnèrent Saint-Martin par la route.

« Comment va Louise ? s'enquit aussitôt Camille dès que Fabien et Angeline furent rentrés à Figueirol. Votre ami Pierre nous a raconté ce qui s'est passé à Narbonne pendant que vous y étiez. Vous l'avez échappé belle !

— Elle va bien, rassure-toi ! Dans quelques semaines, elle n'aura plus qu'une vilaine cicatrice à l'épaule. Blessure de guerre ! plaisanta Fabien. Elle va bientôt nous rejoindre. Mais dès à présent, j'ai une grande nouvelle à vous annoncer. »

Il regarda Angeline d'un air complice.

« Vas-y, petite sœur. Annonce-leur toi-même la nouvelle.

— Pourquoi pas toi ?

— Parce que tu en meurs d'envie.

— Fabien et Louise vont se marier pour le ban des vendanges. »

Adrien et Camille s'approchèrent de leurs enfants et les étreignirent longuement, heureux d'être à nouveau réunis.

32

L'apaisement

Quelques jours après les événements de Narbonne et de Béziers, la presse de Montpellier rapporta que Marcelin Albert avait obtenu une entrevue avec le président du Conseil. Auparavant il lui avait envoyé une lettre afin de lui faire part de sa démarche :

« Monsieur le ministre de l'Intérieur,

Je viens solliciter de vous le retrait des troupes dans le Midi, la mise en liberté des détenus d'Argelliers et de Ferroul, la répression des fraudes et vous prier de tendre une main amie à la viticulture, pour le plus grand bien de la République… »

Quand l'Apôtre des viticulteurs fut introduit dans la chambre du Conseil, une dizaine de policiers firent irruption dans la salle. Clemenceau, assis à son bureau, se leva précipitamment et s'écria, fou de rage :

« Sacrebleu ! Foutez-moi le camp, je ne veux personne ici.

— Je viens, dit Marcelin Albert, chercher la réponse à ma lettre et me constituer prisonnier.

— Si je vous ai fait appeler, ce n'est pas pour vous arrêter. On n'arrête pas chez moi. Asseyez-vous et causons.

— Volontiers.

— Savez-vous que vous faites du propre dans le Midi ? Vous avez tout bouleversé et votre responsabilité est énorme.

— Je le reconnais, mais vous avez aussi la vôtre, ajouta Marcelin Albert. Vous allez bien voir ce qui se passe dans les grèves, que n'êtes-vous venu voir ce qui se passe chez nous ?

— Mais, sacrebleu, vous ne demandez rien ! Vous dites simplement : faites-nous vendre nos vins !

— Si vous me l'aviez demandé, je vous aurais répondu.

— Vous ne voyez donc pas que tous les ambitieux conspirent contre le pouvoir, coupa le président du Conseil, et que le duc d'Orléans est à nos portes ?

— Puis-je empêcher les gens d'avoir de mauvais desseins ? Je jure que mon seul et unique but, à moi, c'est la défense de la viticulture.

— Est-ce que le Midi souffre autant qu'on veut bien le dire ? »

Marcelin Albert exposa alors la profonde détresse des viticulteurs. A l'évocation de leurs malheurs, il ne put retenir ses larmes. Emu, Clemenceau ajouta :

« Avant de vous entendre, je doutais de vous. Mais à partir de ce moment, je suis sûr que vous êtes un honnête homme.

— Vous n'auriez jamais dû en douter.

— Etes-vous républicain ? demanda alors le ministre.

— Profondément, et patriote aussi. En 1870, quoique fils de veuve, je me suis engagé pour la durée de la guerre.

— Eh bien, écoutez-moi. Je vous promets que le gouvernement fera tout pour obtenir l'apaisement et que de mon côté je réprimerai les fraudes. Je ne vous force pas. Voulez-vous, sans tarder, essayer de réunir les maires et leur proposer de rentrer dans la légalité ? »

Après quelques instants de réflexion, Marcelin Albert répondit :

« J'accepte, mais je ne vous promets rien. Et si je ne réussis pas ?

— Vous aurez fait votre devoir et vous irez vous constituer prisonnier à Montpellier. »

A la fin de l'entretien, n'ayant pas assez d'argent pour rentrer à Argelliers, Marcelin Albert accepta de Clemenceau une somme de cent francs pour son billet retour. La presse, convoquée le lendemain place Beauvau, s'empara de ce détail révélé par Clemenceau lui-même pour rabaisser son interlocuteur de la veille, et n'hésita pas à déformer ses propos.

« Ce n'est pas possible ! soupirait Fabien d'un air de dégoût. Je ne peux pas croire ça.

— Que se passe-t-il ? »

Fabien tendit le journal à Adrien.

« Lou Cigal a capitulé devant le Tigre ! poursuivit-il. Il s'est rendu à Paris pendant que Narbonne était à feu et à sang, et il s'est fait convaincre d'abandonner la lutte. Il a même pleuré devant le président du Conseil quand celui-ci a évoqué son père. Non ! Ce n'est pas vrai ! Tout cela n'est que pures calomnies.

— Tu sais, fils, les journaux ne disent pas toujours la vérité. Il faut savoir en laisser. Pour faire la une la plus sensationnelle, certains n'hésitent pas à déformer la réalité. »

Fabien et ses amis du comité de Saint-Martin étaient profondément déçus. Les terribles événements de Narbonne et de Béziers semblaient marquer la fin de l'espoir. Clemenceau avait su retourner la situation en sa faveur. Il avait déstabilisé Marcelin Albert, fait rentrer dans le rang les soldats mutins, et promis une loi sur la réglementation des vins. Dès lors, effectivement, la colère des viticulteurs commençait à retomber, mais tous restaient dans l'expectative.

Une fois revenu chez lui, Marcelin Albert se heurta à la méfiance de ses anciens amis qui lui reprochèrent de s'être laissé acheter. Certains, se référant au serment des Fédérés, voulurent même le pendre à un platane. Complètement discrédité, abandonné par les siens, le Rédempteur finit par se livrer lui-même à la justice, comme il l'avait promis à Clemenceau s'il échouait dans sa mission. Le 26 juin, il prit le train pour Montpellier et fut incarcéré le jour même à la prison où il retrouva ses amis arrêtés avant lui. Ceux-ci le désavouèrent aussitôt ouvertement. Le lendemain, il reçut un télégramme du président du Conseil qui disait : *Je prends acte de l'absolue loyauté avec laquelle vous avez exécuté vos promesses librement consenties. De mon côté, je ferai mon possible pour obtenir apaisement.*

* *
*

Dans ce contexte houleux, Camille ne pouvait s'empêcher, néanmoins, de se sentir heureuse. Grâce à Jean elle avait retrouvé Frontillargue, agrandi des terres que celui-ci lui avait rétrocédées. Le domaine s'étendait sur plusieurs centaines d'hectares et aucune vigne ne pâtissait de la maladie. Les ouvriers agricoles avaient ordre de traiter inlassablement, dès l'apparition de la moindre tache douteuse de moisissure. Les moyens modernes, qu'Eugène Delcourt n'avait pas cessé de multiplier sur le domaine, leur permettaient de gagner du temps et de soigner de grandes quantités de souches très rapidement. Les sulfateuses Vermorel faisaient merveille et, dans les ateliers, à côté des tonneliers qui réparaient les futailles, des mécaniciens œuvraient à présent à la remise en état des diverses machines qui servaient dans les terres et dans le chai.

Camille avait retrouvé le chemin du château, où sa mère Eléonore lui laissait maintenant toute liberté de gérer le domaine à sa guise. La marquise de Froissac, en effet, avait vieilli brutalement, marquée par les événements familiaux qu'elle avait traversés et par les remous sociaux qui avaient aussi touché ses terres. Elle se rendait compte à présent que son temps était révolu, qu'elle vivait la fin d'une époque. Elle s'était résignée, dès le début, à ce que sa descendance roturière lui succède à la tête du domaine de ses aïeux. Camille n'avait pas su lui assurer la pérennité de son rang. Avec le temps, elle ne lui en voulait plus et s'était rendue à la raison.

« Ce siècle consacre à jamais la fin de l'aristocratie, lui affirmait-elle. Toi-même, tu as montré l'exemple en prenant le nom de Mazel. Mais, promets-moi une chose, lui demanda-t-elle un soir qu'elle sentait son heure approcher.

— Quoi donc, mère ? fit Camille en lui prenant la main.

— Ne change jamais le nom du domaine. Frontillargue est le sceau de tes ancêtres.

— Frontillargue demeurera toujours la terre qui m'a vue naître et où, grâce à mon grand-père, mes racines se sont solidement ancrées. Il ne saurait être question que son nom disparaisse un jour. »

Eléonore de Sumène mourut quelque temps après, rassurée. Ses funérailles rassemblèrent toute la population de Saint-Martin. Les maires des communes voisines ainsi que le sous-préfet d'Alais se déplacèrent pour rendre un ultime hommage à la dernière représentante d'une grande famille. Camille, officiellement, avait renoncé à son titre de noblesse et ne voulait plus être considérée qu'en tant que « madame Mazel de Sumène ».

« Il n'y a plus de marquise de Froissac, affirma-t-elle au moment où le corps de sa mère fut enseveli dans le caveau familial. Eléonore, ma mère, fut la dernière de la lignée. »

Un détail lui tenait à cœur. Elle n'en avait jamais parlé à Adrien car elle craignait son refus. Tant que sa mère était vivante, la question ne se posait pas. Elle estimait que le château était sa propriété, « son domaine ». Les terres, affirmait Eléonore, c'est l'affaire des hommes. Mais la demeure est celle des épouses.

Aussi, quand l'occasion se présenta, aborda-t-elle le sujet en s'entourant de grandes précautions.

« Fabien va se marier, prétexta-t-elle, et Louise lui donnera de nombreux enfants. Maxence rentrera bientôt de l'armée. Quant à Clément et à Justine, ils ne sont pas encore prêts à partir.

— Où veux-tu en venir ? coupa Adrien en fronçant les sourcils.

— Promets-moi d'abord de ne pas te fâcher !

— M'en donnerais-tu l'occasion que je ne la saisirais pas au vol ! Tu sais très bien que j'en serais le premier chagriné. Explique-moi ce qui te préoccupe.

— Bientôt la maison va être trop petite.

— Elle l'est déjà. Mais nous pouvons l'agrandir. J'y ai songé. De plus, Armand et Célestine m'ont proposé la leur. A leur âge, m'ont-ils dit, ils se contenteraient de deux pièces au rez-de-chaussée. Fabien pourrait s'y établir, cela dégagerait de la place. Mes beaux-parents seraient heureux d'avoir leur petit-fils à leurs côtés. Ça les rassurerait.

— Je comprends, fit Camille. Mais j'ai mieux à proposer. Que dirais-tu si nous emménagions au château ? Il est libre à présent. Ce serait dommage de le laisser inoccupé. »

Adrien se rembrunit. Apparemment il n'avait pas envisagé une telle solution. Il se leva de table, marcha de long en large, l'air contrarié. Il s'approcha de l'escalier, appela ses enfants qui étudiaient dans leurs chambres.

« Clément, Justine, votre mère désire que nous allions vivre au château de vos grands-parents. Qu'en pensez-vous ? »

Les deux adolescents, toujours très complices, se consultèrent du regard, puis tournèrent la tête vers leur mère, un sourire au coin des lèvres.

« Ah, je vois ! s'exclama Adrien. Vous êtes déjà tous d'accord. Mais il faut que je réfléchisse. On ne rentre pas dans les habits d'un châtelain aussi facilement. Quand on a la peau racornie d'un paysan, les draps de soie peuvent paraître un peu délicats !

— Je ne te promets pas des draps de soie, mon chéri. Rien ne changera dans notre manière de vivre, sinon que nous serons moins à l'étroit. »

Par amour pour Camille, Adrien n'opposa aucune objection, même s'il lui en coûtait beaucoup d'aller habiter sous le toit de son ancien rival.

« Le château est celui de mes ancêtres, lui précisa Camille pour finir de le convaincre. Pas celui de mon père. C'est par ma mère qu'il nous est transmis.

— *Nous*, dis-tu !

— Ce qui est à moi est à toi ! Oserais-tu en douter ? »

Adrien prit Camille dans ses bras et l'étreignit longuement.

« Alors le toit de Frontillargue deviendra celui de notre famille », poursuivit-il.

Jean fut le premier à se réjouir de l'installation de ses parents à ses côtés. Il décida de conserver l'aile que ses grands-parents lui avaient confiée à l'époque où il n'était que régisseur. Justine et Clément établirent leurs quartiers au second étage, non loin des chambres de bonnes, pour être plus tranquilles, prétextèrent-ils. Deux pièces au premier étage furent attribuées à Angeline, deux autres à Maxence pour son retour. Fabien quant à lui préféra conserver la maison de Figueirol afin de s'y établir une fois marié avec Louise.

Fin juillet, tous étaient installés. Les toits de Frontillargue étincelaient à nouveau sous les rayons ardents du soleil. Les vignes ployaient sous les grappes prometteuses qui se gorgeaient de sucre. Tous attendaient les prochaines vendanges avec impatience.

Dans les lointains, la sentinelle du pic Saint-Loup dressait toujours la tête. A travers toutes les périodes de tourmente que la région avait connues depuis près de cinquante ans, elle n'avait jamais baissé la garde. Quand les cieux s'étaient plombés d'anthracite au moment des pires catastrophes, elle était toujours restée solidement campée sur son socle, tel un géant que rien ne peut ébranler, même les plus violentes tempêtes. Quand le mistral, dans sa grande furie, la décoiffait, attisé par la colère des hommes, elle n'avait pas fléchi, résistant au vent du ciel comme au vent de la révolte.

* *
*

Les hommes restaient dans l'expectative, suspendus aux décisions du gouvernement. Pour calmer les esprits et montrer sa volonté de satisfaire les vignerons, Clemenceau avait fait voter dès le 29 juin une loi sur la production de vin. Une surtaxe de quarante francs sur le sucre était imposée, le sucrage était limité, le mouillage interdit ; la déclaration de récolte fut instaurée et les syndicats reçurent le droit de se porter partie civile dans les affaires de fraude.

Courant juillet, quand Fabien prit connaissance de la nouvelle législation, il ne put exprimer qu'une joie mitigée.

« Enfin une réglementation qui nous protège ! annonça-t-il aux siens. Mais ce n'est pas suffisant. »

Comme la plupart des viticulteurs, il jugeait ces mesures trop timides surtout à propos de la fraude et du sucrage. Les délégués locaux des comités de défense viticole se réunirent aussitôt pour désigner les membres d'un comité interdépartemental. Fabien en fit partie au titre du département du Gard.

Le 23 juillet au soir, il annonça à son père :

« Ça y est ! Nous allons créer la Confédération générale des vignerons du Midi. Nous posséderons enfin un syndicat qui nous représentera tous. Les viticulteurs auront leur interlocuteur officiel face au gouvernement.

— Ça ne te gêne pas que grands et petits propriétaires puissent y adhérer ?

— Nous avons tous les mêmes problèmes. Notre union fera notre force.

— Alors, en tant que propriétaires de Frontillargue, Camille et moi adhérons sur-le-champ à ton syndicat.

— A *notre* syndicat, papa ! rectifia Fabien. Tu as été de la lutte dès les premiers jours. Cette victoire est aussi la tienne. »

Quand Adrien songeait au chemin parcouru depuis sa première venue à Frontillargue avec son père, il parvenait difficilement à réaliser combien sa situation avait changé. Petit gavache à l'âge de dix ans, descendu de ses pauvres Cévennes, il en avait surmonté des obstacles pour parvenir à la tête d'un si beau domaine ! Jamais il n'aurait imaginé, quand il n'était qu'un ouvrier agricole comme tant d'autres, qu'il deviendrait à l'automne de sa vie le plus grand viticulteur de la région. Certes, il le devait à son mariage avec Camille, à l'amour indéfectible – et impensable alors – que tous deux s'étaient toujours voué. Lui n'avait apporté que ses bras et son travail. Le destin s'était chargé du reste. Quand l'heure du bilan sonnerait, songeait-il souvent comme s'il se préparait à son tour à transmettre à ses nombreux enfants les fruits récoltés au cours de son existence, il faudrait rendre à chacun ce qui lui appartenait de droit : à Jean, Clément et Justine, tout ce qui leur venait légitimement de leur mère, Camille ; à Fabien, Angeline et Maxence tout ce qu'Armand et Célestine lui avaient eux-mêmes légué à la mort de leur mère Marie, dont il gardait le souvenir intact dans sa mémoire.

« Il n'en est pas question ! s'insurgea Camille, le jour où il lui fit part de sa volonté. Nous avons élevé cinq enfants et retrouvé un sixième, tous auront la même part d'héritage. Frontillargue et Figueirol réunis sont la propriété de tous les Mazel de

Sumène. Nous ferons en sorte que chacun ait une part égale aux autres. »

Adrien avait beau prêcher que l'apport des Mazel était négligeable, Camille s'entêtait :

« Sans ton travail et celui de tes fils, ces vignes ne seraient plus que friches après ce que nous avons vécu. Jean de son côté, Fabien, Maxence et toi du vôtre, vous avez tous contribué à la survie du domaine. Lorsque la crise sera définitivement derrière nous, un grand avenir s'ouvrira à tous. Puissent-ils œuvrer ensemble en parfaite harmonie ! C'est tout ce que je demande. »

Les événements semblaient se précipiter. Le 2 août, Clemenceau fit libérer provisoirement les membres du comité d'Argelliers dont Marcelin Albert et Ernest Ferroul, et fit savoir que les arriérés d'impôts des contribuables endettés ne seraient pas recouvrés. Le procès des inculpés était remis à plus tard devant les assises de Montpellier.

La tempête qui avait fait rage dans tout le Midi pendant de nombreuses semaines s'apaisa. Les viticulteurs, moroses, en sortaient à demi satisfaits, à demi rassurés, méfiants vis-à-vis d'un pouvoir qui avait su habilement manœuvrer pour leur ôter toute justification d'une reprise des hostilités. Clemenceau ne s'était-il pas montré indulgent ? N'avait-il pas pris des mesures en faveur des viticulteurs contre les betteraviers du Nord et les industriels du sucre ?

Dans cette lutte sans merci, le Sud n'avait-il pas triomphé du Nord ?

« Mieux vaut une demi-victoire qu'une défaite, affirmait Adrien pour consoler Fabien. L'essentiel n'est-il pas de retrouver la paix dans nos vignes afin de pouvoir se consacrer entièrement à notre travail ? La nouvelle législation n'est qu'un premier pas. D'autres lois suivront, maintenant que la porte est ouverte aux négociations.

— En attendant, une question grave demeure en suspens. Que décidera le gouvernement à propos des soldats qui se sont mutinés à Béziers ? Notre syndicat ne pourra rien pour ces malheureux.

— Antoine Palazy n'a-t-il pas affirmé qu'il n'y aurait pas de sanctions ?

— C'était un coup de bluff pour rendre les soldats à la raison et éviter une effusion de sang. S'ils avaient refusé, d'autres soldats seraient venus les déloger.

— Je vois, fit Adrien, soudain ténébreux.

— Ça ne doit pas nous empêcher de préparer activement ton mariage, Fabien, coupa Camille. Le ban des vendanges est fixé au lundi 2 septembre ; il serait temps de publier les bans de ton mariage pour le samedi précédent. Qu'en penses-tu ?

— Maxence aura-t-il seulement une permission ? » s'enquit Angeline qui, à l'image de son aîné, ne se montrait pas très optimiste.

Dans l'attente, tous se mirent à préparer l'heureux événement. Pour l'occasion, Camille décida de donner un air de neuf au château. L'ensemble du personnel domestique fut mis à contribution pour dépoussiérer, nettoyer, enjoliver, ôter les vieilleries dont la nouvelle châtelaine voulait se débarrasser. De nouveaux rideaux furent accrochés aux fenêtres, les meubles furent encaustiqués, déplacés ; les tapis retrouvèrent leur éclat, les plus anciens furent écartés dans l'attente d'être restaurés. Les cuivres furent astiqués, les boiseries cirées. Certaines pièces furent retapissées dans des tons plus modernes, les « appartements » des jeunes notamment. Puis on s'attaqua au parc dont les massifs de fleurs avaient besoin d'un sérieux désherbage ; les haies furent taillées de frais, les arbres élagués de leurs branches mortes, les bassins vidés, nettoyés puis remis en eau, les allées encailloutées et retracées au cordeau. Le portail fut repeint et ses gonds bien huilés.

Quand tout fut fin prêt, exténuée, Camille s'affala dans un fauteuil et annonça, heureuse :

« Demain, ne me réveillez pas, je dors toute la journée. »

Les hommes étaient tous dans les vignes à surveiller l'état de mûrissement des grappes et s'apprêtaient à accueillir les colles qui ne tarderaient pas à arriver. Angeline était rentrée à Frontillargue, accompagnée d'un jeune étudiant en dernière année de pharmacie, Fabrice, « son amoureux » comme aimaient la taquiner Clément et Justine. Tous deux avaient aidé à redonner au château l'éclat de sa jeunesse et n'avaient démenti personne quand les allusions à leur futur mariage leur étaient parvenues aux oreilles.

« Ils forment un beau couple, n'est-ce pas ? remarquait sans cesse Camille devant Adrien. Je suis sûre qu'ils se marieront avant les prochaines vendanges.

— Angeline veut d'abord terminer ses études et obtenir son diplôme. Elle m'en a déjà parlé.

— Et tu ne me disais rien !

— J'en avais l'intention. »

Angeline vint la première perturber le sommeil de Camille. Elle tenait une lettre à la main. Sur l'enveloppe, le sceau « Poste aux armées » lui fit immédiatement comprendre qu'elle provenait de Maxence. Elle hésita à l'ouvrir en dehors de la présence de son père. Elle s'avança vers la chambre de Camille. Quelque chose en elle lui faisait pressentir qu'il ne s'agissait pas d'une bonne nouvelle. Elle frappa à la porte. Camille sursauta, se redressa sur ses oreillers.

« Ah ! c'est toi, Angeline. Entre… je ne dormais plus. Qu'y a-t-il ?

— Une lettre de Maxence, je crois.

— Il annonce son arrivée. Ouvre-la vite. »

Angeline s'exécuta, parcourut la lettre sans broncher. Son visage se referma. Camille comprit aussitôt.

« Il ne peut pas venir ?

— C'est une lettre d'un de ses camarades. Maxence n'a pas pu l'écrire lui-même. Il a demandé à son ami de nous avertir. Aucune permission n'est accordée aux soldats qui ont participé à la mutinerie. Ils ont tous été consignés. Une fois arrivés à Gap, explique-t-il, ils ont été séparés : ceux qui avaient refusé de participer à la marche sur Béziers d'un côté, les "suspects" de l'autre. Ceux-ci ont été mis au secret. Maxence en fait partie. Il a eu juste le temps de demander de nous avertir qu'il ne pourra pas assister au mariage de Fabien et de Louise. Il est très malheureux. La lettre date déjà de plusieurs semaines. Qui sait où il se trouve à présent ? »

Camille s'assombrit. Elle se faisait une telle joie de rassembler toute la famille alors que la tempête était enfin apaisée !

« Il faut prévenir Adrien et Fabien », dit-elle.

* *
*

Le mariage eut lieu comme prévu le dernier samedi du mois d'août. Les allées du parc grouillèrent d'invités venus de Saint-Martin, de Montpellier, mais aussi de Sainte-Croix dans les Cévennes. La famille d'Adrien vint au complet pour fêter les *novi.* Seule Marthe, la mère d'Adrien, âgée de soixante-quinze ans, ne put se déplacer. Ce fut l'occasion pour les Mazel de se rassembler et de se compter. Adrien accueillit avec une grande joie son frère et ses sœurs : Simon, son épouse et leurs trois enfants dont deux étaient mariés ; Amélie, Esther et Rachel accompagnées de leurs maris et de leurs nombreux enfants et petits-enfants. Au total Fabien retrouva une bonne douzaine de cousins et de cousines, la plupart accompagnés de leurs époux et de leurs épouses.

« Quelle belle famille ! » s'extasia Camille qui apprit à les connaître tous.

A leur tour, les six enfants d'Adrien furent très entourés. Jean, à trente et un ans, était l'aîné des descendants d'Augustin. Il ne connaissait pas tous les membres de sa famille et craignait que, grisé par le vin, l'un d'eux ne vînt à faire allusion aux années sombres de sa prime jeunesse. Aussi restait-il à l'écart dans la foule des convives qui se pressait pour congratuler les jeunes mariés. Angeline vint alors le chercher et, le prenant par la main, lui dit :

« Viens, Jean. Ne reste pas seul. Ta place est parmi nous. »

Au contact de la main de sa demi-sœur, de sombres souvenirs lui traversèrent l'esprit. Les remords affluèrent soudain en lui. Il eut envie de se dégager, de fuir. Mais la main d'Angeline se fit plus pressante. La jeune fille comprit la raison de son hésitation. Elle lui fit face, le regarda dans les yeux, lui chuchota à l'oreille :

« Embrasse-moi… comme un frère. Comme le frère que tu as toujours été. Allez, viens ! »

Le bonheur d'Adrien et de Camille fut quelque peu assombri par l'éloignement et le silence de Maxence. Mais au fond d'eux-mêmes, ils gardaient le secret espoir que, pour le futur mariage d'Angeline, leur fils absent serait parmi eux et que ce serait ainsi le signe d'un nouveau départ pour Frontillargue.

Epilogue

Le dernier numéro du *Tocsin* parut le 15 septembre. Peu avant, le second comité d'Argelliers avait remis ses pouvoirs à la section syndicale de Narbonne. Ernest Ferroul devint président du bureau de la Confédération des viticulteurs du Midi, tandis que Marcelin Albert, lâché par les siens, tentait en vain de se justifier et s'apprêtait, sans renoncer à son idéal, à gagner une sombre retraite.

En mars 1908, le gouvernement devait faire voter une loi d'amnistie pour tous les condamnés des comités. Mais les mutins du 17e RI n'en profitèrent pas, puisqu'ils n'avaient fait l'objet d'aucun jugement.

Toutefois, comme Fabien et Angeline l'avaient craint, Maxence et ses compagnons furent sévèrement sanctionnés pour avoir participé à la mutinerie de Béziers. Dès le 26 juin, à Gap, les mutins furent embarqués dans un train spécial pour une destination inconnue. Pendant le voyage, le bataillon fut étroitement surveillé par une compagnie du 96e de ligne armée comme pendant les émeutes. Maxence crut sur le moment qu'on les rapatriait sur Béziers.

A l'aube, ils arrivèrent sur les plages de Villefranche-sur-Mer, épuisés par les nuits blanches, et furent embarqués sous bonne escorte sur deux croiseurs de la Marine nationale, le *Desaix* et le *Du Chayla*. Maxence et ses compagnons comprirent alors qu'on les reléguait hors de France. Même le commandant Vilarem, à qui on avait confié la direction du bataillon, ignorait encore sa destination. Le caporal Joseph Fondecave était toujours entouré par ses camarades d'infortune, plus solidaires que jamais. Les marins des deux croiseurs leur firent bon accueil, mais ne purent les renseigner davantage sur le sort qui les attendait.

A 7 heures du matin, les deux navires appareillèrent et filèrent vers le large. Le lendemain, 28 juin, ils entrèrent dans le golfe de Gadès, face à la ville de Sfax en Tunisie, où ils débarquèrent péniblement, la mer étant houleuse. Rassemblés sur les quais, les six cents mutins durent patienter toute la journée par 60 °C au soleil, séparés en trois groupes gardés par des spahis en armes. Puis ils furent entassés dans un train qui prit la direction de Gafsa. Il faisait chaud dans les wagons brûlants. Harnachés comme pour partir en campagne, les soldats crevaient de soif. Les spahis ne bougèrent pas pour leur venir en aide. Ils parvinrent à Gafsa à 4 heures le lendemain matin, après un long et pénible voyage.

Autour d'eux, tout n'était que désolation ; des montagnes arides, pelées, faisaient face à une plaine déserte qui s'étendait à perte de vue. Parvenu à deux cents mètres du village, le bataillon se mit en ordre de marche, clairons et tambours en tête, et fit son entrée en musique parmi une population indigène hébétée, qui n'avait pas vu de soldats français depuis vingt-cinq ans.

Quand Maxence découvrit l'état de la caserne disciplinaire qui serait désormais son cadre de vie, il comprit que son sort et celui de ses compagnons avaient été réglés.

« Ce village est brûlé par le soleil ! s'exclama-t-il à peine arrivé. Ici, ça va être le bagne ! »

Les trois premiers mois qui suivirent son installation se déroulèrent sans incidents. Certes, la vie dans le bled n'était pas facile. Maxence se souvenait des histoires que son père lui racontait quand il était petit à propos de son service militaire effectué en Algérie. La Tunisie et l'Algérie se ressemblaient. Mais à Gafsa, le climat était terrible.

Fin septembre, l'état sanitaire commença à se dégrader et le bataillon connut les premiers cas de dysenterie. Un peu plus tard, la fièvre typhoïde se déclara.

Maxence, affaibli par les mauvaises conditions de vie et par la fatigue, tomba gravement malade. La fièvre le terrassa et le cloua au lit pendant de longues semaines, le plongeant dans un délire comateux inquiétant. A l'infirmerie du camp, où on le soignait, le médecin militaire se montrait pessimiste et le voyait déjà dans la tombe. A ses côtés, un de ses camarades luttait également contre la mort.

Ce qui sauva Maxence fut sa volonté de revoir Figueirol. Il ignorait alors que son père et Camille s'étaient installés à Frontillargue. Dans son délire, il parlait de vendanges, de sarments, de grappes gorgées de soleil. Il évoquait des souvenirs d'enfance, où il se trouvait en compagnie de son frère et de sa sœur à mascarer les filles qui oubliaient des raisins sous les feuilles, à grappiller les derniers fruits après le passage des colles.

Parfois il suffoquait sous l'effet de violentes quintes de toux quand il se revoyait à Béziers sur les allées Paul-Riquet, son fusil crosse en l'air en signe de fraternisation avec les émeutiers.

« Non, non ! s'écriait-il alors par excès de fièvre. Je ne veux pas tirer sur mon frère ! »

L'infirmière le calmait aussitôt, étouffant ses paroles afin que personne ne les entendît.

Quand la fièvre retomba et que le médecin le jugea hors de danger, son état était si faible qu'il lui fut impossible de rentrer dans le rang. Alors, sur la demande du commandant Vilarem, il fut évacué, démobilisé et renvoyé dans ses foyers.

La plupart de ses compagnons de misère furent maintenus anormalement de longs mois supplémentaires sous les drapeaux au-delà de leur temps légal.

Quelques années plus tard, beaucoup d'entre eux, marqués en rouge, devaient se retrouver en première ligne dans les tranchées de la Grande Guerre.

* *
*

Quand Adrien et Camille apprirent la nouvelle du rapatriement de Maxence, leur cœur bondit de joie. Ils en oublièrent la mévente du vin qui venait encore assombrir l'horizon des viticulteurs en cette nouvelle année.

Le jeune soldat démobilisé fut rendu à sa famille une fois complètement guéri. Mars chassait les dernières marques de l'hiver et le mistral lustrait le ciel d'un bleu de porcelaine qui semblait figer la cime des arbres. Au-dessus des collines, on entendait, à l'aube, crépiter la rosée du matin. Les ramures s'emperlaient d'humidité, tandis que les sarments, taillés de frais, vibrionnaient sous la montée de sève. La lumière ruisselait en cascade sur les coteaux et venait inonder les rangées de vigne sous des flots d'or et d'argent. Chaque matin balayait les nuages de la nuit et enlaçait les terres de Frontillargue d'une caresse profonde. Le soleil auréolait le pic Saint-Loup d'une lumière magique. La vie jaillissait de partout dans un grand éblouissement de couleurs.

Maxence débarqua à Frontillargue par un petit matin tout imprégné de douceurs. Le vent, léger, souleva pour l'accueillir les senteurs mêlées de la garrigue et de la vigne. Les arbres s'éveillèrent sous les pépiements d'oiseaux. La rivière se mit à chanter, se nichant dans le creux de son lit en glissades furtives. L'air vif lui brûlait les poumons. Son esprit, enivré, perdait la mesure du temps. Il eut la soudaine impression de n'être jamais parti de Saint-Martin. Instinctivement ses pas le conduisirent sans détour vers Frontillargue.

Quand il en franchit les grilles, son cœur battit d'allégresse dans sa poitrine. Une forte odeur de moût et de futaille s'échappait du chai dont les portes étaient restées entrouvertes, et semblait lui dire : « Bienvenue chez toi ! »

Il gravit lentement les marches de l'escalier de pierre et, retenant d'une main son balluchon sur l'épaule, s'arrêta net devant la porte.

Sans qu'il eût besoin de frapper, celle-ci s'ouvrit devant lui.

Derrière elle, Camille et Adrien se tenaient par la main.

« Cette fois je suis venu à temps pour le mariage d'Angeline, dit-il en arborant un large sourire.

— Nous t'attendions ! » répondirent d'une seule voix Camille et Adrien en le serrant dans leurs bras.

Sources bibliographiques

BECHTEL Guy, *1907, La Grande Révolte du Midi*, Robert Laffont, 1976

CHOLVY Georges, *Histoire de Montpellier*, Privat, Toulouse, 2001

FERRÉ Georges, *1907, la Guerre du vin : chronique d'une désobéissance civile dans le Midi*, Editions Loubatières, 1997

GAVIGNAUD-FONTAINE Geneviève, *Le Languedoc viticole, la Méditerranée et l'Europe au siècle dernier*, Université Paul-Valéry, Montpellier

Internet : nombreux sites dont le blog de Jean Clavel

NAPO Félix, *La Révolte des vignerons (1907)*, Privat

PECH Rémy, *Entreprise viticole et capitalisme en Languedoc-Roussillon, du phylloxéra aux crises de mévente*, Toulouse, 1975

SAGNES Jean, *Histoire de Béziers,* Privat, Toulouse, 1985

SAGNES Jean, *La Crise de 1907 en Languedoc-Roussillon : bilan historiographique et essai de bibliographie*, Privat, 1989, in *Annales du Midi* 187, 17-09/89

SAGNES Jean, PECH Monique et Rémy, *1907 en Languedoc et en Roussillon*, Espace Sud

WOLFF Philippe, *Histoire du Languedoc,* Privat, Toulouse, 1988

Table

Troisième partie

Fabien

La révolte des gueux

Vous souhaitez en savoir plus sur les livres et les auteurs de la collection Terres de France ?

Retrouvez toutes les informations sur le site
www.collection-terresdefrance.fr
et abonnez-vous à notre lettre d'information.

Suivez-nous également sur notre page Facebook
et sur notre fil Twitter.

Club des Amis de Terres de France
12, avenue d'Italie
75627 Paris cedex 13

Composition et mise en pages
Nord Compo à Villeneuve-d'Ascq

MIXTE
Papier issu de
sources responsables
FSC™ C003309

Imprimé en France par EPAC Technologies
N° d'impression : 4550414320419
Dépôt légal : février 2019